La Ville des vivants

DU MÊME AUTEUR

Case départ, Arléa, 2014.
La Féroce, Flammarion, 2017 ; Gallimard « Folio », 2019.

Nicola Lagioia

La Ville des vivants

Traduit de l'italien par Laura Brignon

Flammarion

Cet ouvrage a été traduit avec la contribution
du Centre du livre et de la lecture du ministère italien de la Culture.

CENTRO
PER IL **LIBRO**
E LA **LETTURA**

Titre original : *La città dei vivi*
Éditeur original : Einaudi

ISBN : 978-2-0803-0174-1

PREMIÈRE PARTIE

Les convives de l'homme

« Rome est la seule ville du Moyen-Orient qui ne possède pas de quartier européen. »

Francesco Saverio NITTI

« N'attribuons pas les problèmes de Rome à sa surpopulation. Quand il n'y avait que deux Romains, l'un a tué l'autre. »

Giulio ANDREOTTI

Le 1er mars 2016, un mardi assez ensoleillé, les grilles du Colisée venaient de s'ouvrir pour permettre aux touristes d'admirer les ruines les plus célèbres du monde. Des milliers de corps s'acheminaient vers la billetterie. Certains trébuchaient sur les cailloux. D'autres se hissaient sur la pointe des pieds pour évaluer la distance jusqu'au temple de Vénus. Plus haut, la ville faisait bouillir sa rage dans son trafic, dans ses autobus en panne dès neuf heures du matin. Des gestes de l'avant-bras accompagnaient les insultes par les vitres baissées. Sur le bord de la chaussée, la police mettait des amendes que personne ne paierait jamais.

« C'est ça, ouais… t'as qu'à te plaindre au maire ! »

L'employée du guichet numéro 4 éclata d'un rire narquois, provoquant l'hilarité de ses collègues. De l'autre côté de la vitre, le vieux touriste hollandais la regarda, étonné. Il brandissait dans son poing deux fausses entrées, que deux faux employés du site archéologique lui avaient vendues peu avant.

La plaisanterie sur la plainte au maire était devenue un leitmotiv depuis quelques semaines. Née dans les bureaux de la mairie, elle s'était propagée chez les chauffeurs de taxi, les hôteliers, les éboueurs et les vendeurs de glace à qui les touristes, égarés par les innombrables dysfonctionnements de la ville, demandaient de l'aide en l'absence d'une autorité plus évidente.

Le Hollandais fronça les sourcils. La véritable autorité, celle en tenue officielle, se moquait-elle de lui elle aussi ? Derrière lui, le bourdonnement de la foule se faisait plus fort.

« Suivant ! »

Le touriste hollandais ne bougea pas.

L'employée de la billetterie l'observa, un sourire froid se dessina sur son visage.

« *Next one !* »

Nombre de ces touristes avaient passé la nuit dans les hôtels à bas prix du quartier de Monti, dans les chambres d'hôtes miteuses autour de la Porta Maggiore. Le nez en l'air pour admirer un ange, ils s'étaient retrouvés face contre terre après avoir trébuché sur un sac-poubelle ou s'être cognés contre un panneau branlant. En haut le marbre immaculé, en bas les rats. Et les goélands mangeaient les rats. Les moins bien informés avaient attendu en vain un bus avant de se diriger à pied vers le Colisée. Maintenant, ils y étaient. La lenteur de la file aurait pu les agacer, mais ils étaient subjugués par la morte beauté : le ciel au-dessus des arches en travertin, les colonnes vieilles de deux mille ans, la basilique de Maxence. Une menace résonnait dans la splendeur, comme si les puissances invisibles avaient la faculté d'attirer leurs détracteurs dans le royaume des ombres. Une éventualité qui ne faisait ni chaud ni froid aux Romains.

L'employée de la billetterie s'occupa d'un autre touriste. Son collègue du guichet voisin fit de même. La foule devant eux était impressionnante, mais ils avaient vu pire. Le Jubilé de la Miséricorde avait mal commencé. Un flop, écrivaient les journaux hostiles au pape. Les pèlerins venus célébrer l'année de la rémission des péchés, de la réconciliation et de la pénitence n'étaient pas plus nombreux que ceux venus fêter l'année des beuveries, de l'anarchie impunie, du renvoi de balle.

Le vieux touriste hollandais quitta la file. Il se dirigea vers la piazza dei Cinquecento. À côté de lui, un adolescent. Arrivés au niveau de la rue, ils disparurent entre les lauriers-roses.

« Ça schlingue », constata l'employée de la billetterie tout en faisant bouger sa souris, les yeux fixés sur l'écran.

Un touriste chinois attendait ses tickets.

L'employée de la billetterie lança l'impression et regarda sa main. Elle tressaillit. Deux taches rouges étaient apparues à côté de son tapis de souris. Elle n'eut pas le temps de cligner les yeux qu'il y avait trois taches sur le bureau. Suivies d'une quatrième.

« Oh mon Dieu ! »

Le touriste chinois recula. L'employée de la billetterie bondit sur ses pieds, effarée, en proie à la pire sensation pour les habitants de cette ville : celle d'être frappé par un malheur qui épargne tous les autres. Elle leva les yeux. Les gouttes tombaient du plafond. Alors elle fit ce que tout le monde à Rome fait quand le sang dégouline des murs d'une administration. Elle appela son supérieur.

Quelques heures après, deux des quatre billetteries du Colisée étaient fermées.

« Le sang d'un rat mort, déclara le directeur régional des biens archéologiques.

— Un rat ? » répéta quelqu'un au fond de la salle.

L'assemblée ricana.

Mercredi 2 mars. La conférence de presse suivait la fin des travaux de réaménagement autour du Colisée. Cependant, un journaliste avait demandé à brûle-pourpoint pourquoi deux guichets avaient été fermés la veille.

Le directeur régional avait été obligé d'entrer dans les détails. Un gros rat s'était glissé dans le faux plafond de la billetterie. Empalé par un étrier, il avait dû essayer de s'échapper, ce qui avait empiré la situation.

« L'employée en service a vu du sang tomber sur son bureau. Les guichets ont été fermés pour qu'ils soient dératisés. »

La prolifération des rats fit la une des quotidiens. Ces derniers temps, les rongeurs multipliaient leurs incursions hors des égouts. Des rats autour de la gare Termini. Des rats dans la via Cavour. Juste à côté de l'Opéra. Ils traversaient la route sans se soucier de la circulation. Ils entraient dans les boutiques de souvenirs, semant l'effroi parmi les touristes.

Les journaux rappelèrent qu'il y avait plus de six millions de rats à Rome. Non qu'ils soient absents à New York ou à Londres, seulement, à Rome ils étaient devenus les rois de la ville.

« Voilà ce qui arrive après des années d'administration désastreuse », dit un urbaniste.

« Le problème, c'est surtout la gestion des déchets, affirma un des agents chargés de la dératisation. N'oublions pas que les rats sont les convives de l'homme. »

À Rome, à cette période, la gestion des déchets était dramatique. Les ordures étaient partout. Les camions poubelles tournaient au ralenti. De grands sacs-poubelle assiégeaient les rues. Le personnel de l'hôpital Sant'Eugenio (les rats avaient colonisé jusqu'aux établissements hospitaliers) déclara à la presse que c'était le scandale définitif, le camouflet qui obligerait la ville à se réveiller. Beaucoup de gens le pensaient. Mais, aussitôt après, ils suspectaient d'être eux-mêmes encore endormis. L'aile d'un gigantesque goéland plongeait la ville dans l'ombre. Et les Romains se remettaient à rire.

« Ouais, c'est ça… t'as qu'à te plaindre au maire ! »

Si la plaisanterie rencontrait un tel succès, c'est qu'alors il n'y avait pas de maire à Rome. La mairie avait été placée sous tutelle. Une enquête judiciaire appelée *Mondo di Mezzo* (« Monde du Milieu ») avait mis la ville sens dessus dessous. Une quantité stupéfiante de conseillers municipaux, consultants, notables, adjoints municipaux, fonctionnaires, magouilleurs, entrepreneurs, criminels de droit commun étaient mis en accusation. Et, rareté suprême : il y avait deux papes à Rome.

Dans des moments de chaos pareil, fidèles à un usage ancien, les habitants de Rome scrutaient le ciel à la recherche d'un signe. Mais, en 2016, ce réflexe – chercher un message secret entre les nuages – pouvait lui aussi apparaître comme une escroquerie.

Vendredi 4 mars, le meurtre fut commis.

Le lendemain, Rome fut inondée par la pluie.

Le dimanche 6 mars, après une semaine de travail, Mario Angelucci regardait la télé, enfoncé dans son canapé.

C'était un homme de cinquante-quatre ans, maigre, aux tempes dégarnies. Il travaillait dans une radio locale. Cette expérience l'avait rendu sensible à l'écoute des voix. Quand il était dans le studio, devant la console, il n'avait pas besoin de suivre ce que la personne disait : il entendait la « coda » du discours radiophonique, se tenait prêt à appuyer sur le bouton noir et le jingle démarrait dès que la voix se taisait.

Mario zappa. Souffla. Changea de position. Son agitation venait de quelque chose qu'il avait entendu peu avant. Il n'avait pas prêté l'attention requise à ce qui était dit, mais il avait senti que c'était important. Il retrouva l'information sur Rai 1. La présentatrice du journal télévisé parlait d'un jeune homme de vingt ans sauvagement tué dans un appartement de la périphérie romaine.

Les images montrèrent un immeuble orange qui se découpait entre les arbres nus de l'hiver finissant. Mario Angelucci écarquilla les yeux. L'homicide avait été commis à Rome, et il était de Rome. Il s'était déroulé entre Collatino et Colli Aniene, le quartier où il habitait. Et la télé montrait *de l'extérieur* la fenêtre qu'il aurait pu ouvrir *de l'intérieur* s'il s'était levé pour le faire. Angelucci éprouva une des sensations les plus étranges de sa vie. Il lui sembla que Dieu le regardait. Et que se passe-t-il d'habitude quand Dieu ouvre son Œil sur vous ?

« Via Igino Giordani, 2. »

Confirmant qu'il n'était pas en train de perdre la tête, la présentatrice du journal télé venait de prononcer son adresse. Mario Angelucci bondit sur ses pieds. Il traversa le couloir au pas de course. Son cœur battait la chamade. Son fils avait vingt et un ans, il l'avait vu pour la dernière fois la veille au soir, sa femme et lui l'avaient salué quand il était sorti et ils ne l'avaient pas entendu rentrer. *Samedi soir.* Le jour de la semaine où les jeunes gens s'attirent des ennuis.

Mario Angelucci arriva au fond du couloir. Il ouvrit grand la porte et l'odeur de renfermé le prit à la gorge. Puis la lumière éclaira l'intérieur. Serviettes, bandes dessinées, chaussettes en boule, un rouleau de papier toilette. Il vit les couvertures rabattues sur un lit où il pouvait s'être passé n'importe quoi et, sur le lit, un grand gaillard d'un mètre quatre-vingt-dix qui ronflait bruyamment.

Une semaine après, alors que le meurtre était sur toutes les bouches, Mario Angelucci commenta l'anecdote auprès de ses collègues.

« Pire qu'une crise d'angoisse, les gars. Me suis fait un film, je vous raconte pas. »

Ses collègues de la radio lui demandèrent pourquoi il avait imaginé que son fils pouvait être mêlé à cette histoire.

« Qu'est-ce que vous voulez que je vous dise ? Je me l'explique pas. »

Les journaux disaient que le meurtre avait été commis dans un appartement du dixième étage.

« Tu connais les propriétaires ? demanda un de ses collègues.

— Non, juste bonjour bonsoir.

— Mais quand tu as paniqué, tu imaginais que ton fils était la victime ou l'assassin ?

— Franchement, ça pouvait être l'un comme l'autre. Dans cette ville, il peut se passer n'importe quoi. »

Alors, un sourire rayonnant illumina le visage d'Angelucci, un peu sévère en raison de ses joues creuses et de ses lèvres fines. Soulagement. Soulagement d'avoir été épargné, d'avoir été *ignoré*, car personne ne sait à l'avance sur qui l'Œil s'ouvrira, et certaines tragédies ont beau ne frapper qu'un homme sur cent mille, il faut bien que ce malheureux existe : chez lui – afin de rester intacte chez les autres – se brise l'illusion que certaines choses ne peuvent pas arriver à soi.

Le dimanche 6 mars à une heure et demie de l'après-midi, Mario Angelucci savait que sa famille était sauve.

Quelques heures après, à l'autre bout de la ville, l'avocat Andrea Florita reçut un appel. Florita avait quarante-quatre ans, un physique sec, un regard ouvert et intelligent. Comme nombre de ses confrères, il avait son cabinet à Prati. En ville, le pouvoir et l'émerveillement étaient équitablement répartis sur les deux rives du Tibre. Rive droite, les forums impériaux, le Quirinal, les institutions gouvernementales. Rive gauche, les tribunaux, la Rai, la chapelle Sixtine. Ce dimanche-là, Florita avait passé la journée avec son fils.

« Mon fils est encore petit. Quand je suis avec lui, j'évite d'allumer la télé. En répondant au téléphone, je n'avais pas la moindre idée de ce qui s'était passé. »

À l'autre bout du fil, la voix d'un homme adulte.

« Bonsoir maître Florita, je m'appelle Giuseppe Varani. Mon fils a été assassiné. »

Florita ne comprit que tard dans la soirée qu'il était devenu l'avocat des parties civiles dans un des procès les plus retentissants de ces dernières années. Après s'être entretenu avec Giuseppe Varani, il croisa une connaissance en rentrant chez lui. L'homme lui demanda ce qu'il pensait de l'homicide avant même que l'avocat ait eu le temps de mentionner l'identité de son nouveau client.

Tout le monde demandait l'opinion des autres sur ce meurtre. Surtout, tout le monde voulait donner la sienne. En quelques heures, ce crime devint le principal sujet de conversation à Rome. Les chauffeurs de taxi de la gare Termini, les barmans de la piazza Bologna, les bandes d'amis de Monti et de Testaccio, tout le monde en discutait. Sans parler de ce qui se passait chez les gens. Des pères se disputaient avec leurs fils. Des femmes mettaient leur mari en garde sur les conséquences d'une éducation trop laxiste ou, à l'inverse, trop sévère.

« Tu as lu ? » « Tu as entendu ? » « *Tu as vu* ce qui s'est passé ? »

« Un cauchemar dans la périphérie de Rome. Un jeune homme de 23 ans tué dans un appartement de Collatino après avoir été torturé pendant des heures. Le crime serait apparemment dépourvu de mobile. »

La Repubblica, 6 mars 2016

Samedi 5 mars, Manuel Foffo sortit de chez lui peu après sept heures du matin.

Il avait rendez-vous avec sa mère, son frère Roberto et ses grands-parents maternels. La journée ne s'annonçait pas riante. Son oncle Rodolfo était mort. Ils devaient passer à la chambre mortuaire de l'hôpital Gemelli, puis ils iraient à Bagnoli del Trigno, le petit village du Molise d'où son oncle était originaire et où les obsèques auraient lieu.

Rodolfo était le frère de Daniela, la mère de Manuel et Roberto. Il était mort d'un cancer à cinquante-huit ans. Daniela avait passé une partie de la nuit du mercredi au jeudi à son chevet, à l'hôpital. Roberto l'avait récupérée à trois heures et demie du matin et l'avait raccompagnée chez elle. De retour à son appartement, elle était allée s'asseoir dans la cuisine et y était restée, silencieuse, entourée par la solitude que cet immeuble évoquait si bien. Puis elle était allée se coucher. Quelques heures après, le téléphone avait sonné. De nouveau son fils Roberto. L'état de Rodolfo s'était dégradé.

Alors, Daniela avait cherché ses chaussures, enfilé son manteau et était ressortie. Elle s'était rendue chez ses vieux parents qui habitaient l'immeuble d'en face. Il fallait les préparer. Bientôt, elle découvrirait par la force des choses que – peu importe le niveau de préparation – il n'y a pas de limite aux mauvaises nouvelles que l'on peut recevoir sur le compte de ses enfants.

Manuel attendit au pied de l'immeuble. C'était un jeune homme robuste, grand et dégarni, dont la pilosité des joues trahissait l'indécision : trop épaisse pour former un collier, trop fine pour former une barbe. Il paraissait bien plus âgé que les vingt-neuf ans qu'il allait avoir à la fin du mois. Malgré son air hagard – visage bouffi, yeux cernés – ce matin-là, ce que sa mère remarqua en premier, ce fut son pantalon. Un jean clair et troué. Pas vraiment la tenue appropriée pour un enterrement. Mais les raisons pour lesquelles les mères désapprouvent les choix de leurs enfants sont toujours un peu déroutantes.

« Je lui ai dit de se changer parce qu'il allait avoir froid à Bagnoli », raconta la femme aux carabiniers.

Manuel acquiesça, disparut dans l'immeuble et redescendit quelques minutes après avec un autre pantalon. Toujours un jean, mais pas troué.

« Je ne sais pas s'il s'est changé chez lui ou chez moi, où je garde ses vêtements propres. »

L'appartement de Daniela était au neuvième étage. Celui de Manuel au dixième. Daniela Pallotto avait un double des clés de l'appartement de son fils, où elle montait de temps en temps pour faire le ménage. Notamment quand Manuel comptait « y aller avec une copine ». Bien entendu, Manuel recevait également des amis de sexe masculin. Sa mère était toujours là, prête à donner un coup de main. Ranger. Passer la serpillière. Manuel détestait les tâches ménagères. Il n'avait même pas de machine à laver, c'était encore sa mère qui lavait son linge.

Daniela consulta sa montre. Roberto n'allait pas tarder, ils monteraient dans sa voiture et laisseraient derrière eux ces arbres, ces plates-bandes, cette église et cet immeuble orange massif où, à l'insu de tout le monde sauf de Manuel, se trouvait ce qui allait changer leurs vies à jamais.

Autrefois, la famille Foffo vivait réunie au neuvième étage : la mère, le père et leurs deux fils. Quand Roberto avait eu dix-huit ans, il avait eu le privilège d'emménager dans l'appartement du dessus. Quelques années après, le mariage des parents était parti à vau-l'eau. Ils s'étaient séparés. Le père, Valter, avait quitté la maison. Puis Roberto, aujourd'hui marié et père de deux enfants, était parti à son tour. Manuel s'était installé dans l'appartement du dessus.

Valter possédait plusieurs restaurants à Collatino. Il avait également une agence qui s'occupait des démarches administratives pour les automobiles très connue dans le quartier, et Roberto travaillait avec lui. La gestion de ces activités n'était pas une mince affaire. Quand on n'est pas né riche, être entrepreneur en Italie signifie vivre dans un état d'inquiétude permanent. On en perd le sommeil. Il suffit d'un faux pas pour mettre la clé sous la porte. Mais Valter Foffo n'avait pas mis la clé sous la porte. Roberto et lui travaillaient dur, ils ne se laissaient pas impressionner par les difficultés, et, quand l'occasion se présentait, ils s'octroyaient une récompense. Ils s'habillaient bien. Ils avaient de belles voitures.

Roberto Foffo arriva via Igino Giordani à sept heures et demie. Il se gara. Sa mère et ses grands-parents s'assirent à l'arrière, Manuel à côté de lui. La voiture repartit. Une demi-heure après, ils traversaient le Ponte Tor di Quinto qui enjambait les eaux noires et lentes du Tibre.

Roberto était concentré sur la route. Manuel luttait pour ne pas s'endormir. Des frères. Il est toujours un peu gênant d'en voir deux côte à côte. À moins que leur différence d'âge justifie toutes les autres, on risque toujours de distinguer, dans leur sang commun, l'écart entre le gagnant et le perdant dans la bataille de la vie.

Roberto était de quatre ans l'aîné de Manuel, il avait obtenu un diplôme en sciences des assurances à la LUISS, l'université de sciences sociales. Il travaillait. Il avait une famille. Manuel se réinscrivait d'année en année en droit, sa vie sentimentale était décousue, on ne savait pas bien ce qu'il faisait de ses journées. Roberto les emmenait dire adieu à un proche qui venait de mourir, et une inversion des rôles aurait été inenvisageable jusque dans cette banale activité – conduire une voiture. Manuel s'était fait retirer son permis pour conduite en état d'ivresse. Outre de l'alcool en quantité excessive, on avait trouvé dans son sang des traces de Xanax et de Rivotril. Qui ne prend pas de benzodiazépines, de nos jours ?

Cependant, le sujet le plus délicat était le travail.

« Qu'est-ce que tu fais, dans la vie ? »

Rome est une ville qui tolère les réponses vagues sur certains points. Cependant, passé une certaine limite, la bienveillance se transforme en raillerie. Ainsi, quand on l'interrogeait sur sa vie professionnelle, Manuel se sentait parfois obligé de recourir à la première personne de façon quelque peu hasardeuse.

« J'ai plusieurs petits restos que je gère avec ma famille. À côté de ça, je travaille sur des projets digitaux. Je monte une start-up. »

À la question de savoir ce que Manuel faisait, son frère répondait quant à lui : « Quand Manuel vient au restaurant, c'est pour manger. Il est passionné de marketing, il lit beaucoup, de temps en temps il essaie de nous donner quelques idées, mais dans les faits il n'a pas d'activité professionnelle. »

Quand Valter parlait de son plus jeune fils, il insistait sur sa personnalité : « C'est un garçon correct, poli, très doux, réservé. À l'école, il ne s'est jamais disputé avec personne. »

Toujours selon son père, Manuel était « très intelligent », il menait une vie « rangée », était avide de culture (« Il peut acheter deux livres et les lire en une nuit »), mais n'avait jamais manifesté un grand intérêt pour l'agence de démarches automobiles qui aurait pu lui assurer un avenir (« J'ai essayé de l'impliquer comme je l'ai fait avec Roberto. Ça n'a servi à rien »). Le jeune homme suivait avec passion des formations en marketing et en informatique (« C'est moi qui lui donne l'argent pour payer ces formations ») et, effectivement, ces derniers mois il avait beaucoup travaillé à son idée de start-up. Il s'agissait d'un projet pour le Comité olympique national italien grâce auquel – disait Valter – « il aurait pu percer ». Cependant, ajoutait l'homme, son projet « n'a pas abouti ».

Il aurait pu percer. Son projet n'a pas abouti.

Quand les pères parlent de leurs fils de cette manière, on ne sait jamais s'ils souhaitent faire leur éloge, les dénigrer ou encore les soumettre à cette irréprochable humiliation qu'est l'éloge outrancier.

Mais la déclaration la plus étrange sur le compte de Manuel venait de sa mère : « Manuel ne me dit jamais s'il va au restaurant pour travailler ou non. Je ne sais même pas exactement quelles sont ses relations avec son père. »

Après la via della Pineta Sacchetti, la silhouette gigantesque de la polyclinique Gemelli apparut à leur vue.

Roberto se gara. Ils descendirent tous les cinq de voiture et entrèrent dans l'hôpital.

Manuel traînait les pieds, il sentait les yeux de son frère fixés sur lui. Deux jours auparavant, à une heure qui pour Roberto était sept heures du matin environ et pour Manuel un moment indéterminé dans une chronologie déréglée, Roberto avait reçu un message pour le moins insensé. Manuel l'invitait à le rejoindre. Pour le motiver, il parlait d'un transsexuel et de cocaïne.

« Salut Roberto, tu nous rejoins ? J'ai rencontré un trans. On a aussi un peu de C. »

Ce SMS était bizarre non seulement à cause de son contenu, mais aussi du choix des mots. Roberto n'excluait pas que Manuel sniffe un rail de temps en temps, mais il lui paraissait improbable qu'il fréquente des transsexuels et, surtout, il était certain qu'il n'aurait jamais utilisé le terme « C » pour parler de la cocaïne. Était-il vraiment l'auteur de ce texto ? Peut-être que Manuel avait passé la nuit avec un autre désœuvré et qu'ils avaient décidé de s'amuser à la barbe des gens qui devaient se lever tôt le lendemain pour aller au travail. Ils se fichaient de lui ou quoi ? Énervé, Roberto avait appelé Manuel, lui avait crié dessus pendant quelques secondes puis l'avait envoyé au diable sans lui laisser le temps de s'expliquer.

Daniela relata elle aussi un épisode un peu étrange advenu la veille. Vers neuf heures et demie du soir, Manuel lui avait téléphoné.

« Maman, dans un quart d'heure je passerai prendre les clés de la voiture avec un ami. »

Le fait que Manuel veuille la rendre complice d'une infraction à la loi l'avait irritée. Et puis qui était cet ami ?

« Je ne te les donnerai pas », avait-elle répondu.

Son frère Rodolfo venait de mourir, elle avait autre chose à penser.

« Il faut dire – raconta Daniela aux carabiniers – que la sollicitation de mon fils m'a paru si aberrante qu'en fin de compte j'ai pris cette histoire comme une blague inoffensive. »

Daniela était restée sur sa position. Manuel n'avait pas insisté.

Manuel entra dans la chambre mortuaire sous le regard sévère de son frère et celui, absolutoire, de sa mère. Mais l'absolution est aussi un jugement. Ses épaules voûtées témoignaient du combat que nous menons à certaines périodes de notre vie pour que notre identité – ou ce que nous considérons comme telle – ne soit pas balayée par l'image fallacieuse que les autres ont de nous.

Manuel se faufila entre les membres de sa famille pour atteindre le cercueil de son oncle. Immobile devant le cadavre, il se jura de prendre une décision avant le soir. Savoir. Savoir quand les autres ne savent pas. Cette sensation était nouvelle. Quand sa mère lui avait conseillé de changer de pantalon, il savait, il savait dans la voiture, assis à côté de son frère, il savait maintenant, dans la chambre mortuaire. Il savait ce que les autres ne pouvaient même pas imaginer. Habitué à subir les décisions d'autrui, maintenant c'était lui qui pouvait décider. Quelques mots. Il n'aurait qu'à les prononcer pour faire basculer leur vie à tous.

Cependant, à la sortie de l'hôpital, Manuel n'avait toujours rien dit. Il était fatigué, il avait les idées confuses, il suivit Roberto dans la voiture. Ils attendirent leur mère et leurs grands-parents, puis reprirent la route.

Les obsèques étaient prévues en début d'après-midi. La voiture emprunta la via Flaminia. Dans une centaine de kilomètres, ils feraient une pause. Ils avaient rendez-vous avec Valter à la sortie de San Vittore. Les relations entre Valter et Daniela étaient tendues. Une bataille juridique était en cours. Néanmoins, Valter avait voulu être présent à l'enterrement de son ex-beau-frère.

De gros nuages lourds de pluie s'amoncelaient à l'horizon. Ils dépassèrent Torre Spaccata, Cinecittà, les pâturages de l'Agro romano s'étendaient de part et d'autre de la route. Manuel s'endormit.

« Laisse ta place à papi, comme ça on sera plus à l'aise. »

Il fut réveillé par son frère une heure après. Il entendait le chant des oiseaux. Ils s'étaient arrêtés à une station-service. Devant eux, un snack-bar. Quelques minutes après, leur père arriva. Ils virent sa voiture décrire un arc de cercle avant de se garer, puis Valter en sortir. Il lui suffisait de se montrer pour aimanter l'attention de ses proches. Cédant sa place à son grand-père, Manuel sortit de la voiture de Roberto pour rejoindre celle de son père.

Dès qu'il fut installé, il sentit comme une décharge. Entre certains pères et certains fils, l'air est électrique même quand il ne s'est rien passé, alors pensez-vous quand l'un des deux estime que l'autre lui a manqué de respect. Dans le cas présent, c'était Valter qui était contrarié. Manuel croyait savoir pourquoi. Valter démarra sans rien dire.

De temps en temps, Valter jetait un regard à son fils, puis à sa propre chevelure dans le rétroviseur central. C'était un beau sexagénaire. Cheveux blancs, bouche sensuelle, un nez qui, jadis, n'aurait pas dépareillé sur le visage d'un consul. Ce jour-là, il portait une veste noire sur une chemise blanche, une cravate à rayures et un pantalon sombre. À le voir ainsi, si soigné et si élégant, on aurait eu du mal à imaginer à quel point il était stressé. Son travail était source de préoccupation constante, et sa famille n'était pas en reste. Il finit par ouvrir la bouche.

« Qu'est-ce qu'il s'est passé, à la fin ? »

Valter parlait de son fils à la ronde comme d'un garçon réservé et incapable de mentir. Mais quand il était avec lui, les aspects qu'il présentait aux autres comme de grandes qualités morales se paraient d'autres significations. La sincérité pouvait être signe de faiblesse, la discrétion, de réticence.

« On peut savoir où tu étais passé ? »

Il avait cherché à le joindre toute la journée de la veille. Il avait multiplié les appels sans recevoir l'ombre d'une réponse. Comme toujours, il s'était retrouvé à courir derrière son fils pour lui rendre un service : il devait payer la mensualité d'une des nombreuses formations suivies par Manuel, et il avait besoin de son RIB pour faire le virement.

Manuel restait muet sur le siège passager. Il avait les yeux gonflés. Ce détail n'avait pas échappé à son père, qui avait compris que quelque chose clochait dès qu'il l'avait vu à la station-service. Le jeune homme était *bizarre*. La personne qui, selon les dires de Manuel, était le moins en mesure de le comprendre était pourtant la seule à avoir senti ce jour-là que son fils pourrait lui causer plus de problèmes que la mort de son ex-beau-frère.

« Alors ? Je t'ai appelé plein de fois. Pourquoi tu n'as pas répondu ? »

Manuel s'était juré de prendre une décision avant le soir, mais quand son père se lançait dans ses interrogatoires, il était capable de lui arracher les mots de la bouche.

« Hé ho, qu'est-ce que tu as fait ? Tu as bu ? Tu t'es soûlé ? Hé, Manuel !

— J'étais sous cocaïne, papa. »

Ils dépassèrent une fromagerie, puis une usine de stores. Un bosquet de peupliers caressé par la lumière se dressait, solitaire, au milieu des champs. Valter sortit de l'état de torpeur dans lequel les mots de son fils l'avaient plongé.

« Comment ça, sous cocaïne ? – la colère se faisait sentir dans sa voix. Comment tu as pu tomber si bas ? »

Parfois, les expressions toutes faites peuvent être un recours.

« Je suis tombé plus bas que ça, papa. »

À présent, Valter était déstabilisé. Il posa une question franchement ingénue :

« Et qu'est-ce qu'il y aurait de pire que la cocaïne ?

— On a tué quelqu'un. »

La voiture poursuivait son parcours sur la nationale. Ils dépassèrent une station-service, un viaduc, puis un panneau qui invitait les entrepreneurs locaux à acheter des espaces publicitaires.

« Qu'est-ce que ça veut dire, *on* a tué ? »

Valter était abasourdi, stupéfait, incrédule, il sentait une brûlure à l'estomac, mais le choc ne l'empêcha pas de rechercher instinctivement une porte de sortie. L'emploi du pronom « on ». La présence d'une autre personne pouvait diminuer, voire même exclure, la responsabilité de son fils. Valter sentit son cœur s'accélérer. Cherchant des points d'appui dans le chaos, dans l'absurdité où il s'apercevait instant après instant avoir plongé, il se surprit à miser sur l'homicide dans un accident de la route. Manuel avait bu. Il avait encore bu. Bien que son permis lui ait été retiré, il avait conduit en état d'ivresse. Voilà ce qui s'était passé. Manuel avait fait une connerie. Si c'était lui au volant.

« Papa, il n'y a pas eu d'accident de la route.

— Alors comment ce quelqu'un aurait été tué ?

— À coups de couteau, je crois. Et de marteau. »

Valter regarda bien la route pour s'assurer qu'elle était encore là, et qu'il était lucide, sur la même planète que celle où il s'était réveillé le matin. Il entendit sa voix demander à Manuel le nom de son complice.

« Un type qui s'appelle Marco. J'ai dû le voir deux fois dans ma vie.

— Et ça se serait passé quand ?

— Je ne me souviens pas, répondit Manuel. Il y a deux, quatre ou cinq jours. »

Il y a deux, quatre ou cinq jours ?

Comment pouvait-il ne pas le savoir ? Subsistait-il la possibilité que tout cela ne soit qu'une plaisanterie idiote ? Dans la gamme infinie d'incompréhensions qui unissent les pères et leurs fils, et qui conduisent certains fils à se juger blessés, voire irrémédiablement abîmés, par des comportements adoptés par leur père dans le simple but de faire d'eux des hommes, pouvait-il s'agir d'une vengeance insensée ? S'agissait-il d'une histoire inventée de toutes pièces par Manuel pour le punir de fautes que même le psychologue chez qui Valter l'avait envoyé une fois aurait eu du mal à lui faire endosser ?

Valter demanda à son fils comment s'appelait la victime.

Manuel répondit :

« Je ne sais pas. »

Il avait les larmes aux yeux.

Alors Valter demanda *où* était la personne que son fils affirmait avoir tuée.

Cela, Manuel le savait.

« Chez moi », dit-il.

Le corps se trouvait dans son appartement de la via Igino Giordani.

Roberto Foffo entendit son téléphone sonner. Il jeta un coup d'œil à l'écran, son père l'appelait depuis la voiture de devant. Ils étaient à quelques kilomètres de Bagnoli del Trigno.

« Gare-toi sur le côté, s'il te plaît, Roberto. »

Valter avait une drôle de voix. Après avoir raccroché, Roberto le vit ralentir et s'arrêter sur le bord de la route.

« Qu'est-ce qu'il se passe ? » demanda Daniela.

Obéissant à un code que son père et lui appliquaient tacitement, Roberto évita de donner des explications. Il s'arrêta et sortit de la voiture.

Il rejoignit son père.

Valter fit un geste, ils s'éloignèrent tous les deux. Quand il fut certain que personne ne pouvait les entendre, Valter dit :

« On a un cadavre à la maison.

— *Quoi ?* »

Roberto écarquilla les yeux.

Tâchant de conserver son calme, Valter résuma la situation. Il parla de ce cadavre anonyme qui se trouvait peut-être dans l'appartement de la via Igino Giordani, dit qu'ils devaient rentrer à Rome aussitôt que possible, puis il ajouta qu'il s'agissait sans doute d'un meurtre. Enfin, il révéla l'identité du meurtrier présumé.

Roberto eut un instant de soulagement.

« Papa, dit-il. Manuel raconte des conneries ! »

Manuel avait été suivi par un psychologue. Il souffrait de sautes d'humeur. Ces éléments conduisaient Roberto à croire que son frère pouvait s'être accusé d'un meurtre qu'il n'avait pas commis.

« C'est du pipeau. Va savoir ce qu'il s'est vraiment passé. »

Valter était de plus en plus nerveux. S'ils en étaient à penser aux bizarreries de Manuel, rétorqua-t-il, alors il ne fallait pas oublier la plus singulière de toutes :

« Rappelle-toi que ton frère dit toujours la vérité. »

Il montra du doigt la voiture garée. Manuel était immobile à quelques pas de la glissière de sécurité.

« Va lui parler », dit Valter.

Quand Roberto revint vers son père, son expression avait changé. Il était pâle, il avait l'air tendu.

« Papa, peut-être qu'il s'est vraiment passé quelque chose », admit-il.

Dans ce monde que nous estimons uniquement fondé sur des bases matérielles, nous avons du mal à croire que la parole conserve ses pouvoirs magiques. Pourtant, quelques simples phrases prononcées par Manuel les avaient précipités dans un cauchemar. Ils étaient à deux cents kilomètres de chez eux, arrêtés au bord de la route. Le corbillard transportant le cadavre de Rodolfo pouvait passer d'un instant à l'autre. Le vent froid les cinglait. Manuel venait de s'accuser de meurtre. Et, à quelques pas, au courant de rien, il y avait le grand-père, la grand-mère et la mère du meurtrier présumé.

À partir de là, les souvenirs de Daniela devenaient confus. D'un côté, elle avait compris qu'il se passait quelque chose de préoccupant. De l'autre, la vérité – du moment où elle lui fut révélée, le soir même – avait eu sur elle une action à rebours, qui avait déformé les détails, corrompu sa mémoire et l'enchaînement ordinaire des événements.

« Quand on est arrivés au village, je me souviens seulement d'être entrée dans l'église, raconta-t-elle aux carabiniers, je ne sais pas trop s'ils étaient entrés eux aussi. Je veux dire Valter et mes deux fils. À un moment, Roberto a dit : "Maman, on reste un peu ici, puis on devra rentrer à Rome, je suis désolé." J'étais stupéfaite. Je ne comprenais pas pourquoi ils devaient repartir, j'ai pensé qu'ils viendraient au moins au cimetière. Mais non. »

Valter et Roberto exclurent Daniela de la gestion du problème. Après la messe, Valter alla voir les cousins de son ex-femme, leur donna les clés de sa voiture et leur demanda de la ramener chez elle. Il évoqua un problème qu'ils devaient résoudre sans délai. Un imprévu. Puis Manuel, Roberto et lui montèrent dans la voiture de Roberto et repartirent. Ils prirent la nationale, une heure et demie après ils étaient sur l'autoroute. Le pied de Roberto poussait sur l'accélérateur. Rome les attendait, sous une pluie battante.

Quand tout est perdu, on peut toujours appeler un avocat.

Michele Andreano avait trois cabinets prospères, un à Milan, un à Rome, le troisième à Ancône. Il avait cinquante ans, il était né à Foggia et avait obtenu son diplôme en droit des faillites à Bologne. Ses clients étaient surtout des entreprises, des sociétés du secteur sidérurgique et de la chaussure. Il y avait aussi des particuliers en litige avec le fisc. Enfin, il y avait des personnes accusées de crimes très graves, qui suscitaient cette horreur mêlée de curiosité que nous réservons depuis toujours aux créatures fantastiques. À ceux qu'on appelle les monstres.

Ce samedi-là, Andreano était à Ancône, où il travaillait sur l'affaire Boettcher. Il reçut l'appel de Valter Foffo en début d'après-midi. Ils se connaissaient.

« Allô Valter, comment vas-tu ? » dit-il sans lever les yeux de son dossier.

Alexander Boettcher était un courtier de trente-deux ans qui travaillait à Milan. Avec sa compagne, Martina Levato, il était accusé d'agressions à l'acide sur plusieurs ex-petits amis de cette dernière. Martina avait vingt-quatre ans et était en master à la Bocconi[1]. Selon l'accusation, le couple avait organisé ces guets-

1. Université privée milanaise très réputée, spécialisée dans le droit, les sciences politiques, l'économie et le management. (*N.d.T.*)

apens poussé par « un élan cathartique ». Effacer à l'acide le visage de ceux qui avaient eu des relations sexuelles avec Martina par le passé redonnerait une sorte de pureté originelle à la jeune femme.

« Alex voulait que Martina lui remette la liste de tous les hommes avec qui elle avait couché », avait affirmé un témoin.

Le fait que deux jeunes gens à même de manipuler des fonds d'investissement et des algorithmes financiers se comportent comme des inquisiteurs médiévaux avait éveillé la curiosité des gens. Martina s'était gravé le « A » d'Alex sur la joue et s'était fait tatouer son prénom sur la poitrine – une Hester Prynne des temps modernes, dont la lettre écarlate consumait dans la même flamme le spectre ancien de l'adultère et l'aspiration contemporaine à occuper le devant de la scène. Quel genre de personnes étaient deux pareils mis en cause ? Étaient-ils affligés de graves problèmes psychiatriques ? Ou étaient-ce des *monstres* ?

« Les monstres n'existent pas, disait Andreano aux journalistes. Les monstres, c'est nous qui les créons au cas par cas pour soulager notre conscience. »

Quand l'avocat apparaissait sur un écran de télévision, on était frappé par sa carrure. Il ressemblait à un rugbyman. Grand, massif, dynamique. Lorsqu'il parlait, on l'imaginait en train de courir vers la ligne de but avec un dossier gonflé de demandes de mise en liberté sous le bras.

À cette époque, Andreano se retrouvait souvent à passer à la télé. Il était capable de supporter des rythmes de travail impressionnants. Il travaillait chez lui. Il travaillait en voiture et au restaurant. Il travaillait en vacances. On pouvait supposer qu'il fignolait les détails de ses plaidoiries jusque dans son sommeil.

« Michele, j'ai un problème.

— Quel genre de problème ?

— Il s'est passé quelque chose de très grave. Il faut que tu viennes à Rome.

— À Rome ? Quand ?

— Maintenant. Viens tout de suite. On est enfermés dans mon bureau, via Verdinois.

— Comment ça, maintenant ? »

Michele Andreano soupira. Il leva les yeux du dossier.

« Écoute, Valter, je travaille, là. Est-ce que…

— C'est Manuel.

— Manuel, ton fils ? demanda Andreano, surpris.

— Oui.

— D'accord, Valter. Laisse-moi un peu de temps. Je vois ce que je peux faire. »

Andreano raccrocha. Il ne savait que penser. Fallait-il qu'il laisse tout en plan pour se précipiter à Rome ? Après tout, c'était un samedi après-midi et les tribunaux étaient fermés jusqu'au lundi. Beaucoup de ses clients brandissaient des urgences qui, en fin de compte, s'avéraient des questions pouvant être réglées sans qu'il y ait lieu de se presser. Andreano se leva de sa chaise, calcula le temps nécessaire pour se rendre à Rome, parler avec Valter puis revenir à Ancône. Il soupira. Il y réfléchit encore un peu. Puis un déclic se fit dans sa tête. Il reprit son portable. Ce ne fut pas la crainte de faire un trajet pour rien qui l'y poussa, mais la sensation inverse.

« Valter, dit-il dès que son interlocuteur décrocha, tu veux bien me dire ce qui est arrivé ?

— Michè, l'acide, à côté, c'est rien… »

« C'est là que j'ai compris qu'il s'agissait d'un homicide. »

Cet instant – celui où il comprit que des faits graves avaient eu lieu –, Andreano l'évoquerait souvent les mois suivants, avec ses amis et ses connaissances. Tu défends Alex Boettcher, la personne dont les journalistes n'arrêtent pas de parler, « l'homme-diable », pour reprendre le surnom que Boettcher s'était lui-même donné en faisant le fier-à-bras devant une amie, et quelques jours avant le procès un autre client t'appelle, un entrepreneur que tu imaginerais tout au plus empêtré dans des problèmes administratifs, pour te confier l'affaire de son fils qui, en l'espace de quelques heures, se révèle autrement plus sensationnelle, retentissante, *monstrueuse* que celle dont tu es en train de t'occuper, et se grave dans les esprits avec une force incomparable par rapport à tout ce que tu as pu voir jusque-là.

Andreano raccrocha une deuxième fois. Il avait un chauffeur, qu'il appela pour lui demander de le conduire à Rome.

Le chauffeur conduisait pied au plancher. Au fur et à mesure qu'ils approchaient de la mer Tyrrhénienne, l'air devenait plus froid. Le ciel était sombre. Les premiers genévriers apparurent sur les bas-côtés. Le changement de décor, lent et continu, s'accélérait aux abords de Rome. L'immense tissu urbain, qui avait explosé au-delà du périphérique, était un trou noir à même d'aspirer toute chose. La végétation mourait et renaissait, plus sauvage, selon que le regard se posait sur un délire urbanisé ou sur une zone abandonnée, deux spécialités dans lesquelles la ville excellait. Les goélands, déchaînés et affamés, dessinaient des spirales à l'assaut des décharges. La nuit, ils étaient attirés par les spots supposés donner du faste aux grands monuments, et tournoyaient autour dans un vol macabre. Rome était un discours à part. Sous la pluie, c'était celui d'un fou qui, comme ce n'est pas rare, contenait des bribes de vérité.

Andreano vit les immeubles de Collatino. Les feux de stop allumés signalaient la présence d'un embouteillage gigantesque. La voiture ralentit, les klaxons trompetaient. Les gaz montaient lentement des pots d'échappement. La pluie, de plus en plus drue, déformait les véhicules et les habitations.

À Londres ou Paris, la pluie démontre qu'une ville moderne peut, le cas échéant, prendre la forme d'un navire de croisière : de son intérieur, on observe la mer tempétueuse en sirotant paisiblement un thé, assis parmi des cuivres reluisants. À Rome, la pluie rappelle à tout un chacun que la modernité est un battement de cils dans le déroulement infini du temps. Quand il pleut à Rome, les plaques d'égout sautent, la circulation disjoncte, les branches se cassent et tombent des arbres. Sur la via Cassia un couple de personnes âgées meurt écrasé par la chute d'un auvent. Alors un premier appel est lancé aux citoyens depuis la mairie, sur le Capitole : « Ne sortez pas de chez vous ! » Mais, tous autant qu'ils sont, les Romains sont dehors. Depuis le pont Milvius jusqu'à Garbatella, les rues se transforment en torrents noirâtres qui emportent les scooters garés. Les autobus cessent de circuler ou leurs itinéraires sont déviés. Les stations de métro ferment l'une après l'autre telles les ampoules d'une guirlande défectueuse. Les pompes, sorties d'entrepôts dévorés par la rouille, se retrouvent rapidement bloquées entre les voitures.

On dirait que la ville est sur le point de s'écrouler, laissant entrevoir une ville antérieure. Puis une autre ville, encore plus ancienne. Le vieux portique des Argonautes derrière l'autel de la Patrie. L'amphithéâtre de Caligula, disparu depuis des siècles, à la place du palais Borghèse. Si la pluie continuait, il y aurait fort à parier que les anciens dieux reprendraient possession des lieux. Mais ce n'est pas là le message. Tôt ou tard, toutes les villes seront détruites par la pluie. Que Londres ou Paris ne se fassent pas d'illusions. Pluie. Guerre ou famine. Temps, tout simplement. On sait tous que la fin du monde arrivera. Mais, chez l'homme, le savoir est une ressource fragile. La conscience de l'ultime, les habitants de Rome l'ont dans le sang, tant et si bien assimilée qu'elle ne suscite plus aucune réflexion. Pour ceux qui habitent ici, la fin du monde a déjà eu lieu, la pluie a pour seul effet pénible de faire déborder du verre un vin qu'en ville on boit du matin au soir.

La nuit était tombée quand Michele Andreano arriva aux bureaux de la via Verdinois. Valter et ses deux fils étaient à l'intérieur. L'agence de démarches automobiles était devenue un refuge au milieu du cataclysme. Valter était nerveux, Roberto avait la tête de quelqu'un qui s'efforce de regarder la réalité en face sans y parvenir, mais c'est Manuel qui retint l'attention de l'avocat.

« Manuel avait l'air défoncé, vraiment défoncé, complètement défoncé. »

Était-il possible que ses proches ne se soient aperçus de rien ? Il avait fallu qu'il soit soupçonné de meurtre pour que, illusoirement enfermée à double tour – les enfants se mettent à nu en mentant éhontément, les parents détournent les yeux de ces mensonges si mal dissimulés –, la réalité apparaisse au grand jour.

Valter résuma la situation à Andreano. Le trajet vers le Molise. L'aveu de Manuel. L'existence de ce complice dont personne ne savait rien. Enfin, le plus important : le corps.

L'appartement de Manuel n'était pas loin de là où ils se trouvaient actuellement, dix minutes suffiraient pour vérifier son récit. Mais ils ne pouvaient pas le faire immédiatement, dit l'avocat, ils devaient d'abord appeler les carabiniers.

Andreano se souvenait d'avoir dîné deux fois avec le jeune homme. Manuel avait été très taciturne, il avait participé à la conversation quand il aurait été impoli de ne pas le faire, mais il ne s'était pas ouvert. Difficile de savoir quel genre d'homme il était. Malgré sa passion pour l'informatique, il n'avait par exemple aucun compte sur les réseaux sociaux. Andreano avait dîné avec lui pour le conseiller sur un projet : Manuel travaillait à une application appelée MyPlayer. En théorie, elle devrait permettre aux clubs de foot professionnels de trouver en temps réel les jeunes talents les plus prometteurs éparpillés partout dans le monde. Une fois qu'un logiciel pareil verrait le jour, qui pourrait s'en passer ? Réservé mais déterminé, Manuel était convaincu d'avoir eu une intuition formidable, il se sentait prêt à faire le grand saut. Comme cela arrive avec les intuitions de ce genre, il craignait de se faire voler son idée. C'est pourquoi on avait fait appel à Andreano.

Quand Valter arrêta de parler, Andreano regarda Manuel.

« Ça te dirait qu'on discute, toi et moi ? »

Le jeune homme fit un signe qui ressemblait à une capitulation. Et, à la fois, il semblait soulagé.

« Bien, dit l'avocat. Laissez-moi seul avec lui. »

Valter et Roberto quittèrent la pièce. Manuel demanda une cigarette. L'avocat lui en tendit une. Manuel aspira une grande bouffée, comme s'il emmagasinait de l'oxygène après une longue apnée.

« Tu veux bien m'expliquer ce qui s'est passé ? » demanda Andreano.

Manuel écarta ses mains qui étaient peut-être depuis quelques heures celles d'un meurtrier, mais qui à cet instant ressemblaient seulement à celles d'un jeune homme qui ne sait pas faire son lit.

« On a fait un massacre.

— On qui ?

— Un ami et moi.

— Un ami. Comment il s'appelle ?

— Marco Prato. Ce n'est pas vraiment un ami.

— C'est qui alors ?

— Un type que j'ai rencontré au Premier de l'an. »

Il y eut quelques secondes de silence.

« La personne que vous avez tuée. C'est qui ?

— Je ne sais pas.

— Tu ne sais pas ?

— Je ne sais pas.

— Pourquoi vous l'avez tuée ?

— Je ne sais pas. Il pourrait n'y avoir aucune raison, ou n'importe laquelle. »

Manuel avait le nez bouché, la voix prise. Il paraissait dans un état de confusion, peut-être essayait-il de s'éclaircir les idées dans la « dimension réelle » alors qu'une part de lui était encore coincée dans une autre dimension, qui avait été la réalité de la veille et était maintenant celle du cauchemar, le conduisant à soupçonner que ces deux dimensions, celle du cauchemar présent et de la réalité de la veille, n'en formaient qu'une. Il se pouvait qu'il fût en train de se débattre à la frontière entre les deux, comme un naufragé qui essaie de sortir la tête de l'eau, mais il ne mentait pas.

Manuel soutenait fermement qu'il avait tué quelqu'un tout en se décrivant comme un démuni qui agit écrasé par des forces supérieures.

« Écoute, Manuel, dit Andreano, maintenant il faut que tu me dises si tu veux te rendre ou pas. Parce que si tu veux te rendre, j'appelle les carabiniers. Si tu ne veux pas, je dois me lever et partir, sinon je pourrais être accusé d'entrave à la justice.

— Je veux me rendre. »

Manuel prononça ces mots comme s'il n'attendait que cela.

> En date du 05/03/2016 à 18 h 50, notre caserne a reçu un appel téléphonique en provenance du Central de Rome, lequel nous informait qu'au n° 6 de la via Verdinois une personne, s'étant présentée comme un avocat, Andreano Michele, réclamait notre intervention parce qu'un de ses clients, du nom de Foffo Manuel, s'était rendu responsable d'un probable homicide.
>
> Les carabiniers Andrea Zaino et Alessio Gisolfi
> Caserne des carabiniers de Rome Prenestina

Andreano raccrocha. Il regarda Manuel. Il ne restait plus qu'à attendre. On entendait la pluie qui tombait dehors. Ils l'écoutèrent, immobiles. Un autre bruit se mêla au premier – *tac, tac* –, Andreano regarda le pied de Manuel qui martelait le sol. Le jeune homme était nerveux. Un quart d'heure passa. Personne n'arrivait. À Rome, quand il pleut, les automobilistes ne se décalent pas d'un centimètre, même s'ils entendent la sirène des carabiniers. D'autres minutes passèrent.

Un soupir plus profond, puis Manuel bondit sur ses pieds.

Andreano fronça les sourcils. Le jeune homme le regardait avec une expression qu'il n'arrivait pas à déchiffrer.

« Tu peux me donner une autre cigarette ? »

Quand il l'eut allumée, Manuel lui tourna le dos et quitta la pièce sans mot dire, il fit quelques pas, poussa la porte d'entrée, sortit du bureau et alla fumer dehors, fouetté par la pluie et par le vent. L'avocat le suivit des yeux, soucieux, puis Manuel disparut de son champ de vision.

Et s'il essayait de fuir ? S'il avait décidé de fuir *maintenant*, après qu'Andreano avait appelé les carabiniers, les mettant tous dans les ennuis jusqu'au cou ?

« Ça suffit, je vais leur remonter les bretelles ! » s'exclama l'homme en repoussant les couvertures.

« Sauvages », marmonna sa femme, la tête sous l'oreiller.

Au cinquième étage de l'hôtel San Giusto, les occupants de la chambre jouxtant la 65 n'arrivaient pas à dormir. Une chanson, passée en boucle depuis des heures, était en train de les rendre fous. Elle s'achevait et repartait du début. Les murs filtraient un peu le son, mais on entendait distinctement la voix de la chanteuse.

L'homme se leva. Sa femme se retourna dans le lit. L'homme enfila ses pantoufles, alluma la lumière pour chercher ses lunettes, l'éteignit, traversa la chambre et ouvrit la porte. Il sortit dans le couloir en quête de justice.

Ils étaient arrivés de Trévise la veille. Il était médecin. Lundi, il participerait à un colloque dans le quartier de l'EUR. Avec sa femme, ils avaient décidé de passer le week-end dans la capitale. Une très mauvaise idée. Ça faisait des années qu'ils n'étaient pas venus à Rome et ils n'imaginaient pas qu'ils trouveraient la ville dans cet état. Dans les rues, les gens étaient tout bonnement fous à lier. Les automobilistes avaient tous l'air d'assassins potentiels, et les piétons n'étaient pas en reste. Sur la piazza della Madonna dei

Monti, ils avaient assisté à une scène répugnante. À côté de la fontaine, un goéland dévorait un rat mort. Il avait ouvert son ventre à coups de bec et fouillait dans ses tripes. Une fillette avait tiré la manche de sa mère : « Maman, maman, le rat ! » La fillette avait l'air désolée. La femme s'était arrêtée, avait regardé sa fille comme si c'était une étrangère. Puis, se servant de sa main libre, elle lui avait administré une sonore taloche qui contenait peut-être la philosophie de la ville : « Qu'est-ce que t'as à brailler, imbécile ! C'est pas toi qu'es morte ! »

L'homme frappa à la chambre 65. Cette dernière était occupée par un jeune homme nommé Marco Prato mais, cela, il ne pouvait pas le savoir. Il attendit quelques secondes. À part la chanson, aucun son ne parvenait de l'autre côté de la porte. Alors il décida d'aller se plaindre à la réception.

Dans l'ascenseur, le titre de la chanson lui revint. *Ciao amore, ciao*, de Luigi Tenco, repris par Dalida.

« Hé, regarde ! »

Les carabiniers virent la silhouette d'un homme dans le rétroviseur. Une silhouette aux contours rendus troubles par la pluie qui courait derrière leur voiture en agitant les bras. Ils ralentirent. L'homme rejoignit le véhicule, un des carabiniers baissa la vitre.

« Bonsoir. »

L'homme déclara s'appeler Valter Foffo.

« Vous êtes passés devant mon bureau sans vous en rendre compte. »

Il était trempé, l'intensité de l'orage était à son comble. Déjà qu'il était difficile de voir au-delà du bout de son nez, lire un numéro de porte était une véritable gageure.

« Suivez-moi », dit-il.

Guidés par Valter, les carabiniers entrèrent dans le bureau. Andreano vint à leur rencontre en leur tendant la main. Puis un homme très bien habillé fit son apparition. Il se présenta comme Roberto Foffo. Enfin, les carabiniers virent Manuel. Le jeune homme n'avait pas fui. Il n'en avait jamais eu l'intention. À le voir à côté de Roberto, on peinait à comprendre quel était leur lien de parenté. Roberto donnait l'impression d'apporter un grand soin à son apparence, jusque dans les moindres détails. Les vêtements de Manuel étaient tout fripés. Les carabiniers lui demandèrent si c'était lui qui s'était accusé de l'homicide pour lequel ils avaient été appelés. Manuel acquiesça. Ils lui demandèrent s'il avait agi seul. Manuel répondit qu'il avait agi avec un ami nommé Marco Prato. Alors les carabiniers lui posèrent la question à laquelle Manuel n'avait pas été en mesure de répondre ni à son père ni à son avocat. Pour la troisième fois, il dit :

« Je ne sais pas comment s'appelle la personne que nous avons tuée. »

Les carabiniers lui demandèrent de leur donner son portable. Manuel ne se fit pas prier. Ils lui demandèrent le code. Manuel le leur donna. Puis ils lui demandèrent les clés de l'appartement, et Manuel les leur donna aussi. Vint alors le moment le plus difficile. Un des carabiniers sortit les menottes. Manuel regarda ces bracelets métalliques, puis il tendit docilement ses poignets aux forces de l'ordre. Les carabiniers déclarèrent à l'avocat que le jeune homme était en état d'arrestation.

MF : « Jeudi pro ne prévois rien si tu peux. Je t'appelle ces jours-ci. »
MP : « OK :) »
MF : « Parfait. »
MP : « Tu veux que je me fringue comment ? »

Échange sur WhatsApp entre Manuel Foffo et Marco Prato, un peu plus d'un mois auparavant.

Aucun être humain n'est à la hauteur des tragédies qui le frappent. Les êtres humains sont approximatifs. Les tragédies, pièces uniques et parfaites, semblent toujours sculptées par les mains d'un dieu. Le comique naît de ce contraste.

Les carabiniers se garèrent au pied du numéro 2 de la via Igino Giordani. L'immeuble se dressait dans l'obscurité zébrée par la pluie. Deux autres bâtiments identiques le flanquaient. En regardant la scène d'en haut, le spectateur aurait pu voir un immense rectangle noir à proximité. C'étaient les hêtres, les ronces, les fleurs des champs sous lesquels était enterrée la plus grande nécropole de la Rome impériale. Cette zone devait devenir un parc archéologique, mais le projet s'était enlisé dans des problèmes administratifs sans fin. Non loin des columbariums et des squelettes ensevelis depuis des millénaires, il y avait des terrains de sport, des bureaux de tabac, des petites boutiques et de grands immeubles.

Les carabiniers demandèrent à Valter de les conduire à l'appartement de Manuel. Andreano les suivit. Roberto les attendit au rez-de-chaussée. Manuel était dans la voiture des carabiniers, en état d'arrestation.

Quand ils furent arrivés au dixième étage, Valter leur indiqua la porte.

« C'est là ? » demandèrent les carabiniers.

L'homme acquiesça. Un carabinier enfila dans la serrure la clé que Manuel lui avait donnée. La porte ne s'ouvrit pas.

« Elle est bloquée. »

Ils furent traversés d'un frisson d'inquiétude où se nichait un espoir secret. Le fait que la porte soit fermée de l'intérieur contredisait les propos de Manuel. Cette première anomalie signifiait qu'il pouvait y en avoir d'autres. Les carabiniers entreprirent de forcer la serrure.

« Attendez. »

L'un d'eux avait entendu un bruit. Ils s'immobilisèrent. Il ne se passa rien. Ils recommencèrent à trafiquer la serrure.

« Arrêtez ! Arrêtez ! »

Cette fois, ils avaient tous entendu le bruit. Quelques secondes après, *quelqu'un* fit distinctement bouger *quelque chose* de l'autre côté de la porte. Les carabiniers sursautèrent, Michele Andreano et Valter Foffo se regardèrent, le cœur battant la chamade. Ils ne rêvaient pas. Il y avait quelqu'un dans l'appartement, quelqu'un de *vivant* !

« On était sur le point de se tomber dans les bras, de sauter et de crier de joie », se souvint plus tard Andreano.

Les raisons qui les avaient poussés à imaginer que la victime était encore vivante ne sont pas claires. À y penser la tête froide, il aurait pu y avoir n'importe qui derrière cette porte. À commencer par le complice de Manuel, ce Marco Prato dont personne ne savait rien. Cette hypothèse ne fut même pas envisagée. C'était forcément le jeune homme que Manuel affirmait avoir tué – blessé, peut-être grièvement, mais vivant. Ils pensèrent tous la même chose. Ce pauvre garçon avait réussi à se traîner jusqu'à la porte, et maintenant il essayait désespérément de sortir.

« Vite ! Dépêchez-vous ! »

On envoya Michele Andreano appeler une ambulance. Les carabiniers recommencèrent à forcer la porte. Valter se précipita au rez-de-chaussée pour annoncer l'incroyable nouvelle à Roberto.

La scène dura quelques minutes, et, en dépit de tous les efforts, on a du mal à ne pas l'imaginer orchestrée selon le rythme d'une comédie infernale.

Ce fut Roberto Foffo qui brisa le charme. Même s'il avait traité son frère de mythomane quelques heures auparavant, il avait dû revoir ses opinions entre-temps. Valter lui rapporta ce qui se passait en haut et Roberto demanda :

« Papa, tu es sûr d'avoir indiqué la bonne porte aux carabiniers ? »

Plus cruelle que la tragédie qui nous frappe est la tragédie à laquelle nous croyons avoir échappé. Quand la porte s'ouvrit enfin, la surprise des forces de l'ordre fut aussi grande que celle de la personne qui était de l'autre côté. La propriétaire âgée de l'appartement, persuadée d'avoir affaire à des cambrioleurs, se retrouva nez à nez avec deux jeunes carabiniers.

« Bonsoir, nous sommes chez Manuel Foffo ?

— Non, répondit la dame. Vous vous êtes trompés d'appartement. »

Roberto rafraîchit la mémoire de son père. Les carabiniers partirent dans une autre direction. Quelques minutes après, ils étaient devant une autre porte close.

Les derniers à l'avoir vu vivant étaient un employé de la mairie de Rome et une jeune fille blonde dont personne ne connaissait le nom.

L'employé de la mairie s'appelait Fabio Guidi. Âgé de quarante-cinq ans, il habitait à proximité de la via Trionfale. Il avait appris la nouvelle sur Internet (on ne parlait que de ça sur la Toile et dans les journaux) et avait reconnu le visage du jeune homme. Il raconta aux carabiniers qu'il l'avait rencontré par hasard vendredi à huit heures moins dix, peu avant sa mort.

Ce matin-là, comme d'habitude, Fabio Guidi s'était levé tôt, il était sorti de chez lui et avait pris le train pour se rendre au travail. Les rames à deux étages de cette ligne urbaine avaient pour but d'alléger le trafic routier – lentes, décrépites, semblables à de grosses bêtes blessées, elles formaient une cible parfaite pour les graffeurs faisant leurs premières armes.

« Je me suis installé à l'étage, côté fenêtre. Il était assis non loin de moi. À un moment donné, il m'a adressé la parole. »

Luca Varani portait un jean clair, des baskets, un blouson sombre, une casquette de base-ball et avait un sac à dos.

« Il m'a demandé si le train s'arrêtait à Tiburtina. J'ai répondu que je ne le savais pas, je prends soit le train qui arrive à Ostiense à 7 h 48, soit celui qui arrive à 7 h 56. Je lui ai conseillé de jeter un coup d'œil aux panneaux qu'il y a à tous les arrêts. »

Si la scène s'était déroulée à Milan, où les gens sont absorbés par leur travail, ou à Turin, où parler à des inconnus peut être jugé déplacé, ce voyageur n'aurait jamais mémorisé les traits du jeune homme, ses grands yeux noirs, sa belle bouche, son visage harmonieux et doux entre ombre et lumière qui, peint par le Caravage sur le corps d'un ange, aurait semblé familier aux visiteurs de Saint-Louis-des-Français. Cependant, à Rome, déballer sa vie au premier venu est un devoir social. Peu satisfait de la réponse, le jeune homme s'était confié avec fougue.

« Il a dit qu'il allait retrouver quelqu'un qui lui devait mille euros pour une voiture. "La bagnole il l'a prise, mais l'argent j'en ai pas vu la couleur." Apparemment, la personne qui lui devait cet argent lui avait conseillé de descendre à l'arrêt Tiburtina puis de prendre un taxi. "Je le prends comment le taxi, si j'ai pas un euro ?" »

Le train approchait de Primavalle, traversant des étendues de campagne, des banlieues dispersées aux immeubles délabrés, des champs remplis de ferraille et de cuvettes de toilette cassées.

« Le jeune homme m'a demandé si je pouvais surveiller son sac à dos et son portable qui était en charge et il a disparu au fond du wagon. Quelques minutes après, il est revenu avec cette fille. »

La fille en question avait entre vingt et vingt-cinq ans. Blonde, maigre, elle portait une longue veste sombre qui lui arrivait aux genoux et un pantalon moulant.

« Je pense qu'ils se connaissaient, dit l'homme. Ils se sont assis côte à côte et se sont mis à discuter. »

Si Rome n'était pas la ville où il est toujours permis de se mêler des affaires des autres, le voyageur n'aurait pas tendu l'oreille et n'aurait pas pu rapporter leur conversation.

« Il lui a demandé une cigarette. La fille a répondu qu'elle n'en avait pas beaucoup, mais elle a fini par lui en donner une. À un moment, il me semble qu'il lui a lancé quelque chose comme : “D'habitude je gagne trente, mais aujourd'hui je vais empocher mille.” Puis il a dit aussi : “S'il porte plainte, c'est moi qui vais porter plainte contre lui. Je le lui conseille, de porter plainte contre moi !” »

Le voyageur déclara aux carabiniers que Luca lui avait donné l'impression d'être fanfaron mais très naïf. Dans cette naïveté, on devinait aussi une douceur que sa crânerie apparente rendait encore plus profonde et émouvante.

Quelques arrêts après, la fille était descendue du train.

« Avant de partir, elle a dit : “Luca, fais attention, s'il te plaît.” Il a répondu : “Qu'est-ce que tu veux qu'ils me fassent ? C'est moi qui dois récupérer l'argent.” La fille avait l'air sérieux. »

Luca était alors revenu vers le voyageur.

« Il s'est lancé dans un discours sur les avantages possibles qu'il pouvait tirer des personnes qu'il devait retrouver. Il a affirmé : “Si je devais répéter l'adresse de la personne qui doit me donner l'argent à une autre personne que je connais, elle me donnerait deux mille euros.” Puis il a dit : “Des fois, on gagne à être malhonnête. Qu'est-ce que vous en pensez ?” J'ai répondu que je n'en pensais rien. »

Le jeune homme s'était ensuite plaint de son smartphone. Il avait dit qu'il allait devoir en racheter un, celui-là se déchargeait tout le temps. Le voyageur lui avait suggéré de n'acheter qu'une batterie, mais le jeune homme avait répondu qu'il avait déjà trouvé un acheteur pour son ancien portable : il allait le vendre quarante euros. Problème de batterie ou pas, il voulait un portable neuf.

« Et là il m'a expliqué qu'il avait besoin d'un ticket de métro. De Tiburtina, il devait aller à Ponte Mammolo. "Z'auriez pas un ticket à me donner, par hasard ?" Je lui ai répondu que non, je voyage avec un abonnement. Pour toute réponse, il m'a planté là. Comme ça. Il a récupéré son sac et son téléphone, il m'a tourné le dos, il a traversé le wagon et il a disparu au milieu des autres passagers. Il ne m'a même pas salué. »

Un beau rébus pour la police judiciaire. L'arrêt de métro Ponte Mammolo était un des plus proches de la via Igino Giordani. Pas le plus proche, cependant. On pouvait supposer que Luca Varani avait un autre rendez-vous avant celui qui lui serait fatal. Ou bien, plus simplement, que c'était la première fois qu'il se rendait via Igino Giordani et qu'il s'était trompé d'arrêt.

Autre mystère : qui était la personne qui, selon Luca, devait lui verser mille euros ? Et cette autre personne qui, informée de l'adresse de la première, lui aurait donné le double ? Peut-être que ces informations étaient trop confuses pour se transformer en hypothèses concrètes. Ou que le voyageur ne se souvenait pas bien. Avec un brin d'imagination, on pouvait avancer que Luca avait besoin de raconter ses problèmes à quelqu'un, mais qu'il l'avait fait dans un langage codé. Par exemple, la « voiture » n'était peut-être pas une vraie « voiture » mais autre chose. L'hypothèse était touchante, car on ne trouve pareille fusion entre la pudeur et le besoin d'exprimer ses sentiments que chez les jeunes gens. Mais les jeunes gens ne font confiance qu'aux autres jeunes gens. La blondinette. Avant de s'en aller, elle avait conseillé à Luca de faire attention. Attention à qui ? Lui avait-il confié quelque chose qu'il n'avait dit à personne d'autre ?

« Vous souvenez-vous d'autres détails sur cette jeune fille ? demandèrent les carabiniers au voyageur.

— Elle avait des cheveux lisses qui lui arrivaient en dessous des épaules, un joli visage, elle était maquillée mais pas trop. »

Rapidement, la jeune fille fit l'objet des conjectures les plus extravagantes. RECHERCHE UNE JEUNE FILLE BLONDE RENCONTRÉE DANS LE TRAIN, titra le *Corriere della Sera*.

Les esprits les plus inflammables imaginèrent qu'il s'agissait d'une apparition, d'une confidente imaginaire à laquelle Luca, sentant un danger approcher, avait pensé si intensément qu'elle s'était matérialisée dans le train à destination d'Ostiense. Un esprit bienveillant, voire un ange.

Quelques jours après, les carabiniers écoutèrent le récit d'une jeune fille blonde de vingt-quatre ans qui affirmait avoir parlé avec Luca Varani à bord du train en question. Elle déclara qu'elle le connaissait depuis l'adolescence. Ce matin-là, elle l'avait croisé par hasard, ils avaient parlé de tout et de rien jusqu'à ce qu'elle descende à son arrêt. Voilà tout : aucune allusion à un danger imminent, rien de spécial à signaler.

Un des carabiniers enfila la clé dans la serrure et, cette fois, la porte s'ouvrit.

Les forces de l'ordre entrèrent dans l'appartement, allumèrent la lumière, traversèrent le couloir, regardèrent autour d'elles. L'endroit était triste et exigu, vêtements, papiers gras, verres et bouteilles vides gisaient pêle-mêle dans le séjour. Le désordre était absolu, on aurait dit que le propriétaire des lieux s'était dévalisé tout seul. Sur le bureau s'entassaient des journaux et des magazines, dont un exemplaire d'*Uomo & Fitness*, un de *Millionaire*, des papiers, des ordonnances médicales, trois impressions A4 de la page Wikipédia sur « incitation ou aide au suicide ». Sur l'étagère à côté, il y avait des livres, essentiellement des textes de droit, des cours de langues, des manuels de développement personnel. Les tiroirs étaient remplis de boîtes de Xanax et de Serenase. Sur le meuble télé, il y avait un couteau de cuisine au manche noir. Aucune trace de sang sur sa lame.

Sur la table, du bazar aussi – paquets de cigarettes froissés, un carton de pizza, des flyers publicitaires et, présence inattendue, deux paires de chaussures (« Pour ne pas laisser de traces par terre : ces deux-là ont dû croire qu'ils pouvaient s'en tirer », dit un carabinier). Les stores, baissés aux trois quarts, rendaient l'atmosphère encore plus sinistre et étouffante. On pouvait supposer que, ces derniers jours, la lumière du soleil n'était jamais entrée dans l'appartement.

Dans la cuisine, l'évier était rempli de verres sales. Dans la salle de bains, les carabiniers remarquèrent une paire de chaussettes roulée en boule à côté du lavabo. Dans la baignoire, deux sacs en plastique l'un dans l'autre. Ils contenaient un bas de jogging taché par une substance sombre.

« On ne touche pas. On attend la police scientifique. »

Les personnes qui eurent la chance (ou la malchance, car certaines en furent hantées pendant des semaines) d'entrer dans l'appartement avant que les scellés soient posés racontèrent que la sensation de malaise était palpable. Certaines dirent que le désordre ambiant reflétait l'état mental de la personne qui avait occupé les lieux. D'autres, formulant en apparence une pensée plus banale, affirmèrent que l'appartement ressemblait à celui d'une bande d'étudiants ayant organisé une fête sauvage, puis qui étaient partis en laissant aux adultes la tâche de tout remettre en ordre. Un carabinier déclara que de pareilles expériences vous convainquaient définitivement que le mal n'était pas un concept abstrait, mais une présence tangible.

Dans la chambre, les carabiniers trouvèrent les tiroirs grands ouverts. Dedans, il y avait d'autres médicaments et une boîte de préservatifs. Par terre, un couteau de cuisine et un marteau de taille moyenne. Un peu plus loin, un oreiller, taché de sang. Les murs étaient tachés de sang. Un seau en plastique était rempli de papier essuie-tout, lui aussi taché de sang. Sur le matelas, une grosse couette orange recouvrait quelque chose. Les carabiniers approchèrent et la soulevèrent.

Le corps du jeune homme était élancé, athlétique. Hormis ses chaussettes en tissu éponge, il était complètement nu. Un couteau était planté dans sa poitrine. Il avait été frappé de façon répétée à la tête, au visage, à la bouche, sur les mains, dans les dents. Il présentait de profondes blessures au niveau du thorax, de larges déchirures à la base du cou. Les plaies profondes s'accompagnaient d'une infinité de lésions superficielles. Sa tête était inclinée vers la droite. Un fil en caoutchouc semblable à un câble électrique était à moitié enroulé autour de son cou. Peut-être avait-on aussi essayé de l'étrangler.

Les carabiniers étaient habitués aux règlements de comptes entre criminels. Dans ces cas-là, les événements se résumaient à quelques coups de feu ou à deux coups de couteau bien placés. La scène qu'ils avaient devant les yeux témoignait d'une explosion de violence d'un autre ordre. Les personnes qui s'en étaient prises à ce garçon s'étaient acharnées de manière impressionnante, elles avaient assouvi une fureur effrénée, primitive. Outre les blessures et les diverses atteintes, un autre élément du corps de la victime retenait l'attention : sur son bras gauche, s'étirant du haut du biceps presque jusqu'au coude, il portait tatoué le prénom MARTA GAIA.

Les carabiniers redescendirent au rez-de-chaussée. Les hommes de la police scientifique, le médecin légiste et le procureur arriveraient bientôt.

Entre-temps, la pluie avait cessé de tomber. Avant que Manuel fût conduit à la caserne de la piazza Dante, les carabiniers lui posèrent quelques questions : maintenant qu'il était établi que ce n'était pas un mythomane, une nouvelle phase débutait. Manuel dit que la victime s'était présentée chez lui le vendredi matin. Il ne l'avait jamais vue auparavant. Par contre, il connaissait Marco Prato depuis quelques mois. Ils lui demandèrent où était passé ce Marco Prato. Manuel répondit que, après avoir participé au meurtre, il avait quitté l'appartement avec de mauvaises intentions.

« Comment ça ? demanda un des carabiniers.

— Il est allé se tuer dans un hôtel à côté de la piazza Bologna », répondit Manuel.

MF : « On avance à demain soir ? Tu peux ? »
MP : « Qu'est-ce que tu veux faire demain soir ? »
MF : « Discuter puis courses. »
MP : « OK. Où ? »
MF : « Chez moi ? Comme tu veux. »
MP : « D'accord pour chez toi. »

Échange sur WhatsApp entre Manuel Foffo et Marco Prato quelques jours avant l'homicide.

« Un bateau est à l'abri dans le port, mais les bateaux ne sont pas faits pour cela. »

Cette citation de John Augustus Shedd fut le dernier post que Ledo Prato publia sur son blog avant d'apprendre que son fils était accusé de meurtre. Cette phrase – Ledo y avait adjoint un commentaire sensé : « Le port est peut-être aujourd'hui l'endroit le moins à l'abri » – ne faisait pas allusion aux relations entre parents et enfants, mais aux défis que les petites communautés doivent relever pour survivre aux tempêtes économiques du XXIe siècle.

Ledo Prato était manager culturel, un des plus estimés dans son milieu. Il avait soixante-huit ans, une femme et deux enfants adultes, un garçon et une fille. Il était né dans la région de Foggia, après le lycée il s'était installé à Rome, où il avait fait ses études et commencé sa carrière. C'était un homme à l'air doux et sérieux. Les gens qui le rencontraient voyaient en lui ce que l'on recherche, souvent en vain, chez les hommes occupant des postes à responsabilités : de l'équilibre, une force d'esprit, une absence de narcissisme.

Ledo Prato faisait du conseil pour le ministère des Biens culturels. Il était le secrétaire général d'une association s'occupant de la protection des œuvres artistiques. Dans le cercle de ses fréquentations, on trouvait des hauts fonctionnaires, des juristes, des universitaires, dont certains travaillaient pour le gouvernement. Qu'il s'adresse à des étudiants (il donnait des cours appréciés dans plusieurs universités) ou qu'il écrive dans les journaux, sa force aimable et sa cordialité frappaient tout le monde. Jamais une médisance, jamais une incorrection, c'était aussi un bon catholique, ou du moins il s'efforçait de l'être, et malgré la cruauté du monde il croyait que la capacité à œuvrer pour le bien prévalait toujours sur les élans destructeurs.

« C'est notre défi quotidien – répétait-il sur son blog –, des fois on gagne, d'autres pas, mais il ne faut jamais capituler devant le pire ! »

En bref, Ledo Prato ne laissait voir que ses bons côtés. Il était difficile de l'imaginer se laisser emporter, ou dominé par la colère. De manière générale, son attitude démentait rarement l'image que tout le monde avait de lui. Aussi, quand le 5 mars au soir il apprit que son fils avait des ennuis – des ennuis sérieux, des ennuis qui dépassaient l'imaginable –, ses pensées furent sans doute impénétrables, y compris pour ses proches.

« Marco *mon fils* ? »

Que se passa-t-il dans la tête de Ledo Prato à cet instant-là et les heures qui suivirent ? Permit-il à son optimisme de s'effondrer sous le poids des événements ? Ou usa-t-il de son bon sens et de sa prudence comme de loupes déformantes pour se dérober à la brutalité des faits ?

Le premier coup de téléphone fut celui d'Ornella Martinelli. Les carabiniers avaient trouvé son numéro et celui d'autres amis dans le téléphone de Marco. Ils les avaient appelés pour leur demander de joindre les Prato et les informer que les forces de l'ordre voulaient entrer en contact avec eux.

Ce n'était pas la première fois que Ledo recevait des nouvelles inquiétantes concernant son fils. Cela était déjà arrivé quand Marco habitait à Paris, puis quelque temps après à Rome. Cependant, des années avaient passé depuis et, jusqu'à ce coup de fil, il paraissait incontestable que les choses s'étaient beaucoup améliorées. Ledo adorait Marco. Il appréciait son intelligence, son sens de l'initiative, et bien que le père et le fils semblent à des années-lumière l'un de l'autre – un leader irréprochable de la bourgeoisie catholique ; un des organisateurs de soirées les plus exubérants de la scène gay romaine –, un lien profond les unissait. Peut-être étaient-ils entre autres liés par une mélancolie secrète, que l'un cachait derrière une grande réserve, l'autre derrière une vivacité extrême.

« Bien, Ornella, je te remercie. »

Après quelques coups de téléphone, Ledo Prato réussit à parler aux carabiniers. Ils lui demandèrent de les rejoindre à l'hôtel San Giusto, sur la piazza Bologna. Ils avaient trouvé son fils.

« Il est vivant », dirent-ils.

Il avait fait une tentative de suicide dans une chambre d'hôtel.

Quelques minutes plus tard, Ledo Prato aurait la certitude que Marco s'en sortirait – la piazza Bologna était à deux pas de chez lui. Mais, entre-temps, il apprendrait aussi que son fils était impliqué dans un meurtre atroce. Et, quelques jours après, il devrait bien constater – malgré sa foi dans l'humanité – l'étendue du cynisme, de la méchanceté, de la violence, de l'absence de tact, de la haine sociale qui avait contaminé tout le monde.

Son gros bourge de papounet trouvera bien un moyen, peu importe lequel, pour le tirer d'affaire.
Un bobo, un fils à papa qui se la pète : RACAILLE.

Ces commentaires furent les plus pacifiques parmi ceux qu'une marée d'inconnus se mit à cracher à la figure de Marco et de sa famille. Une foule déchaînée, dépourvue de toute retenue.

Ledo et sa femme, Mariella, se précipitèrent piazza Bologna. Le bateau avait quitté le port, la tempête venait de commencer.

Ornella Martinelli avait appelé Federica Vitale. Toutes les deux avaient échangé avec Lorenza Manfredi. Les premiers détails s'étaient mis à circuler dans leur petit groupe d'amis. Puis la nouvelle avait explosé, brisé les digues. Hospitalisé pour une tentative de suicide ? Liée à une histoire de *meurtre* ? Il y avait de l'excitation dans cette alerte, comme quand un événement incroyable arrive à un personnage public. Cela n'avait rien d'étrange : à sa manière, Marco Prato était un personnage public.

Qu'on le connaisse personnellement ou qu'on le suive de loin, le fils de Ledo Prato ne passait pas inaperçu. Vingt-neuf ans, de beaux yeux sombres, des cheveux coiffés en arrière. Il avait des lèvres sensuelles, une moustache qui mettait en relief son regard pénétrant : quand il posait les yeux sur vous, vous ne saviez pas si c'était parce que vous aviez éveillé son intérêt ou parce qu'il venait de vous ajouter à la liste des gens avec qui il était inutile de perdre son temps.

« Un snobinard qui se la raconte », disaient ses détracteurs.

« Une des personnes les plus affectueuses et intelligentes que j'aie jamais connues », rétorquaient ses admirateurs.

Marco Prato travaillait dans le monde de la nuit, il était organisateur de soirées. Avec deux associés, il en avait lancé une au mont Oppius qui s'appelait A(h)però. Il était aussi aux manettes d'autres événements. Pour le Premier de l'an, il avait organisé au Quirinetta une fête qui avait été une réussite. À Rome, pour beaucoup de ses participants, ce genre de divertissement n'était pas la récompense après une dure journée de travail, mais le point culminant d'un sommeil qui pouvait durer des années. Les lasers des DJ sets qui s'agitaient au cœur de la nuit sur les murs des thermes de Caracalla interceptaient les forces de la ville du dessous.

« Cherchons PERFORMEURS, DANSEURS/DANSEUSES, COMÉDIENS, COMÉDIENNES, CHANTEURS, CHANTEUSES, DRAG-QUEENS, GROUPES et ARTISTES en tous genres. Les auditions se dérouleront la première semaine de mars ! »

Au travail, Marco était brillant et convaincant. Il était soucieux de son image. Certains comportements déplaisants (refuser l'entrée dans un bar à quelqu'un qu'il n'en jugeait pas digne) faisaient partie de son métier. Cependant, il était pourvu d'une richesse linguistique peu commune, qui n'entrait pas dans l'outillage classique de l'organisateur de soirées.

« C'est un formidable causeur. »

« Il utilise toujours le bon terme, quand il parle il t'entoure peu à peu de discours très complexes, très recherchés. »

Il t'entoure ou *il te harcèle* ? Ses aptitudes rhétoriques pouvaient mettre ses interlocuteurs en difficulté ou – selon leur identité et son humeur à lui – les faire se sentir écoutés et appréciés.

« Il est vraiment habile », disaient-ils, mais ce n'était pas nécessairement un compliment.

« Marco est doté d'une sensibilité rare. Il *te voit.* Il identifie en toi ce qui échappe aux autres. Tu te retrouves à lui confier des secrets que tu n'avais jamais partagés avec personne. Et puis il est doux, attentionné. »

Crayon noir autour des yeux, ongles vernis, il pouvait sembler excessif (une tendance à dépasser les bornes ? De la drague sans retenue ?) lorsqu'on le rencontrait pour la première fois, mais après tout n'est-ce pas en général ainsi – par leur côté étonnant, non pas leur côté conventionnel – que les gens se font remarquer ?

Marco détestait les homophobes. Il défendait la scène gay. Il critiquait certaines « soirées droitisantes romaines » qui faisaient de l'œil à la scène homosexuelle dans le seul but d'« avoir une place dans la contemporanéité ».

« Ça veut dire quoi, soirée gay ? » lui demandaient ceux qui n'étaient pas dans le coup.

« Ça veut dire ghetto pour ceux qui ne sont pas à l'aise avec ça et lieu de liberté pour ceux qui n'ont pas de problèmes avec ça », répondait Marco.

Ses convictions politiques étaient molles mais sans équivoque (« En fin de compte, la politique c'est un peu comme une autoroute, disait-il. Sur la droite tu te sens plus en sécurité, mais ceux qui sont sur la gauche dépassent et avancent pour de bon. Et puis de toute façon… ceux qui doublent par la droite sont des connards ! »), mais à une campagne électorale barbante il préférerait toujours l'éclat des paillettes sur la robe d'une chanteuse à succès.

Ses relations avec sa famille n'étaient pas très claires. Marco avait eu le courage de sortir du placard à l'adolescence, à une époque où l'expression « coming out » n'existait pas encore. Il avait affronté la tête haute les moqueries de ses camarades. Au début, disaient ses amis, ses parents ne l'avaient pas bien pris. Il y avait eu des incompréhensions avec sa mère. Ledo s'était montré plus coulant. Au fil des ans, beaucoup de ces tensions s'étaient atténuées. Maintenant, Ledo suivait le parcours de Marco avec un orgueil sans réserve : comme tous les parents, il n'était pas dit qu'il comprenait tous les aspects du travail de son fils, mais ce jeune homme se donnait du mal, et un père n'est jamais insensible à cela. Marco exprimait publiquement son estime pour son père en lui souhaitant son anniversaire sur Facebook : « Toujours là pour me soutenir... même aujourd'hui. Joyeux anniversaire, papa ! » « Que c'est gentil, répondait Ledo sur le mur de Marco. Au fond, tous les pères (et les mères) soutiennent leurs enfants et savent qu'un jour les rôles s'inverseront peut-être. Mais ils ne s'inquiètent pas car ils savent que, s'ils les ont soutenus comme il fallait, ils auront des enfants forts et généreux qui sauront toujours les accompagner. Et je suis très heureux car je sais qu'il en ira ainsi avec mes enfants ! Je t'aime ! »

De temps à autre, une goutte de chagrin semblait suinter de l'obstination tranquille que Ledo mettait à faire le bien. Chez son fils, ce chagrin prenait la forme d'une mythologie resplendissante. Marco adorait la musique française, il connaissait les chansons de Dalida par cœur, il vouait un culte à la beauté de sa voix et à sa vie tragique. Marco ne se contentait pas d'écouter Dalida, il l'*idolâtrait*, il savait tout sur son compte, il aurait *voulu être elle*. Il roulait à tombeau ouvert dans les rues de Rome à bord de sa Mini Cooper en chantant *Loin de moi* à gorge déployée.

Dans un monde qui vous juge sans vous donner de seconde chance, Marco semblait devoir dissiper tout soupçon quant à sa victoire dans un combat décisif : opacité contre brillance. Anonymat contre notoriété. N'est-ce pas un problème auquel tout le monde est confronté ?

Certains affirmaient que, ces derniers temps, Marco avait changé. Qu'il semblait tendu, irritable, quand on le croisait dans un bar on pouvait regretter d'être allé vers lui.

« Tu lui dis bonjour et il te détruit avec une remarque cinglante. Tu ne comprends pas pourquoi. Et peut-être qu'il ne le comprend même pas lui-même. »

« Son travail ne se passe pas très bien. Il est toujours fauché, il demande de l'argent à droite à gauche. »

« Regarde-le bien. Qu'est-ce que tu vois ? C'est la coke qui le fait sourire comme ça. »

D'accord, il arrive à tout le monde de traverser des périodes difficiles, mais comment se faisait-il que la police le recherche ?

Ses amis auraient haussé les épaules s'ils avaient appris que Marco avait passé deux nuits dans un hôtel, défoncé à la cocaïne. Les plus proches n'auraient même pas été surpris s'ils avaient appris qu'il avait fait une tentative de suicide : c'était déjà arrivé. Mais un meurtre… Marco Prato qui tuait quelqu'un ? On pouvait tout au plus l'imaginer *draguer* quelqu'un sous les lumières stroboscopiques d'un bar, offrir un cocktail à un garçon tout juste rencontré, conduisant l'objet de ses attentions à faire ce que, quelques minutes auparavant, il avait nié vouloir faire. Mais tuer… *Commettre un meurtre, Marco ?* C'était impensable, impossible, on ne pouvait concevoir un fait plus absurde, sinon celui (comme le signala perfidement un détracteur) qu'il l'ait commis dans un affreux appartement du quartier de Collatino.

« Maman, ne monte pas chez papi et mamie, il faut que je te parle. »

Daniela Pallotto rentra à Rome dans la soirée. C'étaient ses cousins qui l'avaient ramenée du Molise. Elle était estomaquée que son ex-mari et ses fils l'aient abandonnée à l'enterrement. La journée avait été difficile, mais le pire restait à venir. Quand elle vit une ambulance au pied de son immeuble et, non loin, son mari, son fils aîné et un monsieur corpulent qui semblait veiller sur eux, elle comprit qu'il s'était passé quelque chose. Il s'était passé *quelque chose d'autre.*

Dès que la voiture s'arrêta, Roberto vint à sa rencontre et lui dit de laisser ses parents rentrer chez eux. Il devait lui parler. Le monsieur corpulent les rejoignit aussitôt. Il se présenta comme l'avocat de Manuel. *L'avocat de Manuel ?* Elle ne comprit pas. Alors, Roberto dit que Manuel s'était accusé d'homicide. Le cadavre d'un jeune homme avait été trouvé dans son appartement. Il devait avoir été tué quelques mètres au-dessus de sa tête, probablement pendant qu'elle était chez elle.

« À ce moment-là, je me souviens que j'étais complètement déboussolée », raconta la femme aux carabiniers.

Elle avait enterré son frère le jour même, elle venait de raccompagner ses parents âgés qui avaient perdu un de leurs enfants, et maintenant on lui disait que son fils *à elle* avait commis un homicide.

Mme Pallotto fut conduite à la caserne avec les membres de sa famille.

Pendant ce temps, les carabiniers restés via Igino Giordani frappaient aux portes des voisins. Ils avaient quelques questions à poser aux habitants de l'immeuble. Quel genre d'homme était Manuel Foffo ? Avaient-ils entendu des bruits suspects ces derniers jours ? Des gens qui criaient ? Qui appelaient à l'aide ?

Les personnes interrogées décrivirent Manuel comme un garçon « extrêmement normal », « extrêmement tranquille », « extrêmement sympathique ». Entendre l'ordinaire décrit à renfort de superlatifs est toujours une expérience intéressante. À la question de savoir si Manuel avait un travail, quelques résidents répondirent, indignés : « Bien sûr qu'il travaille ! », ce qui montrait combien ils étaient informés les uns sur les autres. Aucun n'avait entendu ou vu quoi que ce soit de suspect.

« Pourtant, dans ces appartements, on entend *tout*, même le bruit des couverts qui tombent par terre, même les pas des gens qui entrent et sortent de chez eux. »

Ce n'est pas un enquêteur qui affirma cela pour mettre les habitants de l'immeuble en difficulté, mais la personne que cette information aurait dû tout particulièrement perturber, s'adressant précisément aux enquêteurs.

La mère de Manuel déclara aux carabiniers qu'elle non plus n'avait rien entendu de bizarre et, s'ils y réfléchissaient, c'était précisément cela qui aurait dû éveiller leurs soupçons. Elle les invita à prendre cette aberration apparente comme un indice, ajoutant que son fils était un garçon « réservé »,

« poli », absolument « paisible », il était impossible qu'il ait tué quelqu'un. C'était lui qui s'était accusé ? Bien, il pouvait avoir endossé une faute qui n'était pas la sienne.

Les jours suivants, elle revint à la charge.

« Tout ce que j'entends sur cette affaire me semble anormal, impossible. »

Quand on lui rappela que, en dépit de toute anormalité, le cadavre d'un jeune homme de vingt-trois ans avait *vraiment* été trouvé dans l'appartement de son fils, la réponse ne se fit pas attendre.

« Ce garçon ne faisait pas partie de la bande de vieux amis de Manuel. Et puis je me demande : qu'est-ce qu'un garçon de vingt-trois ans faisait chez lui ? Mon fils a presque vingt-neuf ans et il ne voit que des gens de son âge. »

Beaucoup d'individus bizarres traînaient dans cet énorme immeuble, ajouta-t-elle, dont certains *très* bizarres, était-il possible que personne ne remarque la *bizarrerie* de toute cette histoire ?

Dans les heures qui suivent un homicide, les enquêteurs ne peuvent écarter aucune hypothèse. Il faut interroger des gens, analyser des pièces à conviction, confronter des déclarations. N'importe qui peut mentir. N'importe qui peut dire la vérité. Les carabiniers écoutèrent le récit de la mère jusqu'au bout. Avec une force inversement proportionnelle à celle qu'on aurait pu imaginer de sa part, elle essaya de les convaincre qu'ils n'étaient pas sur la bonne voie et en arriva presque à laisser entendre que le cadavre avait été introduit dans l'appartement à l'insu de son fils. Les enquêteurs soupesèrent attentivement chacun de ses mots. Cependant, l'emphase excessive d'un locuteur peut parfois devenir le principal motif de perplexité de son interlocuteur, et ils commencèrent à penser que cette dame essayait juste d'exprimer sa déchirante incrédulité.

La police scientifique sert précisément à éclaircir ces questions.

Ses agents arrivèrent tard ce soir-là à la caserne. Ils saluèrent les autres forces de l'ordre et demandèrent dans quelle pièce se trouvait l'homme arrêté. Ils se présentèrent à Manuel, échangèrent quelques politesses avec lui, se montrant très gentils. Puis ils lui demandèrent de baisser son pantalon et de retirer ses chaussures et ses chaussettes pour lui faire des prélèvements avec un écouvillon.

« Tout carabinier doté d'un minimum d'expérience essaie de faire ces prélèvements le plus tôt possible, raconta l'un d'eux. Quelqu'un suspecté d'homicide, ou quelqu'un qui a avoué un homicide, tend à dire la vérité dans les premières heures. Puis quelques jours passent, la personne va discuter avec son avocat, et ce dernier peut la convaincre de déclarer que c'est nous qui lui avons extorqué son aveu sous la menace. Les versions des mis en cause peuvent changer. Il est plus difficile de contester des prélèvements scientifiques. »

Manuel se déshabilla. Il y avait entre les orteils de petites taches sombres que les agents remarquèrent immédiatement. Ils remarquèrent aussi son tatouage. Bizarre. Alors que Luca Varani s'était fait tatouer le prénom de sa petite amie sur le bras, Manuel Foffo, lui, avait sur le mollet le logo d'un des restaurants de sa famille, le Dar Bottarolo, un choix plutôt étonnant. Un carabinier passa un écouvillon sur la plante de ses pieds et sur ses genoux. Les tubes à essai furent fermés avec des bouchons à pression et envoyés au laboratoire. Les résultats des analyses allaient bientôt exclure catégoriquement la possibilité que Manuel se soit retrouvé avec un cadavre chez lui sans le savoir.

Il n'y a rien de plus difficile que de faire changer des parents d'avis sur le compte de leurs enfants. Il y a des parents persuadés que leurs enfants sont irrémédiablement des perdants, d'autres qui croient avoir mis au monde des génies, ou plus modestement des personnes incapables de faire des erreurs. Cette cécité peut être exaspérante, mais dans les cas extrêmes elle éveille la compassion. Commença à circuler la rumeur, vraie ou fausse, que la mère de Manuel passa les mois suivant l'arrestation de son fils à attendre son retour à la fenêtre, immobile. Il y avait eu une erreur judiciaire. Une immense méprise. Il fallait laisser le temps aux enquêteurs de comprendre ce qu'elle avait parfaitement compris dès le début en écoutant son cœur de mère. Un matin – tôt, très tôt – la pâle silhouette de son fils apparaîtrait au bout de la via Igino Giordani.

MF : « On dit 23 h chez moi ? Tu t'occupes des courses ? Je te rembourserai, bien sûr. »
MP : « Je pensais que ce soir tu gérais ça. Cette fois je ne peux pas dépenser et la dernière fois j'y ai laissé 7 ou 800 balles. »
MF : « OK, mais je ne peux pas dépenser plus de 150. »
MP : « C'est quoi l'adresse déjà ? »
MF : « Via Igino Giordani, 2. Appelle quand tu es en bas. »

Échange sur WhatsApp entre Manuel Foffo et Marco Prato trois jours avant l'homicide.

Ciao amore, ciao est une chanson de 1967, que Marco Prato adorait.

Ce morceau écrit par Luigi Tenco eut une genèse plutôt compliquée et passa par différentes versions. La version définitive racontait le mal-être d'un jeune homme ayant quitté la campagne pour s'installer en ville, un thème encore actuel dans l'Italie de l'époque. Paraît-il que Tenco n'en était pas satisfait. C'est la chanteuse française Dalida, avec qui Tenco avait une relation, qui le convainquit que cette chanson pouvait concourir au festival de Sanremo[1]. La suite n'est que trop connue. *Ciao amore, ciao* ne fut pas retenu par le jury populaire ni par la commission de repêchage, qui lui préféra *La Rivoluzione* de Gianni Pettenati et Gene Pitney, dont on ne se souvient d'ailleurs aujourd'hui que pour cette raison.

Tenco apprit qu'il avait été éliminé alors qu'il dormait sur une table de billard, où il avait sans doute atterri après s'être soûlé. Alors il se leva, regagna sa chambre d'hôtel et, quelques heures après, il se tira une balle dans la tempe.

1. Festival de chanson italienne très connu et très suivi depuis sa création en 1951. (*N.d.T.*)

Son cadavre fut trouvé dans la nuit. À côté de son corps, il y avait un mot d'adieu destiné à devenir célèbre.

> *J'ai aimé le public italien et je lui ai inutilement consacré cinq ans de ma vie. Je ne fais pas cela parce que je suis fatigué de la vie (pas du tout) mais comme geste de protestation contre un public qui envoie* Io tu e le rose *en finale et contre une commission qui sélectionne* La Rivoluzione. *J'espère que ça éclaircira les idées de certains.*
> *Ciao.*
>
> *Luigi*

Deux jours après, *Ciao amore, ciao* s'était déjà vendu à quatre-vingt mille exemplaires.

Cependant, ce n'était pas la version de Luigi Tenco que Marco Prato écoutait en boucle, mais sa reprise par Dalida. L'histoire semble avoir été écrite par un scénariste indifférent aux questions de vraisemblance : après avoir fait sa déposition à la police, Dalida rentra à Paris. Elle chanta *Ciao amore, ciao* en public. Le 27 février, un mois jour pour jour après le suicide de Tenco, la chanteuse fit semblant de partir en Italie. Au lieu de cela, elle se rendit à l'hôtel Prince-de-Galles, prit sous un faux nom la chambre 404, celle où Tenco séjournait quand il était à Paris. Enfermée à l'intérieur, elle rédigea trois lettres d'adieu (une pour son ex-mari, une pour sa mère, la dernière pour ses fans) et avala une quantité excessive de barbituriques. Elle fut sauvée par une femme de chambre. À ce stade, *Ciao amore, ciao* s'était déjà vendu à trois cent mille exemplaires.

Dix ans plus tard, en 1977, Dalida traversa une autre période de dépression. Quelques années auparavant, son ex-mari Lucien Morisse s'était suicidé, et son ex-compagnon Richard Chanfray devait se donner la mort quelques années après. Une épidémie. Le 3 mars 1987, Dalida se barricada dans sa villa de la rue d'Orchampt, où elle ingurgita un cocktail de barbituriques. Sa tentative réussit. Sur le mot d'adieu qu'elle avait laissé, il y avait simplement écrit : « La vie m'est insupportable. Pardonnez-moi. »

Presque trente ans après, le 5 mars, au cinquième étage de l'hôtel San Giusto à Rome, une nuit mouvementée s'annonçait.

La femme de chambre de service rapporta que l'occupant de la 65 avait écouté *Ciao amore, ciao* à un volume élevé dès l'après-midi. Les clients des chambres voisines avaient commencé à protester.

« Marco Prato s'est présenté à la réception entre minuit et minuit et demi, raconta le réceptionniste aux carabiniers. Il a demandé une chambre pour deux nuits. Il m'a donné son passeport, et moi je lui ai donné la clé de la chambre. Il a voulu payer à l'avance, en liquide.

— De quoi d'autre vous souvenez-vous ? demandèrent les carabiniers.

— Il portait un blouson en daim, et il avait un sac en toile avec lui. Je lui ai donné le mot de passe pour le Wi-Fi, et il m'a dit qu'il voulait dormir tard, et donc qu'il ne voulait pas de ménage le lendemain matin.

— C'est la dernière fois que vous l'avez vu ?

— À vrai dire, non, répondit le réceptionniste. Je l'ai revu en bas peu avant l'aube. Malgré l'heure, il n'avait pas l'air fatigué. Je lui ai demandé si je pouvais lui être utile et il m'a demandé un stylo. Je crois que je lui ai donné un Bic. Une demi-heure après, j'ai fini mon service. »

Les carabiniers arrivèrent à l'hôtel San Giusto autour de neuf heures et demie du soir. Depuis la caserne de la piazza Dante, ils avaient téléphoné à tous les hôtels du quartier jusqu'à ce qu'ils trouvent le nom du jeune homme.

Ils demandèrent un passe-partout au réceptionniste, montèrent au cinquième, la chambre de Marco Prato se trouvait au milieu du couloir.

« C'est la chanson de Luigi Tenco, constata un carabinier en s'approchant de la porte.

— La reprise par Dalida », précisa un de ses collègues avant de frapper. Pas de réponse.

Le premier carabinier sortit le passe-partout. La porte résistait, elle devait être verrouillée de l'intérieur. Les carabiniers forcèrent la serrure.

La chambre était sobre et agréable. Le sol était couvert de la même moquette rouge que le couloir, les murs étaient peints d'une couleur claire et, sur celui de droite, au-dessus du lit, il y avait une reproduction d'une Vierge à l'enfant. La chanson de Dalida provenait d'un iPhone 5 en charge sur la table de chevet. Par terre, il y avait un homme couché sur le ventre, la tête glissée sous le lit. Les carabiniers approchèrent. L'homme était en état de confusion mentale. Les cinq flacons de Minias sur le bureau étayaient l'hypothèse de la tentative de suicide. À côté des flacons, il y avait une bouteille d'Amaro del Capo, signe que les somnifères avaient été accompagnés d'une prise d'alcool pour accroître leur effet.

Les carabiniers soulevèrent le jeune homme. Deux d'entre eux essayèrent de parler avec lui, le troisième appela une ambulance. Après un bref échange, où le jeune homme réussit à prononcer son prénom et son nom (« Marco Prato »), les carabiniers le sortirent de la chambre et le conduisirent vers l'ascenseur en le soutenant par les bras. L'ambulance attendait devant l'hôtel. À quelques mètres de là, dans la rue, il y avait les parents de Marco : ils avaient eu le temps d'arriver sur place avant que leur fils soit emmené à l'hôpital. Quand il le vit, Ledo Prato s'élança vers lui, le père et le fils s'embrassèrent, Ledo murmura quelque chose à Marco, puis le jeune homme fut embarqué dans l'ambulance, qui s'en alla vers l'hôpital Pertini, toutes sirènes hurlantes.

Les carabiniers fouillèrent la chambre maintenant vide de son occupant. Sur le porte-valise contre le mur, ils trouvèrent une fourrure synthétique. Par terre, il y avait le sac en toile dont le réceptionniste avait parlé. Les carabiniers l'ouvrirent. Ils découvrirent à l'intérieur un soutien-gorge rembourré, une paire de chaussures aux talons ornés de motifs floraux, une robe moulante léopard, une culotte en dentelle et une perruque bleu électrique.

Sur le bureau, à quelques centimètres des flacons de Minias et à côté du stylo Bic, il y avait sept feuilles lignées, sur lesquelles étaient écrites cinq lettres d'adieu.

La première était adressée aux parents de Marco Prato. Elle contenait ses dernières volontés sous forme de liste numérotée :

Volontés pour maman et papa

1) Faites la fête pour mes obsèques. Pas d'église. Je voudrais cérémonie laïque, fleurs, chansons de Dalida, beaux souvenirs. Une fête ! Amusez-vous !

2) Appelez « Private friends », le centre capillaire de la piazza Mazzini pour régénérer mes cheveux avant de me faire incinérer. Mettez-moi ma cravate rouge. Donnez mes organes. Laissez-moi le vernis rouge, sur les mains aussi. Je me serais plus amusé si j'avais été une femme !

3) Organisez toujours, une fois par semaine/mois, dîner ou déjeuner avec mes vrais amis que j'ai énormément aimés. Lulli, Serena, Miriam, Doda, Ornella, Francesca, Fiore, Monica, Patrizio, Guido, Fabio, et beaucoup d'autres.

4) Faites toujours des fêtes. Écoutez Dalida :) de temps en temps.

5) Mettez Ciao amore, ciao *quand vous aurez fini la fête pour moi et rappelez-vous tous ensemble mes plus beaux sourires.*

6) Jetez mon téléphone et détruisez-le, avec mes 2 ordinateurs. Ils cachent mes mauvais côtés.

7) Occupez-vous de Silvana et de Loredana qui m'ont élevé avec vous.

8) Elena Maria Crinò, ma psy. Je vous en prie, soyez à ses côtés parce que c'est une des rares personnes grâce à qui j'ai vécu des années équilibrées.

9) Défendez mon nom et mon souvenir malgré ce qui se racontera.

10) N'essayez pas d'en savoir plus sur mes côtés troubles. Ils ne sont pas beaux.

11) Écrivez sur mes comptes sur les réseaux sociaux qu'il va y avoir une fête. Après, essayez de les fermer sans intrusion ni enquêtes.

JE VOUS AIME !

La deuxième lettre était elle aussi adressée à ses parents. Le ton y était plus intimiste. Certains passages laissaient transparaître la nature d'une relation qui, les mois suivants, devait soulever des rafales de suppositions chez les carabiniers, le procureur, les psychiatres, criminologues, journalistes, ainsi que chez une foule innombrable de curieux.

Maman et papa,

Je vous aime et je vous ai toujours aimés ! Je n'ai ni colère ni rancœur, rien que de l'amour pour vous. Maman, je t'ai aimée chaque jour de ma vie et tu ne dois pas penser à nos silences, pas même une seconde, parce que pour moi ils n'ont jamais existé. Je vais mal ou peut-être que j'ai toujours été comme ça. J'ai découvert des choses horribles en moi et dans le monde. La vie fait trop mal : ce que j'ai compris d'elle m'est insupportable. Essayez de vous aimer et de continuer vos vies. Ne vous sentez jamais coupables à cause de tout ça. Allez de l'avant, continuez à vous soutenir et à vous projeter comme vous me l'avez appris. JE VOUS AIME.

La troisième lettre était adressée à Patrizio Archetti et Guido Bonazzi, les associés de Marco dans son activité d'organisateur d'événements.

Pour A(h)però
Pour Patrizio
Pour Guido
Gardez ma détermination. N'oubliez jamais notre bébé. Gardez-le en vie et nourrissez-le autant que vous pouvez !
Patrizio, prends soin de toi. Tu as été mon meilleur ami. Aide-toi, et ne pense jamais que tu peux perdre ça de vue.

La quatrième lettre était adressée à ses amies, le cercle magique de présences féminines que quiconque enquêtant sur la vie de Marco Prato ne cesserait de croiser.

Pour Lulù
Mon roc
Pour Serena
Ma certitude
Pour Doda
Mon sourire
Pour Lolla
Mon cerveau
Pour Miriam
Mon histoire

Je vous aime toutes. Prenez soin de vous. Rappelez-vous toujours de moi pour ce qui a été beau.

La dernière lettre d'adieu était plutôt générale, et son écriture de plus en plus chaotique, signe que son auteur l'avait rédigée alors que le somnifère était en train de faire effet.

Pour toutes les personnes, amours et amis que je n'ai pas cités. Je vous aime aussi mais j'écris tout ça alors que je suis en train de partir. Je pense à vous et je vous demande pardon. À toutes les personnes à qui j'ai fait du mal ou que j'ai oublié de citer.
Pardonnez-moi
Je n'y arrive pas
Je suis fatigué et une personne horrible
Rappelez-vous seulement mes bons côtés

JE VOUS AIME

Lâcher prise et imposer un ordre. Exercer un contrôle sur ce que l'on abandonne pour toujours. L'état d'esprit qui animait les lettres de Marco visait l'impossible. Mais c'étaient d'autres aspects qui intéressaient les carabiniers. Par exemple, la demande de détruire ses ordinateurs. « Ils cachent mes mauvais côtés », avait écrit Marco. Et, bien sûr, son iPhone. Grâce à ce dernier, les enquêteurs remontèrent à l'identité de la victime en quelques heures.

À Rome, tout le monde connaît le coin de la piazza Bologna où habitait la famille de Marco Prato. Autour de la poste, un bâtiment rationaliste massif construit sous le fascisme, un quartier destiné aux classes moyennes supérieures s'est développé au fil du temps. Non loin se trouvent la Villa Torlonia et la Villa Mirafiori. Les rues regorgent de bars et d'épiceries fines. Le soir, le quartier se remplit de jeunes gens qui boivent et écoutent de la musique.

De même, tout le monde connaît le quartier où habitaient les Foffo. À la différence de la piazza Bologna, le quartier de Collatino n'est pas un point de ralliement. Les grands immeubles de la via Bergamini ne sont certainement pas attractifs, pas plus que les allées arborées et silencieuses où des hommes solitaires promènent leurs chiens. Ceux qui traversent Collatino le font toujours parce qu'ils vont ailleurs, toujours concentrés sur autre chose, et de la sorte le lourd mobilier urbain s'insinue dans leur esprit comme les images que nous transférons de la veille au sommeil avant de nous endormir.

Cependant, à Rome, certains lieux appartiennent uniquement à la dimension onirique. Testa di Lepre. Grottarossa. La Storta. Beaucoup de Romains connaissent leur existence mais n'y sont jamais allés, ces noms les fascinent mais ils ne sauraient pas les placer sur une carte muette. La vérité est que les frontières de Rome ne sont pas définies. Derrière le Vatican commence la voie Aurélienne. Au bout de quelques minutes, la lumière se fait plus claire, les habitations se raréfient, la végétation prend le dessus sur les constructions humaines. Après le périphérique, on trouve des renards, des huppes, des sangliers. Arrivés à ce point, nombreux sont ceux qui croient être sortis de Rome. Pourtant, peu à peu la ville se reforme. Quelques maisons isolées. Puis de grands immeubles. Encore des pins et des prés en friche. Après le croisement avec la via Boccea, l'horizon s'abaisse, le ciel est vaste. Des moutons broutent dans les pâturages de l'autre côté des barrières longeant la route. Les premières fermes font leur apparition. De temps à autre, une entreprise vinicole. La via della Storta. Au 248, il y a une vieille pompe à essence. Cinq cents mètres plus loin, une bâtisse en briques rouges, entourée d'une grille. On la reconnaît parce que, le soir ou tôt le matin, il y a toujours une fourgonnette garée devant, avec écrit en bleu sur son flanc : EURO DOLCIUMI.

C'était là que Luca Varani habitait avec ses parents. Son père, Giuseppe, était vendeur ambulant de friandises et de fruits secs. Il faisait le tour des fêtes de village à bord de ce véhicule (« un camion automagasin », ainsi qu'il l'appelait). Cet homme âgé de soixante et un ans avait la peau mate, les cheveux courts, il était trapu, pas très grand, et ses yeux étaient petits et durs. Il ne se rasait pas souvent et avait une épaisse moustache.

Le vendredi 4 mars à dix heures du soir, M. Varani et son épouse, Silvana, étaient très inquiets. Luca avait disparu sans rien dire. Le jeune homme, âgé de vingt-trois ans, était leur fils unique. Il travaillait chez un carrossier de Valle Aurelia et donnait de temps en temps un coup de main à son père pour les foires. Il n'avait pas donné signe de vie depuis son départ le matin. Beaucoup de jeunes gens n'éprouvent pas le besoin d'informer leurs parents de tous leurs faits et gestes, mais Luca appelait presque toujours sa mère quand il ne rentrait pas pour dîner. Comme il n'avait pas appelé, c'était elle qui lui avait téléphoné. Le portable de son fils avait d'abord sonné dans le vide, puis, après minuit, elle était tombée directement sur la messagerie. Giuseppe et Silvana avaient continué à essayer de le joindre pendant des heures avant de finir par aller se coucher, se préparant à passer une nuit difficile.

Le lendemain, Giuseppe avait appelé Marta Gaia. La petite amie de son fils avait vingt-deux ans, elle travaillait dans la restauration.

« Allô ? Marta ? »

La jeune femme s'était entendu poser la question qu'elle-même aurait voulu poser au père de Luca dès qu'elle avait vu son nom apparaître sur l'écran.

« Vous ne vous êtes pas disputés, par hasard ?

— Non », répondit Marta Gaia.

« Non », dit à son tour Giuseppe quand Marta Gaia lui retourna la question.

Être injoignable. Se couper du monde comme forme de protestation. Il arrivait que Luca le fasse, ce que Marta Gaia ne supportait pas : des disputes terribles avaient éclaté à cause de sa manie de disparaître sans donner d'explications.

Après Marta Gaia, Giuseppe Varani appela Mario Aceto, le propriétaire de la carrosserie où Luca travaillait. Les deux hommes se connaissaient peu. Giuseppe expliqua la situation. Aceto lui dit que la veille Luca ne s'était pas présenté au travail. Il avait été malade, non ?

« Comment ça, malade ? » demanda M. Varani, surpris.

Eh bien, raconta le carrossier, Luca lui avait envoyé des messages limpides. Dans le premier, il écrivait qu'il avait mal au ventre. Dans le second, il était entré dans les détails : il ne quittait pas les toilettes et n'était pas en état de venir à la carrosserie.

« D'accord, Mario, merci », dit M. Varani.

À ce stade, il était clair que quelque chose ne tournait pas rond.

Pour autant que Giuseppe sache, les jours précédents son fils n'avait pas été malade, ni fièvre ni mal de ventre, ni rhume, rien de rien. L'homme se rendit aussitôt chez les carabiniers. Il patienta puis, quand on l'invita à expliquer la raison de sa venue, il l'exposa calmement.

Les carabiniers lui conseillèrent d'attendre encore un peu avant de s'alarmer. Son fils était majeur et il n'avait disparu que depuis un jour, il pouvait s'être éloigné de son plein gré. Il était en droit de le faire. Certes, c'était étrange.

Giuseppe Varani et les carabiniers se dirent qu'ils se tiendraient au courant. Le père de Luca sortit en secouant la tête. Il rentra chez lui et recommença à attendre avec Silvana. Midi fut avalé par l'après-midi, qui s'écoula à son tour. À neuf heures du soir, Giuseppe Varani rappela les carabiniers. Y avait-il du nouveau ? Ils lui dirent que non, qu'ils l'appelleraient immédiatement si c'était le cas. Dehors, l'air s'était rafraîchi, les ténèbres étaient descendues sur les pins et sur les fermes.

MP : « RDV confirmé pour les courses. »
MF : « OK à tout'. »
MP : « Je suis en bas, là où il y a l'église et l'accès piéton. »

Échange sur WhatsApp entre Marco Prato et Manuel Foffo trois jours avant l'homicide.

Marco Prato arriva aux urgences de l'hôpital Pertini le samedi 5 mars à 22 h 10 et en ressortit le lendemain à 14 h 15.

L'aide-soignant écrivit dans son dossier clinique : *Absorption de 5 flacons de Minias + une bouteille d'alcool fort. Patient partiellement collaboratif. Forces de l'ordre présentes sur place.*

Contrairement à ce qu'aurait pu laisser présager la sirène allumée de l'ambulance, l'état de Marco Prato ne s'avéra pas critique. Sa tension systolique était de 130 et sa tension artérielle diastolique de 75, sa fréquence cardiaque de 84 battements, son taux de saturation en oxygène de 96 %. Les analyses toxicologiques révélèrent qu'il avait pris des somnifères, consommé de la cocaïne et de l'alcool dans des quantités élevées mais pas létales. Il ne fut pas nécessaire de lui faire un lavage gastrique.

« Au vu des informations contenues dans son dossier, la vie de ce patient n'était pas en danger, dit le directeur des urgences quelques jours après. J'ai de sérieux doutes sur l'absorption de cinq flacons de Minias. Avec cinq flacons, le patient aurait été dans un état autrement plus critique. »

Après cette première consultation, Marco Prato fut ausculté par deux médecins qui confirmèrent son bon état de santé (souffle normal, aucun déficit neurologique) et fut envoyé voir une psychiatre. Quoique rudimentaire et peut-être simulée, il s'agissait tout de même d'une tentative de suicide, faite par un patient arrivé à l'hôpital escorté par les carabiniers.

La psychiatre remarqua immédiatement deux détails qu'aucun stéthoscope n'aurait pu repérer. Les ongles de Marco Prato étaient vernis. Ses cheveux étaient faux. La belle chevelure noire que cet homme arborait en public – et peut-être même dans l'intimité – était un postiche. Cela expliquait la référence à la régénération capillaire dans une de ses lettres d'adieu. Marco Prato était en train de devenir chauve.

La psychiatre entreprit d'ébaucher un dialogue. Malgré la persistance d'un certain état de confusion mentale – sans parler de la conscience d'être dans de beaux draps –, Marco se montra parfaitement en mesure de tenir une conversation.

Il me demande pourquoi on a saisi son téléphone portable et pourquoi il ne peut pas voir ses parents, écrivit la psychiatre dans son rapport. *Il dit se souvenir qu'il était avec un garçon appelé Fabrizio. Puis il se corrige et dit que ce garçon s'appelle Manuel, c'est une connaissance avec qui il avait décidé de passer plusieurs jours à consommer de la cocaïne.*

Manuel raconta à la psychiatre qu'il prenait de la cocaïne depuis des années. Il s'en vanta presque, d'une manière qui, vu la situation, était pour le moins déconcertante : « Je suis pour les excès, dit-il. Quand on dépasse les bornes, il faut le faire comme il faut. »

Cela ne ressemblait pas à un aveu. Marco avait usé du ton doux et assertif auquel il recourait pour donner une image de lui qui convenait à lui-même en premier lieu. Il dit à la psychiatre qu'il avait l'habitude de consommer du Stilnox. Il en prenait pour dormir. Alors que le Minias, il l'avait pris pour tenter de se suicider. Quelques minutes après, se contredisant en partie, il affirma que, selon les moments, le Minias lui servait à atténuer ou à augmenter l'effet de la cocaïne. Il parla de sa psy, le docteur Crinò. Il la voyait deux ou trois fois par semaine. Puis il passa à sa vie familiale. Il dit qu'il habitait dans un appartement que ses parents lui avaient acheté, mais qui leur permettait de le tenir « sous leur joug ». Il parla de son travail. Pour que son activité marche, développa-t-il, il fallait savoir exploiter une qualité qu'il possédait.

« C'est-à-dire ? s'enquit la psychiatre.

— Le pouvoir de séduction », répondit Marco.

Puis il demanda quelque chose à se mettre sous la dent : « Je n'ai pas mangé depuis six jours. »

Quand je lui demande pourquoi, il sourit, nota la psychiatre.

Marco continua à parler, construisant à grand renfort de détails un personnage au bénéfice d'un public constitué dans ce cas d'une seule personne. Il faut dire qu'il s'en sortait bien. Ses efforts pour capter l'attention n'étaient jamais pathétiques ou banals.

Aucune orientation dépressive ne se dégage de l'humeur du patient, écrivit la psychiatre. *Bien qu'il ne soit pas entièrement rétabli, il semble lucide et pourvu de repères.*

Les enquêteurs furent frappés par une autre remarque de la psychiatre.

On ne relève pas de culpabilité ou d'autoaccusation, ni de sentiments de honte ou de désespoir. Le patient conserve une estime de soi correcte.

Quelques heures après, Marco sortait de l'hôpital.

« On a touché le fond avec la fermeture de deux guichets de la billetterie du Colisée. C'était au début du mois, et cet incident dans un monument emblématique de Rome a mis en évidence le problème des rats dans la capitale. Hier, le parquet a ouvert deux autres enquêtes sur cette question. »

Francesco Salvatore, *La Repubblica*

« Alerte au service de néonatalogie de l'hôpital San Camillo de Rome : 16 enfants et 17 membres du personnel soignant ont été contaminés par le staphylocoque doré. Les contrôles effectués par l'agence régionale de santé ont confirmé la présence de la bactérie chez des enfants qui présentaient des symptômes tels que des dermatites, des conjonctivites et des otites. Le personnel a été soumis à un traitement antibiotique. »

Camilla Mozzetti, *Il Messaggero*

« Des crevasses s'ouvrent dans les rues de Rome, le bitume s'effrite et cède dès qu'il pleut. De petits et grands nids-de-poule déforment les boulevards et les routes. Hier, la situation à Parioli était chaotique. Des embouteillages et des difficultés peu après 17 heures, quand le viale della Moschea a été fermé.

Les automobilistes ont cherché des parcours alternatifs pour échapper aux bouchons : certains d'entre eux ont fait tomber à coups de bâton le filet orange qui barrait l'accès au boulevard. »

Adelaide Pierucci, *Il Messaggero*

Francesco Scavo arriva à la caserne peu avant minuit. Cinquante-huit ans, né à Rome, il était le procureur à qui la direction de l'enquête avait été confiée. Il venait de la via Igino Giordani. Il avait vu le cadavre. Ensuite, il s'était directement rendu ici, à la caserne de la piazza Dante, pour rencontrer Manuel Foffo.

Pas très grand, des yeux vifs, des cheveux noirs dont une petite mèche lui tombait sur le front, Francesco Scavo était un de ces hommes chez qui l'humanité et l'intelligence allaient de pair. Il savait d'expérience que la déduction est un outil dangereux quand elle n'est pas précédée par l'écoute, une qualité favorisée chez lui par sa curiosité intacte à l'égard des personnes qu'il rencontrait par le biais de son travail. À le voir en action, on aurait dit que pour lui le genre humain n'était pas une erreur à mesurer avec la règle divine de la justice, mais un puits insondable que les outils de la justice s'efforçaient d'éclairer un tant soit peu.

« Scavo est arrivé entre onze heures et onze heures et demie pour l'interrogatoire, se souvint Michele Andreano. Je l'ai dévisagé et il m'a semblé éprouvé. Bon, ça se comprend : n'importe qui l'aurait été après avoir vu ce qu'ils avaient fait à ce pauvre gamin. »

À en juger par le nombre d'homicides commis, Rome ne paraissait pas une ville si dangereuse. Elle était violente sur le plan psychique. Sur son immense territoire on respirait un air tendu, furieux, à même d'inspirer aux plus stupides une conduite insensée en même temps qu'une complète capitulation. On aurait dit qu'ici la violation de la loi ne visait pas à subvertir l'ordre mais à confirmer une stagnation grotesque. Les crimes commis par la pègre évoquaient un délabrement généralisé. Les crimes entre conjoints transpiraient l'impuissance. Les homicides familiaux (un père tue son fils à coups de fusil, un frère tue sa sœur à coups de hache) bouillonnaient de rancœur et de frustration. Cependant, ce soir-là, au dixième étage de cet immeuble de la via Igino Giordani, on aurait dit que tout le désespoir, le ressentiment, l'arrogance, la brutalité, le sentiment d'échec dont la ville débordait s'étaient concentrés en un seul endroit.

Le procureur fit rapidement le tour de la caserne. Il salua les carabiniers, ainsi que la famille de Manuel. Il s'assura que le mis en cause était en état d'être soumis à un interrogatoire, qu'il prévoyait bref. Puis il salua Me Andreano.

« Cigarette ? »

La pluie avait cessé. En dépit de la pollution lumineuse, quelques étoiles brillaient dans le ciel au-dessus de l'Esquilin. Les camions poubelles brisaient le silence de la piazza Vittorio. Les sans-abri – restés immobiles pendant des heures sous les arcades – avaient disparu. Les magasins des Chinois étaient fermés. Africains et Bengalis s'étaient évaporés dans les ombres de San Lorenzo. Le rêve de quartier multiethnique qui avait caractérisé la décennie précédente s'était effondré sur lui-même, n'engendrant ni conflit racial ni lutte des classes, mais un sommeil, des dysfonctionnements, un doux délabrement dans lequel, entre vomi et déchets, tout le monde s'enfonçait lentement.

« Ça m'a tout l'air du coup classique de la soirée avec sexe et drogue qui tourne mal », dit Scavo.

Le procureur décrivit à l'avocat ce qu'il avait vu dans l'appartement. Le désordre. Les stores baissés. Le corps nu du cadavre. Il tendit une cigarette à Andreano. L'avocat l'alluma et aspira la première bouffée. Scavo en avait allumé une aussi. Il tira dessus puis posa la question :

« Qu'est-ce qu'il fait ? Il fait valoir son droit au silence ? »

Cela arrivait très fréquemment. Si Manuel faisait usage de son droit au silence, l'interrogatoire se résumerait à quelques échanges formels, et les révélations importantes ne viendraient que les jours suivants.

« Non, il veut parler. »

Francesco Scavo sursauta, écrasa sa cigarette à peine commencée d'un geste si énergique que l'avocat fit de même, alors que c'était pourtant lui qui lui avait donné cette information (le jeune homme voulait vider son sac, il n'avait pas l'intention de se retrancher derrière l'article 64 du code de procédure pénale).

« On y retourne. »

L'interrogatoire commença.

Dans la pièce, outre Scavo et Andreano, il y avait aussi le colonel des carabiniers Giuseppe Donnarumma, le capitaine Lorenzo Iacobone, le lieutenant Mauro Fioravanti. En face d'eux, Manuel avait un aspect effroyable et était épuisé, mais il était en mesure de répondre aux questions. Et il paraissait même pressé, comme si le fait d'avoir cédé de manière si radicale au mal lui donnait une occasion que la « normalité » – que nous confondons avec la pratique du bien – lui avait longtemps refusée.

« Vous êtes accusé d'avoir participé à un homicide avec circonstances aggravantes, avec Marco Prato, entre le 4 et le 5 mars 2016, à Rome, dans l'appartement où vous habitez, dit Francesco Scavo. Savez-vous comment s'appelle le garçon qui a été tué ?

— Non.

— Même pas son prénom ?

— Non.

— Vous ne vous êtes pas présentés ?

— Si, sans doute, mais... en fait... je ne me souviens pas de son prénom.

— Il s'appelle Luca Varani, ce garçon.

— Je ne sais pas.

— Bien, vous ne le savez pas. Maintenant, vous devez me dire si vous voulez répondre à mes questions ou non.

— Je veux répondre.

— Avant tout, dit alors Scavo, vous reconnaissez avoir tué ce garçon ?

— Oui.

— Seul ou avec cette autre personne, qui s'appelle... ?

— Marco Prato.

— Comment vous l'avez tué, ce garçon ?

— À coups de couteau. Et à coups de marteau.

— Qui a fait quoi, précisément ?

— Nous avons tous les deux participé à l'homicide.

— Combien de temps ça a duré ?

— Ça a duré. Ce qui fait mal dans cette histoire, c'est que franchement... en fait, il a *beaucoup* souffert. »

Il suffisait de poser une question et les réponses venaient, sans résistance. Les personnes présentes comprirent qu'elles se trouvaient dans une situation plutôt rare : cette fois, ce n'était pas la justice qui tâchait d'éclairer les replis obscurs de la nature humaine, c'était le fond du puits qui remontait, impétueux, vers ceux qui se penchaient pour le regarder.

« Commençons du début, dit Scavo.

— Au début, il se passe que Marco et moi on se retrouve.

— C'est vous qui contactez Marco Prato ou c'est lui qui vous contacte ?

— On s'est échangé des messages, on s'était entendus sur le fait qu'on se reverrait. Je précise qu'on s'est connus il y a deux mois, pour le Premier de l'an, et puis on s'est revus vite fait pour boire un verre de vin.

— Vous ne vous connaissez pas depuis longtemps.

— Voilà. Mais, le truc c'est… on savait qu'on prenait tous les deux de la cocaïne. Quand on s'est vus, on a passé trois jours chez moi, mais on n'est pas restés tout le temps seuls tous les deux.

— Qui d'autre y avait-il ?

— Par exemple, un autre garçon que je connais vite fait est venu.

— Quand ?

— Entre mercredi et jeudi, je crois.

— Vous souvenez-vous de l'identité de ce garçon que vous connaissez *vite fait* ?

— Il s'appelle Alex, lui aussi je ne l'ai vu qu'une fois.

— Alex comment ?

— Je ne me souviens pas de son nom de famille. Je l'ai enregistré dans mon téléphone comme Alex Tiburtina.

— Alex Tiburtina.

— Parce que je l'ai rencontré dans une pizzeria sur la via Tiburtina.

— Bien. Donc entre mercredi et jeudi, il est venu.

— Oui, mais Alex est venu dans un contexte où… le truc… bon, on avait pris des stupéfiants… mais… on était encore dans une logique de…

— Vous aviez encore conscience de vous-mêmes.

— *Conscience*, voilà. On arrivait à avoir une discussion. »

Manuel parlait d'une voix hésitante et changeante, il était embarrassé, puis son propos se faisait fluide, deux phrases après il semblait s'ennuyer terriblement, son discours contenait une série de « en fait » et de « franchement » qui sont le bruit de fond à Rome, dans cet éternel désordre où l'on fait connaissance par hasard dans une pizzeria puis où l'on se retrouve sur le lieu d'un massacre.

« Alex est venu, dit Manuel, et à un moment il y a aussi un ami de Marco qui nous a rejoints… je ne me souviens pas de son prénom… Damiano ! Il s'appelle Damiano. Puis, par contre, quand Luca est arrivé…

— Qu'est-ce que ça veut dire "quand Luca est arrivé" ? C'est vous qui lui avez dit de venir ?

— Moi je ne le connaissais même pas. C'est Marco qui lui a écrit sur WhatsApp.

— Quelle quantité de stupéfiants aviez-vous consommée ?

— Beaucoup. Je ne saurais pas quantifier.

— Alors dites-moi combien vous avez dépensé.

— Alors… j'ai retiré de l'argent… puis surtout Marco… disons… il avait aussi retiré avec la carte de Damiano. En tout, on a dû y laisser genre mille cinq cents euros. Vraiment beaucoup. Quoi qu'il en soit, pendant ces trois jours Marco a fait plusieurs choses de son initiative, par exemple il prenait mon téléphone et il appelait mes contacts, ou alors il me…

— Marco est homosexuel ? »

En théorie, c'était une question sans pertinence, mais le procureur avait flairé quelque chose et il suivait la piste.

« Oui, il est homosexuel », répondit Manuel.

Aussitôt, il éprouva le besoin de préciser :

« Enfin, moi je suis hétéro… mais, le truc… je vois Marco… enfin, *je vois* c'est un grand mot… c'est la deuxième fois qu'on se retrouve… c'est que… *je ne sais pas* si les amis de Marco sont homos ou hétéros.

— Par exemple, Marco s'intéressait à vous ? demanda Scavo.

— Oui.

— Il l'a manifesté de façon explicite ?

— Oui.

— Vous l'aviez compris ?

— Oui, souffla Manuel.

— Et vous avez répondu à ses attentes ?

— J'ai connu Marco par des amis communs, on a passé la soirée du Nouvel An ensemble… puis, il se passe que… Marco et moi on s'est drogués… *il a voulu* rester chez moi avec l'excuse de me donner encore de la cocaïne… et alors, il se passe que… il se passe que… le truc c'est que… Marco Prato m'a fait une fellation. »

Une relation sexuelle entre hommes, cela n'avait rien d'extraordinaire. Toutefois, les propos de Manuel laissaient transparaître une grande gêne, et Scavo savait que certaines obsessions – sans importance en soi, terriblement importantes pour celui qu'elles tourmentent – pouvaient jouer un rôle de premier plan dans le mécanisme complexe qui pousse les hommes à accomplir les actes les plus insensés.

« Quand cela a-t-il eu lieu ?

— Franchement… je comprends que je ne suis peut-être pas crédible, mais ça m'a dégoûté. Tellement que je ne voulais plus être en contact avec Marco. Mais on avait des amis en commun… alors d'un côté je ne voulais plus être en contact avec lui, mais de l'autre *je ne pouvais pas* ne plus être en contact avec lui… parce que le truc, monsieur le procureur… c'est qu'il y avait cette vidéo…

— Une vidéo ?

— Oui.

— Qui a filmé ?

— Tous les deux, on a fait la vidéo ensemble. Une vidéo où il me faisait une fellation. »

Le lendemain, le ciel était encore couvert. Il pleuvait par intermittence. Un soleil pâle et lointain éclairait les champs de La Storta quand la voiture des carabiniers arriva.

Giuseppe Varani était réveillé depuis longtemps. Il n'était même pas sûr d'avoir dormi. La tension le tenait dans un état de lucidité difficile à décrire. Tension et angoisse. La première fois qu'il l'avait vu, c'était de la tension et de l'espoir qu'il avait éprouvés. Vingt-trois ans auparavant, quand ils l'avaient adopté. Luca le savait. Tout le monde le savait. Plusieurs fois, la femme de Giuseppe était tombée enceinte puis avait perdu l'enfant. Les médecins leur avaient dit que ça devenait dangereux. Alors, Giuseppe et Silvana s'étaient renseignés. Ils avaient entendu parler de couples qui étaient allés au Brésil. D'autres à qui il avait suffi de s'adresser à un orphelinat en Émilie-Romagne ou juste aux portes du Latium. Quand on s'intéresse à ce sujet, on finit par entendre tout et n'importe quoi. Giuseppe et Silvana avaient fait de nombreuses demandes. Multiplier les pistes accroît les chances de réussite.

Quand il s'était rendu en ex-Yougoslavie pour la première fois, Giuseppe avait fait le voyage avec un Macédonien qui lui servait de guide. Le pays était détruit par la guerre. Ils étaient arrivés à Bitola, à côté du lac Prespa. L'orphelinat était là. Les religieuses s'étaient montrées très gentilles. Elles lui avaient demandé ses papiers, l'avaient enregistré, lui avaient fait remplir des formulaires. Si quelque chose se débloquait, elles le contacteraient, avaient-elles dit, puis elles l'avaient salué, et il était rentré à Rome sans savoir que penser.

Au mois de mai de l'année suivante, en 1993, Giuseppe Varani avait reçu un appel téléphonique. L'orphelinat de Bitola. Silvana et lui étaient partis sur-le-champ. Sur le trajet, ils avaient croisé les casques bleus. La guerre était finie. Ils leur avaient conseillé de ne pas s'éterniser : risque d'attentats.

À l'orphelinat, une surprise les attendait. Les enfants adoptables étaient au nombre de trois, et ils devaient en choisir un. Ils n'avaient pas imaginé les choses ainsi, ils croyaient que l'attribution serait automatique, basée sur des critères administratifs et un système de priorités, mais non, tout reposait sur leur choix. Trois employés de l'orphelinat étaient arrivés, chacun avec un enfant dans les bras. Cette scène digne d'un film était dramatique. En en choisissant un, tu portes tort aux autres, avait pensé Giuseppe. Il avait échangé des regards nerveux avec sa femme. Le premier d'entre nous qui reconnaît notre fils parmi ces enfants le signale à l'autre, et l'autre acceptera son choix, étaient-ils convenus. Mais ils n'avaient pas terminé leur conversation qu'un des trois enfants avait souri. Un sourire magnifique, qui leur était adressé. Giuseppe l'avait pris dans ses bras, et voilà, le choix était fait. Les employés de l'orphelinat étaient sortis de la pièce, emportant les autres enfants. C'était une sensation incroyable : tu regardes pour la dernière fois des enfants qui auraient pu être les tiens. Si tu avais fait un autre choix, ç'aurait été un autre enfant. Un autre, pas lui. Lui, et pas un autre.

Ils viendraient les interviewer. Ils ne les laisseraient pas en paix pendant un an. Giuseppe ne se déroberait pas. Il parlerait, crierait, invectiverait, protesterait, il se ferait une réputation d'homme irascible et de tête chaude. Tout le monde dirait : « C'est normal, son fils a été massacré, à sa place j'aurais fait pire. » Mais ensuite, on le critiquerait dans son dos, on blâmerait son ton enflammé, ses origines populaires. Cependant, il était utile. Il y avait des pages à remplir, des émissions télé qui perdaient la moitié de leur intérêt s'il n'y était pas interviewé. Ils revenaient l'amadouer. Au début, il était toujours embarrassé devant les caméras, mais au bout de quelques minutes il se détendait, se mettait à parler en dialecte, reparcourait l'affaire avec son sens fin de l'analyse miné par ses sautes d'humeur. Au bout d'un moment, sa voix se brisait. La manière atroce dont ils l'avaient assassiné. Ils avaient commis ces horreurs, et non contents ils l'avaient aussi calomnié. Ils venaient de familles bourgeoises, ils avaient de bons avocats, ils feraient n'importe quoi pour s'en tirer. Perpète ! Perpète ! Voilà, c'était parti. Il criait, les yeux fixés sur la caméra. Le journaliste disait au cameraman de rester en gros plan. Le cynisme était leur pain quotidien, personne ne le leur reprocherait.

De temps à autre, un journaliste plus intelligent posait une question différente.

« Monsieur Varani, qu'avez-vous éprouvé quand vous êtes rentré en Italie avec cet enfant ?

— Un sentiment de victoire, répondait-il, fier.

— À quel moment précis vous êtes-vous *vraiment* senti le père de Luca ?

— Tout de suite, immédiatement. Quand je l'ai pris dans mes bras. J'ai senti que c'était notre fils.

— Qui a choisi son prénom ?

— Luca, ça plaisait à ma femme. Elle aimait ce prénom. C'est très bien comme ça.

— Comment Luca était-il, enfant ?

— C'était un enfant vif. Un enfant que tout le monde appréciait. Il se faisait aimer, il créait des liens avec n'importe qui, il était ouvert, solaire. Vous voyez ? Luca était comme ça, enfant. »

Les journaux publieraient des dizaines de photos de Luca. Âgé de quinze, dix-huit, vingt ans. C'était un très beau garçon. Un regard doux, de grands yeux, des pommettes saillantes. Torse nu avec un chaton dans les bras. Prenant la pose comme un rappeur. Bien habillé, avec veste noire et chemise blanche, sur la piazza Colonna. Et puis les photos avec Marta Gaia. Des dizaines d'images où les deux amoureux se tiennent enlacés.

Luca et Marta Gaia sortaient ensemble depuis qu'ils avaient quatorze ans. Selon certains, c'était le summum du romantisme. Selon d'autres, c'était un peu étouffant. À cet âge, il est bon de faire des expériences, disaient-ils, on ne peut pas passer tout son temps avec la même fille.

Parfois, Luca disparaissait. Il y avait des moments de la journée où personne ne savait où il était. Rome permet de se cacher, quand on veut être tranquille. Il s'était inscrit dans un lycée professionnel, mais s'était fait exclure, alors il avait commencé des cours du soir. Il avait abandonné juste avant de passer son diplôme et il était allé travailler à la carrosserie. Il aurait repris ses études, dirent ses professeurs après l'homicide. C'était un garçon intelligent, doué en maths, toujours curieux de tout. Il aurait eu son diplôme, disaient-ils, bien sûr qu'il l'aurait eu.

Les carabiniers sonnèrent à la porte. Giuseppe Varani alla ouvrir. Il les regarda. Ils étaient seuls.

« Entrez, je vous en prie », dit-il.

Deux d'entre eux étaient en civil, deux en uniforme. Alors qu'il leur tournait le dos pour leur montrer le chemin, Giuseppe réfléchissait. Luca n'était pas avec eux. Vu qu'il n'était pas là, si les nouvelles avaient été bonnes, il les aurait reçues par téléphone.

« Qu'est-ce qu'il s'est passé ? demanda-t-il sans attendre d'avoir gagné le salon.

— Nous allons vous le dire, répondit un des carabiniers.

— Vous savez où est Luca ? insista Giuseppe.

— Nous l'avons vu », dit un autre carabinier d'un ton vague.

L'ambiance était si bizarre que parler franc devenait difficile. M. Varani sentit son anxiété monter en flèche.

« Vous voulez bien nous offrir un café ? s'enquit un carabinier pour essayer de détendre l'atmosphère.

— Bien sûr, quelle question. Je vais le préparer. »

M. Varani pensa alors que Luca avait des ennuis avec la justice. Il s'était fait arrêter. Voilà ce qui s'était passé. Une bagarre. Il s'était tapé dessus avec quelqu'un.

« Les jeunes peuvent se fourrer dans des milliers de situations impossibles, le soir », dirait-il des mois après, pour relater les sensations de ce matin-là.

C'était vrai, il peut se passer tout et n'importe quoi avec les jeunes. Mais ce qu'il parvenait à imaginer n'était rien à côté de ce qu'ils devaient lui annoncer. La réalité est trop brutale pour que l'esprit humain puisse la supporter. L'esprit humain est structuré pour endiguer la réalité. Il réorganise le mystère terrible du temps. Il occulte la pensée de la mort. Il donne un nom aux choses dans leur nudité, puis il les transforme en symboles.

« Peut-on faire un tour de la maison ? »

Les carabiniers avançaient à tâtons. Il n'existait pas de mode d'emploi, pas de protocole à suivre. Chaque fois, tout était laissé à la sensibilité des personnes impliquées. C'était une tâche difficile, surtout que les destinataires de la mauvaise nouvelle comprenaient souvent d'eux-mêmes. Ils comprenaient mais ils préféraient attendre. Alors, les carabiniers se sentaient en devoir de respecter ce besoin, et tout le monde se mettait à tourner autour du pot pour faire en sorte que *ça* ne soit pas vrai le plus longtemps possible.

« Faites donc, quelle question. »

Les carabiniers s'éparpillèrent dans la maison. Ils disparaissaient derrière une porte, revenaient. Giuseppe ne restait jamais seul.

« Comment sont vos relations avec votre fils ?

— Bonnes, bonnes. Enfin, normales, quoi.

— C'est vrai que vous l'avez adopté ?

— Oui, confirma-t-il.

— Quelles sont les habitudes de Luca ? »

Les questions pleuvaient de toutes parts. Giuseppe répondait, tâchant de le faire au mieux. Luca est mort. La phrase sortit soudainement de la bouche d'un des carabiniers. Il faut créer une situation absurde avant d'annoncer une nouvelle absurde.

« Mort ? Comment ça, *il est mort* ? Hein ? Comment ça, *il est mort* ?

— Il a été tué », dit le carabinier.

En entendant cela, Giuseppe Varani aurait pu s'écrouler par terre. Mais il tint bon sur ses jambes, immobile devant les forces de l'ordre. Il y a eu une bagarre et quelqu'un a dû sortir un couteau, pensa-t-il : comme dans une chute, la pensée précédait le choc.

« On les a arrêtés, ils ont avoué, s'empressa d'ajouter un autre carabinier.

— Où est-ce qu'il a été tué ? » demanda M. Varani.

Plus la réalité détruisait les digues du supportable, plus sa pensée se hâtait de les reconstruire quelques mètres plus loin.

« Dans un appartement, dit le carabinier, brisant de nouveau les barrières mentales de l'homme.

— Dans un appartement ? »

Il fallait que le drame ait eu lieu dans la rue pour qu'il ait encore un tant soit peu de sens. Un piéton ne s'arrête pas au feu, il se fait insulter par un automobiliste. Ils en viennent aux mains. Chute, fatalité. Ou bien : tu offenses quelqu'un de dangereux. La rue est l'endroit idéal pour te le faire payer. Mais non, ce n'était même pas ça.

Quelques heures après, on l'accompagna à la morgue pour qu'il reconnaisse le corps.

« Le voilà », dirent les employés.

Ils le lui montrèrent derrière une paroi de verre.

« Vous pouvez regarder. »

Cette demande était insoutenable, tout était insoutenable depuis quelques heures, mais il fit ce qu'il y avait à faire. Le corps était étendu sur une table en métal. Sa gorge était ouverte. Ses dents brisées. Le déchaînement de violence dont témoignait l'état du corps était impressionnant. Mais c'est un autre détail qui troubla plus encore Giuseppe. Le visage et l'abdomen de son fils présentaient plusieurs coupures superficielles. « Des traces toutes fines », raconta-t-il. Des gribouillis semblables à des broderies, sur ses joues et son front. M. Varani resta muet quelques secondes.

« Salauds, finit-il par dire. Ils se sont amusés. »

Ils ne s'étaient pas contentés de le tuer. C'était intolérable, mais Giuseppe Varani parvint tout de même à penser l'impensable. Alors, il eut la certitude d'avoir compris. Ces coupures n'avaient pas provoqué la mort de son fils, mais elles contenaient une explication.

« Eux ils sont passés de l'autre côté, dit-il. Alors que moi je n'ai pas bougé. »

Il voulait dire qu'il attendait les responsables de la mort atroce de Luca sur la rive de l'humainement compréhensible, qu'ils devraient regagner tôt ou tard. C'est peut-être pour cela que, lors des interviews à la télé, même quand il était au comble de la colère et levait la voix en tapant du dos de sa main dans la paume de l'autre, il qualifia bien rarement les deux meurtriers de « monstres ». Il dit qu'ils avaient fait quelque chose de monstrueux, qu'ils s'étaient comportés comme des monstres, mais c'étaient des êtres humains, des créatures que la simple énonciation d'un principe moral abstrait ne suffirait pas à corriger.

« Ils doivent aller en prison, tonnait-il, et purger leur peine pour ce qu'ils ont fait. »

On l'avait arnaqué. Puis on l'avait même volé. Toutefois, la vue depuis le Janicule était fabuleuse. Le touriste hollandais s'assit sur une borne en béton. De là, on pouvait contempler un des panoramas urbains les plus beaux du monde, mais c'était en bas, dans les rues, la foule, la puanteur, que les choses se passaient. La personne qu'il devait voir était en retard. Ma foi, normal qu'elle soit en retard, pensa-t-il. Parmi les légendes les plus récentes circulait celle selon laquelle Rome était la seule capitale européenne à ne pas avoir subi d'attentats en raison de son manque de fiabilité. Deux terroristes se mettent d'accord pour faire sauter le McDonald's de la place d'Espagne. Ils règlent leurs montres à la même heure, mais ils n'arrivent pas à être ponctuels : grève des transports, fermeture anticipée du métro, manifestation non déclarée sur la via Nazionale.

Au Colisée, on lui avait vendu deux faux tickets. Deux jours après, entre les arrêts Lepanto et Manzoni, on lui avait pris son portefeuille de sa poche. Il s'en était aperçu au mont Oppius. Heureusement, il avait laissé sa pièce d'identité et sa carte de crédit à l'hôtel. C'était la cinquième fois qu'il venait à Rome ces deux dernières années, il avait appris les règles : ce dont la ville vous délestait n'était rien à côté de ce qu'elle vous offrait, mais il fallait faire attention. Il logeait à l'Ariston. Cependant, il avait pris une seconde chambre à dix minutes de la piazza dei Cinquecento, dans un hôtel où il n'était pas nécessaire de donner ses papiers.

Un message s'afficha sur son téléphone. Le touriste hollandais le lut et répondit.

Le coup de canon quotidien du Janicule retentit, et les cloches des églises alentour suivirent. Un vol d'étourneaux quitta les arbres.

Il avait été ingénieur chez Boeing, il était maintenant à la retraite. Les touristes comme lui – des hommes d'un certain âge, assez cultivés et occupant une bonne place dans la société, veufs ou divorcés – venaient à Rome pour se plonger dans le passé. Ils contemplaient le *Moïse* de Michel-Ange sans le comprendre, ils étaient éblouis par les mosaïques de Sainte-Praxède. Persuadés d'être connaisseurs en art parce qu'ils avaient lu quatre livres, ils imaginaient que le peu de temps qu'il leur restait à vivre les rapprochait du mystère de ces œuvres immortelles. Ce n'était pas le cas. Les mortels aux mortels. Ce que Rome avait d'extraordinaire ne tenait pas dans un appel de la transcendance, que seuls les imbéciles pouvaient entendre, mais dans la conscience omniprésente que tout est humain et périssable. Telle était la leçon du passé. Aucun présent n'est plus précieux que le présent de celui qui sait qu'il mourra. Un garçon et une fille riant dans un bar, un chauffeur de taxi dormant la bouche ouverte, le regard d'un enfant entre les étals de pommes sur un marché. C'était pour cela qu'il était là. Aux puces de la Porta Portese, on lui avait présenté un faux comme si c'était un authentique vase étrusque, les arguments du faussaire avaient été si recherchés et si ouvertement trompeurs qu'en fin de compte, admiratif, il avait mis la main à la poche. Sur le quai Marzio, le long du Tibre, il avait assisté à une scène dont il peinait à comprendre la logique : un garçon avait jeté un vélo flambant neuf en bas d'un pont.

À Monti, il s'était enfoncé dans les ruelles du quartier. Voix. Couleurs. Filles pleines d'élégance. Soudain, une puanteur terrifiante avait failli lui faire perdre connaissance. Une odeur noire de mort. La boucherie de la via Panisperna. C'était là que les plus hauts dignitaires de l'État allaient se fournir. Le président de la République Giorgio Napolitano, Carlo Azeglio Ciampi[1], et avant eux Francesco Cossiga[2]. La boucherie était aussi fréquentée par des gens normaux, prêts à débourser quelques euros supplémentaires pour pouvoir sentir sur leur palais les mêmes saveurs que le chef de l'État. « Ou pour chier la même merde », commentaient les petits malins. Depuis, la boucherie avait fait faillite. Quand les forces de l'ordre étaient venues apposer les scellés, elles avaient pris soin de couper l'électricité au préalable, sans s'apercevoir que la chambre froide contenait encore plusieurs quintaux de viande.

Le touriste hollandais avait tourné au coin de la rue. La puanteur était moins forte. Comme un naufragé à la recherche du salut, il avait gagné la via Nazionale. Il avait vu les automobilistes rouler à tombeau ouvert, se cassant le dos sur les nids-de-poule.

« Les nids-de-poule sont dus au fait que, pour remporter les marchés publics, les entreprises donnent une enveloppe à un fonctionnaire de la mairie, avait expliqué quelques jours auparavant le président de l'Anticorruption au cours d'une conférence de presse. L'entrepreneur compense cette dépense

1. Ancien président de la République (1999-2006), mais aussi président du Conseil des ministres, ministre, sénateur et directeur de la banque d'Italie. (*N.d.T.*)

2. Ancien président de la République (1985-1992), mais aussi président du Sénat, du Conseil des ministres, ministre, député et sénateur. (*N.d.T.*)

supplémentaire en bâclant les travaux, et de la sorte les travaux doivent être rapidement refaits, ce qui conduit à de nouvelles enveloppes, de nouveaux gains illégaux, de nouveaux trous dans le bitume. »

Ensuite, ces trous, tout le monde y tombait, gens honnêtes comme malhonnêtes.

Le touriste hollandais consulta de nouveau son portable, leva la tête et vit l'homme. Il quitta son siège en béton, tourna le dos à la splendeur des églises et se dirigea vers la vie.

« Celle-là me plaît », dit-il quelques minutes après en indiquant une des photos que l'homme faisait défiler sous ses yeux.

« Quand Luca est arrivé, c'est comme s'il y avait eu un accord tacite entre Marco et moi, dit Manuel.

— Un accord tacite pour quoi faire ?

— C'était comme si ce truc qu'il y avait entre nous… vous savez, en fait c'était comme si ce truc *était encore vivant.* »

Il était deux heures moins vingt du matin.

« Récapitulons. »

Scavo revint en arrière.

« Quand est-ce que vous apprenez que Marco a envoyé un message à Luca sur WhatsApp ?

— Quand Luca arrive chez moi.

— Et qu'est-ce que vous avez pensé quand Luca est arrivé ? Vous ne vous êtes pas dit, c'est qui, celui-là ?

— Si, mais vu le contexte… entre la cocaïne, l'alcool, les gens qui entraient et sortaient de l'appartement… en fait, ce n'était pas si bizarre.

— Entendu, dit Scavo. Alors dites-nous ce dont vous vous souvenez du moment où Luca est entré chez vous. Est-ce que vous vous parlez ? Vous échangez quelques mots ?

— Franchement, la seule chose dont je me souviens, c'est que ce garçon avait été adopté, dit Manuel. Et qu'il tapinait.

— Il tapinait ?

— Il se prostituait, quoi.

— Comment le saviez-vous ?

— C'est ce que Marco m'avait dit.

— Où se trouve le portable de Luca ?

— On l'a jeté dans un conteneur à poubelles. En réalité, il en avait deux, de portables. Je crois que Luca dealait aussi. »

L'interrogatoire se poursuivit pendant quelques minutes. Puis, sans aucun lien avec les questions posées, Manuel éprouva le besoin d'apporter une précision.

« Vous savez, monsieur le procureur, dans ma bande d'amis on est tous… en fait, ce n'est pas qu'on ne sait pas tomber amoureux, mais on a tendance à donner… on pense surtout au sexe… et des fois on a des rapports payants. Et donc, continua-t-il péniblement, je ne voudrais pas que vous pensiez que, vu que je n'ai pas de relation sentimentale stable… je ne voudrais pas que vous pensiez que je suis un de ces mecs incapables de… »

Ce n'était pas un Anders Breivik, ce n'était pas un Charles Manson. Voilà ce qu'il essayait d'expliquer à ses interlocuteurs. Bien que les faits semblent démontrer le contraire, il était *humain*. Manuel paraissait leur demander de faire la lumière sur ce qui s'était passé – expliquez-moi, vous, ce que moi j'ai fait, aidez-moi à comprendre. Les crimes dont les pages de faits divers étaient remplies avaient pour protagonistes des individus qui s'affirmaient dans leurs actions criminelles. Dans ce cas, à l'inverse, on aurait dit que ce meurtre d'une extrême violence – précédé par des heures de tortures – avait été accompli indépendamment de la volonté de ceux qui l'avaient commis. Il n'y avait pas l'air d'avoir de mobile. Il n'y avait pas l'air d'avoir de lien émotionnel avec la victime.

« Nous ne portons pas de jugements éthiques, dit Scavo.

— Nous ne sommes pas là pour porter des jugements moraux, réaffirma le colonel Donnarumma.

— Manuel, lui dit son avocat, est-ce que tu te souviens si Marco t'a incité, t'a poussé à faire du mal à ce garçon ?

— Oui, répondit Manuel. Il y a eu ça aussi. Mais ce n'est pas que Marco est le méchant et moi le gentil. Je suis responsable. »

Le procureur Scavo se leva de sa chaise à trois heures moins cinq du matin. L'interrogatoire était terminé. Il donna l'ordre d'éteindre le magnétophone. Il salua Manuel et quitta la pièce. Puis il demanda à un carabinier d'écrire à la directrice de la maison d'arrêt Regina Coeli.

Aux premières lueurs de l'aube, Manuel Foffo entra en prison pour la première fois de sa vie.

Marco Prato sortit de l'hôpital quelques heures après. Il fut escorté par les carabiniers à la caserne de la piazza Dante. Là, deux carabiniers firent une découverte assez étonnante. On peut lire dans le procès-verbal :

> Ce jour 6 mars 2016 à 19 h 20, nous avons mis sous scellé un (1) exemplaire de Faux cheveux (postiche), comme pièce à conviction.

Ensuite, Marco fut lui aussi transféré à Regina Coeli, avec l'interdiction formelle de voir ses proches et Manuel Foffo.

Entendre pour la première fois les portes d'une prison se refermer derrière soi est une expérience que personne n'oublie. À Regina Coeli, l'abattement se mêle à d'autres sensations. La maison d'arrêt se situe dans une des zones les plus belles de la ville. Non loin, le Janicule avec son panorama. Sur le côté oriental, le Tibre. L'endroit magique où, du bord de l'eau, un battement de cils permet d'embrasser la synagogue, les grandes arches du pont Garibaldi, le campanile de San Bartolomeo. Tout ce que les formes peuvent avoir de plus splendide est à portée de vue. Mais sous sa pellicule verdâtre, le véritable fleuve est aveugle, froid, et son lit limoneux est peuplé de créatures sans visage.

Deuxième partie

La surface de l'eau

« Si l'individu ne peut rien savoir, pourquoi tous les individus en sauraient-ils davantage ? »

Gustave Flaubert

« Au début, les médias nous ont persuadés que l'imaginaire était réel, maintenant ils nous convainquent que le réel est imaginaire. »

Umberto Eco

Cristina Guarinelli me téléphona le mardi 8 mars à deux heures de l'après-midi pour me proposer d'écrire un reportage sur le meurtre de Luca Varani. Je refusai. Quelques heures après, je la rappelai pour lui dire que j'acceptais.

Cristina Guarinelli travaillait au *Venerdì*[1]. C'était une femme professionnelle et chaleureuse malgré les rythmes effrénés du journalisme. Avec Attilio Giordano, le directeur du journal, elle avait décidé de faire un focus sur cette affaire.

Le dimanche précédent, quand j'avais entendu la nouvelle, j'étais resté hypnotisé devant la télé. Bien que les éléments du récit fussent encore confus, j'avais instantanément eu la sensation d'y déceler quelque chose de familier. Comme quand, dans la rue, on reconnaît sur un passant les traits de quelqu'un que l'on n'a pas vu depuis des années. Je m'étais détesté d'avoir regardé le reportage jusqu'au bout et j'avais éteint le téléviseur.

C'était une période paisible de ma vie, chose qui n'était pas arrivée depuis longtemps. Les semaines se déroulaient sans accrocs. J'étais en plein dans l'écriture d'un livre. Mon

1. Supplément hebdomadaire du quotidien *La Repubblica*. (*N.d.T.*)

couple allait bien. Je gérais mon quotidien avec une certaine maîtrise. D'habitude, nous avons une maîtrise de ce que nous avons compris. Ce que je veux dire, c'est que je craignis immédiatement que l'affaire Varani fasse dérailler tout ce que je m'efforçais de protéger. D'où mon irritation quand le journal appela : je n'avais jamais écrit d'article sur un fait divers, pourquoi fallait-il qu'on me demande de suivre précisément l'affaire dont j'essayais de me tenir à distance ?

Sur un ton qui dut lui paraître peu courtois, je répondis à Cristina Guarinelli que je n'avais pas le temps pour un travail aussi prenant et raccrochai.

Je regagnai mon ordinateur, dans de bonnes dispositions pour me remettre au travail. Et c'est alors que, assis à mon bureau, je vis, abasourdi, le texte auquel j'avais consacré chacune de mes journées ces derniers mois s'effriter page après page sous mes yeux impuissants, sapé non pas par une idée lumineuse pour un nouveau livre mais par une *force* – une force plutôt obscure – dont j'ignorais tout. Je continuai tout de même à travailler avec obstination. Mais plus je creusais entre les virgules, plus ma recherche s'avérait vaine.

Quand, le soir, ma femme rentra à la maison, elle comprit sur-le-champ que j'avais passé une mauvaise journée. Je la lui racontai, et avant que je puisse entrer dans les détails, elle s'exclama : « Quelle chance ! »

C'était une sacrée chance qu'on m'ait demandé de suivre précisément l'affaire à laquelle – « avoue », dit Chiara – je n'arrêtais pas de penser. Étant donné certains épisodes de mon passé, une histoire pareille ne pouvait pas me laisser indifférent. Ou plutôt, j'étais incapable de me dérober devant une histoire pareille. Ce à quoi nous avons échappé est très souvent ce que nous n'avons pas eu le temps de comprendre, et quand des années après *cette chose-là* se représente sous une nouvelle forme, c'est en général pour être interrogée différemment que par le passé.

« J'essaie de me dégager du temps. On s'appelle quand tu es disponible. »

Soucieux de sauver les apparences, je repris contact avec Cristina Guarinelli en lui envoyant ce SMS.

Quand j'acceptai de faire l'article pour *Il Venerdì*, quatre jours s'étaient écoulés depuis l'homicide et deux depuis son apparition sur la scène médiatique. Les informations s'étaient frénétiquement accumulées, puis l'histoire avait pris la forme qui resterait longtemps la sienne pour l'opinion publique, la forme inévitablement inexacte sur laquelle les pulsions se déchaînent.

Au début, l'affaire fut présentée comme une explosion d'horreur incompréhensible. Les personnes mises en examen étaient deux garçons normaux, l'homicide était dépourvu de mobile, il était difficile de saisir ce qui s'était passé.

> Dans quel monde on vit ?
> On dirait que ce pauvre garçon a été tué parce que ses assassins s'ennuyaient.
> Cette ville est débectante.

Les premières heures, les commentaires sur les réseaux sociaux se firent seulement l'écho d'une stupeur générale. Cependant, le lundi, quelques détails commencèrent à faire surface. L'homicide prit les formes d'un crime social.

> Un pauvre garçon atrocement massacré par deux salopards dégueulasses, des branleurs de fils à papa.
> J'espère que la justice condamnera Marco Prato à perpétuité, mais vu que c'est un communiste bobo, combien vous pariez qu'il en sortira blanc comme neige ?

Un mystérieux garçon n'ayant pas fini ses études, fils d'un restaurateur aux manières un peu expéditives, se liait d'amitié avec le fils désinhibé d'un manager culturel, ami d'amis de gens haut placés, et ensemble ils s'amusaient à torturer un garçon d'une vingtaine d'années adopté par deux vendeurs ambulants de La Storta. Trois milieux sociaux, trois tranches d'imposition, trois quartiers de la ville, tout cadrait.

> Jetez-les dans l'acide, je voudrais voir ce que ça fait !
> Brûlez-les vifs avec une indifférence aussi grande que la leur.
> Peine de mort avec grande souffrance ! Salauds de drogués !

L'évocation de la loi du talion enthousiasma les partisans du gibet. Mais les progressistes ne furent pas en reste. Plusieurs utilisateurs de Twitter se servirent de l'homicide pour s'en prendre à Matteo Salvini et à la Ligue : ce n'étaient pas des immigrés qui avaient tué Luca Varani, mais deux Blancs, riches, des Italiens pur jus, bien élevés, issus de familles soi-disant respectables, rugirent des commentateurs eux-mêmes blancs, italiens, issus de familles respectables.

La vague d'indignation contamina les premiers personnages publics. La présentatrice télé Rita dalla Chiesa, fille du général assassiné par la mafia, écrivit sur sa page Facebook :

> Si je demandais la peine de mort pour ces affreux monstres, l'« intelligentsia » me tomberait dessus. Eh bien, allez-y, parce que moi, cette fois, je voudrais la peine de mort. Je la voudrais très fort.

Le débat se poursuivit jusque tard dans la nuit. Puis, le lendemain, de nouveaux éléments se firent jour. On apprit que Marco Prato était homosexuel. On apprit que, bien qu'il se déclarât hétérosexuel, Manuel Foffo avait eu des rapports sexuels avec lui. L'homicide « de classe » glissa vers la question de l'orientation sexuelle.

> Luca Varani tué par des gays pervertis.
> Pédés de merde #lucavarani.
> Et après on veut les laisser adopter des enfants à ces merdes #lucavarani.

Le mur Facebook de Marco Prato était plein de posts où il évoquait son homosexualité avec naturel, à travers des textes et des vidéos ironiques, subtils et inoffensifs ; néanmoins, cette décontraction accrut l'irritation de beaucoup de commentateurs.

> Si Marco Prato était fasciste, tout le monde en ferait des caisses. Mais c'est un activiste LGBT, le bobo intello typique, un petit bourgeois malsain gâté depuis toujours.
> @marcoprato je vais te couper les pouces et te massacrer, tu vas voir !

Dans un premier temps, la haine se concentra sur Prato. Mais, les heures passant, l'absence de Manuel Foffo de la scène digitale commença à éveiller les soupçons. Pourquoi Manuel n'était-il pas sur les réseaux sociaux ? Impossible de trouver une photo de lui sur Google, et dans les journaux n'apparaissait qu'une photo d'identité décolorée où on avait du mal à voir la tête qu'il avait. Certains supposèrent que c'était lui qui avait une famille vraiment puissante : les Foffo avaient tellement de relations, dirent-ils, qu'ils pouvaient faire disparaître leur fils d'Internet en vingt-quatre heures.

Puis surgit le post sur Adam et Ève.

Ceux qui allèrent voir la page Facebook de Luca Varani firent une découverte inattendue. À première vue, c'était le mur classique d'un garçon dans la vingtaine : messages d'amour pour sa petite amie (« Je voudrais me réveiller à côté de toi, avec ton corps entre mes bras et te dire ce qu'il y a de plus vrai... je t'aime ! »), bonnes résolutions (« Chaque jour qui passe est une occasion de s'améliorer »), défoulements sans cible précise (« Vous filez la gerbe ! »), courtes vidéos où les films Disney étaient doublés en romain.

Cependant, on y trouvait également quelques posts d'une autre teneur.

Il s'agissait essentiellement de publications que Luca avait partagées. Une d'elles consistait en une photo de Cécile Kyenge, la première ministre d'origine africaine de l'histoire de la République italienne. « Je suis italienne », disait Kyenge sur la photo. « Et moi je suis un chat », répondait un chien sur la vignette qui suivait. Une autre publication rapportait un dialogue imaginaire entre Cécile Kyenge et Benito Mussolini. « Les lois italiennes sur l'immigration sont une honte », disait la ministre. Et Mussolini : « La honte, c'est de voir des gens originaires du Congo dicter la loi à un peuple fier de son histoire. »

La malchance voulut qu'à ces posts s'en ajoute un autre de tonalité homophobe, et que ce soit le dernier publié par Luca Varani avant sa mort. Une image religieuse, avec en dessous une légende : « Dieu créa Adam et Ève, pas Adam et Claudio. »

Ces publications équivalaient-elles à une révélation définitive sur la personnalité de Luca Varani et sur ses opinions ? Faisaient-elles de lui un homophobe convaincu ? Un extrémiste de droite ? N'était-il pas hasardeux de les considérer comme le manifeste d'un jeune homme dont on ignorait tout ? Pourtant, en dépit de toute prudence, pour une grande quantité de gens, Luca Varani devint aussitôt un hétérosexuel assassiné par deux homosexuels à cause de ses opinions en faveur de la famille traditionnelle. Les personnes qui surfèrent sur cette nouvelle vague furent précisément celles que leur rôle aurait dû inciter à la circonspection et à la réserve : les hommes politiques.

Le premier à s'engager dans ce sens fut Mario Adinolfi. Ce catholique, ancien député du Parti démocrate, était un fervent opposant à l'avortement et un défenseur inlassable de la famille traditionnelle. En cette année de conseils municipaux acéphales, Adinolfi se préparait à la course pour la mairie de Rome. Il écrivit sur son profil Facebook :

> Le dernier post du pauvre Luca Varani est une image biblique avec le commentaire : « Dieu créa Adam et Ève, pas Adam et Claudio. » Si c'était moi qui l'avais publié, on m'aurait traité d'homophobe pendant des semaines. Luca Varani a été sauvagement tué par deux homosexuels qui l'ont assommé, drogué et torturé. *La Repubblica* titre : « Sexe, fête et autres folies : la déchéance de Manuel et Marco ». Pour trouver le mot « gay », il faut lire l'article jusqu'à la fin. Je dis que, dans le monde de la communication, il existe un lobby homosexuel en action qui édulcore toute information pouvant porter tort à l'image de la communauté LGBT. Quels auraient été les titres des journaux si la victime avait été un homosexuel tué par un couple de Veilleurs debout ? J'espère que des magistrats honnêtes se demandent pourquoi c'est précisément Luca qui a été choisi comme victime sacrificielle. Cela est important pour savoir si toute la violence immonde à notre égard – juste parce que nous essayons de dire que nous sommes opposés au mariage homosexuel – ne génère pas un délire paranoïaque dont cet acte est le climax.

Une partie de la communauté LGBT commença elle aussi à se faire entendre, et dans ce cas également ce furent des représentants du monde politique qui prirent l'initiative. Vladimir Luxuria, première personne transgenre devenue députée en Europe, déclara qu'elle avait connu Marco Prato il y a longtemps. Luxuria publia sur Twitter la capture d'écran d'un vieux message de Prato où celui-ci l'invitait à présenter son dernier livre lors d'une soirée à l'OS Club. Luxuria se dit bouleversée par les faits (« Des monstres peuvent couver chez des gens qu'on ne soupçonnerait pas ») et donna son opinion sur le comportement de la victime : « Souvent, les plus grands homophobes sont des gays refoulés, pour ma part j'enquêterais aussi sur cet aspect. La victime avait un peu plus de vingt ans et une petite amie : que faisait-elle donc un vendredi soir dans un appartement de la banlieue romaine avec deux garçons notoirement homosexuels et amateurs de défonce, au lieu d'être avec elle ? La réponse est évidente. »

D'autres activistes affirmèrent que le problème était la haine de soi. La non-acceptation générait de la peine et de la frustration, la peine et la frustration généraient de la violence, et qu'est-ce qui provoquait la peine, la frustration et la violence sinon la culture homophobe et patriarcale qui, historiquement, dominait nos vies ? L'intolérance, intériorisée en dépit de nos propres désirs, causait des catastrophes : c'était la non-acceptation de leur propre homosexualité qui avait poussé Foffo et Prato à tuer Varani.

Les criminologues et sociologues ne manquèrent pas d'ajouter leur grain de sel. Certains n'hésitèrent pas à évoquer l'action du diable.

> Celui qui recourt aux outils du démon a l'illusion d'acquérir des pouvoirs que les autres n'ont pas.
> Malheureux, êtres méprisables, disciples de Satan !

La Toile accueille une émotivité effrénée, pensai-je après avoir lu des posts du même acabit pendant des heures. Néanmoins, je me demandai si une vérité partielle ne se cachait pas dans cet excès : les réseaux sociaux, qui déformaient tout dans une déflagration réductrice et manichéenne, ne parvenaient-ils pas à toucher, de la mauvaise manière, des points que des parcours plus policés auraient mis plus de temps à atteindre ?

« Nicola ! »

Mais que se passe-t-il quand les personnes impliquées dans de pareilles affaires décident elles-mêmes de se jeter dans la machine réductrice du récit public ?

« Nicola, viens ! »

C'était ma femme qui m'appelait depuis le séjour. Je la rejoignis, et la trouvai un doigt pointé sur le téléviseur, ce vieil électroménager inoxydable dont l'écran montrait en gros plan le visage de Valter Foffo, qui, trois jours après le crime, et deux jours seulement après l'aveu de son fils, alors que Manuel venait d'entrer en prison et que Luca n'était pas encore enterré, avait accepté l'invitation d'un talk-show pour raconter son inoubliable version des faits devant des millions de spectateurs.

Qu'est-ce qui lui est passé par la tête ?

Telle fut la question que les plus indulgents se posèrent alors que Valter Foffo parlait à la télé, offrant à un public immense l'occasion d'être scandalisé, indigné, véhément, et ce pour deux raisons principales : ce qu'il réussissait à dire, et ce qu'il réussissait à ne pas dire.

« Laisse, on a été mal conseillés. »

Quelque temps après, Valter Foffo reconnut que c'était une erreur. Il était moins perturbé que les premiers jours. Le choc initial avait laissé place à la gestion ordinaire de l'état d'alerte : les inconnus qui l'insultaient dans la rue, les affaires en chute libre, les longues discussions pour savoir comment se tirer de cette situation.

« L'avocat. C'est lui qui nous a convaincus. »

Valter Foffo disait cela en détournant les yeux, comme pour chasser une pensée qui risquait de lui faire perdre le contrôle. Mais où pouvait-il regarder ? Où qu'il tourne la tête, les problèmes lui tombaient dessus.

« C'est vrai, c'est moi qui lui ai conseillé de le faire. Mais je ne pouvais pas prévoir ce qui lui est sorti de la bouche. Je ne sais pas ce qui lui a pris. »

Me Andreano reconstruisait l'épisode d'un autre point de vue. Le passage de Valter Foffo à la télévision avait été désastreux, certes. Cependant, les gens n'imaginent pas ce qui se cache derrière ce genre de décision. Ils ignorent l'anxiété, la pression, l'authentique folie qui peut se déchaîner autour de la famille d'un criminel ayant avoué quand une affaire pareille se retrouve sous les projecteurs. Les journalistes, les responsables d'antenne, à un moment tout le monde le traquait. Ils lui demandaient de lui livrer le père du jeune homme. Ils voulaient la mère du jeune homme. À la rigueur, même le frère du jeune homme.

« Je suis désolé, les parents de Manuel ne feront pas de déclarations. »

Au début, Andreano avait repoussé les assauts et refusé toute demande d'interview. Cependant, la situation évoluait d'heure en heure, les flammes du mépris commençaient à se diriger vers son client : le mutisme des Foffo risquait de passer pour un silence coupable, un aspect auquel les avocats ne sont pas insensibles. Harcelée par les journalistes, la famille de Manuel demandait conseil à Andreano. Il y avait réfléchi. Une interview. Une seule apparition publique en mesure de modifier, ne serait-ce qu'en partie, le récit qui se créait autour de l'affaire.

« D'accord, j'y vais. »

S'il fallait jouer cette carte pour le bien de Manuel, au moins que cela ait lieu dans le talk-show le plus célèbre du pays. À *Porta a Porta* se déroulaient des choses impossibles ailleurs. C'était là que Berlusconi avait signé son contrat avec les Italiens[1]. C'était à *Porta a Porta* que – déstabilisant le présentateur, qui en avait pourtant vu d'autres – le pape en

1. En 2001, Berlusconi s'engagea, s'il gagnait les élections, à mener des réformes listées sur le contrat en question, et à ne pas se représenter aux élections suivantes s'il ne respectait pas ces engagements. (*N.d.T.*)

personne avait décidé d'intervenir en téléphonant en direct. C'était là encore qu'avaient été invités les proches du parrain Vittorio Casamonica, de même que, quelques semaines après, le fils de Totò Riina[1] serait invité pour raconter l'histoire de sa famille.

Valter Foffo se présenta aux studios télévisés dans une mise irréprochable : veste sombre sur chemise blanche, cravate couleur rubis, cheveux blancs bien coiffés, joues parfaitement rasées.

Avant de lui donner la parole, Bruno Vespa lança un reportage qui résumait l'affaire.

Tandis que la voix hors champ racontait l'homicide, des photos de Marco Prato, Luca Varani et Manuel Foffo commencèrent à défiler à l'écran. Entre une image et l'autre apparaissaient des pages entières de l'interrogatoire de Manuel, les mots prononcés par la voix hors champ étaient surlignés en jaune (« On est sortis en voiture, je me rappelle qu'on avait envie de faire du mal à quelqu'un » ; « On se disait qu'on devait le tuer »), mais il y avait aussi d'autres phrases, que la voix ne lisait pas (« Luca se prostituait » ; « La nuit du Nouvel An, Marco m'a fait une fellation »). Les spectateurs peinaient à se repérer dans cette avalanche d'informations. Le reportage s'acheva, la caméra revint sur Bruno Vespa.

Celui-ci présenta son invité :

« Valter Foffo est le père de Manuel. C'est à lui que Manuel a avoué qu'il avait tué Luca. Monsieur Foffo, comment vous a-t-il annoncé cela ? »

Valter Foffo soupira. Il identifia la caméra pointée sur lui. Une seconde de silence. Puis il se mit à parler. Il raconta

1. Salvatore Riina (1930-2017) a été un chef mafieux sicilien particulièrement puissant et sanguinaire. (*N.d.T.*)

l'histoire du trajet en voiture. Il dit que, avant de lui avouer l'homicide, son fils lui avait dit qu'il avait pris de la cocaïne.

Le présentateur l'interrompit :

« Pardonnez-moi, mais votre fils a dit qu'il prend de la cocaïne depuis dix ans… »

M. Foffo réagit, sur la défensive :

« Dix ans ? Je ne crois pas, non.

— C'est ce que votre fils a dit, je n'en sais rien, moi.

— Non, le corrigea l'homme. Sur les procès-verbaux il y a écrit qu'il avait quelques années de plus. »

Vespa comprit le malentendu :

« Non, non, bien sûr ! s'empressa-t-il de rectifier. Pas depuis qu'il a dix ans ; depuis ses dix-neuf ans, il y a dix ans. »

Comment Valter Foffo pouvait-il imaginer qu'on lui demandait si son fils était devenu cocaïnomane à l'âge de dix ans ? L'avait-il pensé parce qu'il était dans un état de confusion ? Parce qu'à la télévision tout peut arriver ? Parce qu'il s'habituait à l'idée que désormais tout était entré dans l'ordre du possible ? Une fois encore, le comique faisait une apparition furtive après l'épuisement des ressources du tragique.

« Oui, s'empressa de dire Valter Foffo, c'est ce qui est écrit dans les procès-verbaux.

— Et pendant tout ce temps, vous ne vous êtes jamais aperçu de rien ? » demanda le présentateur.

Valter Foffo était un entrepreneur doté d'une longue expérience, il était habitué à se débrouiller dans des situations qui auraient rendu malades la plupart des gens du spectacle. Cependant, il n'avait jamais mis les pieds sur un plateau de télévision. Et ainsi, étourdi par les projecteurs, par les mouvements des caméras, épuisé par les derniers jours, acculé par ce qui restait la question phare à la télé (« Savez-vous que votre fils se drogue ? »), Valter Foffo se jeta dans le vide.

« Non, répondit-il. Je ne me suis jamais aperçu de rien, car Manuel a toujours été un garçon modèle. Un garçon opposé à la violence. Un autodidacte. Un gentil garçon, peut-être excessivement gentil. Et réservé, aussi. Un garçon avec un quotient intellectuel supérieur à la moyenne.

— Je n'en doute pas », intervint le présentateur au moment adéquat, et, après avoir concédé à son invité la possibilité que son fils fût doté d'une intelligence supérieure, il lui demanda de revenir sur l'homicide.

Valter Foffo raconta le peu qu'il savait. Mais, là encore, c'est ce qu'il présumait savoir qui créa la surprise chez les téléspectateurs. Il dit qu'au début il n'avait pas cru à l'aveu de Manuel (« Il avait l'air trop calme, il était d'un calme glacial »), alors il avait envisagé que son fils raconte des faits imaginaires sous l'effet de la cocaïne. Vespa demanda s'il était vrai que son fils avait eu des problèmes d'alcool.

« Oui, d'ailleurs je l'avais envoyé chez un psychologue, lui fut-il répondu.

— Qu'est-ce que le psychologue vous a dit ?

— Il ne m'en a pas parlé, il y a le secret professionnel.

— Oui, bien sûr, acquiesça le présentateur. Mais est-ce que le psychologue vous a dit que l'état de votre fils était préoccupant ?

— Pas du tout », répondit Valter Foffo.

Puis il insista :

« Manuel… un garçon modèle. »

À ce moment-là, la psychothérapeute Vera Slepoj, qui comptait parmi les invités sur le plateau, intervint pour demander à Valter s'il n'avait pas une représentation un peu trop idéalisée de son fils. Valter Foffo répondit qu'il se représentait son fils comme un garçon sérieux. La psychothérapeute lui fit remarquer qu'un garçon avec des problèmes d'alcool et de cocaïne aurait pu éveiller quelques soupçons. Valter Foffo montra des signes d'agacement. Bruno Vespa vint à leur secours :

« Enfin, quelle était votre vision de votre fils, à vous ?

— Je le voyais comme quelqu'un qui allait très bien, répondit Valter Foffo. Pour ce qui concerne l'alcool, comme je l'ai dit, je suis immédiatement intervenu. Mais le véritable alcoolisme, madame, c'est autre chose, dit-il d'un ton indigné à Slepoj. Un alcoolique, c'est quelqu'un qui boit tous les jours, alors que Manuel pouvait passer des mois sans boire une goutte. »

Sur le plateau, il y avait également l'écrivain Maurizio De Giovanni, qui se déclara déconcerté par ce qui s'était passé. Me Andreano, en liaison depuis Milan, dit qu'il fallait saisir dans quelle mesure Manuel était conscient de ses actes au moment des faits. Valter Foffo avança l'hypothèse que, à force de sniffer, son fils et Marco Prato avaient perdu la raison.

« Il se peut aussi qu'ils se soient manipulés réciproquement, avança la psychothérapeute.

— Hypothèse très hasardeuse », répondit Valter Foffo avec conviction.

De Giovanni demanda s'il était vrai que Manuel avait fait des analyses médicales pour pouvoir récupérer son permis.

« Oui, parce qu'un soir, en sortant de discothèque, répondit Valter Foffo, il a fait une embardée avec sa voiture et la police est venue.

— D'accord, mais on ne fait pas ce genre d'analyses s'il n'y a pas une raison d'ordre toxicologique ou alcoolémique, fit remarquer De Giovanni.

— C'était il y a un an et demi, depuis Manuel n'a pas touché à l'alcool, se défendit Valter Foffo. Il a fait des analyses. Plusieurs fois. Elles ont toutes été négatives.

— Monsieur Foffo, intervint Bruno Vespa pour mettre fin au débat, en tant que père je vous comprends. En tant que journaliste, je crois que les choses se sont passées autrement. »

Personne ne sut comment les procès-verbaux de l'interrogatoire avaient atterri entre les mains des réalisateurs de l'émission. Leur diffusion pouvait avantager les avocats de Prato en leur fournissant des éléments dont ils n'avaient pas connaissance. Et affirmer avec autant d'assurance la sobriété prolongée de Manuel avait tout l'air d'une idée malheureuse. Des jours compliqués se préparaient. La télévision avait encore le pouvoir de conférer une célébrité instantanée à ceux qui, en bien ou en mal, réussissaient à crever l'écran. Il devint difficile pour Valter de sortir de chez lui sans se faire insulter. « Assassins ! » lui criait-on dans la rue. Et puis Internet. Sur la Toile, ce fut une avalanche de désapprobation.

> Si j'étais le père de Manuel Foffo, je ne penserais pas à aller chez Vespa mais à me suicider.
> 10 ans de coke et papounet ne s'est rendu compte de rien.
> Voilà l'éducation qu'il a donnée à son fils ! Qu'il aille se cacher plutôt que d'aller à la télé ! Il a élevé un monstre, et il va le défendre !!
> Ce monsieur ne pense qu'à défendre l'image de son fils et son image à lui en tant que père.
> Ces gens sont horribles. Chaise électrique pour lui et toute sa famille.

Valter Foffo comprit un peu tard qu'il n'avait pas réfléchi à tous les aspects. Par exemple, il semblait avoir oublié que ce soir-là, devant leur télé, il y aurait aussi les parents de Luca Varani, ses amis, sa petite amie Marta Gaia. Pourquoi ne s'était-il pas adressé à eux ? Voilà qui aurait été une bonne stratégie sur le plan médiatique. Il aurait pu se dire terriblement désolé pour Luca, il aurait pu avoir une pensée pour lui, il aurait pu avoir un message pour ses parents, leur présenter ses excuses devant les caméras, invoquer une forme de pardon. Pourquoi ne l'avait-il pas fait ?

Personne n'est plus sujet à la compulsion de répétition que celui qui commet de graves erreurs. Ainsi, les jours suivants, Valter en commit une autre, puis une autre encore.

La vie de Marta Gaia Sebastiani fut dévastée du jour au lendemain.

Marta, qui avait vingt-deux ans et sortait avec Luca depuis qu'elle en avait quatorze, apprit en une journée que son petit ami était mort, que ce n'était pas un accident, que deux types dont elle n'avait jamais entendu parler l'avaient torturé dans un appartement où Luca s'était rendu de son plein gré et, comme si cela ne suffisait pas, il fallait envisager la possibilité qu'il ait mené une double vie.

« Il tapinait », avaient-ils dit.

Il tapinait ? *Luca, tapiner ?*

Et, preuve que la folie du monde était sans limites, maintenant, sur la première chaîne, un monsieur entre deux âges déclarait, impassible, que son fils, le coupable qui avait avoué, était un garçon modèle.

Quarante-huit heures avant, sa vie suivait le cours de la normalité absolue. À présent, c'était un champ de ruines.

Marta Gaia habitait dans le quartier de Casalotti, dans une rue plantée de magnolias et bordée de petits immeubles. Elle travaillait depuis peu dans la restauration. Elle s'estimait chanceuse d'avoir trouvé cet emploi, mais en réalité c'était à ses employeurs de s'estimer chanceux. Marta Gaia était une jeune femme fiable et consciencieuse, si une tâche était dans ses cordes, elle l'accomplissait avec le plus grand sérieux, et quand elle se rendait compte qu'il lui manquait des compétences, elle essayait d'apprendre. Au lycée hôtelier on ne lui avait enseigné que quelques notions, elle n'avait pas idée de ce que signifiait travailler entre la salle et la cuisine avant d'y avoir mis les pieds. Elle avait compensé son manque d'expérience initial par son entêtement, sa loyauté, son sens du collectif. Elle était une bonne recrue, ça sautait aux yeux. Et de toute façon, Marta Gaia l'avait, *lui*.

1. *Tu es magnifique.*
2. *Tu es séduisante quoi que tu portes.*
3. *Chacun de tes regards me bouleverse.*
4. *Je vendrais mon âme au diable pour un de tes sourires.*
5. *Tu es gentille et attentionnée.*
6. *Quand tu ris ça fait rougir le soleil.*
7. *Pour moi, tu es synonyme de vie.*
8. *Tu sais comment m'apaiser.*
9. *Tu connais mes plus grands rêves.*
10. *Tu es la gardienne de mon cœur.*
11. *Il nous suffit d'un regard pour nous comprendre.*
12. *Tu aimes m'intégrer dans ta vie.*
13. *Quand tu liras cette lettre tu corrigeras mes fautes.*
14. *Tu sais me toucher et me faire frissonner.*
15. *Chaque fois que tu as une pensée pour moi, tu tapes juste.*
16. *Tu supportes mes pétages de plomb inutiles.*
17. *Tu es capable de manger ce que je cuisine (courageuse).*
18. *Quand tu dors, tout brille autour de toi.*
19. *Tu fais semblant d'être étonnée quand je te fais des surprises que tu avais devinées à l'avance.*
20. *JE T'AIME.*

Vingt raisons de lui dire qu'il l'aimait, rédigées sur deux feuilles lignées.

Le vingt était leur nombre magique. Ils en avaient fait leur cri de bataille : « Marta Gaia + Luca ensemble pour toujours envers et contre tout, depuis le 20/10/2007 et à jamais ! »

La première fois qu'ils s'étaient vus, ils avaient quatorze ans. Ils prenaient le même bus pour rentrer du collège. Luca était au fond, il discutait avec Vincenzo Giunta. Marta Gaia connaissait Vincenzo, mais elle n'avait jamais vu ce beau brun, mince et élancé.

« Hé ! *Qui a fait ça ?* »

Luca avait jeté son sac au milieu des passagers. Marta avait trébuché dessus. « Il avait fait le couillon pour attirer l'attention », se souvenait Vincenzo en ricanant.

« Qui a fait ça ? » avait répété Marta Gaia.

Luca la regardait sans mot dire. Marta avait trouvé ses yeux magnifiques. Le bus approchait du terminus, et Marta descendrait bientôt.

C'est elle qui s'était présentée avant qu'il ne soit trop tard :

« Enchantée, Marta Gaia.

— Je m'appelle Luca. »

Marta et Luca étaient devenus inséparables. Ils se voyaient dès que possible, s'appelaient et s'échangeaient des messages en permanence. Elle était « ma petite femme », lui « 'tite mascotte ». « Je te parie cent euros qu'ils vont finir mariés », disaient leurs amis. Chacun avait son établissement scolaire, chacun sa bande. Marta avait la sienne à Casalotti, que Luca connaissait. Luca, lui, avait des amis à Battistini, que Marta Gaia n'avait jamais rencontrés. C'était volontaire. Ils ne lui plaisaient pas.

« Mais tu m'aimes ?

— Bien sûr que je t'aime.

— Tu pourrais préférer une autre que moi ?

— Non.

— Et si cette autre était comme moi en mieux, sans défauts, plus mince, et qu'elle te laissait faire tout ce que tu veux ?

— On ne peut pas améliorer la perfection. »

Marta Gaia avait un caractère énergique, elle était obstinée, volontaire, et pourvue d'un solide bon sens. Luca était évasif mais pas égoïste, inquiet mais pas méchant, les bras de Marta étaient pour lui un havre de paix. Parfois, ils parlaient de l'avenir. Ils s'installeraient ensemble, trouveraient de meilleurs emplois, se marieraient et auraient des enfants. Ils savaient que les temps étaient durs, que la vie ne leur ferait pas de cadeaux, ils n'étaient pas riches, ils n'avaient pas d'amis haut placés, ils ne bénéficiaient d'aucun type de privilège, ils étaient conscients que rester ensemble leur demanderait des efforts, de combattre leurs défauts, d'être tenaces. Cela les exaltait.

« Tu es la femme de ma vie. Je t'aime, ma petite femme ! »

Dans les moments les plus beaux, quand elle l'entendait parler, Marta Gaia avait l'impression que Luca était le garçon le plus doux du monde. À d'autres moments, il devenait impétueux, ombrageux, il se mettait en colère pour des raisons connues de lui seul. Alors, il disparaissait de la circulation. C'était comme si sa vie profonde coulait en lui avec l'impétuosité qu'elle a chez les enfants dont, jour après jour, le monde intérieur laisse émerger de nouvelles terres et est agité par de violentes secousses. Quand Luca s'évaporait sans laisser de traces, Marta Gaia sortait de ses gonds, elle le harcelait de messages jusqu'à ce qu'il réponde, ils se disputaient furieusement sur WhatsApp – récriminations et reproches à l'infini –, mais ensuite ils faisaient toujours la paix. Le terminus de la ligne 905 était leur point de rendez-vous. Ils discutaient, puis ressortaient enlacés dans les ombres du soir.

Ils allaient manger une pizza, et il lui disait : « Tu rends les gens meilleurs. »

Après l'homicide, les mauvaises langues dirent que Marta Gaia essayait juste de le tenir en laisse. Qu'elle était obligée de le faire si elle ne voulait pas qu'un beau jour il disparaisse pour de bon : Luca était si beau qu'il avait un cortège de prétendantes, et ce n'était qu'en raison de la ténacité de Marta qu'ils étaient restés si longtemps ensemble. D'autres dirent qu'il ne fallait pas diviser le monde entre ceux qui savent les choses et ceux qui les ignorent, mais entre ceux qui ont le courage de savoir et ceux qui préfèrent se trimbaler avec des tranches de jambon sur les yeux plutôt que de regarder la vérité en face. En bref, Marta Gaia disposait de tous les indices qui auraient dû lui permettre de tirer ses conclusions, si elle avait eu le courage de le faire.

Jeudi, il était passé la voir, aux alentours de cinq heures de l'après-midi. Ils avaient discuté pendant un moment. Luca avait dit qu'il devait racheter un câble pour son portable.

« Je vais gratter un peu de fric à Cornelia. »

Il était chroniquement fauché. Il demandait qu'on lui prête de petites sommes pour s'acheter des cigarettes ou faire le plein, racontaient certains de ses amis. Quand il sortait avec Marta Gaia, c'était souvent elle qui l'invitait. De temps en temps, Luca lui empruntait un peu d'argent. Marta ne refusait jamais, si bien qu'il lui devait à présent presque cent euros. Cependant, dès qu'il avait un peu de fonds, Luca dépensait volontiers pour les autres. Il se montrait généreux, couvrait Marta Gaia de cadeaux, l'emmenait manger dehors, et le lendemain il était de nouveau à sec. À la carrosserie, il était payé cent cinquante euros par semaine. Manque de chance, il y avait un grand nombre de salles de jeux à Boccea. Luca dépensait beaucoup aux machines à sous.

Luca était réapparu en début de soirée. Il avait accompagné Marta Gaia au volley. Pendant le match amical, il avait fait marqueur. Cela l'avait amusé. L'entraînement finissait à dix heures et demie, juste à temps pour prendre le dernier bus de la ligne 31. À onze heures moins dix, Luca et Marta s'étaient salués en s'embrassant dans la nuit de la banlieue romaine.

Le lendemain, ils avaient commencé à s'envoyer des messages sur WhatsApp dès le matin. (« Qu'est-ce que tu fais, mon chaton ? » « Je viens de me réveiller, faut que j'aille au travail. ») Il lui avait écrit qu'il allait au travail aussi, mais de même qu'il avait menti à son employeur, il mentait maintenant à Marta. (Les jours suivants, Marta Gaia conclut qu'il lui avait envoyé ses derniers messages alors qu'il était en bas de l'appartement de Manuel Foffo.) Au bout de quelques minutes, l'échange s'était interrompu, Marta Gaia avait insisté, Luca n'avait pas répondu. Elle avait essayé de l'appeler. Il ne répondait pas. Ça recommence, avait-elle pensé. Il a encore disparu. Quel garçon infernal ! Elle avait supposé qu'il s'était disputé avec ses parents. Et s'il n'était pas allé au travail ? Avait-il rejoint les tarés de la bande de Battistini ? Elle lui avait envoyé des messages furibonds, puis l'avait rappelé. Où était-il passé, bon sang ? Au bout de quelques heures, elle s'était mise à tomber directement sur la messagerie. Bon, OK, on se calme, s'était dit Marta Gaia. Luca était négligent, il pouvait avoir oublié son téléphone quelque part. Ou il n'avait plus de batterie. Son chargeur ne marchait pas bien, n'est-ce pas ? Voilà ce qui s'était passé. Mais, le soir venu, son portable était toujours éteint.

Le lendemain, le samedi, Marta Gaia avait eu M. Varani au téléphone.

Le dimanche matin, Marta Gaia travaillait. Le menu du jour annonçait : fettuccine all'amatriciana, calamars aux champignons et escalope aux agrumes. L'affluence était toujours importante le week-end, le rythme était intense. À un moment donné, Marta Gaia avait levé les yeux, sa mère était là. Bizarre.

« Salut maman, qu'est-ce qu'il y a ? »

Elle faisait une tête que Marta Gaia ne lui avait jamais vue. Elle lui était tombée dans les bras.

Marta Gaia était en larmes. *Mort*, disait-on. Mais tout son corps lui hurlait le contraire. C'était comme si on lui jurait que dehors il neigeait alors qu'elle voyait encore le soleil. Tout le monde parlait de Luca. Tout le quartier puis, peu après, toute la ville et, dès le soir, toute l'Italie en parlait. Quand on allumait la télé, on voyait une photo de lui à l'écran. Les messages affluèrent sur le téléphone de Marta Gaia, suivis par les appels d'amis, de professeurs, toutes sortes de gens lui proposaient de passer la voir.

Puis vint l'appel des carabiniers.

Marta Gaia se présenta à la caserne de la piazza Dante après l'heure du déjeuner.

Elle déclina son identité, serra la main de l'adjudant des carabiniers et commença à répondre aux questions. Elle finit par être étonnée de ses propres déclarations. Tenue de relater la vérité des faits, elle tint des propos qui semblaient prouver l'existence des quelques zones d'ombre, d'ambiguïtés auxquelles elle n'avait jamais prêté l'attention requise. Combien doit-on réfléchir à ce que l'on sait ne pas savoir sur le compte des personnes que nous aimons ? Et s'il était possible de tout savoir d'elles, serait-ce une bonne chose ?

Après son entretien avec les carabiniers, Marta Gaia rentra chez elle. Elle était sonnée, malheureuse, elle avait besoin d'un refuge. Elle alla sur Facebook. Son mur était rempli de messages. Une montagne de courtes missives électroniques, toutes adressées à elle. Elle recevait des condoléances, des encouragements, des petites phrases de solidarité. Certes, il y avait des messages d'amis, mais surtout d'une foule d'inconnus.

Sincèrement frappée par ces manifestations d'affection, Marta Gaia rédigea un post de remerciement.

Un grand merci à tous, pour vos pensées, pour vos mots... Aux gens que je n'ai jamais vus qui m'envoient des mots de réconfort. Et puis MERCI à mes amis de toujours, j'ai reçu des quantités de messages et d'appels. Mon chagrin est immense et indescriptible, ce n'est pas possible de mourir comme ça. Je voudrais que tout le monde se souvienne de Luca comme d'un garçon gentil et sensible, et pas comme d'un garçon « faible » et parfois trop prétentieux. Je me fiche des ragots, je me fiche de tout. J'aime et j'aimerai Luca pour toujours, mais pas le Luca qu'il était avec tout le monde, le Luca qu'il était avec moi... Ou plutôt, ma 'TITE MASCOTTE.

Elle ne découvrit le message de Valeria Proietti que plus tard. Celle-ci lui demandait de chatter en privé sur Messenger. Bizarre. Valeria Proietti faisait partie de la bande de Battistini, c'était une blonde au corps de pin-up, et tout chez elle déplaisait à Marta Gaia. Elle était excessive, désinhibée (sur les photos, elle mettait ses lèvres tartinées de rouge vif au premier plan, ou tirait la langue pour montrer son piercing) et prenait plaisir à provoquer avec des citations agressives. « J'ai toujours dit que, quand on te déteste, c'est que tu as bien fait ton travail. » Elle avait dix-sept ans.

Marta Gaia et Valeria n'étaient pas amies, elles n'avaient pas le numéro l'une de l'autre, elles se connaissaient de vue. Valeria était la petite amie d'Alessandro Mancini, dans la bande de Battistini il y avait aussi les deux autres frères Mancini, la sœur de Valeria, Daniele Spada, Gabriele Rivetti, un dénommé Adriano, une dénommée Alessia, et va savoir qui d'autre. On racontait que certains d'entre eux prenaient de la coke. Vrai ou pas, ils avaient une réputation de feignants incapables de se lancer dans un semblant de projet et peu soucieux d'essayer de s'extraire de leur condition. Marta Gaia n'avait jamais voulu avoir affaire à eux. Elle pensait que pour quelqu'un comme Luca ces gens étaient la tentation parfaite, le groupe idéal pour lui faire oublier toutes ses bonnes résolutions. Mais comme il avait continué de les fréquenter, Marta accepta de chatter avec Valeria. Elle lut.

Salut Marta ils ont dit qu'ils le conaissent depuis pas longtemps mais en vrai quand luca était avec nous... il y parlait déjà à ce pédé et nous il nous disait qui lui prétait de largent et puis il disparaissait pendant une demie heure et il revenait... je sait pas ce qu'il allait faire avec lui... mais je te jure que sa je m'y serait pas attendu il était si sympa... enfin t'inquiètes il sera toujours a tes cotés.
Parce que moi il me le disait tout le temp qu'il t'aimait a la folie il te protègera de tout j'en suis sure...

Malgré sa maîtrise incertaine de l'italien écrit, le message de Valeria était limpide. Marta Gaia était abasourdie.

Je suis sidérée. Pourquoi il allait chercher de l'argent ? Qu'est-ce qu'il faisait avec lui ? Je n'y crois pas. Je ne sais pas si tu sais quelque chose, mais si oui dis-le-moi, s'il te plaît.

Valeria Proietti répondit.

Oui
... alors a mon avis il allait la bas et il coucher avec lui... parcequ'il nous l'avais dit à moi alessandro filippo ma sœur... Mais bon après s'était ces oignons hein... s'était un ami moi je l'aimait bien comme il était il a toujour été sympa avec nous... filippo quand il a aprit cette histoire il était fou... il laimait vrément beaucoup... mais son téléphone il est passer ou ??? Tu peut y trouvé des trucs meme s'il effacait toujours tout...
Oui il se droguait...

> Moi j'y disait toujours de t'amené des fois ou de te dire quand il était avec nous et quil sortait... il disait toujours que tu voulait pas qu'il voit alessandro et filippo... Alors qu'eux ils lont toujours apprécier... Et puis lui les embrouille il se les cherchait quand meme dans son coin...

Était-ce une impression, ou Marta Gaia était en train de se faire renvoyer à la figure le fait qu'elle ne voulait pas que Luca voie la bande de Battistini ? Était-ce un règlement de comptes ?

Perturbée par ce qu'il lui semblait lire entre les lignes, Marta Gaia ne répondit pas. Valeria Proietti ne se découragea pas et revint à la charge.

> Marta tu sait si je t'écrit c'est juste pour taider parceque moi jy gagne rien a par la tristesse d'avoir perdu un ami... Puis va savoir la véritée... va savoir ché ces types se qu'il a snifé... ils ont du l'influencé... Ou alor ils ce sont énerver parce qu'il voulait pas coucher et y l'ont forcé.
> Mais moi je te conseil de te souvenir de lui comme tu a dis toi-meme... comme il était parce quil a toujours était sympa avec tout le monde tout le monde l'aimait... et t'inquiètes qu'il est la avec toi et il te protègera toujours parce que tu était la femme de sa vie... il me parlait toujours de toi !!!
> Gros bisous
> Désolé si je continues à técrire
> Mais je te jure que Filippo a passé la journé chez lui a pleurer.

Un concentré de médisances et de feinte philanthropie. Marta Gaia craqua et répondit :

> Je ne sais pas... Je n'arrive pas à croire que Luca se prostituait...

La réponse de Valeria ne se fit pas attendre.

A mon avis il le faisait que quand il avait besoin dargent parce qu'il y aller pas toujours. Peut ètre quil le disait just pour rigoler. Mais en tous cas qu'il alait chez lui et qu'il revenait avec de l'argent... jen suis cent pour cent sure. Au début il nous disais que l'autre lui donnait. Mais l'argent ya personne qui t'en donnes hein...

Après d'autres échanges de cette teneur, Marta Gaia s'énerva.

Tu racontes que des conneries.

Valeria Proietti changea de registre.

Ouais c'est sa. Ahahahahahahah. Nimporte quoi. Aahahahah
Allé Martaaa
Penses se que tu veeeeut
Comme t'a été bète Pendant neuf ans Ahahahahah
Allé je te laisseee
Ciaoooo

Marta Gaia était perdue, elle ne s'attendait pas à une réaction pareille, et elle montra son seul signe de faiblesse de toute la conversation.

Ça ne faisait pas 9 ans, on s'était séparés et surtout ce qu'il a fait quand on n'était pas ensemble c'est son problème.

C'était vrai. Vers fin 2010, Luca et elle avaient fait une pause. Que Marta ait évoqué leur séparation pour se défendre aurait dû inspirer la compassion. Mais Valeria Proietti n'était pas du genre à se laisser attendrir.

Ah c'est vrai je savait que tu l'avait quitter pendant un moment mais booooooon sa se passait aussi quand vous

étez ensemble parce qu'il te textotait quil était en cours mais en fait il était avec nous
Allez saluuuuuut
Je men fout
Ta raison je dis des conneries
Je crois pas que sa aurait du sens de te raconté des conneries je dis rien de mal de lui. Mais vu que je le conaissais et que je le voyais presque tout les jour j'aurai pu taider.

Marta rassembla les forces qui lui restaient pour couper court.

OK, écoute, arrête de m'écrire, je n'ai vraiment pas envie d'entendre d'autres bêtises sur son compte.

Qu'est-ce qu'il leur prenait, à tous ? Qu'est-ce qui rendait les gens si cruels ?

Marta Gaia était trop bouleversée pour approfondir la réflexion. Et puis, en jetant un œil à l'écran, elle s'aperçut d'une autre nouveauté. Sa dernière publication, où elle remerciait les personnes qui lui avaient adressé leurs condoléances, avait récolté plus de deux mille likes. Quelques jours avant le meurtre, ses posts recevaient moins de dix likes. Et comme, après cet échange avec Valeria, Marta Gaia se sentait très en colère, elle décida de tester ses nouveaux pouvoirs en publiant un nouveau post.

Tout ce que vous inventez vous met au même niveau que les assassins de Luca. Salir le souvenir d'une personne essentielle pour moi pour gratter de l'attention ou de l'argent c'est vraiment minable. Vous, ça vous passera parce que vous avez la chance que ça ne vous touche pas, mais moi ma tristesse je la garderai toute ma vie [...] Les lois italiennes sont gerbantes. Ce qui s'est passé est gerbant. Ceux qui continuent à inventer n'importe quoi sur Luca sont gerbants.

À peine eut-elle publié ces lignes que les premières réactions arrivaient déjà. Des dizaines, puis des centaines de likes et de cœurs. Une foule de nouveaux followers voulait interagir avec elle.

> Il faut se serrer les coudes pour que justice soit faite !!!
> On veut tous la justice parce que se qui est arriver à ton copain aurait pu arriver à n'importe qui.
> Laisse tomber ceux qui disent n'importe quoi, trace ta route, guerrière.
> On est des centaines, des milliers avec toi, à demander justice pour Luca.

Tout le monde lui donnait raison, tout le monde était solidaire. En peu de temps, sa publication rassembla plus de trois mille likes. Dans quelques heures, les journaux et les télés commenceraient à l'appeler. Elle n'était plus la même jeune femme que quelques jours auparavant, et peut-être plus la même jeune femme que quelques heures auparavant. Marta Gaia Sebastiani était devenue un personnage public.

Le lendemain, ce fut au tour de Marco Prato de donner sa version des faits.

Le mis en cause comparut devant le juge pour l'enquête préliminaire dans la salle des magistrats de la prison Regina Coeli. Le procureur Francesco Scavo et l'avocat de la défense Pasquale Bartolo étaient également présents.

Malgré sa récente hospitalisation, Marco semblait dans de bonnes conditions physiques. Il était calme, lucide. L'absence de son postiche ôtait quelque chose à son charme, mais lui conférait une allure plus adaptée pour la partie qui devait se jouer, autour d'une accusation – assassinat – qui pouvait lui valoir la prison à perpétuité.

« Commençons par votre identité. Votre nom est Marco Proto, n'est-ce pas ? demanda le juge.

— Prato, le corrigea Marco.

— Né à ?

— Rome, le 14 juin 1986.

— Habitez-vous seul ou avec d'autres personnes ?

— Actuellement, j'habite chez mes parents.

— Comment se compose votre famille ?

— J'ai une grande sœur, qui est mariée.

— Donc votre sœur n'habite pas avec vous.

— Elle habite dans le même immeuble, mais pas dans le même appartement.

— Êtes-vous en couple ? Célibataire ? »

Et là, alors que l'interrogatoire venait de commencer, Marco Prato prit sa première liberté.

« Je suis seule.

— *Seul*, vous voulez dire, corrigea le juge.

— Seul, oui, pardon », dit Marco.

Après ceux de Manuel les jours précédents, les journalistes traquaient les parents de Marco, Ledo Prato et Maria Pacifico. Toutes les demandes d'interview furent refusées par Me Bartolo. Les chroniqueurs campaient autour de la piazza Bologna, ils se postaient à tous les coins de rue, derrière tous les bars ou discothèques d'où il était possible qu'un parent ou un ami de Marco sorte à un moment ou un autre. Plus ils restaient les mains vides, plus ils s'énervaient. Plus ils s'énervaient, plus ils étaient tentés de brosser un portrait négatif de lui.

C'est Me Bartolo qui servit de bouclier. Le jour de l'interrogatoire, dans la via della Lungara, juste en face de la prison Regina Coeli, l'avocat se jeta en pâture aux journalistes.

« Maître Bartolo, attendez un instant ! »

Bartolo ralentit le pas. Un bataillon de caméras entoura aussitôt cet homme dégarni au visage sec et un peu nerveux, enveloppé dans un manteau sombre.

« Ce que je peux vous dire, c'est que nous avons décidé de répondre à toutes les questions qui nous seront posées.

— Le mis en cause ne fera donc pas valoir son droit au silence ? demanda une journaliste.

— Il expliquera son rôle dans cette affaire. »

La journaliste changea de ton :

« Comment se porte votre client ? Vous vous êtes parlé ?

— Il se porte comme un jeune homme qui vient de faire une tentative de suicide.

— Est-ce qu'il a exprimé des regrets ?

— Écoutez, dit Me Bartolo, il a exprimé des regrets comme un jeune homme qui, après avoir fait quelque chose, tente de se suicider. Je ne crois pas qu'il y ait autre chose à ajouter. »

Certes, mais en quoi consistait ce *quelque chose* ?

Le père de Luca Varani commençait à parler. M. Foffo, avec son interview à *Porta a Porta*, avait donné à la presse de quoi faire ses choux gras pendant des semaines. Les Prato faisaient le vide autour d'eux. Ni le père ni la mère ni la sœur de Marco, ni les autres membres de sa famille ou ses amis les plus proches n'avaient laissé échapper la moindre déclaration.

« Ils ne disent pas un mot », constataient les chroniqueurs, inconsolables.

Néanmoins, il est plus difficile de se dérober à des carabiniers munis d'un mandat de perquisition.

Les enquêteurs étaient pressés de mettre la main sur l'ordinateur de Marco Prato. Ses lettres d'adieu rédigées dans la chambre de l'hôtel San Giusto étaient claires : « Détruisez-les, ils cachent mes mauvais côtés. » Les carabiniers sonnèrent à la porte des Prato à 20 h 40. C'est Mme Pacifico qui leur ouvrit. Ils entrèrent et fouillèrent l'appartement. Dans la chambre de Marco, ils trouvèrent un ordinateur portable. Il manquait le second. Mme Pacifico dit qu'elle l'avait donné à l'avocat pour lui permettre de mieux préparer la défense. Cette réponse déplut aux carabiniers. Il pouvait avoir été confié à l'avocat pour que celui-ci détruise des preuves. Une autorisation de saisie fut signée en urgence pour le second ordinateur aussi.

Après avoir analysé le contenu de l'iPhone et des deux ordinateurs, les enquêteurs signalèrent la présence de quelques fichiers à ajouter au dossier : « deux vidéos clairement pédopornographiques » (« C'est des connaissances qui me les ont envoyées, je n'y étais pour rien », se défendit Marco), auxquelles s'ajoutaient trois vidéos où Marco faisait des fellations à d'autres hommes, dont Manuel Foffo. Les carabiniers signalèrent également les pages Internet que Marco avait consultées sur son téléphone avant sa saisie : un article sur les adoptions pour les couples homosexuels ; des vidéos pornos ; plusieurs recherches sur Google pour commander un dîner à domicile ; plusieurs recherches sur Google pour savoir comment se suicider par surdosage de Minias.

Le problème, c'était le cloud, à savoir les documents que Marco avait sauvegardés à distance, et que n'importe qui ayant son mot de passe pouvait avoir modifiés ou effacés à tout moment. Quand les carabiniers entrèrent dans son cloud, ils ne trouvèrent rien d'important mais virent qu'il y avait eu des modifications récentes, qu'ils ne purent pas reconstituer.

« C'est incroyable qu'Apple ne vous aide pas quand il s'agit d'un homicide », dis-je plus tard à un des carabiniers qui avait été très impliqué dans l'enquête.

Il me regarda d'un air surpris, comme si je débarquais d'une autre planète.

« Excusez-moi, me dit-il, vous vous souvenez de la tuerie de San Bernardino ? »

Si Apple avait refusé de fournir au FBI le mot de passe de l'iPhone d'un terroriste qui avait tué quatorze personnes au nom de l'État islamique, que pouvait-on attendre d'une demande provenant d'une caserne des carabiniers de l'Esquilin concernant le meurtre d'un gamin de la périphérie ?

« Quels sont vos diplômes ? demanda le juge, poursuivant l'interrogatoire.

— Sciences politiques à la LUISS, répondit Marco Prato. Puis un diplôme universitaire en marketing et organisation d'événements à Paris.

— Quel est votre travail ?

— J'organise des événements, justement. J'ai un statut d'indépendant. J'ai une marque avec deux associés, ça s'appelle A(h)però. Je fais du conseil et de la direction artistique pour plusieurs bars et discothèques.

— Depuis combien de temps exercez-vous cette activité ?

— Depuis que je suis rentré de Paris. À Paris, j'ai traversé une période difficile, j'ai fait une tentative de suicide à la fin d'une relation sentimentale, en 2011. Je suis revenu en Italie pour panser mes blessures.

— Vous êtes revenu en Italie.

— Oui, j'ai passé un moment dans une clinique psychiatrique.

— Pouvez-vous me préciser les problèmes que vous avez eus ?

— Eh bien, répondit Marco sans se faire prier, les problèmes pour une personnalité comme la mienne sont complexes et dépendent de différents éléments. L'un d'eux est lié au fait que ma sœur a une dystrophie musculaire. Ça a commencé quand elle avait quatorze ans et moi sept. À partir de là, l'amour de ma mère m'a manqué, et je me suis mis à chercher des amours qui puissent remplir ce vide. Dans ma famille, les figures féminines sont prépondérantes. Ma mère est une femme qui a une forte personnalité. Même si elle est handicapée, ma sœur a une forte personnalité. Ma grand-mère avait elle aussi une forte personnalité. Mon modèle de référence est un modèle féminin. Ça explique le développement de mon homosexualité… et aussi, à un moment donné, le désir de changer de sexe.

— Vous êtes donc homosexuel.

— Oui, mais plus qu'homosexuel, précisa Marco, je suis attiré par les hétérosexuels. J'ai eu beaucoup de relations avec des homosexuels. Mais les hommes qui m'attirent vraiment, ce sont les hétérosexuels. »

Alors que Manuel revendiquait un droit à l'égarement, Marco affichait une grande lucidité, parlant comme s'il faisait part d'un tourment, et refusait toute remise en question. Je me connais, je sais qui je suis, semblait-il dire, et vous, vous n'en savez rien. Prenez des notes. Transcrivez. Écoutez ce récit.

« J'imagine que vous êtes au courant des faits pour lesquels vous êtes poursuivi, dit le juge. Il s'agit d'une accusation très grave. Homicide aggravé par plusieurs circonstances avec Manuel Foffo. Avant tout, je dois vous demander : reconnaissez-vous les faits ?

— Je ne les reconnais pas tous. »

Il reconnaissait être allé chez Manuel. Il reconnaissait avoir été l'intermédiaire avec Luca Varani. Il reconnaissait l'avoir vu mourir. Cependant, il y avait des précisions à apporter.

« Vous savez, moi, Manuel Foffo je l'ai vu deux fois dans ma vie. Quatre jours, du 1er au 4 janvier. Puis quatre jours pour cette histoire. »

Cette histoire, c'était la mort de Luca.

« Vos rapports étaient-ils amicaux ? Ou bien y avait-il autre chose entre vous ?

— Disons que j'ai été sa poupée.

— Sa quoi ? demanda le juge.

— Sa poupée. Son objet sexuel pendant ces quatre jours. Et comme Manuel se croit hétéro, il refusait que… bref, il ne voulait pas que je sois un homme. Alors il m'épilait. Il se servait de ses rasoirs à barbe. Puis il me mettait du vernis. J'ai encore le vernis de sa mère sur les ongles.

— En bref, Manuel vous déguisait en femme.

— Oui.

— C'est ce qui s'est passé en janvier ?

— Vous avez certainement vu les vieilles photos de moi qui circulent ces jours-ci. Vous avez sans doute remarqué que sur ces photos je porte la barbe. Et maintenant je n'ai plus de barbe. Je me suis rasé chez Foffo. C'est lui qui le voulait. Je me suis rasé la barbe, j'ai enlevé les poils de mes mains. Le vernis, comme je disais, il est à la mère de Foffo. Le parfum aussi. Et le rouge à lèvres et le mascara…

— D'accord, d'accord. Revenons aux jours que vous avez passés ensemble en janvier, dit le juge. Avez-vous consommé de l'alcool à cette occasion ?

— De l'alcool et de la cocaïne.

— Dans quelles quantités ?

— Pour passer quatre jours avec Manuel sans me sentir fatigué, vu ce qu'il me faisait faire, j'en ai pris une bonne dose.

— C'est vous qui achetiez la cocaïne ?

— C'est moi qui l'achetais, mais le dealer venait en bas de chez lui. Et comme Manuel a honte du regard des autres, c'est lui qui descendait la chercher. Il ne voulait pas que les voisins me voient habillé en femme. »

Ils parlèrent de la vidéo que Manuel avait faite avec son téléphone.

« Il voulait être sûr que cette vidéo n'allait pas tourner. »

Puis Marco se remit à parler de lui. Il dit qu'avec sa mère ils ne se parlaient plus depuis un an, que ces derniers mois il avait eu une autre histoire (« avec un homo, un type avec qui je m'ennuyais terriblement »), il ajouta qu'en mars, quand il était revenu via Igino Giordani, Manuel et lui avaient de nouveau acheté de la cocaïne et avaient invité des gens. Alex Tiburtina avait débarqué. Puis un autre garçon.

« Un employé du restaurant du père de Manuel. Je ne me souviens plus comment il s'appelle, moi je l'appelle Bouboule.

— Ce garçon… »

Le juge s'interrompit.

« Excusez-moi, cette personne a un prénom, non ? Essayez de vous en souvenir, je vous prie, sinon je vais finir par l'appeler Bouboule moi aussi. »

Marco raconta qu'ils avaient aussi appelé Damiano Parodi, un ami à lui, un type sympa, et riche. C'était lui qui lui avait présenté Luca.

« Luca Varani travaillait dans un garage à Valle Aurelia, dit-il, à Valle Aurelia ou à Primavalle, je ne me souviens plus.

— Et si j'ai bien compris, dit le juge, Luca était pour ainsi dire une personne qui se prostituait.

— Ce n'était pas *pour ainsi dire une personne qui se prostituait*, précisa Marco. *Il se prostituait.*

— Il se prostituait… répéta le juge.

— Un tapin, quoi, insista Marco, mais il dealait aussi. Des fois, il m'appelait pour me vendre de la coke. »

Le juge lui demanda comment il avait réussi à attirer Luca chez Manuel.

« Je lui ai dit : "Viens, on te donnera cent cinquante euros."

— Donc, il y a eu… un accord explicite au téléphone ?

— Tout à fait.

— Où vous… donc… dit le juge.

— "Viens, on est deux, avec un ami hétéro, et je suis habillée comme une salope : on te donnera cent cinquante euros." Je crois que je lui ai dit quelque chose comme ça.

— Il a accepté ?

— Il a accepté. »

Le juge demanda ce qui s'était passé ensuite. Marco donna sa version des faits à ce sujet aussi. Il avait derrière lui deux tentatives de suicide, il se défonçait à l'alcool et à la cocaïne, l'affection de sa mère lui avait manqué, il était sorti de l'hôpital, il était en prison pour la première fois de sa vie, et il risquait d'y séjourner longtemps, il venait de traverser quatre jours de délire dont le point d'orgue avait été un meurtre, et pourtant il parlait comme s'il avait le contrôle sur tout, comme s'il était en mesure de réorganiser chaque détail, chaque instant, et même ses états de conscience altérés dans un ordre cohérent, afin de les exposer de manière irréfutable aux enquêteurs.

Marco finit de reconstruire le déroulement de l'homicide, exposa sa version de qui avait fait quoi, et déclara notamment qu'il n'avait pour sa part pas frappé Luca une seule fois.

Le procureur Scavo déclara :

« Il y a des divergences énormes entre les deux interrogatoires.

— Oui, confirma le juge. Il y a de grandes divergences entre votre version des faits et celle que Manuel Foffo a fournie, dit-il à Marco. Vous avez vu la télévision, ces jours-ci ? »

Il faisait allusion à la possibilité que Marco Prato et son avocat aient construit la défense en fonction de ce que Manuel avait raconté à Scavo, des informations dont ils n'auraient pas eu connaissance sans l'interview télévisée à l'émission de Vespa.

« Nous aussi nous avons été invités à participer à cette émission, dit l'avocat de Marco. Mais nous avons refusé. Néanmoins, en regardant la télé, je n'ai pas pu ne pas voir que le procès-verbal de l'interrogatoire était montré.

— Il n'était pas opportun de le montrer, dit le procureur.

— Je vous assure qu'il est plus facile pour Manuel de penser qu'il a tué quelqu'un pour le plaisir plutôt que d'imaginer qu'il est gay, déclara Marco, changeant de sujet.

— Bien, vous pouvez signer », dit le juge, mettant fin à l'interrogatoire.

C'était le concours à qui avait le plus d'amis en commun avec eux sur Facebook.

Moi, j'en avais trois avec Marco Prato. Tous les gens de mon entourage en avaient avec lui. Personne avec Luca Varani. Très peu avec Marta Gaia Sebastiani.

Mon entourage était composé d'écrivains, de journalistes, de professeurs du secondaire, de personnes qui travaillaient à la radio et dans l'édition. Dans l'entourage de Marco, il y avait des décorateurs, des stylistes, des acteurs de télévision, des gérants de bars et de discothèques. Ces deux mondes communiquaient. Quelques coups de fil et j'étais dans un bar de Trastevere avec Stefano.

« Un de ces types qui sniffent, se tapent des montées dans les bars et imaginent que le monde entier leur en veut. Voilà qui était Marco Prato. »

Stefano avait quarante-sept ans, il gérait plusieurs boutiques de vêtements vers la via Cola di Rienzo, il traînait entre Prati, le quartier de Monti, le pont Milvius et la gay street de San Giovanni. Les points de rendez-vous de ce milieu. Il était rare que les fréquentations de Marco se rendent en périphérie.

« Et cette histoire de Dalida ? Tu ne trouves pas que c'est le *summum du ridicule* ? » dit-il.

Stefano but une gorgée de son jus de myrtille. Nos milieux présentaient des points de contact. Mais, à la différence du mien, si prudent et si sobre, dans celui de Stefano et de Marco Prato les gens tentaient des coups de poker. Ils ouvraient des boutiques, des bars de nuit, des galeries d'art. Ils prenaient des risques. Ils brassaient de l'argent.

« Il portait un postiche parce qu'il était complexé par sa calvitie. Il voulait être vu avec des célébrités. Il en était arrivé au point de se faire passer pour le petit ami de Flavia Vento.

— Flavia Vento, la fille de la télé ? »

Stefano déclara que les soirées de Marco Prato n'avaient rien d'extraordinaire. Étais-je déjà allé à A(h)però ? Il suffisait d'être doté d'un minimum de sens esthétique pour ne pas être impressionné par ces soirées, continua-t-il.

« Comment sont ses parents ? demandai-je.

— Il a eu des conflits classiques avec eux. Mais ça n'a rien à voir avec cette affaire. »

Tous les gens de leur milieu avaient eu une histoire familiale compliquée, dit-il, ils s'étaient tous battus pour que cela ne les détruise pas.

« Mon père était horrible. Quand il a su que j'étais une tapette, il a arrêté de me parler. Ça fait des années qu'on ne s'est pas vus. Je ne vais pas aller massacrer des gens pour autant ! N'importe quoi. »

Il réagit trop vivement, pensai-je. Nous vivions dans une ville où répondre aux tragédies par de l'agacement était une technique pour ne pas succomber. Nous nous gonflions de cynisme pour survivre au cynisme qui, à Rome, règne sans partage.

« Un type comme Marco ne tiendra pas en prison, dit Stefano, plus sombre. Mais les Prato ont des tas de relations, ils ont les moyens de se payer d'excellents avocats. »

Stefano était originaire de Calabre, il habitait à Rome depuis vingt ans. Il avait travaillé comme un forcené. Serveur, vendeur, maître-nageur. Il avait ouvert sa première boutique avec l'argent d'une liquidation. Il ne pardonnait pas à Marco de s'être retrouvé dans cette histoire sordide alors qu'il était privilégié.

« Tu as idée de la galère que ça a été pour m'en sortir dans un endroit pareil ? Rome est une ville qui ne produit plus rien. »

Il secoua la tête.

« Il n'y a pas d'industries, pas de culture d'entreprise, l'économie est parasitaire, le secteur du tourisme est minable. Les ministères, le Vatican, la Rai, les tribunaux… c'est ça, Rome, une ville qui ne produit plus que du pouvoir, du pouvoir qui se déverse sur d'autre pouvoir, qui écrase d'autre pouvoir, qui engraisse d'autre pouvoir, et tout ça sans qu'il n'y ait jamais de progrès, tu m'étonnes que les gens deviennent fous. »

Il commanda un autre jus de myrtille.

« Fais-toi raconter ce que Marco a trafiqué la dernière fois qu'il est allé à Mykonos », dit-il, de plus en plus méprisant.

Nous parlâmes encore un peu. Puis je me dirigeai vers le rendez-vous suivant.

« Ça a été une nuit cauchemardesque, d'ailleurs après il y a eu cet orage terrible sur toute la ville », déclara Elisa.

Nous étions sur la piazza Vittorio, à quelques pas de la caserne des carabiniers où Manuel avait été interrogé. Elisa avait quelques années de moins que moi. Nous nous connaissions depuis longtemps. Blonde, menue, avec de fins sourcils. Elle travaillait dans une agence de graphisme, elle fréquentait des DJ, des publicitaires, des jeunes stylistes qui rêvaient de travailler pour Gucci.

« Ce soir-là, ça a été la panique dans la gay street, dit-elle. Tout le monde sur son téléphone, en train de s'imaginer en victime potentielle. Marco avait plusieurs comptes sur Grindr. »

Nous prîmes la direction du mont Oppius. La rumeur de la roulette russe avait commencé à circuler, poursuivit-elle. On racontait que Marco Prato et Manuel Foffo avaient envoyé des dizaines de messages à des personnes prises au hasard dans leurs répertoires. Une invitation à une fête. Ceux qui mordaient à l'hameçon risquaient de signer leur condamnation à mort. C'est pourquoi, dans la via San Giovanni in Laterano, un des points de rendez-vous les plus fréquentés par la communauté gay, ceux qui avaient reçu un message de Marco Prato dans les jours précédents étaient devenus hystériques.

Nous entrâmes dans le parc du mont Oppius. Sur la gauche, il y avait un bar entouré de pins, l'air était frais, la lumière voilée, des clochards dormaient sur les bancs.

« Tendances manipulatrices, complexe de supériorité, absence totale d'empathie. Ajoute à ça la drogue, dit Elisa, se lançant dans sa version des faits.

— Il paraît qu'ils se sont envoyé vingt-huit grammes de cocaïne en trois jours, commentai-je. Comment c'est possible ?

— Presque tous mes amis sont gays, dit-elle, changeant de sujet. Dans certains milieux, la culture homo n'est plus la même que quand on était jeunes. Certains raisonnent en termes de catégories de marchandises. Chacun a un rôle bien défini, chacun interprète un personnage. C'est la compétition entre tout le monde. C'est pour ça que l'ambiance est aussi tendue.

— Ce n'est pas différent chez les hétéros », commentai-je.

Elisa reparla de la pluie torrentielle qui était tombée juste après le meurtre. C'était comme si la ville, appesantie par ses maux depuis des semaines, avait trouvé un moyen de s'en débarrasser. Mais c'était un soulagement temporaire, la vérole revenait aussitôt qu'on s'en était débarrassé.

C'est alors que nous le vîmes. Le vieil amphithéâtre apparut au bout de l'allée, si pâle, si gris, semblable à la lune quand elle est proche de l'horizon et paraît à deux doigts de tomber sur terre. Le Colisée dans l'air froid de mars, cerné par des papiers gras, des sans-abri, par l'eau putride des fontaines. Non loin, guère masqué par une haie, un homme entre deux âges urinait. À Rome chacun fait ce qui lui chante, pensai-je. Les supporteurs ivres du Feyenoord se baignaient dans la fontaine de Trevi, jetaient des bouteilles sur la Barcaccia du Bernin, à la Villa Borghèse des vandales décapitaient les statues des poètes, de grands sacs-poubelle voletaient entre les palais, tout le monde pissait n'importe où, il flottait dans l'air une indulgence plénière, et moi-même, qui dans une autre ville aurais préféré me retenir jusqu'à ce que ma vessie éclate, j'avais plus d'une fois arrosé le mur Servien.

« Quel endroit incroyable, dis-je, pensant à voix haute.

— Quand est-ce que ta femme et toi vous vous êtes installés ici ?

— Moi il y a dix-huit ans, elle seize. Elle arrivait de Piacenza, moi de Bari.

— Et vous êtes contents d'être ici, maintenant ?

— Quand on est arrivés, tout était merveilleux, dis-je. Rome était inépuisable. Maintenant aussi, mais d'une autre manière.

— Vous avez l'impression d'étouffer ?

— Disons qu'il nous arrive d'avoir l'impression de sombrer. Des fois, je crains que dans un sens on fasse nous aussi partie de la *chose*, sans nous en rendre compte.

— Il y a un mec qui s'appelle Michele, il connaissait beaucoup mieux Marco que moi. Va lui parler », me conseilla Elisa.

Une demi-heure après, j'étais au portique d'Octavie. Je pris le bus jusqu'à la piazza Venezia. Au Largo di Torre

Argentina, je vis un chauffeur de taxi et son client se taper dessus. À côté de la piazza del Gesù, entre l'église et l'immeuble d'en face, il me sembla entendre le vent résonner dans les rues, comme une plainte, comme les pleurs inconsolables d'un vieillard. Je trouvai le pub où Michele buvait un verre avec ses amis. Je me présentai. Nous sortîmes devant le bar pour discuter.

« Gamin, il était obèse. Empoté. Harcelé à l'école parce qu'il était homo. Ses parents pris au dépourvu. Ça aurait pu le détruire, dit-il, mais il a disparu de la circulation pendant quelques années et il est réapparu complètement transformé. Beaucoup de temps à la salle. »

Michele avait trente-cinq ans. Grand, cheveux longs, veste en jean et casquette noire.

« Ce n'est pas vrai que ce qu'il faisait était nul, continua-t-il. A(h)però s'était pas mal développé, ces derniers temps. Quelques VIP y venaient. Nadia Bengala, l'ancienne Miss Italie. Parfois un acteur de cinéma. Ces soirées commençaient à attirer les pédés qui snobent les soirées gays, ce qui est la consécration pour une soirée gay. Marco assurait, il était vif, il avait de l'intuition, c'était aussi quelqu'un d'excentrique, mais on aime tous attirer l'attention, pas vrai ?

— C'était un putain d'égocentrique et un harceleur, l'interrompit un garçon qui nous avait écoutés. Enchanté, Alessandro.

— Enfin, pourquoi vous parlez de Marco au passé ? demandai-je.

— Il m'a branché sur Grindr il y a quelques mois, poursuivit Alessandro en guise de réponse. Je suis sorti avec lui quelques fois. Marco était passif, il se disait bipolaire, que des conneries pour se donner des airs. Bref, je n'étais pas son genre et il n'était pas mon genre, mais j'ai des amis qui disent qu'il les a persécutés.

— Comment ça ?

— Des amis hétéros. Écoute, je dois retrouver des potes à Re di Roma, viens avec moi si tu veux. »

Il m'emmena dans un bar à côté de la via Faleria et me présenta à ses amis. Ils étaient tous plus jeunes que moi. Nous nous assîmes autour d'un verre.

« Il répétait tout le temps la vieille rengaine comme quoi une pipe taillée par un homme est incomparable par rapport à ce que peut faire la fille la plus motivée, déclara un trentenaire prénommé Roberto. Il insistait jusqu'à ce que quelqu'un cède. Il se sentait tellement femme qu'il ne visait que les hétéros.

— Il était toujours bizarre. Quand il prenait de la coke, il avait l'air éteint.

— À propos, ça dit à quelqu'un d'aller taper un rail aux chiottes ?

— Dès qu'il débarquait quelque part, il foutait le bordel.

— Une fois, il a carrément enlevé un hétéro. Les parents voulaient appeler la police.

— Je crois pas que ça se soit passé comme ça.

— Au lycée il était dans un groupe de gauche. Pendant les ciné-clubs il se la ramenait. Un moulin à paroles. Il savait y faire. Il s'engueulait avec les fachos.

— C'est de la bonne, déclara un garçon de la bande en revenant des toilettes.

— Au bahut, il donnait des cours particuliers gratuits à ses amis.

— Cette dernière année, ses affaires ne marchaient pas. Il est devenu méchant.

— À Mykonos, il s'était incrusté dans la villa de Milanais friqués. Ils ont fini par comprendre qu'il voulait passer des vacances gratis. Ils l'ont mis à la porte.

— C'était une des personnes les plus intelligentes et les plus sensibles que j'aie jamais connues, déclara un garçon qui portait un pull en laine à torsades. Vous y comprenez que dalle.

— Sa calvitie précoce le stressait. »

Ils continuaient à parler de lui comme s'il était mort. Même ceux qui le défendaient prenaient leurs distances. J'eus la sensation que leur crainte n'était pas tant d'être associés à un homicide, mais à un épisode extrêmement ridicule, comme si le danger était là – dans le ridicule, pas dans l'horreur.

« Dimanche, quand la nouvelle du meurtre s'est sue, A(h)però allait débuter à l'OS Club.

— Les associés de Marco étaient paumés. Ils ne savaient pas quoi faire. Dans le mode d'emploi pour la soirée parfaite, il n'y a pas écrit comment se comporter dans ce genre de situation. Finalement, ils ont quand même fait la soirée.

— La situation était hallucinante.

— Tout le monde buvait du spritz en parlant du meurtre.

— Il paraît qu'ils ont fait un casting pour choisir la victime.

— Vingt-trois messages, tous les mêmes. *The Ring* à Collatino, by 20th Century Tapette. C'est à qui d'aller aux chiottes ? »

Ces dernières phrases avaient été prononcées par un trentenaire qui se faisait appeler Vanille et n'arrêtait pas de sortir son pied potelé de sa mule en cuir pour le faire pivoter sur le sol, comme pour écraser un mégot. Quelqu'un que je connaissais entra dans le bar.

« Paolo ! » m'écriai-je en agitant les bras.

Il sourit, salua tout le monde. Ce devait être un habitué. Il travaillait dans une imprimerie en dehors de Rome, nous nous étions rencontrés plusieurs années auparavant. Il s'assit avec nous.

« Quelqu'un parmi vous connaît Manuel Foffo ? demandai-je quand la conversation reprit.

— Je n'en ai jamais entendu parler avant dimanche, fit Roberto.

— Il n'est pas de notre groupe.

— Jamais vu ni entendu parler.

— Un pauvre type, à ce qu'il paraît.

— Et Luca Varani ?

— Le tapin ? Inconnu au bataillon.

— Tapin *never covered.*

— Tapin *nevermind* », renchérit un autre en agitant la main, comme pour se libérer d'une pensée désagréable.

« Cigarette ? » me proposa Paolo, rendu nerveux par d'autres phrases du même acabit.

Nous poursuivîmes la conversation devant le bar. Les voitures filaient devant nous.

« Tu as entendu comme ils parlent ? dit Paolo. Ils font les malins dans la gay street mais après, à Noël, ils vont voir leurs parents dans leur bled et ils leur racontent qu'ils ont une petite amie à Rome. Ici, tout le monde déteste tout le monde, et pour commencer ils se détestent eux-mêmes. »

Paolo avait mon âge. Il venait d'un milieu différent de celui où nous nous trouvions ce soir-là. Il était sorti du placard très jeune, avec fierté et détermination. Adolescent, j'admirais beaucoup les gens comme lui, qui plongeaient les yeux ouverts dans le mystère de leur sexualité et en ressortaient en bravant les préjugés des autres. Des adolescents de quinze, seize ans, des garçons qui aimaient les garçons et ne craignaient pas d'aimer aussi des hommes beaucoup plus âgés qu'eux. À l'époque, tout n'était qu'une question de désir.

« Je ne comprends pas ce mépris à l'égard de Luca Varani, dis-je.

— Du mépris de classe pur et simple, fit Paolo. N'oublie pas qu'une partie de la culture homosexuelle est de droite, maintenant.

— Ils votent tous pour le Parti démocrate, pourtant.

— Ils confondent le culte de l'argent et celui de la beauté. Pour eux, la beauté c'est les quatre-vingts millions de followers de Rihanna. Le pouvoir. Les yachts. Les vacances sous les tropiques. Ceux qui ne mènent pas cette vie ne sont pas dignes d'exister. Le problème, c'est qu'ils sont les premiers à ne pas mener cette vie. »

Bien qu'ils ignorent tout de Luca, ils prenaient pour acquis le fait qu'il se prostituait, pensai-je, et, bien que concernant l'homicide cela n'ait aucune incidence sur le plan moral, ils y attribuaient une valeur discriminante : la réprobation leur servait à masquer leur chasse au plus faible. De plus, le fait d'imputer le meurtre à la prostitution et non au hasard les rassurait. Ça ne pourrait pas m'arriver, se disaient-ils.

Autour de nous, les voitures formaient un essaim gigantesque, elles quittaient la piazza Re di Roma par ses rues en éventail puis s'engageaient sur la voie Appienne, et disparaissaient, impétueuses, en direction de Cinecittà. Phares dans la nuit, lumières des feux de stop. Le délabrement de Rome s'inscrivait soudain dans une certaine logique. Le cynisme devenait foi, l'ennui se transformait en espoir, l'aboulie se muait en action. C'était le parcours de la coke, le réseau électrique blanc qui quadrillait la ville. Plus les rues se vidaient de sens, plus la coke les remplissait du sien, poussant hors de chez eux employés, indépendants, étudiants, ouvriers, dirigeants, dentistes, éboueurs, elle reliait tout et tout le monde sans distinction de race, de sexe, de religion, de milieu, un formidable facteur de cohésion sociale en vertu duquel des gens qui, sans cela, ne se seraient jamais croisés étaient amenés à se rencontrer. Elle les obligeait à se connaître, à se parler, à nouer tous types de liens.

« Nous, les homos, on vit dans un monde qui, au fond, nous méprise, disait Paolo. On en a bavé pour se construire une grammaire sentimentale. Mais chez eux, continua-t-il en montrant le reste du groupe, l'absence de repères est éclatante. La société propose des centaines de modèles creux pour ceux qui veulent s'épargner la difficulté de comprendre qui ils sont. »

La surface de l'eau, pensai-je, sans réussir à voir ce qu'il y avait en dessous.

« Pourquoi tu t'intéresses à cette affaire ? me demanda Paolo.

— J'y trouve des choses qui me touchent.

— C'est-à-dire ? »

Je ne me sentais pas de lui mentir, ni de lui raconter mes histoires.

« Des trucs qui me sont arrivés quand j'étais ado.

— Quels que soient ces trucs, il me paraît improbable que tu trouves des analogies. Nous, on est des créatures du passé. Les nouvelles générations ont des problèmes, des ressources, des paranos, des qualités qu'on a du mal à imaginer. Le passé n'existe presque plus. Et le futur est entièrement entre leurs mains, tant mieux pour nous. »

Il était plus de minuit. J'avais sommeil, je saluai tout le monde, traversai les jardins de la via Carlo Felice, puis longeai la basilique Sainte-Croix-de-Jérusalem. Le ciel était rempli d'étoiles. Les pizzerias des Égyptiens étaient en train de fermer, de même que les épiceries des Bangladais, avec leur marchandise empilée partout. Je dépassai la zone morte entre la via Micca et la via Balilla. Devant un rideau de fer tiré, un homme fumait une cigarette, le regard perdu dans le vide.

De retour chez moi, je me mis en pyjama et allumai mon ordinateur. Je consultai mes mails, répondis à quelques-uns. Comme le voulait mon rituel ces derniers temps, je gardai pour la fin ce qui m'intéressait le plus. Google Alert. Des centaines de nouvelles notifications sur l'affaire Varani. Je lus les premiers articles, et sursautai. La dernière chose à laquelle je m'attendais. Ledo Prato s'était exprimé. Cet homme de la bourgeoisie catholique, sobre et mesuré, avait décidé de briser le silence. Il ne l'avait pas fait à la manière de Valter Foffo, il n'avait pas eu l'imprudence de s'en remettre à l'œil d'une caméra. Il avait publié un long billet sur son blog. Je cliquai sur le lien. « Je suis toujours le même, malgré tout. » C'était le titre. Je commençai la lecture.

> Chères Amies, chers Amis,
>
> Je tiens à vous remercier publiquement des nombreux messages que vous m'avez envoyés pour exprimer votre proximité, votre affection, votre chagrin, votre compassion concernant la tragédie qui a frappé ma famille, mes proches. La vie réserve de nombreuses surprises, certaines heureuses, d'autres non. Dans tous les cas, elles la caractérisent, la marquent, lui donnent une couleur, une forme, une substance. [...] Au cours de ces longues années, j'ai tâché de transmettre de l'espoir, du courage, de la confiance, de construire de la beauté, de préserver les valeurs fondamentales de la vie, de croire dans un bel avenir. Parfois j'y suis parvenu, parfois non, comme cette tragédie le démontre. Nous pensons peut-être que nous jouons un rôle décisif dans les relations humaines et familiales, mais ce n'est pas toujours le cas.
>
> Parfois, nous nous attribuons des capacités que nous n'avons pas, et l'exemple d'une vie menée dans l'effort d'appliquer les valeurs de l'honnêteté, du respect de sa propre vie et de celle d'autrui, qui nous a été offerte et dont nous ne sommes pas les maîtres absolus, se heurte à des contextes difficiles, des relations humaines altérées, des choix pas toujours partageables, des fausses valeurs qui effacent les vraies et semblent rendre vaine la mission de toute une vie à laquelle on a tout donné, sans se ménager.
>
> En ces jours où la presse a réduit en lambeaux la vie de trois familles frappées par le malheur, chacune de manière dramatiquement différente, on a pu lire des jugements à

l'emporte-pièce, des vérités partielles ou arrangeantes, on a employé des expressions venues des temps les plus sombres de la société. Un extrait de l'Évangile d'il y a quelques semaines me revient en mémoire. Le protagoniste est un figuier qui ne donne pas de fruits, alors on propose de l'abattre. Mais ensuite on décide plutôt de bêcher la terre autour, de l'arroser, et on s'entend sur un délai : si dans trois ans il n'a toujours pas donné de fruits, on l'abattra. Ce n'est pas seulement un acte de miséricorde, c'est un acte de sagesse, qui invite à la prudence, à la patience, parce que la recherche de la vérité demande un temps long, et la justice humaine a de profondes limites. [...]
Aujourd'hui, sentez-vous libres d'arrêter de suivre cette page, de me retirer de votre liste d'amis, si la tragédie que nous vivons vous fait souffrir ou vous agace, si vous n'avez plus envie de lire, de partager quelques réflexions, parce que vous avez perdu la confiance que vous aviez en son auteur. [...] Je souhaite seulement reproduire un petit extrait d'un texte envoyé par un ami très proche, plus âgé que moi, que j'estime et connais depuis plus de vingt ans. Il m'a écrit : « Ta capacité illimitée à créer du lien, être un médiateur, dédramatiser, chercher la brèche où se trouve la solution ou le léger creux où l'on peut planter un clou te permettra de rester ferme dans ta foi, de ne pas tomber dans le trou noir, de te raccrocher à la valeur des choses que tu as faites, et d'aider Marco. Tu es capable de reconduire le mal dans le domaine du bien, et cette fois il te faudra le montrer d'une manière qui étonnera le monde. »
Je peux y arriver, je le dois à ma famille entière, à mes proches, à mes nombreux amis. [...] Avec votre aide, avec celle du Seigneur qui ne nous laisse jamais seuls car il est prêt à intervenir dans notre histoire même quand nous péchons, nous nous apprêtons à traverser cette tourmente d'un pas léger. Que Dieu vienne en aide à ceux qui en ont besoin.

Ledo Prato

Les jours précédents, j'avais écouté attentivement – pour ainsi dire – le silence de Ledo Prato. J'avais suivi son absence, ne sachant qu'en penser. Sa discrétion pouvait être une preuve de respect admirable ou, à l'inverse, un expédient pour éviter que les autres ne comprennent ce qu'il avait vraiment en tête. Quand j'avais été tenté de critiquer Ledo Prato, j'avais soupçonné que cette envie m'était soufflée par ma mauvaise conscience, et quand au contraire j'avais envisagé qu'il soit un rare exemple de vertu, j'avais craint d'être tombé dans un piège rhétorique. Or, voilà que maintenant Ledo Prato s'était exprimé, mettant ses justes principes au service de la tâche la plus ingrate qui soit. Son billet m'avait mis mal à l'aise. Je le relus. Du point de vue formel, il était irréprochable, aucun grammairien n'aurait trouvé à y redire. C'était ce qu'il me semblait lire entre les lignes qui me laissait perplexe. Ledo Prato encensait le bon père de famille qu'il était, il s'en prenait à la presse, il célébrait les valeurs de l'honnêteté et du respect comme si les journalistes les avaient foulées aux pieds plus que les meurtriers de Luca Varani, il se réjouissait des messages de solidarité qu'il recevait, il se montrait compréhensif à l'égard de ceux qui le blâmaient. Il citait l'Évangile. Derrière cette profession d'humilité, je sentais percer l'indignation à l'égard de sa réputation menacée. C'est ça qui l'a poussé à écrire, pensai-je.

Ne jugez point, et vous ne serez point jugés, continuais-je en même temps à me mettre en garde. Il s'agit d'un homme éprouvé, me disais-je, déboussolé par un événement qui le dépasse, et il a beau s'efforcer de garder son calme, il a perdu la main sur ses actes.

Néanmoins, j'étais interdit. Était-ce en raison de sa manière de mettre les trois familles impliquées sur le même plan ? Étaient-ce ses efforts pour se montrer si vertueux ? Ou bien son ton paisible, sa tentative de circonscrire cette tragédie au domaine de la raison, sa conviction de pouvoir faire plier à coups de bon sens ce devant quoi on ne pouvait que capituler ? À la troisième ou à la quatrième lecture, je m'arrêtai sur un détail que je n'avais pas relevé auparavant, un détail que je n'avais pas identifié mais dont la présence avait pesé. Ou plutôt l'absence. Ledo Prato ne mentionnait jamais directement son fils. La seule fois où le prénom de Marco apparaissait, c'était par le biais d'un ami, qui ne le nommait que pour mieux mettre en valeur les qualités humaines de son père. Soudain, Marco Prato m'apparut comme la personne la plus seule qui soit. Et, témoignant des contradictions innombrables de cette histoire, le billet de Ledo Prato qui me gênait tant produisit un effet inattendu. Je me surpris à éprouver de la compassion à l'égard d'un jeune homme accusé d'un meurtre atroce.

Quand Marta Gaia avait un devoir sur table, elle prenait le sujet en photo et le lui envoyait. Il était fort en maths. Il lui donnait la solution sur WhatsApp. Un jour, il s'était présenté chez elle avec une feuille couverte d'équations formées par les dates importantes de leur histoire : même selon la loi des chiffres, lui avait-il démontré, ils étaient destinés à rester ensemble toute leur vie.

Marta Gaia repensait à cela, maintenant qu'il était mort.

L'adjudant des carabiniers avait demandé :

« Qu'est-ce que vous voulez dire quand vous affirmez que jeudi Luca voulait gratter de l'argent pour le câble du chargeur de son iPhone ?

— Quand il devait acheter des petits trucs, même juste une part de pizza, il disait souvent qu'il allait gratter, avait répondu Marta Gaia. C'était un peu sa philosophie de vie. Il vivait au jour le jour. »

Luca disait : « Tu me fais un bisou ? »

Et Marta Gaia : « Les bisous, ça ne se demande pas, ça se donne. »

Pour fêter leur premier mois ensemble, il lui avait offert un cadeau. *La camelote.* C'est ainsi qu'ils l'avaient appelé en riant quand elle avait ouvert le paquet.

« Je t'ai pris un pendentif en forme de cœur, les filles aiment bien ce genre de trucs.

— Je ne suis pas comme les autres.

— Je l'ai pris parce qu'il me rappelait que tu es mon cœur, mais j'avais honte de te le dire.

— Je préfère ça. »

L'adjudant avait demandé :

« Luca avait-il l'habitude de disparaître de la circulation ? Lui arrivait-il de s'absenter de chez lui sans donner de nouvelles ? »

Marta Gaia avait répondu :

« Quand on se disputait, il ne répondait pas à mes appels. Quand il se disputait avec ses parents, il pouvait arriver qu'il quitte la maison pendant deux jours, et alors il dormait dans sa voiture, en tout cas jusqu'à ce qu'elle finisse à la casse. »

« Mon amour », lui avait-elle écrit un soir sur WhatsApp, quelques semaines auparavant. Puis, quelques minutes après : « Mon chaton ». Puis « Mon désastre ».

« Oh ! Pourquoi tu réponds pas ? » avait fini par envoyer Marta Gaia.

« Ce soir ça va pas trop », avait répondu Luca.

« Je t'appelle. »

« Je suis pas en état de discuter. »

Ben tiens, avait-elle pensé.

« Tu me caches quelque chose. »

Ils s'étaient disputés un million de fois, et un million de fois Luca lui avait promis que c'était la dernière fois qu'il faisait ça. Mais ce n'était jamais la dernière.

L'adjudant avait demandé :

« Vous a-t-il déjà proposé de prendre des stupéfiants ?

— Il me disait que la drogue lui faisait peur, avait répondu Marta Gaia. Et moi, je ne fume même pas de cigarettes. »

Comme tous les couples, ils avaient inventé un langage privé. Ils faisaient semblant d'être de jeunes enfants. Ils avaient des phrases comme : *Quèque tu faaais ?* (« Qu'est-ce que tu fais ? »), ou bien *mouur urzenze poutouuuuuu* (« Mon amour, j'ai besoin d'un bisou »). Ils adoraient ça. *Viii* signifiait « oui », *ta* signifiait « ça ». Ils écrivaient leurs prénoms partout. MARTA + LUCA PRTJS. Ou bien : L+M 20.10.2007. Une fois, c'était au début, Luca avait essayé de la protéger d'une averse avec une feuille arrachée à un arbre. Des années après, pour évoquer ce souvenir, il s'était fait prendre en photo avec un trèfle sur la tête.

L'adjudant avait demandé :

« Connaissez-vous certains de ses amis proches ? »

Marta Gaia avait répondu :

« Je connais un certain Filippo Mancini et ses frères. Luca avait une bande de copains à Battistini, mais je n'ai jamais voulu les rencontrer : certains d'entre eux prenaient de la drogue, ça ne me plaisait pas. Un ami commun, Edoardo Petroni, m'a raconté que Luca prenait *beaucoup* de cocaïne. Il m'a aussi dit que Luca fumait des bangs, et qu'il dealait. Je ne sais pas si c'était vrai. »

C'était le Premier de l'an 2012, ils cherchaient un endroit où manger. Il adorait le McDo, mais c'était fermé. Ils s'étaient rabattus sur un chinois à emporter. Ils avaient fêté le réveillon dans la voiture, et s'étaient fait un selfie. Sur la photo, il tirait la langue, elle levait son pouce, la nourriture enveloppée dans du papier alu dans l'autre main. Ils rayonnaient.

L'adjudant avait demandé :

« Quelles autres personnes Luca voyait-il ? »

Marta Gaia avait répondu :

« C'était le genre de garçon qui avait plein d'amis. »

Elle s'était interrompue un instant.

« Edoardo m'a dit que des fois, avec les frères Mancini, Luca faisait des "hold-up", dans le sens qu'ils allaient voler des colliers. »

L'adjudant avait demandé :

« Avait-il de mauvaises habitudes ? »

Une autre fois, c'était pour le carnaval, Luca la raccompagnait chez elle. Soudain, il s'était garé sur un parking, avait mis *A te* de Jovanotti à fond à la radio, ils étaient sortis de la voiture et s'étaient mis à chanter à gorge déployée, se filmant avec leur téléphone.

Marta Gaia avait répondu :

« Des mauvaises habitudes ? Ben, il y avait les machines à sous : ça, c'était une mauvaise habitude. Il gagnait cent cinquante euros par semaine chez le carrossier, et il les dépensait au jeu. Du coup, après, quand on sortait c'était moi qui payais. Pas systématiquement, mais ça arrivait souvent. Il avait *toujours* des problèmes d'argent, je me suis déjà dit que pour de l'argent il pourrait faire n'importe quoi, une fois je lui ai même demandé s'il accepterait de coucher avec des femmes pour de l'argent. »

Une fois, ils avaient eu tous les deux une mauvaise note en cours. Leurs parents les avaient punis, Marta avait réussi à négocier cinq minutes de liberté et lui avait téléphoné. Il lui avait demandé : « Avec quel surnom tu m'as appelé, ce matin ? » Et Marta Gaia : « Mon amour-mour ? » Et Luca : « Ah, je croyais que c'était 'Ti-tite mascotte. » Silence. Puis Luca avait éclaté de rire. En riant, il répétait : « Amour-mour. 'Ti-tite mascotte. » Son rire était inattendu, bruyant. Elle ne l'avait jamais entendu rire comme ça.

« Il m'a répondu qu'il ne me tromperait jamais avec personne, avait dit Marta Gaia à l'adjudant. Quand il me payait un resto, ou qu'il me faisait des cadeaux, je lui demandais où il avait trouvé l'argent. Il me disait que c'était un certain Giorgio qui le lui donnait. Ce Giorgio, que je n'ai jamais vu, je sais qu'il est homo. Il avait des cheveux poivre et sel et il portait des lunettes. Je le voyais sur son profil WhatsApp, sur le téléphone de Luca. Des fois, Luca me montrait les messages de Giorgio. “Tu es mignon. J’ai rêvé qu’on couchait ensemble.” J’ai demandé à Luca ce que ce mec lui demandait en échange de l’argent, et il m’a répondu qu’il n’était pas attiré par les homos. »

Deux semaines avant, ils s’envoyaient des messages, comme tous les soirs.

« Bonne nuit, mon amour », avait-elle écrit.

« À demain, ma pioute », avait répondu Luca.

« Tu me manques. »

« Toi aussi. »

Et elle : « Bon, un bisou. »

Et lui : « Trop dur, j’ai envie de dormir avec toi. »

Et elle : « Que tu es mignon. »

Puis, soudain, peut-être même sans savoir pourquoi, Marta Gaia avait écrit :

« Luca, j’ai besoin de te poser une question. »

« Vas-y », avait-il répondu.

« Tu me jures que tu n’as jamais vendu ton corps pour gagner un peu d’argent ou pour m’offrir quelque chose ? »

« Tu m’as pris pour qui ? »

« C’était juste une question. »

« Et je t’ai répondu. Je ne ferais jamais un truc pareil. »

« J’aimerais que tu sois là. »

« Mon amour, je suis à côté de toi, dans ton cœur », avait répondu Luca.

Comment une question pareille lui était-elle venue à l’esprit ? Avait-elle des raisons de soupçonner quelque chose ? Les pièces du puzzle s’étaient-elles assemblées dans sa tête avant même qu’elle en ait conscience ? Ou bien tout n’était-il qu’une gigantesque erreur ?

Ces jours-là, Manuel Foffo commença à s'en prendre à sa famille. Il le fit depuis la prison Regina Coeli, lorsque le procureur l'interrogea de nouveau.

« J'ai accumulé beaucoup de colère au fil des ans, j'éprouve beaucoup de ressentiment vis-à-vis de mon père, déclara-t-il à Francesco Scavo.

— Quel genre de ressentiment ? demanda le procureur.

— Vous voyez, monsieur le procureur, mon père a toujours préféré mon frère. Dès ma naissance, il a pensé : "Celui-là, ce n'est pas mon fils, il tient tout de sa mère." »

Manuel se lança dans une longue liste de manques, de négligences, d'injustices que, selon ses dires, Valter ne lui avait pas épargnés.

« Par exemple, mon père voulait que je m'inscrive en droit. Moi, je voulais faire la fac d'économie, parce que j'ai un cerveau plus économique que juridique. Mais rien à faire, j'ai dû aller en droit. »

Scavo le regardait.

« Il croit qu'il a toujours raison, poursuivit Manuel. Il pensait que je serais plus utile pour les activités de la famille si je faisais du droit. Dommage qu'après il m'a jeté de la boîte. »

Le procureur essaya de faire revenir Manuel sur les circonstances de l'homicide.

« Là c'est pareil, dit Manuel. Je crois que j'ai perdu la tête, surtout quand on a parlé de mon père.

— C'est-à-dire ?

— Quand on parle de mon père, j'ai toute la haine qui remonte.

— Bon, mais vous n'avez quand même pas fait ça pour vous venger de lui, si ?

— Je ne l'exclus pas, répondit Manuel.

— Dites, hasarda Scavo, est-ce que Marco Prato et vous avez parlé de le tuer, votre père ? Juste de façon théorique, j'entends.

— Oui, probablement.

— Comment ça, *probablement* ?

— J'ai un flash.

— Vous l'avez maintenant, ce flash, ou vous l'aviez déjà avant ?

— Je l'ai eu cette nuit. J'ai eu une crise de folie parce que… en fait, cette histoire m'écrase… cette histoire qui dure depuis des années. »

« Donc Manuel Foffo a tué Luca Varani pour se venger de son père ? »

« Valter Foffo passe à la télé pour faire l'éloge de son fils assassin et son fils le pourrit comme ça devant les magistrats ? »

Tous les journalistes étaient dans les starting-blocks. Interviewer Valter Foffo redevint une priorité pour eux.

Alessio Schiesari était un jeune chroniqueur qui travaillait pour *Tagadà*, une émission de l'après-midi sur La7. La chaîne avait diffusé de nombreux reportages sur l'affaire, et le public était avide d'informations supplémentaires. Les personnes mobilisées autour de ce meurtre commençaient à se connaître les unes les autres, si bien qu'elles se fixaient des rendez-vous, s'écrivaient, s'échangeaient leurs opinions et leurs sources. Je pris contact avec Alessio grâce à une amie commune. Il me dit qu'il sortait de deux jours de guet inutile. Il était allé avec son équipe au Bottarolo (le restaurant était désert), puis via Igino Giordani (sans résultat non plus).

Le soir qui suivit notre première conversation, Alessio décida de retourner au Bottarolo. Il lui fallait mettre toutes les chances de son côté. Cette fois, il n'y alla pas avec son équipe, mais avec une amie. Comme les rares autres clients, ils s'installèrent, commandèrent et parlèrent de tout et de rien. Quelques minutes passèrent. Puis Alessio le vit.

Valter Foffo discutait avec un serveur. À la fin de la conversation, il traversa le couloir, jeta un coup d'œil alentour et quitta le restaurant. Alessio se leva immédiatement. Vu que son cameraman n'était pas là, il filma avec son portable. Valter se dirigeait vers une voiture garée.

Alessio recourut à l'excuse la plus facile du monde.

« Excusez-moi, vous avez du feu ?

— Tenez, dit Valter Foffo en approchant son briquet du visage du jeune homme.

— Je peux en profiter pour vous poser une question ? »

Valter comprit.

« Té, en voilà un autre. On doit en être à trente-sept, aujourd'hui. »

Il portait une chemise claire, un gilet. Sa voix était lasse.

« Je suis journaliste pour La7, embraya Alessio. Je m'interroge sur les déclarations qui sont parues dans les journaux.

— Quelles déclarations ?

— Celles que votre fils a faites au procureur. Celles comme quoi Manuel... »

Il cherchait le bon terme.

« ... se serait *échauffé* après avoir parlé de vous avec Marco Prato. Arrivez-vous à vous expliquer ses déclarations ? »

Valter Foffo soupira.

« À votre avis, comment je pourrais avoir une explication ? Voilà, je vous ai renvoyé la question. J'attends la fin. Je veux lire toutes les pièces du dossier, je veux voir les analyses toxicologiques.

— En tant que père, comment vous l'expliquez-vous ?

— J'ai une confiance absolue dans le procureur, répondit M. Foffo, sur la défensive. Je m'en remets à lui et aux autorités.

— Apparemment, votre fils a raconté que vous lui avez imposé toute une série de choses dans sa vie, insista Alessio. Par exemple, le choix des études. Manuel voulait faire de l'économie, et vous l'avez obligé à faire du droit. »

Étaient-ils vraiment en train de parler de cela ? Du fait que son fils était devenu un assassin parce que, dix ans avant, ils s'étaient disputés sur les études qu'il ferait ?

« C'est de la pure invention, coupa court l'homme. Je ne sais pas comment mon fils en est arrivé à raconter une chose pareille.

— Croyez-vous encore que Manuel est innocent ?

— À ce stade, je ne crois plus rien. Attendons les analyses. La police scientifique est en train de travailler. Les carabiniers aussi. C'est leur métier, non ? Comment tu t'appelles ?

— Alessio.

— Écoute-moi, Alessio. Je comprends que toi aussi tu fais ton travail. Mais est-ce que tu imagines notre situation, à nous ?

— Croyez-moi, monsieur, moi ce qui me plaît c'est raconter les scandales de la politique italienne. Dans les cas comme celui-ci, je ne suis pas à l'aise.

— Ici, l'affaire ne tourne plus. Le restaurant est vide, des gens nous crient : “Assassins !” Tu imagines ce que c'est ? Des gens qui nous crient dessus. Des gens qui inventent n'importe quoi.

— Parce que c'est une histoire incroyable.

— *Assassins*, répéta Valter Foffo. Dire ça à moi, qui n'ai jamais fait de mal à une mouche.

— Je n'aime pas voler des images avec mon téléphone, alors je vous le demande : est-ce que vous accepteriez de répondre à ces questions devant une caméra ? Ça prendra dix minutes, le temps de la cigarette qu'on vient de fumer.

— Alessio, redit l'homme, je comprends que tu travailles mais, parlons franchement, vous autres journalistes vous vivez du malheur des autres.

— Ce sont les déclarations de votre fils qui ont de nouveau attiré les médias, essaya d'expliquer le jeune homme. Il dit que toute sa colère lui vient des relations qu'il a avec vous.

— Les relations qu'il a avec moi, répéta l'homme. Je ne sais pas quoi répondre. On le lui demandera un jour, s'il sort de prison.

— Il y a quelques jours, je suis allé voir les Varani.

— Ah bon ? demanda Valter Foffo, curieux. C'est quel genre de gens ?

— Ils vendent des sucreries.

— Des sucreries, répéta Valter comme s'il ne comprenait pas bien.

— Ils vendent des sucreries aux fêtes.

— Des vendeurs ambulants.

— Oui, voilà ! répondirent en chœur Alessio et son amie.

— Luca Varani n'était pas leur fils biologique, précisa la jeune femme.

— Écoutez-moi bien, dit Valter Foffo avec élan. Qui adopte un enfant, d'habitude ? Soit des gens du type acteurs célèbres, qui ont énormément d'argent… mais dans ce cas, ils les adoptent puis ils les confient à une nounou. Soit des familles qui ne peuvent pas en avoir, elles adoptent un enfant, et cet enfant… comment dire… ça devient leur petit trésor. Ce petit trésor, les Varani, quelqu'un le leur a enlevé. Alors : comment tu fais pour aller parler aux parents de Luca Varani ? Qui aurait le courage d'aller les voir ? Je vais les voir, et je leur dis quoi ? Que je suis désolé ?

— Et les parents de Prato, vous leur avez parlé ?

— Je ne connais pas la famille de Marco Prato, je sais que c'est une bonne famille. On est tous des bonnes familles. Le problème, c'est nos enfants. Je n'arrive pas à croire que je suis en train de vous parler de ça. »

Le mardi suivant, Valter Foffo rendit visite à son fils en prison. Deux jours après, bien que Valter se fût juré de ne plus se confier aux journalistes, il recommença. Il était difficile de saisir s'il se faisait systématiquement avoir ou s'il attendait l'occasion de partager son point de vue avec un public de plus en plus large. Cette fois, ce fut devant un bar sur la via Tiburtina, non loin de son restaurant.

Camilla Mozzetti, du *Messaggero*. Elle se présenta.

« Regardez, je me craquelle de partout, lui dit Valter en passant une main sur son visage afin de le prouver. Les docteurs disent que c'est à cause du stress. »

La journaliste attaqua fort.

« Pendant les interrogatoires, Manuel a dit qu'il aurait voulu vous tuer.

— Il n'a pas du tout dit ça. Il ne parlait pas de moi. Il me l'a dit quand je suis allé le voir. Vous pouvez le vérifier, en prison ils enregistrent tout.

— Vous a-t-il avoué que c'est lui qui a tué Luca Varani ?

— Il m'a dit que le premier et le dernier coup de couteau, c'est Marco Prato qui les a donnés.

— Ils s'accusent l'un l'autre.

— Mon fils a subi un chantage. Il a rencontré Prato il y a quelques mois, la nuit du Premier de l'an. À cette occasion, il a eu un rapport sexuel avec lui. Prato a filmé avec son téléphone et il a menacé de diffuser la vidéo. Mon fils s'est senti au pied du mur.

— Vous dites que votre fils est une victime ?

— J'attends de disposer de toutes les informations. »

Valter enchaîna sur sa rengaine :

« J'ai confiance dans le procureur, nous attendons le résultat des analyses toxicologiques, je suis sûr que la cocaïne et je ne sais quelles autres drogues ont contribué à altérer la lucidité de mon fils, mais, ajouta-t-il, il n'est pas gay.

— Mieux vaut drogué qu'homosexuel ? »

Valter Foffo resta silencieux. La journaliste insista.

« Les pièces de l'enquête semblent montrer que votre fils a eu un rapport sexuel avec Marco Prato peu avant de commettre l'homicide.

— Ce n'est pas vrai non plus. Ils ont eu un seul rapport sexuel, le 31 décembre. Nous, les Foffo, on n'aime pas les gays. On aime les vraies femmes. Et mon fils comme nous. »

Le soir même, Alessio Schiesari me rappela. Le lendemain de bonne heure, il retournerait avec son équipe via Igino Giordani. Voulais-je me joindre à lui ?

Les gens fouillaient dans les poubelles.

C'était le cas dans toutes les villes, mais depuis la dernière fois qu'il était venu à Rome, les choses avaient changé. Avant, c'étaient les immigrés et les sans-abri. Maintenant, les personnes âgées. Les jeunes gens. Des jeunes gens blancs, bien habillés, la tête plongée dans un conteneur. Sur la place des Quirites, un trentenaire en jean et sweat gris s'affairait au-dessus d'une poubelle, dont il avait bloqué le couvercle avec un bout de bois. Le touriste hollandais passa devant lui, rejoignit la via Cola di Rienzo et prit un taxi.

« Viale Trastevere », dit-il.

Le chauffeur conduisit comme un fou, braillant et jurant. Le touriste hollandais sortit du taxi une main sur l'estomac. Il s'enfila dans le quartier. Ruelles et toits rouges. La mosaïque dorée sur la façade de Sainte-Marie-du-Trastevere l'éblouit.

Mère de tous les peuples. Énorme garage de la classe moyenne italienne. Ce qu'il advient quand les monuments d'une ville durent trop longtemps.

Arrivé au restaurant, il demanda à voir M. Franco. Les serveurs lui firent fête. Monsieur comment allez-vous. Quelle joie de vous revoir. « Vous n'en avez pas marre de vivre en

Hollande ? » « Évidemment, dit un autre. Sinon il ne serait pas là. » M. Franco n'était pas encore arrivé. Mais asseyez-vous donc en attendant. Au menu aujourd'hui, pâtes aux pois chiches et chicorée. Le touriste hollandais était perturbé, ce n'était pas une bonne chose qu'on le reconnaisse. Et à la fois, il savait que sa crainte était infondée. Dès qu'il sortirait du restaurant, ils oublieraient son existence ; à Rome, le souvenir de votre présence glissait dans la mémoire des gens qui vous traitaient avec familiarité comme de l'eau sur des galets.

Le touriste accepta l'invitation, il s'assit et commanda à manger, puis il attendit d'être servi en écoutant les conversations des autres clients.

« À la Villa Torlonia, là où il y a les archives de guerre, disait un homme à ses amis assis en face de lui, j'ai lu les lettres que Pie XII faisait envoyer aux généraux de l'aviation anglaise et américaine pendant la guerre. Une d'elles disait : "Cher général Henry Arnold, nous espérons que cette lettre vous trouvera en bonne forme. Nous vous écrivons de la part du Saint-Père, pour vous prier, si jamais vous aviez l'intention de continuer à bombarder Rome, de vous abstenir de le faire entre quatorze heures et quinze heures trente : ici, au Vatican, c'est l'heure où Sa Sainteté se repose. Que la paix soit avec vous." Sa Sainteté se repose. T'as vu un peu comment il était, le pape ? »

Une drachme d'or qui compense la longueur des ténèbres. Un marché où tout le monde se confesse en public pour serrer plus étroitement les nœuds du secret.

Le serveur lui apporta un café. Le touriste hollandais demanda l'addition. Le serveur le regarda d'un air presque peiné : croyait-il vraiment qu'ils allaient lui faire payer son repas ? Il annonça que M. Franco ne viendrait pas et lut la déception sur le visage du touriste. « Non, mais vous allez le voir », s'empressa-t-il d'ajouter, M. Franco buvait son café au bar Caruso, il l'attendait là-bas.

Un voisin de table éternua. Le touriste hollandais s'écarta, écœuré, s'essuya la main avec une serviette en papier, se leva et partit en direction du Caruso. Sur place, on lui dit que M. Franco était allé régler une affaire dans le quartier. Le touriste n'avait pas envie d'un second café, mais il en but quand même un pour ne pas paraître impoli. *Il Messaggero* était ouvert sur le comptoir. Titre : SI J'AVAIS UN FILS HOMOSEXUEL, JE LE JETTERAIS DANS UNE MARMITE ET JE LE BRÛLERAIS. C'étaient les propos d'un conseiller régional de la Ligue du Nord. À une table, deux hommes parlaient d'un enterrement.

« Et alors une pluie de pétales de roses est tombée du ciel. La musique a démarré. Les gens pleuraient. On était tous émus. »

Le mort était le parrain de la seconde organisation criminelle de la ville. La première, plaisantaient les gens, c'était celle des promoteurs immobiliers. Les funérailles avaient été dignes de celles d'un chef d'État. Des fleurs larguées d'un hélicoptère, un agrandissement de la photo du parrain de blanc vêtu comme le pape, l'orchestre avait accompagné le cercueil sur les notes du *Parrain* de Nino Rota.

« Une journée infernale. Désolé de t'avoir fait attendre », dit une voix dans son dos.

Le touriste hollandais se retourna.

M. Franco souriait, visage rubicond et lunettes à épaisse monture, il n'avait pas changé depuis la dernière fois qu'ils s'étaient vus, l'année précédente. Il portait une belle veste bleu clair sur sa chemise à rayures. Le touriste hollandais fit mine de se lever, mais M. Franco lui assura qu'ils pouvaient rester là, personne ne prêterait attention à eux. Il sortit une enveloppe de la poche de sa veste. Elle contenait la clé d'un appartement et une adresse. Le touriste hollandais sortit pour sa part son portefeuille, compta les billets, sept billets de cinquante euros. L'argent passa d'une main à l'autre. Ils parlèrent un peu de la pluie et du beau temps par politesse.

Tous les chauffeurs de taxi de Rome étaient fous à leur manière. Coincé dans un énième embouteillage, celui-là par exemple eut un geste inédit pour le touriste hollandais : il récupéra les pièces de monnaie qui traînaient sur son tableau de bord, baissa la vitre, puis se mit à les jeter sur les véhicules de particuliers qui roulaient sur la voie réservée aux bus et aux taxis.

« Hé, connard ! Dégage ! »

La brusquerie était une des caractéristiques de la ville. Mais les gens étaient plus nerveux que l'année précédente. Ils étaient devenus franchement hargneux. Il y avait eu un appauvrissement général, la vague noire de la crise les renversait, ils avaient de bonnes raisons d'être sur les nerfs. Cependant, au fond, pensa-t-il, ils restaient les mollassons qu'ils avaient toujours été.

Au niveau du Ponte Sublicio, il lui sembla apercevoir un homme qui jetait un vélo dans le fleuve. Il en fut stupéfait. C'était sans doute là un des mystères de la ville qui lui restaient encore impénétrables.

Le taxi s'arrêta à Sainte-Marie-Majeure. Saint-Pierre-aux-Liens n'était pas très loin. Il s'y était rendu quelques jours auparavant, il avait gravi l'escalier ombragé qui conduisait à la basilique, puis il était entré et avait contemplé cette œuvre d'art parfaitement incomprise par de nombreux touristes. Aux yeux des imbéciles, le *Moïse* de Michel-Ange représentait la quintessence de la force intérieure, la glorification de la foi qui rend possibles les entreprises les plus grandioses. Rien de plus faux : il documentait un échec. Si les gens qui venaient là avaient pris la peine de se renseigner, ne serait-ce qu'en lisant deux pages d'un manuel d'histoire de l'art, ils auraient su que le regard passionné de Moïse n'exprimait pas la foi mais l'indignation. Michel-Ange avait immortalisé le prophète à l'instant précédant la fureur, quand, tout juste redescendu du mont Sinaï avec les Tables de la Loi, il surprend le peuple élu en train de danser autour du veau d'or. L'instant d'après, selon la Bible, Moïse brise les Tables en les jetant à terre.

« Ça fera vingt euros, m'sieur. »

Le touriste hollandais entra dans l'hôtel et monta dans sa chambre. Il se rinça le visage, se lava les dents, se changea puis admira le magnifique spectacle des toits et des églises. L'humanité était perdue depuis toujours. Il récupéra la clé que le restaurateur lui avait donnée et ressortit de l'hôtel.

Il suffisait de tourner au coin de la rue pour que le décor change du tout au tout. Maintenant, il marchait dans la via Cattaneo. Une minute avant, les ors et les marbres des églises, maintenant les ivrognes et les sans-abri. La piazza Manfredo Fanti était une décharge. Il lut l'adresse sur le bout de papier. Le croisement avec la via Turati. Les boutiques des Chinois. Voilà la porte. Il sortit la clé. L'entrée était sombre et humide, il emprunta l'ascenseur jusqu'au cinquième. De la cage d'escalier montaient des cris dans des langues inconnues. Il enfila la clé dans la serrure.

L'appartement était petit, sinistre. Un lit deux places avec une couverture, une table de chevet, un placard moche. La sensation était enivrante. Ici, il n'était plus personne. Son nom ne figurait dans aucun registre. La capitale des vices. La plus belle corbeille qui soit pour des fruits véreux.

Je gagnai la via Igino Giordani en passant par Casal Bruciato. Je les repérai de loin. Alessio Schiesari et son équipe discutaient non loin de l'église Gesù di Nazareth, aussi massive que disgracieuse. En face se dressait l'immeuble d'où Manuel Foffo était sorti pour aller à l'enterrement de son oncle. Alessio était accompagné d'un ingénieur du son, d'un cameraman et de deux autres personnes. Nous n'eûmes pas le temps de nous saluer.

« Bande de cons », dit une voix dans notre dos.

Devant un bar, un petit groupe d'hommes nous regardait d'un air hostile. Crachats, dédain pour les vautours qui venaient banqueter chez eux.

« Sales merdes », dit un autre, plein de mépris.

« Partons », conseilla Alessio.

Nous traversâmes la rue et passâmes le portail. La porte d'en bas était fermée. Alessio appuya au hasard sur les boutons de l'interphone jusqu'à ce que quelqu'un ouvre.

Nous commençâmes à monter l'escalier dans un calme blafard, sous la lumière artificielle. Le bâtiment était comme un gigantesque boyau de béton qui s'élevait vers le ciel. Le silence était tel qu'on entendait les bruits de vaisselle. Coupelles, verres, casseroles qui s'entrechoquaient dans les éviers.

Les habitants étaient barricadés dans leurs appartements. Ils devaient se sentir traqués. Et angoissés, nerveux, effrayés. Le meurtre qui était sur toutes les bouches avait été commis à quelques mètres de chez eux, l'immeuble avait été filmé, photographié et montré des centaines de fois à la télé et sur les sites Internet, on l'avait appelé « l'immeuble de l'horreur », ou « l'immeuble maudit ». Au quatrième, un monsieur assez âgé, en pull et pantalon de survêtement, se faufila dans son appartement quand il nous vit. À l'étage suivant, deux portes s'ouvrirent et se refermèrent sans que personne ne sorte. C'est alors qu'un des garçons de l'équipe en rajouta : il se tourna vers Alessio et moi, le visage inexpressif, et déclara que, aussi absurde que cela puisse paraître, il avait l'impression que tout le bâtiment était imbibé de sang. Il en sentait l'odeur. Pas une vraie odeur, précisa-t-il, plutôt l'*idée* d'une émanation nauséabonde, qui pourrait rendre fou quiconque y resterait exposé trop longtemps.

« C'est là, filme. »

Au neuvième, Alessio fit signe au cameraman de le suivre. Il s'approcha d'une porte pour lire le nom sur la sonnette.

« Nous y sommes. »

L'appartement de la mère de Manuel. Alessio sonna. Si la femme ouvrait, elle se retrouverait nez à nez avec la caméra, me dis-je, et son désarroi deviendrait dans quelques heures la récréation de centaines de milliers de téléspectateurs. Alessio sonna de nouveau. Puis une troisième fois. La porte ne s'ouvrit pas.

Alors qu'Alessio essayait de faire son scoop, je regardai l'escalier vide et froid en ce matin ensoleillé. Et je commençai à monter.

Arrivé au dixième, la première chose que je remarquai fut l'ouverture. Ce n'étaient pas des fenêtres mais une demi-lune donnant sur l'extérieur, entourée de barreaux métalliques pour éviter que quelqu'un tombe en se penchant. Je sentais le vent sur mon visage. De cette hauteur, on voyait toute la périphérie orientale. L'autoroute pour L'Aquila, les lignes à haute tension. De l'autre côté, il y avait les hangars, les salles de jeux, les maisons construites sans permis, peintes en blanc dans le néant urbain. Le vent passait entre les barreaux et s'engouffrait dans la cage d'escalier. Je me retournai. À quelques mètres, plongé dans une ombre rendue pérenne par la disposition des murs, se trouvait l'appartement. La porte portait les scellés des carabiniers. Les rubans en plastique blanc et rouge la couvraient en astérisque, et dessus étaient scotchées trois feuilles identiques avec l'avis de séquestre. Tout s'était passé derrière cette porte. Je m'approchai. J'avais beau avoir été éduqué à ne pas croire au surnaturel des lieux marqués par des malheurs, la sensation que j'éprouvais était réelle. Comme si la masse alentour avait soudainement crû, ralentissant l'écoulement du temps jusqu'à une suspension où il n'y avait pas de paix, mais de la bêtise, de la solitude, du désespoir.

C'était comme avoir plongé la main dans le Styx et la sentir gonflée d'ombre, pensai-je, de retour chez moi. Existe-t-il une malignité des lieux ? me demandais-je. Peut-on parler de persistance physique du mal après qu'il a été accompli ? Ou bien n'est-ce qu'une impression ?

L'après-midi, j'allai me promener sur l'Esquilin. J'étais nerveux. Après avoir traîné parmi les boutiques des Chinois, je me retrouvai à la Porta Maggiore et pris la via Casilina. Je marchais vers Tor Pignattara, avec les rails des trains régionaux sur la droite, la vue panoramique en face. De l'autre côté du périphérique, derrière les dernières constructions, après la campagne, pleine de fossés et de ruines, se dessinait en douceur le relief des Castelli. En le regardant de loin, plongé dans la lumière bleutée, je sentis affleurer la réponse à la sensation que j'avais éprouvée devant l'appartement de Manuel Foffo. Quitter tout cela. S'enfuir de Rome.

Cette idée ne m'avait jamais effleuré l'esprit, et cela me sembla soudain la seule chose à faire.

En arrivant ici vingt ans auparavant, je ne connaissais personne. J'avais peu d'argent et un travail dérisoire, pourtant en l'espace de quelques semaines la ville m'avait déjà bouleversé avec sa générosité foutraque – elle était chaotique, vive, terriblement cynique, et donc incapable de prendre ne serait-ce que sa propre méchanceté au sérieux. Si on avait la moindre ambition, elle se faisait démonter, si on se hasardait à dire qu'on voulait faire carrière, voire même percer, on recevait une tape sur l'épaule sous les quolibets. Pour qui se prenait-on ? Rome existait depuis deux mille sept cents ans, elle en avait vu de toutes les couleurs, elle abritait l'inimitable concentré de paralysie et d'artifice rhétorique de la politique italienne, ainsi que l'épicentre de la désillusion théocratique mondiale. Dans le coin, les gens n'étaient pas assez naïfs pour penser que l'affirmation de soi ou, pire encore, la gloire avaient une valeur intrinsèque. À Rome, on rencontrait tous types de gens, on se mêlait à d'autres corps, si les choses se passaient bien on gagnait un peu d'argent, on mourait, et le vent d'ouest balayait jusqu'aux cendres de votre souvenir.

Tout était suspendu entre l'harmonie et le désordre, la beauté et le laisser-aller, la socialité et le délabrement. Mais ensuite, les choses avaient rapidement glissé vers les ténèbres. Il y avait eu le scandale du Monde du Milieu. L'enquête avait touché des particuliers et des institutions pour des délits en tous genres. Appels d'offres truqués, corruption, arnaques, spéculation sur le logement social, l'immigration, la collecte des déchets, trafic de postes de fonctionnaires, extorsion, blanchiment… une affaire gigantesque. L'enquête tirait son nom d'une écoute téléphonique faite par les carabiniers : « C'est la théorie du Monde du Milieu, mec, avait dit un des hommes sur écoute. Il y a les vivants au-dessus et les morts en dessous. Nous on est entre les deux parce qu'il y a un monde, le Monde du Milieu, où les uns et les autres se rencontrent. Tu vas dire : “Comment c’est possible ? Tu veux dire, aussi bien demain je me retrouve à table avec Berlusconi ?” Eh bien oui, c’est possible. Dans le Monde du Milieu, tout le monde rencontre tout le monde. Tu y trouves des gens du *surmonde* qui ont peut-être un intérêt à ce que quelqu’un du *sous-monde* lui rende des services que personne d’autre ne peut lui rendre. »

Le Monde du Milieu n’était pas une nouveauté. À Rome, depuis toujours, tout le monde avait toujours trouvé le moyen de rencontrer tout le monde. Dans les nuits de l’an 40 après Jésus-Christ, Messaline, l’épouse âgée de dix-sept ans de l’empereur Claude, quittait ses vêtements royaux et (« Là, sous un nom menteur, lascive, toute nue, Par une tresse d’or la gorge retenue », écrivait Juvénal) allait se prostituer dans les bas-fonds de la ville.

Je dépassai Pigneto. Je continuai de marcher en suivant la voie ferrée. Rome était morte et ressuscitée bien des fois, et je n’étais pas assez arrogant pour imaginer que la débâcle actuelle était définitive. Par contre, elle risquait de le devenir pour mes expectatives et celles des personnes que j’aimais. La ville du dessous mangeait celle du dessus, les morts dévoraient les vivants, l’informe gagnait du terrain. Nourrir de l’espoir n’était plus perçu comme une ingénuité mais comme un affront mortel, ce qu’il restait de viable appelait l’agression, la morsure contaminante, et cette petite barrière en bois, la porte de l’appartement de Manuel Foffo – pensai-je en regardant encore les collines dans le lointain –, symbolisait le terminus d’un long processus dégénératif. Elle était à la fois une prémonition, une promesse. *Vous passerez tous de ce côté, si vous n’y êtes pas déjà passés.*

« Je mettrais ma main à couper que Luca Varani ne se prostituait pas. Je le connais. Je sais comment il est. J'ai été son prof. »

Davide Toffoli, quarante-trois ans, enseignait la littérature à l'Istituto Einstein-Bachelet, où Luca avait été inscrit aux cours du soir.

« C'était un jeune homme transparent, poursuivit-il. Il avait du mal à masquer ses sentiments, penses-tu s'il aurait pu avoir une double vie. »

J'avais rejoint Toffoli dans un bar de Primavalle. Nous buvions du thé glacé. Il était cinq heures de l'après-midi, une lumière dorée arrosait les immeubles, élargissant l'horizon et conférant aux alentours une atmosphère paisible. Toffoli était un homme à l'air doux, mat de peau, au physique sec de sportif. C'était un professeur attentif et attentionné, il participait à de nombreux projets de raccrochage scolaire qui l'occupaient bien au-delà de ses heures de cours. Il me fit une excellente impression.

« Comment était-il en cours ?

— Il était direct, vif, il avait toujours son point de vue, qu'il défendait sans exagérer. Quand il était dans un bon jour, il n'arrêtait pas de poser des questions, il était très bavard, on ne pouvait pas s'attendre à ce qu'il ait beaucoup travaillé à la maison, mais c'était un de ces jeunes qui font la moitié du travail en étant attentifs en classe. Et puis, du point de vue sentimental, il était très mûr pour son âge, il parlait tout le temps de Marta Gaia, ils avaient une belle relation.

— Donc à ton avis, ce qu'on lit dans les journaux est faux. »

Toffoli fronça les sourcils, mais sans irritation. Il était juste désolé, terriblement désolé, que les êtres humains puissent s'abaisser à de pareils niveaux de mesquinerie.

« Les gens qui connaissaient Luca savent bien qu'il n'aurait pas fait certaines choses. Ces jours-ci, on entend les rumeurs les plus farfelues, on parle de lui comme si ce qui s'est passé était aussi sa faute. C'est quand même déconcertant. Si on doit absolument trouver un tort à Luca, c'est la naïveté. Il est devenu risqué de faire confiance aux gens qui nous entourent. C'est dur à admettre pour quelqu'un qui fait mon métier. »

Je réentendis ce que Toffoli avait déclaré d'un ton paisible sous une forme de plus en plus enflammée à mesure que j'approchais de La Storta.

« Ce n'était qu'un gamin, dit la gérante d'un bar-tabac. Il venait ici acheter ses cigarettes. Des paquets de dix parce que ça coûte moins cher. »

« De temps en temps, il était en panne sèche, raconta un quinquagénaire qui travaillait non loin. Je me souviens, l'été dernier, dans la via della Storta il y avait un gros embouteillage. J'ai dépassé tout le monde à moto et j'ai découvert que c'était lui qui en était à l'origine. Il poussait sa voiture tout seul. Alors je me suis arrêté et je lui ai donné dix euros pour qu'il puisse remettre de l'essence. »

« Ça m'énerve de lire les journaux, dit un jeune homme de vingt ans, maigre, grand, les cheveux ondulés, blouson en cuir. C'est minable ce qu'ils racontent. La clique des journalistes balance des crasses sur les gens qui ne peuvent pas se défendre. »

« J'ai appris qu'il était mort sur Facebook, affirma un autre du même âge, cheveux coupés très courts, chemise blanche, bomber et chaîne autour du cou. Les rumeurs qui circulent n'ont aucun sens. Ils disent même que c'était une pédale. N'importe quoi. C'est eux les pédales. »

« Luca ne se prostituait pas, et il ne dealait pas non plus, affirma la fille qui l'accompagnait, cheveux tirés en arrière, sourcils soigneusement épilés. On le croisait toujours à Casalotti. On l'aurait bien vu s'il y avait quelque chose de bizarre. »

« Salauds. Bande de merdes. Ils s'en prennent à un pauvre mec qui est mort. »

Ça, c'était Stefano. Tee-shirt blanc, regard torve, on discutait devant une salle de jeux.

« Ce qui est écrit dans les journaux est gerbant, continua-t-il. Les gens n'ont aucune dignité. Ils font leur beurre sur des bobards. C'est des parasites. »

Derrière lui, on entendait le bruit des machines à sous.

« Dealer ? Pédé ? Tu parles ! ricana une gamine à la sortie du cinéma Andromeda. Il draguait toutes mes copines. »

Au bout de quelques jours passés à poser des questions à la ronde, il me sembla que, quoiqu'il faille rester prudent avec les généralisations, les amis de Luca se divisaient en gros entre des adolescents de la toute petite bourgeoisie et des jeunes gens qu'on aurait autrefois appelés *ragazzi di vita*[1]. Mais le nouveau siècle avait changé, sinon bouleversé, la signification de ces catégories.

---

1. Littéralement « garçons de vie ». Expression tirée du titre d'un roman de Pier Paolo Pasolini, traduit en français par *Les Ragazzi* (1955). Les personnages sont des jeunes hommes issus du sous-prolétariat romain, qui vivent d'expédients au jour le jour. (*N.d.T.*)

Marco venait des milieux progressistes. De nombreux amis de Luca ne supportaient pas ces cercles. Il aurait été inexact de dire qu'ils étaient de droite, ou que certains d'entre eux avaient des sympathies pour le fascisme (à cette époque incertaine, il aurait d'ailleurs été tout aussi peu pertinent de dire que la plupart des amis de Marco Prato étaient de gauche), mais il ne faisait aucun doute qu'ils détestaient les professionnels des bonnes causes, le politiquement correct, la culture gay et une certaine ostentation des valeurs qu'ils associaient aux classes dominantes. Et affirmer que certains amis de Luca étaient homophobes, ainsi que des journalistes le faisaient, était tout aussi erroné. La majorité d'entre eux ne détestaient pas les homosexuels, pas plus qu'ils ne les mettaient à la marge, ce qui ne les empêchait pas de regarder avec méfiance la culture gay, qui selon eux utilisait l'orientation sexuelle comme un outil de discrimination sociale. Naturellement, plus que comme des représentants du lobby gay, ils considéraient Marco Prato et Manuel Foffo comme deux fils à papa privilégiés, qu'il fallait envoyer moisir en prison jusqu'à la fin de leurs jours.

Ceux de la bande de Battistini étaient quant à eux très jeunes, impétueux, leurs discours ne contenaient pas une once d'idée politique, mais c'était précisément pour cela qu'ils étaient l'avant-garde la plus politique de toutes. Si les *ragazzi di vita* pasoliniens étaient relégués à une préhistoire magique, un demi-siècle plus tard – en dépit de leur instruction sommaire, de leurs lectures inexistantes, de leur manque total de protection idéologique – les jeunes de la bande de Battistini étaient plus modernes que les gens de leur âge habitant au centre-ville. Les jeunes de Parioli écoutaient De Gregori enfermés dans leur chambre d'enfant[1]. Les jeunes de Battistini allaient à des concerts de techno et

1. Parioli est un quartier huppé de Rome. Francesco De Gregori est un grand nom de la chanson italienne, apprécié des milieux de gauche. (*N.d.T.*)

dansaient toute la nuit au milieu d'un public en sueur défoncé à la MDMA. Les jeunes du centre-ville avaient de beaux vêtements, les jeunes de Battistini avaient souvent des corps splendides. Il n'y avait pas de notaires, journalistes, présidents de fondations parmi leurs parents, mais des plombiers, des magasiniers, des coiffeurs, des gardiens de nuit. Ils n'habitaient pas dans de jolis appartements, ils ne pouvaient pas se permettre des voitures coûteuses, ils misaient sur leurs corps : lisses, fermes, musclés, agressifs, parfois retouchés par un chirurgien esthétique, exhibés par tous les moyens possibles dans la rue et sur les réseaux sociaux. Leurs corps étaient leur patrimoine et leur revanche. Pour le reste, ils étaient insolents, exubérants, et ils traversaient leur adolescence avec le soupçon que ni l'âge adulte ni la chance ne pourraient les émanciper de leur condition.

Cependant, les jeunes de Battistini comme ceux, plus réfléchis, de Primavalle ou de La Storta rejetaient tous énergiquement l'hypothèse que Luca se prostituait.

Ils la rejetaient parce qu'ils la jugeaient déshonorante, parce que sinon la victime et ses bourreaux se retrouveraient sur le même plan, mais aussi parce que l'accepter revenait à adopter le récit de l'ennemi. Ce n'était pas tant la vérité des événements qui comptait que la manière dont ils étaient racontés, la rhétorique qui les étayait, et rejeter l'idée que Luca se prostituait signifiait refuser une narration qui était fausse quand bien même elle aurait été vraie, d'autant plus pourrie qu'elle était pavée de bonnes intentions.

Cette histoire de la double vie de Luca polluait le cœur de l'affaire, pensai-je. C'était l'artifice rhétorique parfait. Elle pouvait peser dans la relation entre Luca et Marta Gaia, de même qu'elle pouvait conduire Giuseppe et Silvana à s'interroger sur les activités de Luca quand il n'était pas avec eux. Mais, en dehors de ces relations privées, elle n'avait rien à voir avec sa mort, ni sur le plan éthique ni sur celui de la simple responsabilité.

Alors pourquoi ce récit rencontrait-il un tel écho, poussant les gens à croire que Luca l'avait cherché ou – pire – que son destin avait quelque chose en commun avec celui de ses assassins ? Était-ce la faute des journalistes ? Était-ce l'efficacité dramaturgique de l'expédient ? (Nous vivions l'époque du storytelling, où des professionnels sans scrupules manipulaient les instruments servant à fabriquer des histoires fictionnelles afin de créer du consensus ou d'alimenter la haine.) Ou était-ce l'avidité du public, toujours en proie à ses bas instincts ?

Je m'efforçais de comprendre, mais c'était comme regarder dans un puits à la nuit tombée, et c'est peut-être parce que dans le noir on croit voir les choses les plus insensées, ou qu'on devine les choses les plus intéressantes, que j'en arrivai à penser que c'était l'affaire elle-même, dans sa malignité intrinsèque, qui distordait les faits, j'en arrivai à penser que cette entité avait une volonté propre, des intérêts propres, le mal appelle le mal et certaines formes rhétoriques sont ses vecteurs de contagion, et ainsi le mal nous dupe, pensai-je encore, il s'amuse à nous illusionner, il utilise des bribes de la réalité pour nous convaincre de choses qui ne sont pas vraies.

Je continuais d'errer dans La Storta en quête d'informations, je posais des questions, j'interrogeais sur des souvenirs, à la recherche d'éléments qui puissent m'aider à comprendre. Luca montait un demi-essieu à la carrosserie. Il riait avec ses amis. Il parlait avec Marta Gaia au téléphone, ils projetaient de s'acheter une Micra. Marta reprochait à Luca de ne pas être fichu de garder un centime. Luca l'accompagnait au volley, elle était énervée parce que l'entraîneur ne la faisait pas jouer dans les matchs officiels. Luca déclarait : « Je te rappelle tout à l'heure » puis il disparaissait de la circulation.

Marta Gaia le traitait de menteur, lui disait qu'il était impossible de rester avec lui s'il se comportait comme ça, et pire que ses disparitions il y avait ses silences, lui écrivait-elle dans ses messages, sa manière de se fermer, de ne rien dire. Mais, où qu'il soit, Luca parlait toujours d'elle. « Quand est-ce que tu arrêtes de fumer ? » demandait Marta en s'écartant de lui. « En février », ricanait Luca. « Tu as changé l'eau de Stoppino ? » Stoppino était leur hamster. De temps en temps, Luca allait à Battistini. Marta ne voulait pas qu'il fréquente cette bande, mais il avait envie de sortir. Parfois il rentrait tard. Ses parents dormaient, alors, après avoir échangé des messages avec Marta, Luca allait dans la cuisine et sortait une casserole, il se réchauffait de la soupe dans le silence de La Storta, les arbres dansaient dans la nuit, derrière il y avait les champs éclairés par la lune, il regardait dehors, ou bien ne pensait qu'à manger, la tête penchée au-dessus de son assiette… et voilà ! Soudain la flamme s'allumait dans ma tête et je croyais le voir, libéré du nœud coulant qui réduisait l'incommensurable à un schéma narratif : voilà Luca, pensai-je, sûr de moi.

En quelques instants, la flamme s'éteignait et je cessais de le voir. Sorti de certaines intuitions, on est comme privé de foi. Je redevenais esclave du récit. Comment en est-on arrivé au meurtre ? me demandais-je. Y avait-il quelque chose en particulier – un geste, un dialogue, une réplique – destiné à se révéler déterminant pour la compréhension ?

Les semaines suivantes, mes recherches me ramenèrent au centre-ville. Quartier de Prati : j'avais rendez-vous avec Savino Guglielmi.

Guglielmi était l'avocat de Marta Gaia Sebastiani, qui avait décidé de se constituer partie civile. Le cabinet de l'avocat était situé via Valadier. L'homme était un quadragénaire maigre portant veste et cravate, à la conversation brillante.

Il me dit que, en toute logique, le drame avait eu un impact terrible sur Marta.

« Leur relation sentimentale a été pendant des années une sorte de zone franche, quand Luca et elle étaient ensemble, c'était comme si le reste du monde disparaissait. »

Ce qui, évidemment, n'empêchait pas le monde de continuer d'exister. Marta Gaia allait suivre une thérapie, accompagnée par un psychologue. Elle n'avait pas lu tout le dossier, certaines parties étaient très dures, elle en prendrait connaissance quand elle serait prête.

La vie que nous croyons avoir vécue. La vie telle qu'elle se présente un jour.

« Vous êtes marié ? me demanda Me Guglielmi de but en blanc.

— Oui, répondis-je, craignant de comprendre où il voulait en venir.

— Vous croyez connaître votre femme ?

— Je la connais très bien.

— Bien, répéta-t-il. Mettriez-vous votre main au feu que votre femme n'a pas de double vie ? »

Il me sembla voir une grande flamme rougeoyer à droite de l'avocat, entre le cendrier et le Code civil. Je n'avais qu'à tendre la main et cette ordalie contemporaine certifierait la transparence absolue de ma vie conjugale.

« Non, je n'en mettrais pas ma main au feu, répondis-je. Ne serait-ce que par égard pour le libre arbitre de ma femme. Et surtout, ajoutai-je en souriant, parce qu'on ne sait jamais vraiment tout des personnes que l'on aime.

— *Nous* on ne le sait pas, répliqua l'avocat en souriant à son tour. Mais peut-être que Facebook le sait. »

Nous parlâmes de ce terrible chat entre Marta Gaia et Valeria Proietti. Des messages WhatsApp de Luca Varani trouvés dans le portable de Marco Prato, des milliers d'informations – SMS, WhatsApp, conversations, chronologies, géolocalisations – à même de faire vaciller la vie privée de n'importe qui à n'importe quel moment, des informations sur nos proches auxquelles nous avions la chance de ne pas avoir accès, et que les grandes entreprises informatiques conservaient dans leurs serveurs comme des bombes prêtes à exploser.

Le colonel des carabiniers Giuseppe Donnarumma dirigeait la section de recherches à laquelle l'affaire avait été confiée. Je le rencontrai le 11 mars, une semaine avant que la dépouille de Luca Varani ne soit rendue à sa famille. L'autopsie et les analyses avaient demandé plus de temps que prévu, les obsèques étaient annoncées depuis des jours dans les journaux puis repoussées.

J'arrivai sur la piazza di San Lorenzo in Lucina à neuf heures du matin. Une lumière limpide tombait sur les immeubles et les églises alentour. C'était la première fois de l'année que la température dépassait les quinze degrés. Les députés venaient ici depuis le palais Montecitorio pour profiter du soleil et prendre un café chez Ciampini.

Je me fis annoncer par un jeune carabinier aux yeux clairs, puis montai l'escalier jusqu'au premier étage.

« Je peux ? demandai-je une fois arrivé à la porte que l'on m'avait indiquée.

— Entrez, Nicola ! » m'invita une voix énergique.

Le colonel Donnarumma m'accueillit dans son vaste bureau très ordonné. C'était un homme imposant, âgé d'une cinquantaine d'années. Il me serra la main, puis me demanda aussitôt quel âge j'avais, où j'étais né, quelles études j'avais suivies, quel travail je faisais. Ce n'était pas un interrogatoire. C'était l'État qui s'intéressait à un de ses enfants et souhaitait connaître son histoire. Derrière lui, il y avait un drapeau italien et une photographie du président de la République.

« Asseyez-vous donc. »

En Italie, le fossé qui sépare les hommes de pouvoir et les hommes des institutions est souvent abyssal. Les hommes de pouvoir que j'avais rencontrés avaient toujours l'air affairés et, en fin de compte, négligés, ils occupaient des pièces chaotiques, remplies de paperasse et d'objets inutiles, ou bien, à l'inverse, des pièces trop aseptisées, où le seul travail dont on pouvait être sûr était celui de l'architecte d'intérieur qui était passé par là. Chez eux, l'avidité allait de pair avec l'inconstance : ils s'apprêtaient à dévorer une part de bien public, mais soudain ils disparaissaient, happés par d'autres fonctions. C'étaient des joueurs de hasard. À l'inverse, les hommes comme Donnarumma – tout comme certains vieux directeurs d'école, éminents linguistes et autres hommes probes qui plaçaient l'esprit de service avant leur carrière – exerçaient dans des lieux dégagés. Des pièces décentes mais jamais luxueuses, souvent confortables, parfois immenses.

« Alors, en quoi puis-je vous être utile ? » demanda Donnarumma.

J'avais préparé une ribambelle de questions, mais pour commencer j'essayai de lui expliquer pourquoi cette affaire me paraissait intéressante. Je parlai sans m'étendre de Luca Varani, Marco Prato et Manuel Foffo, disant que la vie de chacun d'entre eux donnait un éclairage différent sur la ville, je parlai de la réaction de la presse et de l'opinion publique à ce crime, de l'absurdité de certains crimes apparemment dépourvus de mobile, de la violence effrénée, je parlai du fait que certaines personnes jugées normales pouvaient commettre des actes indéchiffrables à leurs propres yeux.

« Pauvres d'eux », commenta Donnarumma.

Selon le colonel, l'homme est une créature fragile, et seule une éthique de fer et une volonté indestructible l'empêchent parfois de basculer.

« Il faut dire que leur environnement ne les aide pas », ajouta-t-il.

Il faisait allusion à la ville.

Je lui demandai son opinion sur le Monde du Milieu. L'enquête occupait quotidiennement les pages des journaux, avec l'affaire Varani. Les proportions de ce système de corruption étaient objectivement impressionnantes. En revanche, il n'était pas sûr – et c'était sur ce point que le débat public faisait rage – que les accusés puissent être jugés au titre du crime d'association mafieuse.

« Je porte un respect immense à la magistrature, dit le colonel. Quelle que soit la décision des juges, je l'estimerai juste. Mais à y réfléchir, il est difficile de savoir ce qui serait le pire. »

Si l'absence d'une véritable organisation mafieuse – avec tout son cortège de rituels d'affiliation, hiérarchies rigides, arsenal paramilitaire – soulagerait tout le monde, cela signifierait alors qu'à Rome la corruption avait pris une forme indéfinie. Ses frontières étaient floues, c'était une gigantesque présence gazeuse que nous respirions tous, mêlée au peu d'air pur restant. Dans les milieux où la corruption est partout, dit-il, les gens se retrouvent à commettre des délits sans même s'en rendre compte.

« Mais revenons-en à notre affaire, conclut-il.

— Vous êtes entré dans l'appartement avec le procureur, dis-je.

— Je fais ce métier depuis très longtemps, et j'en ai vu de belles, dit le colonel. Mais quand on est entrés dans cet appartement… Eh bien, ça a été une expérience perturbante. »

Il y avait les homicides, et puis il y avait ce type-là d'homicide. La cruauté, la violence barbare, la gratuité absolue des faits. Ces éléments plaçaient l'affaire dans les ténèbres.

« Vous croyez en Dieu, Nicola ? »

Cela faisait bien longtemps qu'on ne me l'avait pas demandé. J'aurais voulu lui répondre que je tendais à croire au Fils mais pas au Père. Je me contentai d'affirmer que, banalement, j'étais agnostique, comme beaucoup de monde. Il me demanda ce que j'entendais par là, et je le lui expliquai.

« Vous m'apprenez quelque chose. Voyez-vous, Nicola, à mon avis, nous, les carabiniers, nous avons besoin d'une protection spéciale pour bien faire notre travail.

— Une protection ? »

Je n'étais pas sûr d'avoir compris.

« Une aura, un bouclier, qui nous protège de ce à quoi nous sommes confrontés. »

Le mal. Ils étaient tous les jours confrontés au mal. Le colonel dit que ce n'était pas un concept abstrait, mais qu'il ne fallait pas non plus l'imaginer comme une entité définie une fois pour toutes. Le mal était mobile, polymorphe, et surtout contagieux. Plus on passait de temps à son contact, plus on risquait d'agir selon ses plans. Il n'y avait rien de plus triste, selon lui, qu'un carabinier qui salissait son uniforme. Cela arrivait de temps en temps. Ceux qui étaient entourés d'une aura de protection – ceux qui faisaient en sorte de la mériter, crus-je pouvoir déduire de ses mots – pouvaient espérer continuer leur travail sans basculer.

Je lui demandai ce qu'il pensait de Marco Prato et Manuel Foffo.

« Ils se sont rencontrés, voilà le problème », répondit le colonel Donnarumma.

Les crimes de ce genre impliquant des complices qui s'étaient connus récemment suivaient presque tous le même scénario. Pas trois, pas cinq, pas huit. Deux était le chiffre récurrent. Un incube et un succube. Un manipulé et un manipulateur, même si souvent les rôles étaient interchangeables. Il s'agissait d'individus qui, pris séparément, n'auraient selon toute probabilité pas commis les crimes pour lesquels ils se retrouvaient en prison du jour au lendemain. Ce n'étaient pas des tueurs en série. En théorie, c'étaient des gens normaux.

« En fin de compte, qu'est-ce qu'il en est vraiment de la vie privée de Luca Varani ? Et de celles de Foffo et Prato ? »

Je m'essayai moi aussi aux questions à brûle-pourpoint.

« Ça, malheureusement, je ne peux pas vous le dire, Nicola. »

Le colonel Donnarumma sourit.

« Nous avons des hypothèses, qui se consolident au fur et à mesure de l'avancée de l'enquête. Disons que vous devez vous attendre à tout type de scénario.

— Est-il vrai que Foffo et Prato ont envoyé vingt-trois SMS identiques pour choisir leur victime ? Comme dans une sorte de loterie de la mort ?

— Ils ont envoyé des messages, oui. Je ne jurerais pas qu'il y en ait eu vingt-trois, comme l'écrivent les journaux, et je n'appellerais pas forcément cela une *loterie de la mort*. Ils ont passé trois jours enfermés dans cet appartement à sniffer de la cocaïne et à parler non-stop, et à un moment donné ils ont aussi envoyé des messages.

— Est-il vrai que Manuel voulait tuer son père ?

— Manuel a accumulé du ressentiment envers sa famille. Je l'ai vu pendant l'interrogatoire, c'était dramatique.

— Avez-vous remarqué que, dans cette affaire, ce sont les hommes qui prennent la parole, alors que les femmes restent muettes ?

— Écoutez, Nicola. »

Le colonel avait changé de ton.

« L'enquête continuera d'avancer, elle finira par être rendue publique. Vous, vous allez continuer vos recherches, j'imagine que vous allez rencontrer beaucoup de gens, faire des entretiens, rassembler des pièces, et en fin de compte, vous arriverez grosso modo à reconstruire le puzzle. Nous, nous ferons notre possible pour que la loi soit appliquée au mieux. Mais j'imagine que vous voulez creuser. Je le vois. Alors, si vous me permettez, je vais vous donner un conseil. »

Le colonel Donnarumma ouvrit un tiroir. Il en sortit des papiers qui, à première vue, ressemblaient à une revue de presse : effectivement, c'étaient des coupures de journaux. Il fouilla dans la liasse et en tira une :

« Tenez, dit-il. C'est là-dessus que vous devriez vous concentrer. »

Il me tendit un article, que je commençai à lire. Au début, je crus qu'il s'était trompé et levai des yeux interrogateurs. Il hocha la tête. Je poursuivis diligemment ma lecture.

C'était un article paru dans *Il Giornale* quelques jours auparavant. Il rapportait les propos du père Amorth, un des exorcistes les plus célèbres du monde. Âgé et malade, Gabriele Amorth avait été frappé par le meurtre de Luca Varani. « La main de Satan se cache forcément derrière ce crime, avait dit le prêtre à ses collaborateurs, en cela je reprends à mon compte la phrase d'un célèbre psychiatre athée, le professeur Emilio Servadio, qui a dit : “Quand la perfidie atteint des sommets qui ne sont pas humainement explicables, j'y vois l'action du démon.” »

Si je m'étais levé et avais tourné le dos à Donnarumma, j'aurais vu une récompense accrochée au mur. C'était une médaille d'honneur que lui avait remise le président de la République, Giorgio Napolitano, en 2007. Des années auparavant, à Cagliari, un jour où il n'était pas en service, Donnarumma, alors capitaine, avait joué un rôle décisif dans le sauvetage de personnes coincées dans un immeuble en flammes. Après avoir fait évacuer le bâtiment, il s'était précipité à l'intérieur et était monté au quatrième étage, dans un appartement dont personne n'était sorti. Il y avait trouvé une vieille dame paralysée, couchée sur un lit médical. Donnarumma l'avait prise dans ses bras et l'avait sauvée. Il avait été intoxiqué au monoxyde de carbone et avait passé une semaine à l'hôpital.

Cela pour dire qu'en face de moi se trouvait un homme courageux, voire héroïque, à la droiture indiscutable, et dont l'intelligence – il était diplômé en ingénierie industrielle – reposait sur des bases rationnelles. Néanmoins, il rapprochait le meurtre de Luca Varani d'un cas de possession. Et, comme je n'avais l'air que légèrement étonné – je ne voulais pas lui manquer de respect, et de plus il y avait quelque chose d'intéressant dans son point de vue –, il poursuivit.

Il me raconta qu'une fois, de nombreuses années auparavant, quand il travaillait dans le nord de l'Italie, il avait dû enquêter sur une affaire retentissante. Famille misérable, une mère et ses trois filles. Maison au fin fond de la campagne, non loin de la rivière Adda. Père mort ou en tout cas absent. La mère s'en tirait avec des petits boulots. La fille la plus jeune, âgée de dix-huit ans, était serveuse. Elle avait fini par se fiancer avec un garde-chasse. Dans son milieu, cela signifiait une possibilité d'ascension sociale. Par ailleurs, le garde-chasse en question était bel homme, ce qui ne gâtait rien. Or, les sentiments humains suivent des sentiers bien tortueux : quoiqu'elle peinât à l'admettre – du moins, on pouvait imaginer qu'il en avait été ainsi au début –, la mère brûlait de jalousie à l'égard de sa fille. Plus le temps passait, plus ce sentiment devenait dévorant. Un soir, alors qu'elle était au lit, la mère avait entendu sa fille et le garde-chasse dans la chambre à côté. Quelques heures après, le garde-chasse était parti au travail. La mère s'était levée et était entrée dans la salle de bains, où sa fille se lavait. Armée d'un balai-brosse, elle l'avait sauvagement frappée à mort.

« On avait une série de preuves, mais il nous manquait un aveu, m'expliqua Donnarumma. Alors, on a convoqué la mère à la caserne et j'ai commencé l'interrogatoire. Je n'oublierai jamais ce moment. Je lui ai fait comprendre qu'elle était coincée, qu'il valait mieux qu'elle avoue. Elle me regardait sans rien dire. Alors j'ai changé de ton. "Mère dégénérée ! Toutes les preuves t'accusent ! Tu seras aussi poursuivie pour dissimulation de cadavre. Tu es bonne pour une peine à perpétuité ! Avoue, mauvaise mère, avoue !" La femme m'a attrapé par le bras et j'ai senti une chaleur indescriptible se répandre dans tout mon corps. Elle a avoué, puis elle a perdu connaissance. Moi, j'étais encore secoué. Voilà, vous voyez, dans cette chaleur anormale il y avait quelque chose de semblable à ce que j'ai éprouvé en entrant dans l'appartement de Manuel Foffo. »

Nous bavardâmes encore un peu. J'écoutais et essayais de réfléchir. Il était trop facile de mettre la dernière partie du raisonnement du colonel au compte de la superstition. Certes, Donnarumma était catholique, mais même en faisant abstraction de la religion, la structure de son discours restait intéressante. Si on imaginait le mal comme une possession, alors on pouvait le combattre sans perdre entièrement espoir dans l'humanité. Nous n'étions pas irrémédiablement méchants. Nous étions faibles. Et il existait quelqu'un de beaucoup plus fort que nous. C'était une explication possible. Selon les étymologies, *il* était « l'adversaire », « le calomniateur », « le porteur de lumière », mais aussi « celui qui désunit ». Qu'est-ce qui nous désunissait en ces années si tourmentées ? Et, pour parvenir à ses fins, quel calomniateur peut-il se passer d'être également un bon narrateur ?

Alex Quaranta était au téléphone avec sa copine quand il vit le reportage à la télé. Il avait déjà entendu parler du meurtre. À cette période, il était fauché, il dormait souvent dans des hôtels bon marché ou chez des amis. Des rencontres bizarres, il en faisait. Des histoires bizarres, à Rome, il s'en passait en permanence.

« Attends une seconde. »

Alex éloigna son portable de son oreille. Le reportage montrait l'appartement où le meurtre avait été commis.

« Mais putain… »

Il n'est pas rare que la télé parle de gens à qui il arrive les choses les plus ahurissantes. Mais que se passe-t-il quand c'est de soi que la télé parle ?

« Je te rappelle », dit Alex à sa copine.

Son cœur s'était emballé.

Il venait de découvrir à l'instant qu'il avait failli se faire tuer. Et aussi qu'il avait une sorte de pseudonyme dont apparemment tout le monde était au courant, sauf lui. *Alex Tiburtina.*

Quelques jours auparavant, la même chose était arrivée à Damiano Parodi.

Dimanche après-midi, Damiano était en voiture, direction Milan. Il avait rendez-vous à l'hôpital San Raffaele pour soigner le trouble obsessionnel compulsif dont il souffrait depuis des années. Il avait entendu à la radio qu'un garçon de vingt-trois ans avait été tué. Il avait changé de station sans prêter spécialement attention aux propos du journaliste.

Cependant, quelques heures après, il avait reçu un appel de son ami Angelo Vecchio. Il se trouvait alors à l'hôpital.

La voix d'Angelo trahissait une grande inquiétude.

« Je croyais que tu étais mort, ou que tu étais impliqué dans cette histoire à Rome, lui avait-il dit.

— Comment ça ? Qu'est-ce qu'il s'est passé ? »

Damiano était désorienté.

Angelo Vecchio lui avait annoncé que le garçon tué était Luca Varani, et que Marco Prato avait été arrêté.

Tiziano De Rossi, lui, l'apprit par sa mère. Elle lui dit qu'aux infos à la télé on avait parlé d'un cadavre retrouvé dans l'appartement de Manuel.

« C'est pas possible », murmura Tiziano.

Il s'efforça de contenir son émotion et repensa aux événements qui avaient eu lieu quelques nuits auparavant.

Ces trois hommes allaient être entendus par les carabiniers, puis harcelés par les journalistes. Ils ne se connaissaient pas, ils ne se rencontrèrent jamais. Toutefois, cette histoire les lia pour toujours. Ils avaient été les seuls à voir, à mettre les pieds dans l'appartement de Collatino avant l'arrivée de Luca Varani. Si les choses s'étaient passées autrement, le sort de Luca aurait-il échu à l'un d'entre eux ? Devaient-ils s'imaginer comme des survivants, des rescapés ? Certaines questions sont inévitables, et inutiles.

Les obsèques de Luca Varani eurent lieu le 19 mars, deux semaines après sa mort. Le département de médecine légale de l'université La Sapienza communiqua les résultats de l'autopsie au procureur, Francesco Scavo. Ce dernier donna le feu vert pour que le corps soit rendu à sa famille.

C'était un samedi, et le soleil resplendissait au-dessus de la ville. L'église Santa Gemma, construite dans les années cinquante, commença à se remplir de curieux dès le petit matin. Ce bâtiment carré et massif dominait les maisons de Porcareccia, non loin de La Storta. La place fourmillait d'équipes de télévision et de carabiniers. Les marches étaient couvertes de bouquets de fleurs et de couronnes. Des fleurs de l'Istituto Einstein. Des fleurs de la famille de Luca. Des fleurs de ses amis. On voyait aussi un grand nombre de ballons blancs retenus par une ficelle. Sur la porte de l'église, on lisait : SUR L'EXPRESSE VOLONTÉ DE LA FAMILLE VARANI, L'ENTRÉE EST INTERDITE AUX JOURNALISTES, PHOTOGRAPHES ET CAMERAMANS.

L'église était pleine à craquer. Impossible d'avancer vers l'autel. Quand je repérai la petite tribune, j'essayai d'y trouver une place. Il y avait beaucoup de monde en haut également. Des adultes la tête inclinée. Des jeunes les poings serrés. Je réussis à m'installer dans le fond. Caché par la foule, le curé citait les Béatitudes. Sa voix résonnait, bien distincte. Il dit que les hommes et les peuples dont parlaient les Béatitudes étaient des hommes et des peuples « manquants », qui subissaient la violence, qui subissaient l'injustice, mais Dieu leur disait : « Ne désespérez pas, telle n'est pas la conclusion de votre vie, j'en suis le garant. » Le public écoutait, ému. Le curé dit que ce qui s'était passé ne pouvait pas être la conclusion de la vie de Luca, Dieu n'avait pas voulu que ce garçon meure de cette manière, on pouvait penser que sa vie le définissait, mais le mystère représenté par chaque homme ne se dissiperait pas même si l'homme en question vivait cent ans, il y a toujours une partie manquante, poursuivit-il, la partie que nous ne voyons pas, et c'est celle-là même qui donne son sens à tout le reste. Dieu la voit. Dieu se fait le garant de Luca.

« Et nous avec lui », dit le curé en nous invitant à tourner nos paumes vers le ciel.

Le son de l'orgue se fit entendre et une fille se mit à chanter, suivie peu après par une voix masculine. Ésaïe 62. Les poils de mes bras se hérissèrent. La fille chantait à merveille, sa voix était mélodieuse, puissante, et la voix du garçon, si ferme et sérieuse, l'accompagnait à la perfection. L'extrait de la Bible qu'ils avaient mis en musique parlait du rachat du peuple élu après la destruction de Jérusalem.

Pour l'amour de Jérusalem je ne prendrai point de repos,
jusqu'à ce que son salut paraisse, comme l'aurore,
et sa délivrance, comme un flambeau qui s'allume.

Puis l'orgue cessa de jouer et, dans le silence absolu, la fille entonna :

On ne te nommera plus délaissée,
On ne nommera plus ta terre désolation

La femme à côté de moi se mit à pleurer. Deux rangs devant, une dame éclata en sanglots. À côté d'elle, un homme serrait les dents, les joues sillonnées de larmes. Je sentis ma gorge se nouer. Comme toujours depuis des millénaires au cours des rites collectifs, des centaines de personnes vibrèrent à l'unisson. Nous étions si peu habitués à éprouver une pareille émotion que la surprise fut immense. Soudain, nous apprenions que nous n'étions pas seuls, que nous vivions dans une ville qui comprenait tout le monde, les vivants et les morts. Le curé demanda à Dieu d'accueillir les pleurs des parents de Luca, de sa compagne Marta Gaia, de ses amis. Il dit que la foi n'excluait pas l'espoir que la justice humaine suive son cours. Il appela en chaire Davide Toffoli, le professeur de lettres avec qui je m'étais entretenu quelques jours auparavant. Je me hissai sur la pointe des pieds pour le voir.

« Les personnes qui sèment la mort sont sinistres et intolérables, disait Toffoli. Les personnes qui confondent la victime et le bourreau sont sinistres et intolérables. "Pleure plus doucement le mort, car il a trouvé le repos, pour l'insensé la vie est plus triste que la mort", dit l'Ecclésiastique. »

Après la messe, les gens sortirent de l'église. Visages rougis. Regards fébriles. Et, contenue jusque-là, la colère.

« Salauds ! » entendait-on murmurer dans la foule. Emplis de l'énergie qui les avait unis pendant la cérémonie, hommes et femmes, jeunes hommes et jeunes filles s'éparpillèrent sur la place, comme s'ils savaient parfaitement que dire, quelle attitude adopter. Les journalistes les assaillirent.

« Il travaillait à la carrosserie avec moi, dit un garçon d'une vingtaine d'années dès qu'on lui mit un micro devant la bouche. La dernière fois que je l'ai vu, c'était la veille du meurtre. C'était quelqu'un d'exceptionnel. Il arrivait au travail avec le sourire, il repartait avec le sourire. L'important maintenant, c'est que la justice s'occupe de ces sauvages, mais j'ai peur qu'ils ne reçoivent pas une juste peine. »

« Je me souviens de lui en cours, dit un autre en blouson noir. C'était un garçon comme nous tous. Il a été naïf, il s'est fait attirer dans un piège. »

La mère et le père de Luca recevaient des accolades à la chaîne. Marta Gaia, lunettes de soleil et tenue sombre, pleurait dans la foule.

C'étaient les anciens camarades de classe de Luca qui parlaient avec les journalistes. Plusieurs d'entre eux avaient fait un collage montrant Luca à différents moments de sa vie que deux filles brandissaient comme une preuve, un témoignage. Puis il y avait les jeunes de Battistini. Ils se tenaient à distance des caméras et des carabiniers. Regards fiers, perçants, ils contrôlaient l'espace alentour comme s'ils étaient les véritables garants de l'ordre. On entendit un bruit sourd, des applaudissements s'élevèrent. Le cercueil était sorti de l'église. Porté par huit hommes, il fut déposé au milieu des fleurs, à l'arrière d'un break. Le curé se fraya un passage dans la foule, s'approcha du cercueil et le bénit. Tout le monde convergea vers le break. Ceux qui y arrivaient embrassaient le cercueil dans le coffre. D'abord les parents de Luca. Puis les jeunes de l'Istituto Einstein. Marta Gaia. Enfin, la bande de Battistini. Le meneur était un grand jeune homme, très maigre, à la bouche charnue, aux cheveux rasés sur les côtés, qui avait un tatouage au niveau du sourcil droit. Il posa ses deux mains sur le cercueil. Derrière lui, quelqu'un siffla :

« Perpette pour ces salauds. »

Le garçon continuait de fixer le cercueil, et son regard grave se transforma en sourire amer, comme s'il dialoguait avec le fantôme de Luca et qu'il était le seul autorisé à le faire. Enfin, il donna une tape au cercueil, comme un salut, et laissa le fantôme partir. Il faisait chaud. La foule était de plus en plus nerveuse. Quelqu'un coupa la ficelle et les ballons s'envolèrent. Les applaudissements furent suivis de cris. Le poing brandi vers le ciel, les gens se mirent à crier.

« Justice ! »

« Justice ! »

« Justice ! »

TROISIÈME PARTIE

Le chœur

« Mes affaires m'ennuient toujours mortellement.
Je préfère celles des autres. »

Oscar WILDE

« Tout ce que tu dis parle de toi : singulièrement
quand tu parles d'un autre. »

Paul VALÉRY

« Moi, quand j'étais petit, dit Marco Prato au procureur, au lit des fois je priais. Je priais pour me réveiller le lendemain matin dans le corps d'une petite fille, par magie. C'était tellement ce que je voulais. »

FEDERICA VITALE

Je connais Marco Prato depuis quinze ans environ. On a été dans la même classe jusqu'au bac. On s'est rapprochés au fil du temps, peut-être parce qu'on est homosexuels tous les deux. J'ai toujours pensé que Marco était quelqu'un de sensible. Au lycée, nos camarades lui tombaient dessus, ils se moquaient de lui parce qu'il était homo et qu'il était gros. Après le bac, il s'est inscrit à la LUISS et on a commencé à moins se voir.

En 2011, il a fait une tentative de suicide. Il faisait un master à Paris. Je n'ai jamais bien compris ce qu'il s'était passé, je crois qu'il avait rompu avec son copain de l'époque.

Vers la fin de l'année dernière, on a recommencé à se voir. J'étais contente. On allait manger une pizza ensemble une fois par semaine. Il me parlait de son nouveau travail d'organisateur d'événements. Pendant une de ces conversations, il m'a confié qu'il voulait changer de sexe. J'ai eu l'impression qu'il me le disait juste pour que j'approuve son choix. Juste après, il m'a demandé si j'avais cette intention moi aussi. Je lui ai répondu que non. Je n'ai jamais envisagé de changer de sexe.

La dernière fois qu'on devait se voir, c'était le 2 mars. Là, il a annulé notre rendez-vous, il m'a écrit qu'il avait une réunion de travail qui avait été déplacée.

Trois soirs après, j'étais au restaurant avec des amies. Là, Ornella Martinelli m'appelle. Elle était très nerveuse. Apparemment, les carabiniers avaient téléphoné à Lorenza et lui avaient dit que Marco avait été hospitalisé et qu'il fallait prévenir sa famille. On s'est tous appelés pour savoir ce qui se passait. Personne n'y comprenait rien.

Le lendemain matin, on m'a transféré un lien avec l'info comme quoi deux hommes avaient été arrêtés pour un meurtre commis à Collatino. Alors j'ai compris.

SERENA PALLADINO

Quand on était ados, on jouait dans le même club de volley. Je considère Marco comme mon meilleur ami. Avec le temps, on a développé une relation presque symbiotique. J'ai toujours imaginé que, quoi qu'il m'arrive, il serait toujours là.

On se voyait presque toujours dans mon bar. Je finis à une heure du matin, il arrivait pour le dernier verre.

Ces derniers temps, il n'avait pas vraiment de copain, il avait juste des relations occasionnelles avec des gays et des hétéros. Je tiens à préciser que c'étaient des relations entre adultes consentants. Je dis ça parce que j'ai lu des trucs bizarres dans les journaux.

Très rarement, disons environ une fois par mois, il prenait de la cocaïne. Je voulais le faire arrêter. Lui aussi il voulait en finir avec ça, alors en novembre on a fait un pacte : Marco devait me donner l'argent qu'il gagnait avec ses soirées, je le lui garderais. On a fait ça pendant un mois, en gros.

Malheureusement, ses affaires ne marchaient pas trop. Il ne travaillait plus autant qu'avant, et donc il avait beaucoup de temps libre, ce qui était un problème.

C'est quelqu'un d'extrêmement intelligent. Cultivé. Brillant. Une mémoire incroyable. Habile avec les mots. Voilà qui est Marco Prato. Je ne le crois pas capable d'agressions physiques, ce n'est pas quelqu'un de violent. Il est plein d'empathie et de compassion. Et généreux.

Il y a un mois à peu près, un soir où on dînait ensemble, il a déclaré qu'il s'était juré de parler avec sa mère. La situation n'était pas facile. Marco disait qu'ils ne dialoguaient plus, il en souffrait, il croyait que l'amour de sa mère était conditionné par son homosexualité. Il était très jeune quand il lui a dit qu'il était gay. Je me souviens qu'à l'époque sa mère m'a téléphoné. Elle m'a dit que son fils allait mal, qu'il fallait l'emmener chez un psy. *Un psy ?* J'ai répondu qu'il n'y a vraiment rien de mal à être homosexuel, ce n'est pas une maladie. Depuis ce jour, la mère de Marco ne veut plus avoir affaire à moi.

Dimanche dernier, j'ai lu l'article sur le site de *La Repubblica*. Je me suis précipitée à l'hôpital Pertini, mais on ne m'a pas laissée entrer.

LORENZA MANFREDI

On était en licence à la LUISS, c'était un ami de mon copain.

Au lycée, il avait eu des problèmes à cause de son apparence. Il était rondouillard. C'est lui qui nous l'a raconté, il nous a même montré des photos. Il faut dire que quand on l'a connu, il était encore un peu rond, il n'avait pas le même physique que maintenant, il en parlait avec ironie, mais je crois qu'il ne s'est jamais tout à fait débarrassé de ses complexes.

Après la licence, il est allé en France, il a fait son master à Paris. C'est là qu'il a tenté de se suicider. Cachets et alcool. Il nous a envoyé un message, à nous, sa bande de copines. Dedans, il y avait des phrases tirées des chansons de Dalida.

Quand on a reçu ce texto, je me souviens qu'on a réagi illico. Je ne sais pas comment, on a réussi à trouver une fille qui habitait à Paris, une connaissance. C'est elle qui l'a secouru. Sa tentative de suicide, c'était à cause d'un garçon qui s'appelait Nicolas, un Français, apparemment ils s'étaient séparés.

Vu ce qui s'était passé, Marco n'a pas fini son master. Quand il est rentré à Rome, il a encore essayé de se tuer, toujours à cause de Nicolas. Le truc bizarre, c'est que, dans mon souvenir, c'était Marco qui avait quitté Nicolas, pas l'inverse. Marco a dû mal vivre d'apprendre que Nicolas sortait avec d'autres garçons.

Après ces événements, on s'est perdus de vue. Moi, je suis partie au Chili.

On s'est donné des nouvelles en septembre. Il m'a raconté qu'il gagnait pas mal d'argent, mais que comme un abruti il dépensait tout en cocaïne. J'ai été sidérée, dans mon souvenir il n'avait jamais fumé un joint de sa vie.

Lors du même coup de fil, il m'a raconté une anecdote qui m'a mise mal à l'aise.

Il m'a dit qu'une nuit, il rentrait d'une fête qu'il avait organisée et, en passant par la gare Tiburtina, qui est près de chez lui, il a remarqué deux types enfermés dans une voiture garée. Ça se voyait qu'ils avaient bu et qu'ils étaient étrangers. Marco a toqué à leur vitre et leur a demandé s'ils avaient besoin de quelque chose. Il se trouve que c'étaient des Australiens et que, oui, ils avaient besoin d'aide parce qu'ils s'étaient perdus. Ils cherchaient leur chambre d'hôtes. Alors, sous prétexte de les aider, Marco les a emmenés chez lui.

MAURIZIO VALLI

La première fois que je lui ai parlé, c'était le 6 septembre 2015. Je m'en souviens parce que c'était l'anniversaire de mon ami Paolo Lepore. Paolo et moi on est allés sur l'île Tibérine à minuit et demi. Claudio Bosco, un ami à nous, travaillait là. On était un peu soûls, et même si je n'ai pas l'habitude de consommer des stupéfiants, j'ai accepté la proposition de Marco Prato quand il a suggéré de mettre l'ambiance.

Enfin, je reprends dans l'ordre.

Quand on est arrivés, c'était tranquille. Claudio était au bar. Et pas loin, il y avait Marco Prato qui nous regardait. Lui aussi il travaillait, façon de dire, il gérait le bar avec des associés. Premier cocktail, deuxième cocktail, la soirée a démarré pour de bon quand Claudio a sorti sa vanne débile, comme quoi je ressemblerais à Kim Rossi Stuart[1]. Là, Prato lève la tête et dit : « Ouais, bon, tu es beau gosse mais il ne faut pas exagérer non plus. » J'étais d'accord, je ne lui ressemble pas tant que ça. Marco s'est approché, il nous a demandé ce qu'on faisait dans la vie. Je lui ai raconté que je travaillais dans le cinéma, c'est-à-dire qu'après mon école de cinéma, je me suis mis à faire du montage et du dérushage, je travaille sur des vidéos, des trucs comme ça. Paolo a répondu qu'il était trader, même si en réalité il passe ses

1. Acteur et réalisateur italien. (*N.d.T.*)

journées devant son ordinateur pour suivre la situation, en fait celui qui travaille c'est l'algorithme qui permet d'investir sur des actions en jouant sur une série de facteurs.

Bref, on a discuté, et je dois dire que c'était agréable. Et puis à un moment donné, Marco sort : « Bon, on se prend de la C ? »

Je ne sais pas si c'est à cause de l'alcool, ou de l'ambiance festive, toujours est-il que Paolo et moi on a dit d'accord. Claudio, lui, il est rentré chez lui parce qu'il devait se lever tôt le lendemain.

Marco a préparé des rails, ni trop gros ni trop longs. Après avoir sniffé une première fois, il a proposé qu'on continue chez lui. Il était sympa. Quand je lui ai demandé combien ça faisait pour les cocktails, il a répondu : « Sérieux, vous imaginez que je vais vous faire payer ? » Avant de partir, je lui ai avoué que je ne sniffe pas souvent. Il m'a dit : « Tu crois quoi, moi non plus je ne suis pas un gros consommateur. »

L'appartement de Marco était en sous-sol, un petit appartement en travaux. Il y avait des tuyaux qui sortaient des murs, et même pas de coin cuisine. Dans le salon, il y avait des canapés, une table basse avec un ordinateur dessus, il n'y avait pas de ligne téléphonique non plus, il se servait de son portable comme modem.

Marco portait un bermuda et une chemise fantaisie boutonnée jusqu'au cou. Il faisait chaud, et à un moment donné il a proposé qu'on se mette en slip. On l'a fait. Marco a préparé à boire. Vodka, gin tonic. On a bu. On a sniffé de nouveau. Au début, Paolo et moi on était assis côte à côte, puis Marco s'est mis entre nous.

Et là, il a commencé à avoir des propos un peu nébuleux, je dirais des propos de « tâtage de terrain ». « Je sais que vous n'êtes pas homos, il a dit, je sais que ça vous fait peur, mais pas de stress, on va se regarder un film porno. » On écoutait aussi de la musique. On a encore sniffé. Là, comme je me sentais à l'aise, un peu grisé par toutes ces substances, j'ai voulu montrer à Marco des vidéos que j'avais faites. C'est des vidéos que je mets sur mon site, c'est mon travail, je voulais les montrer à quelqu'un pour avoir un avis extérieur. Marco les a regardées, puis il a dit : « OK, maintenant on va regarder des pornos. » Et il nous a proposé de nous masser les pieds. On a accepté. C'était agréable.

Au début, c'était Marco qui choisissait les vidéos, sur XTube, TubeGalore et YouPorn. En vrai, TubeGalore, c'est moi qui ai proposé. On en a regardé quelques-unes. Marco disait qu'elles lui plaisaient parce qu'il s'identifiait aux femmes.

Là, on est entrés dans une dimension de « confessionnal », je dirais. Marco a lancé une phrase genre : « Bon Maurizio tu vas dans la pièce à côté et Paolo va me raconter un de ses secrets. » De but en blanc je me suis retrouvé en dehors de la pièce. J'ai essayé d'écouter à la porte, mais je ne comprenais rien à ce qu'ils racontaient. Alors je me suis assis par terre et j'ai fumé. Au bout de vingt minutes, Paolo me rejoint. « Paolo, il s'est passé quoi ? » Il m'a fait comprendre que Marco lui avait fait une fellation. Puis il a dit : « Allez, quoi, Mauri', une fois dans ta vie... qu'est-ce que ça peut te foutre, essaie ! » Je lui ai répondu que je n'en avais pas l'intention.

Je suis revenu dans la pièce où il y avait Marco Prato. Dès qu'il m'a vu, il m'a proposé de me masser de nouveau les pieds. Il m'a fait : « Allez, détends-toi. » Je l'ai laissé faire. C'était agréable. Au bout d'un moment, je lui ai dit que l'autre truc que je voulais bien c'était me faire masturber, du moment qu'il le faisait avec un objet, pas avec ses mains. Marco était étonné. « Pardon mais qu'est-ce que ça change ? il a demandé. Si tu y réfléchis, cet objet serait juste un substitut de ma main. » Là, Paolo est revenu. Il s'est approché et il m'a dit que, si je voulais tout savoir, Claudio aussi était venu ici, alors que c'est de notoriété publique qu'il est attiré par les femmes. Peut-être que ça a fait un déclic dans ma tête.

Marco a commencé, en se servant de ses deux mains. Il était assis au milieu du canapé, il me masturbait avec sa main droite, et il masturbait Paolo avec sa main gauche. Paolo ne bandait pas. Moi si. Marco, je ne me souviens pas. J'essayais de ne pas le regarder. Déjà, ses jambes poilues ça me perturbait, et puis il était large des hanches, il avait un gros cul, un peu mou. Les pornos continuaient à l'écran.

Juste avant de jouir, je l'ai arrêté. « Stop », j'ai fait. J'ai pris sa main et je l'ai écartée.

Marco s'est un peu énervé : « C'est stupide de ne pas écouter son désir, il a dit. Je n'apprécie pas les gens qui se font du mal comme ça. »

J'ai essayé de répondre de manière détendue, je faisais bien attention à peser mes mots, j'étais son invité et je voyais que mon refus l'avait contrarié. On a recommencé à sniffer.

Au bout d'une heure, on a décidé de partir. Marco nous a proposé de nous déposer en voiture, vu que Paolo n'était pas trop en état de conduire son scooter.

Quand je suis arrivé chez moi, je me suis senti vraiment mal.

Mal physiquement et mentalement. J'étais si mal que j'ai demandé à mon père de m'emmener chez un psy. Mon père, je ne lui ai raconté que l'histoire de la coke. J'avais la gorge nouée, je me dégoûtais, je n'arrivais même plus à me masturber, alors qu'avant je le faisais tous les jours. J'avais besoin de parler, il fallait que je dise *tout* à ma copine. Elle est danoise, elle n'était pas en Italie à ce moment-là. Je lui ai envoyé un texto, puis on s'est appelés sur Skype. Je lui ai tout raconté. Je lui ai dit que si je ne le lui en avais pas parlé, j'aurais fait une crise d'angoisse. Et puis c'était aussi par respect pour elle. Quand j'ai eu fini, elle m'a rassuré. Elle a été compréhensive. Petit à petit, je me suis calmé.

Le problème, c'est que trois jours après, j'ai dû recontacter Marco Prato. J'avais oublié mon permis et ma carte vitale dans sa voiture. Rien que l'idée de le revoir m'angoissait. On s'est donné rendez-vous près de chez moi. Quand il est apparu, je tachycardais. Il m'a demandé comment j'allais, je lui ai dit la vérité, que j'étais trop mal. Il a eu une réaction genre : « Eh ben, carrément… »

Vers novembre, c'est de nouveau moi qui l'ai recontacté. Je lui ai envoyé un message sur WhatsApp. Pour être sincère, je lui ai écrit un truc un peu pervers. Je voulais qu'il m'organise un plan cul avec deux filles. Il m'avait dit qu'il pouvait me présenter des copines à lui. Je lui ai écrit : « Si tu m'organises un truc avec deux de tes amies, je te laisse finir ce que tu n'as pas fini. »

Il n'a pas répondu.

ORNELLA MARTINELLI

Il est capable de se montrer cruel au niveau psychologique, c'est sans aucun doute un manipulateur, mais il n'a jamais été agressif. Physiquement parlant, je veux dire.

Je m'appelle Ornella, j'ai vingt-neuf ans, je tiens des chambres d'hôtes avec mon père. Je connais Marco Prato depuis le lycée.

Il était déjà ouvertement homosexuel à l'époque, il avait des liens d'amitié très forts avec nous, les filles. Il essayait de s'entourer de femmes qui avaient une forte personnalité, et il attendait de nous, ses amies, qu'on l'accepte entièrement, sans conditions, ce que sa mère n'avait peut-être pas fait. Il nous imposait ses excès, il était assez envahissant au niveau affectif, et il ne se privait jamais de juger nos vies. Je l'ai vu se servir de sa finesse pour blesser des gens. Il arrivait à le faire de façon très sophistiquée, il avait des archives mentales de tout ce que nous, sa bande de copines, on avait fait par le passé, et il s'en servait au bon moment.

Quand il a fait sa tentative de suicide à Paris, j'ai commencé à comprendre que derrière son côté exhibitionniste, son narcissisme, il y avait quelqu'un qui souffrait.

Après son hospitalisation, il a pris un abonnement à une salle de sport. Il a changé de vie. Il s'est consacré au culte de la beauté, entre guillemets. Il a maigri. Il s'est fait poser un postiche. Dès qu'il s'est trouvé mieux sur le plan physique, il s'est senti plus sûr de lui, il a commencé à négliger ses vieilles amitiés, il s'est éloigné de nous toutes pour se plonger dans la vie de la communauté gay romaine.

La dernière fois que je l'ai vu, ce devait être il y a trois semaines. Il est venu chez moi avec Monica et Serena. Il a vidé mon frigo et il a aussi descendu le limoncello qu'il avait apporté. Ça faisait longtemps qu'il n'avait pas été aussi lourd. Il a tenu des propos bizarres sur certains somnifères. Je sais qu'il voyait une psy, le docteur Crinò. Vu comme Marco est capable d'imposer sa version de la réalité, je ne sais pas trop à quel point le docteur Crinò avait réussi à le cerner, à quel point elle s'était rendu compte que Marco était vraiment en vrac à ce moment-là.

Un dossier de la clinique Sant'Alessandro datant de 2011 refit surface. La clinique Sant'Alessandro était celle où Marco Prato avait été hospitalisé après ses premières tentatives de suicide.

J'en discutai avec Chiara Ingrosso, une journaliste qui travaillait pour *Il Fatto quotidiano*.

Nous nous retrouvâmes sur la piazza di Pietra. Je venais du quartier d'Ostiense où, à demi cachée entre le Tibre et la gare, il y avait une école d'italien pour demandeurs d'asile. Là-bas, on entendait chaque jour quelques-unes des histoires les plus incroyables qui circulaient à Rome au début du XXIe siècle : celles des Hamid qui avaient traversé la mer sur une embarcation remplie d'enfants morts, des Shorsh torturés pendant des mois en Irak avec un col de bouteille, des Ali, des Syoum, des Gabriel… La plupart d'entre nous préféraient ignorer ces parcours exceptionnels, nous faisions comme si ces vies n'existaient pas, c'était comme si un sort, un maléfice, nous empêchait d'ouvrir grand nos yeux et nos oreilles devant ce qui se trouvait sous notre nez.

« Marco Prato et Manuel Foffo, je rêve d'eux la nuit. »

Au centre-ville, café et orange pressée. Avocats. Fonctionnaires de la Rai. Un autre monde.

J'avais contacté Chiara Ingrosso après avoir entendu une intervention qu'elle avait faite à la radio. À sa manière de parler du meurtre, on comprenait qu'elle avait été happée par cette histoire. Elle avait quinze ans de moins que moi, elle avait travaillé quelque temps dans une boîte de nuit tout en faisant en parallèle quelques petits reportages pour la page Internet du journal. Depuis qu'elle suivait l'affaire, elle en était obsédée. (« Samedi 5 mars, je gère les listes d'invités en boîte. Je vais me coucher à l'aube. Quelques heures après, alors que je suis complètement sonnée, le responsable de la page Internet du journal m'appelle. Il me confie l'homicide parce qu'il suppose que je fréquente le milieu où il s'est déroulé. Je me tire du lit, assommée, je sors et je me mets à interviewer les gens que je connais. Ça a commencé comme ça. Et ça ne m'a plus lâchée, dans ma vie tout le reste s'est effacé. ») Chiara avait arrêté de travailler en boîte de nuit pour s'occuper de l'affaire jour et nuit, elle interviewait des gens, rassemblait des documents, c'était comme si l'événement lui avait donné « un centre », y compris sur le plan émotionnel. Et, en même temps, il lui avait ouvert les yeux sur sa véritable vocation professionnelle : les faits divers. Marco Prato et Manuel Foffo étaient les personnes à qui elle pensait le plus dans la journée, me dit-elle.

« Voyons voir ce dossier. »

Le dossier clinique de Sant'Alessandro nous apprit que Marco avait essayé de se tuer à Paris le 28 mai 2011 (cocktail d'antihistaminiques et d'alcool), puis à Rome le 15 juin de la même année (un flacon de Tranquirit, de l'alcool fort, des entailles superficielles aux poignets). L'anamnèse psychiatrique parlait d'une personnalité « prémorbide » caractérisée par un sentiment de vide, une humeur instable, une recherche permanente d'attention. L'examen psychologique faisait apparaître qu'il s'agissait d'un garçon doté d'un bon niveau intellectuel, habitué à soigneusement contrôler son environnement. Il avait besoin de toujours maîtriser la situation, il rassemblait des informations sur les personnes auxquelles il avait affaire. Sa « méthode rationnelle », qu'il gérait bien, s'effritait toutefois quand il devenait trop proche des autres, surtout dans une relation affective. Son approche « intellectualisante » des émotions (le fait d'en parler plus que de les ressentir) pouvait avoir un but protecteur. Mais pour se protéger de quoi ? Il était sorti de la clinique avec un diagnostic de trouble narcissique de la personnalité.

« Peut-être qu'il ne s'est jamais remis des traumatismes de son enfance, du silence de sa mère. Ou du harcèlement qu'il a subi à l'école, avançai-je, recourant à des banalités.

— Moi, il me fait penser à un de ces philosophes radicaux de la fin du XIXe », dit Chiara.

J'avais les yeux rivés sur un vélo carbonisé à côté d'un bac à poubelles dont, comme d'habitude, le contenu était renversé sur le bitume.

« Comment ça ?

— À force d'exagérer, de forcer les limites, de violer les interdits, j'ai l'impression qu'il s'est retrouvé en face d'une sorte de vide définitif, d'un trou noir qui avale le sens. Tu te souviens de ce qu'il a écrit dans une de ses lettres d'adieu ? “J'ai découvert des choses horribles en moi et dans le monde.”

— Qu'est-ce qui te passionne tant dans cette affaire ? lui demandai-je.

— Je veux comprendre. Des types comme Marco, j'en ai vu plein. Ils ne se retrouvent pas dans des histoires aussi atroces, mais leur parcours est un peu le même. Je les repère immédiatement, je regarde Marco et je vois les autres. C'est ma génération. Les boîtes, les after, le chemsex, j'ai travaillé en boîte, j'en ai vu des vertes et des pas mûres : une fois que tu commences à avoir ce genre de vie, tu peux vite basculer. Si cette affaire n'était pas venue m'accaparer, peut-être que moi aussi j'aurais fini par basculer. Va savoir. »

« Mes parents ont toujours vécu séparés sous le même toit, dit Manuel au procureur. J'assiste à leurs conflits depuis ma naissance. Quand j'étais petit, je me couchais en tendant l'oreille pour savoir s'ils se disputaient. Mon frère et moi… toujours prêts à intervenir si ça tournait à la bagarre.

— Écoutez… commença le procureur.

— Vous voyez, monsieur le procureur, l'interrompit Manuel, quand j'étais ado j'avais un scooter. À l'époque, ma vie était super, j'avais une petite copine, je jouais au foot, en cours tout allait bien. Et là, qu'est-ce qu'il se passe ? Il se passe que, quand j'ai eu mon bac, sans me prévenir mon père a offert mon scooter à un mec qui travaillait dans un bar. Je l'ai très mal vécu.

— Pourquoi il le lui a offert ?

— Je me le suis toujours demandé. J'avais un lien affectif énorme avec ce scooter. Et puis la Yaris. J'avais demandé à mon père, “Tu m'achètes une Yaris ?”

— Une Yaris ?

— J'avais fait un programme sur comment je devais vivre. Par exemple, il fallait que j'aie une voiture standard. Une Yaris, c'était parfait. Pratique, petite, adaptée pour quelqu'un qui vient d'avoir son permis. Mais mon père a dit qu'il me fallait une voiture solide, au cas où j'aurais un accident. Alors il m'a acheté une Coccinelle. Cette Coccinelle m'a causé plein de problèmes, dès que je l'ai eue j'ai commencé à boire, à me droguer, j'ai été obligé d'arrêter le foot, j'ai rompu avec ma petite amie. Tout ça, ça m'est arrivé en même temps… une série de choses qui paraissent peut-être banales mais c'est à cause d'elles que j'ai tout raté, j'avais une petite copine super belle… j'avais le scooter que mon père…

— … a vendu, lui vint en aide Scavo.

— Non, le corrigea Manuel. Il l'a donné. Sans rien me dire. J'ai eu plein d'accidents, avec la Coccinelle. Une fois, je suis rentré dans un mur, l'airbag a explosé, la voiture a pris feu, j'ai dû sortir de la voiture pour sauver ma peau… Je le lui avais dit, à mon père : "Achète-moi une voiture modeste." Parce que vous savez, monsieur le procureur, pour beaucoup de jeunes, surtout ceux qui ont des familles riches, c'est mieux de ne pas avoir une grosse voiture tout de suite, parce que les femmes… les filles, à cet âge, elles ne courent pas derrière l'argent… ça leur vient *plus tard*… alors si tu as une grosse voiture, tu te fais passer pour quelqu'un qui a plein de fric, mais qui ne l'a pas gagné tout seul. Vous comprenez ? C'est pour ça que la Coccinelle c'était une mauvaise idée. Moi, avec cette voiture, qui ne me plaisait pas en plus, j'ai dû changer de personnalité. Parce que, comment se comporter ? Je veux dire, je ne savais pas comment…

— Excusez-moi, intervint Francesco Scavo, vous venez de dire que votre Coccinelle vous a obligé à changer de personnalité ?

— Je…

— Cette affirmation me paraît un peu inquiétante.

— J'ai peut-être un peu exagéré, dit Manuel, c'est que je me sens très stressé. »

GIORDANO PEROTTI

Je suis employé dans une coopérative de services. Je devais avoir quinze ans quand j'ai connu Manuel. On était copains, on a passé beaucoup de temps ensemble. Ces derniers temps, je le voyais moins. Manuel a commencé à avoir des problèmes après un long voyage à Ibiza. Quand il est rentré, il n'était plus le même. À l'époque, on prenait de la cocaïne de temps en temps, maximum un gramme le samedi soir, et encore pas tous les samedis. Moi j'ai arrêté la coke. Lui, par contre, après ce voyage il s'est mis à sniffer beaucoup plus souvent, et à boire beaucoup.

C'est devenu systématique, chaque fois qu'on sortait. Manuel se soûlait. Il était très bizarre quand il prenait une cuite. Quand il avait bu, il devenait absent, il ne parlait à personne, il restait planté là, le regard perdu dans le vide. Au début, avec les copains on était un peu cyniques, on en a rigolé. À la longue, c'est devenu gênant. On avait l'intention d'affronter ce problème, on se disait qu'on devait lui en parler, mais finalement on ne l'a pas fait. Au lieu de ça, on l'a tenu à l'écart.

Le 2 mars, sans crier gare, Manuel a créé un groupe WhatsApp appelé « Cristian ». Dedans, il y avait Luciano Invernizzi et moi. Cristian, c'était le nom qu'on utilisait il y a des années pour parler de la coke. On disait : « Ce soir, on sort avec Cristian. » Et donc Manuel a créé ce groupe et il s'est mis à nous envoyer des messages bizarres. En gros, il nous invitait à venir sniffer chez lui. « Yo les gars, on s'envoie de la C, relax… » Il employait des mots qui n'étaient pas dans son vocabulaire. Avec Luciano on s'est dit que c'était bizarre, mais on ne lui a pas répondu.

*

« J'ai dû arrêter le foot à cause de ma mère, expliqua Manuel au procureur, parce que le truc c'est qu'il se passe quoi quand tu es trop fort ? Les autres commencent à être jaloux. Ma mère, qui est à moitié tarée, avait fini par se dire qu'ils pourraient s'en prendre à moi, elle pleurait tous les jours… du coup, j'ai fini par lâcher.

— Quels sont vos rapports avec votre mère ?

— Ma mère est femme au foyer, c'est une femme très simple… je ne peux parler de presque rien avec elle… ce n'est pas une femme cultivée, quoi… mais bon elle sait très bien cuisiner, elle n'a jamais manqué de me préparer un repas… et ça me fait plaisir, ça me fait chaud au cœur, je l'aime… mais bon, si j'ai un problème ce n'est pas ma mère que je vais voir…

— Qui, alors ?

— Personne.

— Personne ?

— Mon père, après m'avoir fait faire du droit pour que je sois mieux préparé à travailler dans l'entreprise familiale, dans l'entreprise il y a mis mon frère et il m'a dégagé. Le truc c'est qu'ils m'ont exclu, et du coup je me suis retrouvé complètement perdu, je n'avais pas fait les études que je voulais, je n'avais pas de travail, j'étais vraiment paumé… alors je me suis dit : *Manuel, tout ce qu'il te reste à faire, c'est de suivre un parcours d'autodidacte.* Je me suis mis à lire plein de livres. J'adorais lire… je lisais tout le temps… des magazines de commerce, d'économie, de tout… et au bout de trois ans, j'ai monté ce super projet, une application sur le foot... My Player. J'ai été à la Fédération italienne de football, j'ai fait des entretiens, j'ai amené mon frère, j'ai choisi les informaticiens les plus doués… c'était quasi fait… on a parlé avec le secrétaire général… il était enthousiaste : "Maintenant, c'est au président de voir…" Si le président avait signé, aujourd'hui je serais millionnaire… ce n'est pas qu'une question d'argent... c'est pour la fierté... j'étais à deux doigts d'y arriver... ça n'a pas marché... chaque fois que je sniffais, je pensais à toute ma tristesse... le truc c'est que j'ai toujours été incompris. Anna, une des serveuses, me le répétait toujours : "Manuel, tu es un génie incompris..." Alors peut-être que le stress, la cocaïne, l'alcool et toute cette incompréhension ont fini par me faire péter un câble et j'ai fait ce que j'ai fait. »

Le procureur le regardait.

« Alors que Marco Prato, reprit Manuel Foffo au bout de quelques secondes, il me disait qu'avec ses parents il avait de super relations. »

MAURO BERGAMASCHI

Je connais Manuel depuis le lycée. Son premier tatouage, il se l'est fait sur le bras gauche, en 2007 ou en 2008. Il s'est fait tatouer un M et un F, ses initiales, mais vu comme elles étaient dessinées, ça pouvait aussi être celles de ses parents. Le deuxième tatouage, il représente une carpe. Cette fois-là, j'étais avec lui. Il est resté en contact avec ceux qui lui ont tatoué la carpe, et après c'est chez eux aussi qu'il s'est fait tatouer une geisha. Celui d'après, c'était un archer. Et pour finir il s'est fait tatouer un tonneau sur la cheville. Ça doit évoquer le nom du restaurant de sa famille, Dar Bottarolo – « le tonnelier ».

Ces derniers mois, il passait ses après-midi enfermé dans le restaurant. Peut-être qu'il travaillait sur son ordinateur. Ou alors il réfléchissait. Ou il surfait sur le Net. Une fois, je lui ai créé un compte Facebook pour le faire participer à un tournoi de fantasy football. Il ne s'en est jamais servi, il avait peur que quelqu'un lui demande d'être son ami et d'être obligé d'accepter. Il ne voulait pas que les autres se mêlent de ses affaires. En tout cas, ces derniers temps, il n'allait pas bien du tout. Je ne comprenais pas pourquoi. Mais là, en lisant les journaux, j'ai appris cette histoire de vidéo qui montrerait Marco Prato en train de lui faire une fellation. J'ai pensé que son changement d'humeur était lié à l'existence de cette vidéo.

La dernière fois que je l'ai eu au téléphone, ce devait être le 2 mars. On a échangé des futilités. Puis, le 5 mars, à 18 h 56, j'ai reçu un SMS inattendu, et très bizarre. Il disait texto : « J'ai été un ami sincère avec tout le monde mais je ne crois pas mériter votre amitié. Même si tu ne peux pas comprendre, je voudrais être oublié. »

Loredana Casella

Tout allait bien jusqu'en 2015. Les problèmes ont commencé l'été dernier.

J'ai quarante-neuf ans, je travaille dans la restauration. J'ai connu Marco Prato pendant l'été 2013, quand j'ai pris la gérance d'un restaurant à Testaccio. Marco était un client. Il était gentil, sympathique, et il était doué. Je le voyais, qu'il était doué. Deux ans après, avec mon fils et ma bru, on a pris la gérance d'un restaurant de poisson pour la saison estivale sur l'île Tibérine, Il Mediterraneo. Alors Marco s'est associé à nous.

Claudio Bosco

La falopa, la falopa, la falopa… La falopa, la falopa…

Bon Dieu, je n'arrive pas à me le sortir de la tête.

J'ai vingt-six ans, je suis consultant immobilier, je joue de la basse électrique dans un groupe, mais pendant l'été 2015, on pouvait me trouver sur l'île Tibérine. J'étais un des serveurs du Mediterraneo. Les patrons, c'étaient Loredana, son fils et sa belle-fille. Puis il a pris des parts lui aussi.

Je crois que Loredana avait proposé ça à Marco Prato parce qu'elle espérait qu'il attirerait de nouveaux clients du milieu homo. Et puis elle était confiante dans l'idée qu'il l'aiderait à gérer le restaurant. Elle s'était trompée, et comme il faut. Marco était occupé par les soirées d'A(h)però et il ne venait presque jamais au restaurant. Ajoutez à ça la cocaïne.

Au restaurant, il y avait plein de choses que Marco aurait dû faire et qu'il ne faisait pas, et plein de choses qu'il faisait et qu'il n'aurait pas dû faire. Par exemple, Loredana lui avait confié l'approvisionnement en boissons, tu parles s'il y allait. En fin de compte, c'était Loredana qui devait s'en occuper, elle chargeait toutes ces bouteilles dans sa voiture et, enfin bon, elle n'est plus toute jeune. Autre problème, les prétendus amis VIP que Marco invitait au restaurant sans les faire payer. Pareil pour les drag-queens qui faisaient les soirées à A(h)però et qui venaient chez nous après. Il s'était fait prendre en photo avec Flavia Vento à plusieurs occasions, dont une fois où ils s'embrassaient. Ils faisaient semblant de sortir ensemble. Ces photos ont fini dans les journaux.

Damiano Parodi, je m'en souviens. Homo, un chouette type, on raconte que c'est lui qui a présenté Luca Varani à Marco Prato. Damiano, c'était un garçon posé, un autre caractère. Une fois, je l'ai entendu le chambrer : « Moi, je n'ai pas besoin de droguer les hommes pour coucher avec. »

En vérité, personne n'oblige jamais personne dans ce genre de choses. Au bout d'une semaine à peu près que je travaillais au restaurant, Marco m'a posé la question.

« Tu prends de la drogue, toi ? »

Au début, j'ai cru qu'il demandait ça pour virer ceux d'entre nous qui tapaient de la coke. Je me trompais, et comme il faut.

Il a commencé à me demander si je voulais sniffer avec lui. *Tu veux de la falopa, tu veux de la falopa, tu veux de la falopa*… Il appelait la cocaïne comme ça, *falopa*. Il n'arrêtait pas. Au bout de quelques semaines où je travaillais au restaurant, j'ai accepté de sniffer avec lui. Je suis arrivé à l'île Tibérine vers cinq heures de l'après-midi. Loredana arrivait à sept heures et demie. Marco arrivait plus tard. De temps en temps, on sniffait après la fermeture. Marco s'est mis à me faire des compliments sur mon physique, et puis à me chambrer : « Ça te dirait de tremper ton biscuit dans mon cappuccino ? » Des trucs comme ça.

Moi, je suis hétéro. La première fois que je suis allé chez lui, on a pris de la cocaïne, on a bu, puis il m'a fait choisir des pornos sur Internet. Il m'a fait me déshabiller sous prétexte qu'il faisait chaud dans l'appartement. Il a commencé à me toucher. On ne va pas se mentir : il n'a pas eu besoin de beaucoup insister. C'était agréable, même si en vérité je n'ai même pas réussi à bander. Ce soir-là, on a aussi parlé de musique, des VIP qu'il racontait avoir séduits, des filles qui me plaisaient.

Le lendemain, j'ai eu des sensations du genre : *mais zut, qu'est-ce que j'ai fait ?* C'est connu, la redescente de la coke rend un peu parano. Alors j'ai appelé Diego, un ami proche. Il m'a dit : « Tu t'es bien amusé ? Oui ? Ben alors détends-toi, il n'y a aucun problème. »

Mais il y a eu l'histoire de Loris. Comme je disais, je joue de la basse dans un groupe. Loris, c'est le batteur. Pour la faire courte, Loris aussi a atterri chez Marco Prato. Manque de pot, c'était un jour particulier. On avait un concert important, et Loris a disparu tout l'après-midi, il m'a rappelé à huit heures du soir, complètement défoncé, il m'a dit qu'il était prêt à venir jouer. Il était hors de question que je me pointe à un concert avec un membre du groupe dans un état pareil, surtout que c'était la première fois que mon père venait nous voir. En fin de compte, le concert a été annulé. J'étais furieux.

Mais venons-en à la deuxième fois où je suis allé chez Marco. Il m'avait invité. Bon, il est homo, je me suis dit, mais en fin de compte l'autre fois je me suis bien amusé. Peut-être qu'on avait un peu commencé à taper au restaurant. Et chez lui on a continué. Il disait : « Allez, un autre rail, un autre rail… » Je me suis laissé embarquer. Il s'est mis à me faire une fellation, même si je ne bandais pas. Je lui ai dit que j'étais désolé. J'aurais bien aimé pouvoir lui faire une sodomie en retour. Il m'a détendu : « T'inquiète, ce n'est pas grave, tu es mon invité… » J'étais son invité. Il a continué à me proposer de la coke toute la soirée. Bref, à un moment, j'ai une crise de panique. Ou plutôt *la* crise de panique. À la différence des crises que j'avais pu avoir plus jeune, juste un peu d'angoisse et un peu de difficulté à respirer, cette fois j'ai été vraiment très mal. Tachycardie, transpiration, difficulté à parler. Je tremblais comme une feuille. J'avais l'impression d'être autre chose par rapport à mon corps, j'ai pensé que j'allais mourir.

Je dois reconnaître que Marco m'est venu en aide direct. Il m'a pris dans ses bras, il m'a donné de l'eau, il m'a fait me coucher sur le canapé, il essayait de mettre des morceaux qui m'apaiseraient, de me dire les mots qu'il fallait, et puis j'ai fini par m'endormir. Je me suis réveillé deux ou trois heures après, et on est allés manger un kebab.

Après cet épisode, il a commencé à me chambrer, du genre : « Hé, rappelle-toi que je t'ai sauvé la vie. » À part ça, il avait l'air de s'être calmé. Mais ça n'a duré que quelques jours. Il a recommencé. *Tu veux de la falopa, tu veux de la falopa, tu veux de la falopa…* Genre le supplice chinois. Il a aussi commencé à me chambrer genre : « Si tu refuses, je te fais virer. » Je lui disais : « Ouais, c'est ça, vire-moi, et après on raconte quoi à Loredana ? » Alors là, il changeait de sujet : « Allez, arrête, je te ferai jouer dans les bars de gens que je connais… »

Au-delà de ce qui s'est passé le soir où j'ai eu cette crise de panique, je dois reconnaître que Marco Prato est un garçon intelligent, charismatique, et même sympa quand il veut. Il avait des attitudes rigolotes. À d'autres moments, je le détestais.

Après cette crise de panique, j'ai commencé à détester la cocaïne. J'ai commencé à détester aussi le métier de barman. C'est un boulot qui t'amène à voir de la coke tout le temps, ça m'a vraiment dégoûté.

Quand j'ai appris pour le meurtre, j'en ai parlé direct à Loris. Il m'a répondu que ça lui donnait la nausée, il était choqué, il disait que ça aurait pu être lui. Moi aussi j'étais mal. Je n'arrivais pas à lire les journaux. Mes parents n'ont rien remarqué. C'est sûr, ma mère m'a posé des questions, elle savait que Marco avait été mon employeur. J'ai aussi parlé avec le père de Marco. Après lui avoir parlé, je me suis senti mieux.

Enfin, le meurtre de Luca Varani, j'essaie de ne pas y penser. Comme je disais, je suis consultant immobilier. C'est un travail où les clients sentent direct dans quel état d'esprit tu es.

« Vous avez souffert du fait que votre frère soit le préféré de votre père ?

— Vous savez, répondit Manuel, le fait que c'était le fils préféré, je l'ai toujours su, mais je n'ai jamais été jaloux. Moi, Roberto, j'y suis très attaché. Quand il s'est passé ce qu'il s'est passé, juste après mon arrestation, je me suis dit que *moi* je pourrais croupir cinquante ans en prison s'il le fallait, mais *lui*… Roberto a le même nom de famille que moi, il a trente-deux ans, deux enfants, il travaille comme un fou, c'est quelqu'un de respectable, lui aussi il est très attaché à moi… en fait, je me suis dit que j'avais fichu sa vie en l'air. Après, c'est sûr, lui et moi on n'a pas été traités pareil.

— C'est comme ça depuis votre enfance ?

— Quand ma mère est tombée enceinte pour la première fois, mes parents ne voulaient pas d'enfant, mais Roberto est né, et il a été adoré. Le second, qui était voulu, en fin de compte, paradoxalement, ça aurait été mieux qu'il ne naisse pas. En grandissant, j'ai essayé de comprendre. Je demandais : “Maman, tu me racontes comment papa te parlait de moi ?” Alors une fois ma mère m'a dit quelque chose que je n'ai jamais oublié. L'anecdote remonte à une période où je buvais beaucoup. À ce qu'il paraît, à cette période un jour mon père aurait dit à ma mère : "Tu embrasseras le cadavre de ton fils." Comment on peut oublier une phrase pareille ? Quand je me disputais avec mon père, il s'adressait à moi au pluriel : "Vous avez fait ceci, vous êtes responsables de cela..." Je me suis longtemps demandé pourquoi il utilisait ce pluriel. Puis j'ai compris : il mettait ma mère et moi dans le même panier, comme pour dire qu'elle et moi on était les mêmes.

— Mais vous êtes sûr que votre mère était entièrement sincère quand elle parlait de votre père ?

— Vous pouvez répéter la question ?

— Votre mère, reprit le procureur, a peut-être de la rancœur à l'égard de votre père.

— C'est sûr. Mais ma mère m'a aussi raconté qu'elle a passé de bons moments avec lui.

— Vous disiez que vous n'arriviez pas à considérer votre père comme un point de repère.

— Je vais vous donner un autre exemple. Parmi mes amis, il y en a qui savent y faire avec les filles... je veux dire, ils ont dû coucher avec plus de quatre cents, cinq cents filles... Ces amis-là savent que, de nos jours, la barbe plaît beaucoup aux filles. Sauf que si je me laisse pousser la barbe... ben chez moi on me considère comme un sale type... »

Le procureur était déconcerté.

« Mon père, la barbe, ça ne lui plaît pas, continua Manuel, ça lui met des doutes. Il dit : "Si ce mec a une barbe, alors je ne lui fais pas confiance, ceux qui portent une barbe sont de sales types..." Alors mes amis me demandaient : "Mais Manuel, pourquoi tu ne te laisses pas pousser la barbe ?" Résultat, quand j'ai fini par me la laisser pousser, entre autres pour me rebeller contre mon père, mes amis ont pensé que j'avais changé de personnalité... Donc en fin de compte, monsieur le procureur, tout le monde m'a un peu pris pour un fou.

— Comment définiriez-vous vos relations avec les femmes ?

— Fondamentalement basées sur le sexe. Que ce soit clair, je ne suis pas un play-boy. Les relations que j'ai eues avec les filles sont… en fait… comme je disais, il n'y a jamais eu de vraie situation d'amour… parce que de toute façon, les femmes, vu comme je suis, je ne peux pas leur plaire. Moi, une femme, je ne peux pas lui assurer une vraie stabilité économique… ni lui assurer la bonne humeur, c'est clair… parce que pour une relation de couple la bonne humeur ça compte aussi, en plus de la stabilité économique.

— Vous pourriez me parler des filles qui ont un peu plus compté pour vous, dernièrement ? demanda Francesco Scavo.

— Franchement, je…

— Des filles, disons, avec qui vous avez couché au moins trois ou quatre fois.

— Alors, il y en a une, elle s'appelle Marcella.

— Marcella comment ?

— Santoro. Marcella Santoro. Le truc c'est que Marcella… en fait… elle est un peu moche… elle est moche mais elle est utile, parce que quand je suis chez moi et que je n'ai rien à faire, j'appelle Marcella, elle vient, elle me fait une fellation et puis je lui dis de partir. Elle se plaint, parce qu'en plus avec elle je n'ai jamais un rapport sexuel complet. Le truc, c'est qu'elle ne me plaît pas assez. Pour le reste ça suffit. Et puis, je ne me fais pas juste faire des fellations par elle. Chaque fois, je passe deux heures à discuter avec elle, parce qu'elle… enfin, je juge aussi son cerveau… elle a fait des études d'économie, elle dit des choses intéressantes… moi je lui parle tout le temps de mes idées de business, elle me donne plein de conseils.

— Votre père est venu vous voir en prison.

— Mon père, quand il est venu me voir en prison, il a commencé par me dire qu'il est très attaché à moi. Pour moi, ça, monsieur le procureur, c'est… c'est comme le Jubilé, ça arrive une fois tous les vingt-cinq ans. Ça me touche. Mais après, passé le moment où ça vous touche et tout ça… après, tout remonte. La colère, je veux dire. La colère est remontée. »

MARCELLA SANTORO

J'ai vingt-sept ans, j'ai fait des études d'économie, je fais un stage dans un cabinet de consulting. Manuel, je l'ai connu il y a dix ans par des amis communs.

Un garçon tranquille, posé, intelligent, et très gentil. Il n'a jamais été violent, il n'a jamais levé la voix. Je savais que le week-end il prenait de la cocaïne avec ses amis.

Ce que je vais raconter, ça s'est passé plusieurs fois. Quand lui et moi on était chez lui, après avoir parlé, échangé nos avis, etc., des fois on se retrouvait couchés sur son lit. Et alors, au moment où ça allait se faire, il faisait machine arrière. Je veux dire, il faisait machine arrière par rapport à la possibilité d'avoir une relation sexuelle complète. En revanche, il me demandait de le satisfaire autrement.

Ces cinq derniers mois, on s'est vus juste deux ou trois fois. On parlait beaucoup. Le sujet de conversation préféré de Manuel, c'était son projet informatique. Il en parlait en permanence. Il disait que ça lui faisait plaisir de discuter avec moi, il trouvait que j'étais intelligente. Je lui donnais pas mal de conseils. Il ne faut pas oublier que je m'y connais en économie.

En fin de compte, si je n'avais pas dû insister pour qu'on ait des relations sexuelles complètes, alors peut-être qu'on se serait vus un peu plus. Ou alors il aurait peut-être suffi qu'il me dise ouvertement qu'il voulait me voir juste pour parler. Ça n'aurait pas été un problème. Mais il ne l'a pas fait. Du coup, au bout d'un moment, j'ai fini par le snober, surtout les derniers temps.

*

« Manuel, dit Francesco Scavo, est-ce que par hasard, à certains moments de votre vie, votre père n'a pas représenté un alibi pour vous ?

— Mon père s'est toujours opposé à moi. Une fois, il a essayé de me frapper juste pour se défouler. Je me souviens, il y avait aussi sa nouvelle compagne… cette femme… lui, c'est quelqu'un qui aime se montrer, il s'épile les sourcils, il fait des UV… il fait toujours le beau, mon père…

— Quand est-ce qu'il aurait essayé de vous agresser ?

— C'était en 2014, on avait ouvert le Bottarolo depuis pas longtemps. Mon père, quand il ouvre une nouvelle activité, il dit qu'il le fait pour la famille. Si vous allez lui parler, monsieur le procureur, il vous racontera qu'il travaille pour le bien de ses enfants. Ce n'est pas vrai, je vous le garantis, il le fait parce que ça lui fait plaisir et c'est tout… Je voudrais vous raconter une autre histoire… En 2010, on a ouvert un autre restaurant, un restaurant imaginé et monté par mon père et mon oncle Pietro, quelqu'un de très bien. Qu'est-ce qu'ils se sont imaginé, ces deux-là ? Le truc, c'est qu'ils ont ouvert un resto de luxe à Pietralata… je veux dire, même s'il peut plaire, ce coin n'est quand même pas super sélect… ce n'est pas Tor Bella Monaca, mais enfin ce n'est pas Parioli non plus. Et eux, ils montent ce restaurant de luxe, et ils l'appellent Les Chic. Ça se voyait direct de dehors… on se serait cru… c'était très tape-à-l'œil… les clients se sentaient obligés de parler à voix basse… on ne s'y sentait pas à l'aise. Au début, mon père et mon oncle voulaient que ce soit un restaurant de poisson. Au bout d'un mois, le chiffre d'affaires était toujours faible et ils ont changé de concept : rien que de la viande. Un mois et demi après, le resto ne marchait toujours pas… Parce qu'on ne va se mentir, ce restaurant il était ni fait ni à faire… en plus, ils ne faisaient même pas de pub… je veux dire, ils croyaient qu'ils allaient faire tourner un resto de luxe sans attirer des gens d'un certain niveau. À Pietralata. Le problème, c'est que j'ai essayé de le leur dire, que leur restaurant ne pouvait pas marcher, aujourd'hui les gens se renseignent sur Internet, ce n'est plus comme avant… Rien à faire, ils n'ont pas écouté mes conseils. En fin de compte, le resto a mis la clé sous la porte.

— Et c'est ça qui a créé chez vous…

— Ça m'a stressé, dit Manuel. Ça m'a créé du stress. Ce n'est pas fini. Le Bottarolo, par exemple. C'est moi qui ai inventé la formule. Vous le saviez ? J'ai commencé à faire le "*food cost*", j'ai bûché plein de plans commerciaux… le plan médiatique… j'ai *tout* bûché… après, je vais voir mon frère, parce que mon père ne m'aurait jamais écouté… je vais voir Roberto et je lui propose de monter ce resto… un resto avec une décoration particulière, un profil particulier, les gens qui pouvaient se lever de table et aller se remplir leur carafe de vin directement aux tonneaux, de la cuisine romaine… ma belle-sœur dessine le logo, mon frère trouve ce nom sympa, "Dar Bottarolo".

— Et le restaurant voit le jour comme ça.

— En fait, c'est moi qui l'ai inventé. Au début, on était trois à y travailler. Mon frère, ma belle-sœur et moi, chacun avec une tâche différente.

— Puis ?

— Les cinq premiers mois, j'étais serveur là-bas. Puis, en lisant *Millionnaire* et d'autres magazines d'économie auxquels je suis abonné, j'ai eu l'idée de la start-up… j'ai commencé à aller moins souvent au restaurant… et alors mon père…

— Votre père vous met à l'écart de l'affaire ? hasarde le procureur.

— Mon père, il disait : "C'est nous les Foffo qui décidons", alors qu'en vrai c'était toujours lui qui décidait, ou mon frère et lui.

— Et vous vous êtes disputés à ce sujet ?

— Non, j'ai juste laissé tomber. Je me suis concentré sur la start-up. J'ai travaillé dessus comme un dingue. Le truc, c'est que j'avais tellement de colère accumulée qu'après, le soir… en fait, je buvais.

— Pourquoi est-ce que vous n'avez pas trouvé la force de réagir ?

— J'ai essayé ! dit Manuel. Par exemple, une fois, il y a longtemps, vu que dans ma famille les relations étaient toujours compliquées… je me suis inscrit dans une agence d'intérim sur Internet… en fait, je suis parti travailler à Londres. J'habitais dans le quartier de Whitechapel, en colocation à plusieurs… j'étais bien là-bas, le matin je travaillais dans un café, je préparais les cappuccinos, je faisais le service… en quelques mois, j'arrivais à bien parler, j'ai même commencé à rêver en anglais… *hallucinant*… rêver en anglais… j'étais bien, j'étais enfin indépendant… mais à un moment, il se passe quoi ? Il se passe que mon frère m'appelle et me dit : "Écoute, Manuel, il faut que tu rentres parce que maman ne va pas bien."

— Qu'avait votre mère ?

— Ma mère n'est pas très équilibrée. Schizophrénie paranoïde. C'est ce que des médecins ont dit. Et mon frère, sur ce genre de trucs, c'est quelqu'un… il est incapable de gérer tout seul… si maman va mal, il fait semblant de ne pas le voir tant qu'il n'y est pas obligé… voilà pourquoi il m'a demandé de rentrer… Et alors je suis retourné à la maison, en Italie.

— Vous êtes rentré pour votre mère, donc.

— Après la séparation, ma mère s'est retrouvée à se battre avec mon père pour la pension alimentaire… cette femme a beaucoup souffert…

— La manière dont votre père traitait votre mère vous gênait ?

— Évidemment qu'elle me gênait. Pour vous dire, une fois… on était au resto à Belpoggio… je m'en souviens comme si c'était hier… mon père a tenu un discours à mon frère… ce jour-là, mon père était très en rogne, il a dit qu'il fallait le respecter parce que s'il faisait *tomber* ma mère au niveau psychologique, alors je *tomberais* moi aussi… s'il y en a un qui tombe, l'autre aussi… comme s'il y avait je ne sais pas quel lien… entre elle et moi, pas entre lui et moi… vous voyez le raisonnement ?… Dans ma famille il y a toujours eu plein d'incompréhensions, de tensions… tellement que, quand j'étais petit, des soirs j'allais me coucher et, avant de m'endormir, je me disais : *ici, soit je deviens footballeur, soit ça va être la guerre.* »

AURORA VALENTI

J'étais à la plage à Ostie avec des amis. C'était début août. Manuel et un autre, qui était agent de police municipale, nous ont rejoints au bord de la mer. L'agent de police connaissait un de mes amis. On s'est présentés. Ça a démarré comme ça avec Manuel.

À Rome, on a commencé à sortir ensemble. Il était très silencieux. Il y avait des soirs où il ne disait pas un mot. Je lui demandais à quoi il pensait, il me répondait : « Je réfléchis. » Ou alors : « Je pense aux start-up. » J'avais compris qu'il avait des problèmes avec son père, et que ça lui pesait que beaucoup de ses amis soient riches. Sa famille aussi s'en sortait bien. Sauf que Manuel, ça lui pesait de demander de l'argent.

Nos rapports sexuels étaient tout à fait normaux.

Par contre, j'ai été étonnée par la manière dont ils m'ont intégrée. J'ai été immédiatement invitée au baptême du fils de son frère. C'était au tout début de notre histoire. Je me souviens que pendant le dîner du baptême, une tante à lui s'est approchée, elle m'a regardée, puis elle a regardé Manuel, l'air à la fois incrédule et stupéfait : « Tu as vu, Manuel ? Tu as trouvé une petite amie très bien ! » Elle a dit ça comme si c'était extraordinaire. On aurait dit que, pour Manuel, tout se passait pour la première fois.

On s'est mis à sortir presque tous les soirs. De temps en temps, il s'arrêtait dans un bar et il commandait un gin-Coca. Au début, je n'y ai pas trop fait attention. C'était un autre détail qui me frappait. Manuel n'avait jamais de voiture. Systématiquement, chroniquement, pas de voiture. Quand je lui demandais pourquoi, il me répondait qu'il l'avait prêtée à sa mère. Eh ben, quelle coïncidence, je me disais. Je me demandais comment il était possible que sa mère ait besoin de la voiture chaque fois qu'on sortait. J'ai commencé à lui poser plein de questions. Au final, mis au pied du mur, il m'a avoué qu'on lui avait retiré son permis. Conduite en état d'ébriété. À moitié bourré, il était rentré dans des bacs à ordure.

De temps en temps, il parlait de son père et de son frère. Il en est arrivé à me dire que son père l'avait menacé de mort. À mon avis, ce n'était pas vrai, des fois Manuel en rajoutait. Le jour du baptême, par exemple, j'ai remarqué que c'était son père qui était venu vers lui. Mais Manuel l'a évité.

Sa mère, il racontait qu'elle était schizophrène, il disait que c'était la faute de son père si elle était dans cet état.

L'histoire de l'alcool est devenue un problème. Manuel était capable de descendre un pichet de vin d'une traite. Il buvait verre sur verre, comme s'il lui en fallait toujours plus. Et il ne s'en tenait pas au vin. Une fois, on a eu une grosse dispute. On avait dîné au restaurant de sa famille, et là il avait déjà bu un pichet. Après le restaurant, on est allés dans un bar. On s'est assis en terrasse, et lui il enchaînait les gin-Coca. J'ai commencé à m'énerver. En plus, vu que je ne bois pas, ça m'a semblé irrespectueux à mon égard. Et puis je m'ennuyais. Je lui ai reproché ça aussi. Il s'est mis très en colère, il a levé la voix. Je n'étais pas en reste. Une dispute phénoménale. On se donnait en spectacle, tout le monde nous regardait. Au bout d'un moment, il a dit que si c'était pour s'engueuler comme ça, il valait mieux que je rentre chez moi. Il a pris son téléphone et il a appelé un taxi. Pas de bol, il était incapable de donner l'adresse où on était. Il était si bourré qu'il n'arrivait pas à lire le numéro de la rue.

Et puis il y a eu la goutte d'eau qui a fait déborder le vase.

Un soir, après avoir dîné ensemble, et être passés comme d'habitude par un bar, on est allés dormir chez lui. Manuel n'arrivait pas à s'endormir. À un moment donné, en pleine nuit, il s'est levé et il est allé à la cuisine. Il est revenu dans la chambre dans un état à la fois délirant et halluciné. Il bafouillait des trucs incompréhensibles. Je lui ai demandé : « Manuel, qu'est-ce tu as fait dans la cuisine ? Tu as pris des somnifères ? Pourquoi tu marmonnes comme ça ? » Et lui : « On ne peut rien te cacher… oui, j'ai pris des somnifères. » Il l'a dit avec une voix acceptable. Bizarre, mais acceptable. J'imagine que c'était du délorazépam. Il s'est recouché. Mais pas longtemps après, d'un coup, il s'est levé, il est allé vers les tiroirs du placard et il les a ouverts brutalement les uns après les autres. Il ouvrait les tiroirs et il fouillait dans ses vêtements, il cherchait ses maillots de bain. « Je dois trouver un maillot à mettre, sinon ils vont me voir ! » Moi, j'étais là : « Qui, Manuel ? » Je commençais à avoir peur. J'ai eu la sensation que ça pouvait mal tourner d'une seconde à l'autre.

Manuel continuait de mettre ses tiroirs sens dessus dessous en me disant : « Tu m'as cassé les couilles ! T'as toujours un truc à redire ! Comme mon père et ma mère ! J'en peux plus ! » Puis il est reparti dans la cuisine, il est revenu au lit, il s'est couché, il a fermé les yeux et il s'est enfin endormi.

Je me suis dit que les somnifères faisaient effet.

Il dormait, et moi je n'arrivais pas à fermer l'œil. J'étais terrorisée. Je voulais partir, mais j'étais pétrifiée de peur. Alors j'ai décidé d'attendre le matin, pour pouvoir sortir normalement du lit, partir de chez lui et ne plus jamais le revoir.

Une autre anecdote me revient à l'esprit. Au début où on était ensemble, un soir je l'ai rejoint au restaurant de sa famille. J'étais avec un ami à moi, qui est homosexuel. Mon ami s'est fait un selfie et l'a publié sur Facebook. Il a tagué le restaurant. Le lendemain, Manuel m'a appelée. Il était en colère. Il m'a crié au téléphone de dire à mon ami d'effacer cette photo, il ne voulait pas que les gens voient *qu'il traînait avec des pédés*.

Cette fois-là aussi, on a eu une grosse dispute.

En tout, on a dû rester ensemble un an et demi.

Ornella Martinelli

Ce soir-là, on est tous allés dîner chez un indien. Puis je suis rentrée à la chambre d'hôtes. Des clients devaient arriver, et il fallait que je m'en occupe. Les autres m'ont rejointe après. On a squatté une des chambres, on s'est mis à boire et à discuter. Je précise qu'on n'a consommé aucun stupéfiant.

Le lendemain matin, j'apprends que Samuele n'est pas rentré chez lui. Là, ça a été la grosse pagaille.

Fulvio Rosini

J'ai soixante-deux ans, je travaille aux impôts.

Le 20 janvier 2016, il y a moins de deux mois, je suis allé au commissariat de police de Roma Vescovio pour signaler la disparition de mon fils. Je suis le père de Samuele.

Je confirme que ce soir-là, on a mangé chez l'indien. Puis on est allés aux chambres d'hôtes d'Ornella Martinelli. À part Ornella, il y avait Enrico Bevilacqua, Serena Palladino et Marco Prato. On a discuté. À un moment donné, quelqu'un a dit que ce serait bien d'avoir une bouteille de vodka. J'ai proposé d'aller en acheter une. Marco m'a accompagné. Dès qu'on est sortis dans la rue, j'ai remarqué une silhouette sombre. C'était un homme qui nous regardait, de petite taille, cheveux courts et ondulés, un étranger, sans doute d'Europe de l'Est. En fait, cet homme l'attendait.

Marco l'a rejoint, ils ont discuté un peu puis ils sont allés ensemble vers un distributeur. Clairement, cet homme était un dealer. Marco est revenu vers moi. Avant d'acheter la vodka, on est retournés dans l'immeuble. Là, sur le palier, Marco a fait un rail sur l'écran de son portable. Il a sniffé. Il a préparé un rail pour moi aussi. J'ai accepté. Je n'aurais pas dû, mais j'étais fatigué, ça faisait deux mois que j'étais enfermé chez moi pour écrire mon mémoire.

On est allés acheter la vodka.

De retour aux chambres d'hôtes, on a commencé à boire et à discuter. Je me sentais euphorique, les autres s'amusaient, Marco m'a servi à boire et m'a dit à voix basse qu'un autre rail m'attendait dans la salle de bains. Quand je suis revenu de la salle de bains, mon verre de vodka était de nouveau plein.

Vers trois heures du matin, les gens ont commencé à partir. J'avais dit à Enrico que je le ramènerais en scooter. Pendant qu'on descendait l'escalier, Marco s'est approché et il a chuchoté : « Dis-moi où tu habites, on se retrouve en bas de chez toi pour se taper un dernier rail. » Je lui ai donné mon adresse. Et, non content, je lui ai aussi donné mon numéro de téléphone.

On est sortis dans la nuit de Rome. J'ai déposé Enrico et je suis rentré chez moi. Pendant que j'attachais mon scooter, je me suis aperçu que la voiture de Marco Prato était déjà stationnée devant ma porte. Vu ce qu'on s'était dit, je suis monté dans sa voiture. Mais quand je suis monté, au lieu de faire un rail comme je le croyais, il a démarré et il est parti. Je ne comprenais pas ce qu'il se passait. Je lui ai demandé où on allait, le lendemain je devais travailler sur mon mémoire et je ne voulais pas me coucher encore plus tard que ça.

« T'inquiète, il m'a dit, c'est juste que je n'ai pas envie de rester dans la voiture. Je n'habite pas loin. On n'en a pas pour longtemps, après je te ramène chez toi. »

Et comme ça on a atterri chez lui.

L'appartement était en cours de rénovation, il n'était pas encore entièrement meublé. Je me suis assis sur un sac de ciment à côté d'une table basse. Par contre, il y avait un frigo, et il en a sorti une autre bouteille de vodka, il a servi deux verres, il a fait des rails et on s'est remis à discuter. À un moment donné, il m'a confié qu'il voulait changer de sexe, qu'il voulait se faire opérer, il parlait, il parlait tout en continuant à me servir à boire. Puis il s'est mis à me draguer. Ses tentatives étaient de plus en plus insistantes. Il a ouvert mon pantalon, il l'a baissé, il m'a fait une fellation. Tout s'est passé comme ça, sur ce sac de ciment.

Là, je lui ai dit que je devais rentrer chez moi. *Mon mémoire*, j'ai dit. Et puis je me suis endormi.

Enfin, je crois. Mes souvenirs ne sont pas très clairs.

Ce dont je me souviens bien, par contre, c'est que dès que je me suis réveillé, Marco m'a demandé le mot de passe de mon compte Facebook. Apparemment, mes parents me cherchaient. Je lui ai donné mon mot de passe, il a écrit à mes frères sur Messenger. Ils ont compris que ce n'était pas moi qui écrivais, le style était différent. Je crois qu'il était onze heures du matin. Les stores étaient baissés, c'était difficile à dire. J'ai dû me rendormir. À un moment donné, il y avait Marco qui faisait une drôle de tête, il regardait l'écran de son téléphone, il avait l'air inquiet. Pas longtemps après, son portable a sonné, Marco a répondu, il m'a passé le téléphone. C'était Enrico Bevilacqua, il m'a dit que mes parents avaient signalé ma disparition. Ils croyaient que je m'étais fait enlever. J'ai commencé à stresser, c'était le bordel. Je dois me ressaisir, j'ai pensé. Le portable de Marco s'est remis à sonner. C'était ma mère. Marco me l'a passée. J'ai parlé avec elle. J'ai raccroché. Je suis allé me rincer le visage, j'ai mis ma veste, j'ai dit à Marco que je devais partir.

Le lendemain, Marco m'a contacté. Il m'a envoyé des messages sur WhatsApp. Il était en colère. Il exigeait des excuses de mes parents, il trouvait absurde qu'ils aient porté plainte, ce n'était pas un criminel : s'il ne recevait pas leurs excuses, il « donnerait mandat » à ses avocats pour qu'ils interviennent. J'ai paniqué. J'ai appelé Marco et je lui ai passé ma mère. Ils ont parlé. Au bout de quelques minutes, j'ai entendu ma mère s'excuser auprès de lui, je présume que c'était pour en finir avec cette histoire.

Une dernière précision. Ça faisait dix ans que je n'avais pas pris de drogue.

Les journaux associaient Marco Prato et Manuel Foffo aux égorgeurs de l'État islamique. Il fallait les imaginer comme des loups solitaires métropolitains, écrivaient-ils. Quelques éditorialistes affirmèrent que le meurtre de Luca Varani rappelait la pratique ancienne du sacrifice rituel, à la différence que par le passé le bouc émissaire mourait pour répondre à un pacte social stipulé afin d'apaiser le courroux des dieux, alors que, dans ce cas, les seules motivations étaient le dégoût et un désir obscène, le désordre mental et le mépris de soi, alliés à un égocentrisme tragique.

J'étais dans un bar sur la via Flaminia. J'attendais de savoir où j'allais retrouver le journaliste qui avait promis de me faire lire l'expertise criminologique. J'écoutais les conversations des consommateurs assis aux tables voisines. À quelques mètres de moi, un sexagénaire plutôt négligé, aux cheveux longs et à la barbe hirsute, entrelaçait ses doigts à ceux d'une femme beaucoup plus jeune, plus belle et, semblait-il, plus riche que lui. Non loin, comme pour proposer une compensation immédiate, un jeune homme embrassait passionnément une femme qui avait peut-être le double de son âge. Le message du journaliste arriva. Il me donnait rendez-vous à la gare Termini. Je payai ma note. C'était un de ces moments, pensai-je en regardant la terrasse, où la ville réservait de belles surprises. À Rome, les barrières sociales, d'âge, les disparités esthétiques pouvaient s'évanouir en un instant.

Je longeai le Tibre jusqu'à Prati. Quand j'eus passé la piazza Mazzini, je m'aperçus que j'étais en avance. Alors je décidai de descendre l'escalier qui conduit à la piste cyclable, où le brouhaha de la circulation s'estompe à côté des flots lents du fleuve et de la végétation chaotique qui pousse le long des berges. En marchant, je découvris, encastrée dans une langue de terre affleurant dans les eaux grises du Tibre, la carcasse d'un vélo. L'ombre du pont Umberto-I au-dessus de ma tête. De nouveau le ciel. Des adolescents écoutaient de la musique à quelques pas de la boue, entre les arbres. Un peu plus loin, un autre vélo. Il avait échoué sur un îlot. J'eus un déclic, sans savoir lequel sur le moment, mais je pressentais qu'il entrait en contradiction avec la sensation que j'avais eue au café. Quand, cinq minutes après, je vis quelque chose qui avait pu être un vélo mais qui n'était plus qu'un tas de ferraille, sans doute brûlé, ou frappé de façon répétée à coups de pied ou de marteau, la situation se fit soudain claire. Toute la semaine, en me promenant, j'avais *sans arrêt* vu des vélos abandonnés. Des vélos dont le cadre était plié ou cassé en deux, les roues crevées, la selle défoncée, le guidon arraché, des vélos plantés dans la terre, jetés sous les ponts, abandonnés dans les poubelles. Des vélos parfaitement identiques les uns aux autres. Je les avais tellement intégrés au mobilier urbain que je ne m'en étais pas rendu compte. C'étaient les nouveaux vélos en libre-service. À Rome on tentait cette carte depuis quelques années. Au début, la mairie s'y était essayée, et avait essuyé un échec. Elle avait été suivie par des entreprises étrangères, des multinationales américaines, chinoises. Elles annonçaient leur projet en grande pompe et, quelques semaines après, des centaines de vélos flambant neufs faisaient leur apparition en ville. En un mois, il n'en restait aucun. Les Romains les jetaient des ponts, les brûlaient, les vandalisaient de toutes les manières imaginables, les détruisaient avec une fureur aveugle, primitive.

En d'autres termes, ils refusaient l'aumône. Introduire ces vélos à Rome était aussi arrogant que prétendre guérir un moribond avec des cachets d'aspirine, c'était une offense, une humiliation, et pire encore cela signifiait prétendre lier aux dernières nouveautés technologiques une ville qui s'était débarrassée du concept de progrès et barbotait dans la stagnation, le vide chronologique, pareille à la poussière sur les pyramides après la fin de la civilisation égyptienne, à la différence paradoxale que Rome, elle, débordait toujours d'une vitalité éclatante.

Je rejoignis mon contact à la gare Termini. Ce journaliste, âgé d'une cinquantaine d'années, travaillait pour un grand journal national. Nous nous connaissions depuis quelques années.

« On s'installe quelque part ? » dit-il.

Nous prîmes place dans un bar sans charme de la via Marsala, commandâmes à boire, il sortit de son sac un fascicule de soixante-dix pages environ, qui contenait les expertises de Marco Prato et Manuel Foffo, ainsi que l'« enquête de personnalité » de Luca Varani qui, évidemment, à la différence des profils des mis en cause, découlait d'un travail *in abstentia*, sur quelqu'un qui n'était plus.

GIUSEPPE VARANI

On va parler franc, sinon on se comprendra pas. Collatino, Luca y est allé sans arrière-pensée. Il est parti d'ici avec le sac à dos qu'il prenait pour aller travailler. OK ? Il n'imaginait pas une seconde ce qui pouvait se passer.

On a entendu tout et n'importe quoi, vu que la victime ne peut pas parler. Que mon fils est allé se prostituer… qu'il est allé dans cet appartement pour cent vingt euros… voilà ce qu'on a raconté. *Qui a été raconter ça ?* Luca, il avait pas besoin d'argent. Il travaillait ! Cette histoire de prostitution a été inventée de toutes pièces pour faire oublier une soirée qui a mal tourné… mais j'insiste, la fête, c'était celle de Prato et Foffo… et j'insiste, si ça s'est passé… c'était pour voir quelqu'un souffrir. C'était pour *se régaler* de cette souffrance. Ils se sont régalés jusqu'au bout. Il faut le dire. Il faut en finir. Ils ont dit que *lui* était un tapin. Mais ils ont jamais dit qui ils sont, *eux*.

Je ne m'arrêterai pas tant que justice ne sera pas faite. Perpétuité. Il n'y a rien à ajouter.

Mario Aceto

Je suis le propriétaire de la carrosserie de Valle Aurelia où Luca Varani venait apprendre le métier. En plus de travailler pour son père, évidemment. C'était un garçon volontaire, pas quelqu'un à problèmes. Je crois qu'il avait des dettes auprès des impôts pour une histoire de vignettes impayées.

Le 4 mars, il m'a envoyé des messages sur WhatsApp pour me dire qu'il ne viendrait pas travailler. Le lendemain, son père m'a appelé. Ils n'arrivaient pas à le joindre.

Luca ne m'a jamais demandé d'argent. Tout au plus, je lui versais à l'avance des petites sommes à déduire de son salaire, mais on parle de dix ou quinze euros. Je n'ai jamais pensé qu'il prenait des stupéfiants. C'est quelque chose que je dis clairement à mes employés : je ne veux pas de gens qui se droguent.

Antonella Zanetti

Ce matin-là, j'ai croisé Luca Varani. Je le connais depuis des années, on a été dans le même bahut. Je le croisais quand j'allais au travail, parce qu'il nous arrive de prendre les mêmes transports. Ce matin-là, on s'est vus au café de la gare La Storta-Formello. Moi j'ai pris un café, lui il a acheté des cigarettes. On a un peu discuté, je lui ai demandé comment il allait. « Bien », il m'a dit. On est montés dans le même train. Je me suis assise à l'endroit où je me mets d'habitude, et lui il est allé à l'étage, parce qu'il y a des prises pour recharger les téléphones. Entre Appiano et Valle Aurelia, un quart d'heure après, il est descendu et m'a fait signe. Je me suis approchée. Il m'a demandé des renseignements sur comment aller à Tiburtina. Je n'ai pas compris s'il devait aller précisément à la gare ou juste dans le quartier.

Puis on s'est dit au revoir, on s'est souhaité un bon week-end et on ne s'est jamais revus.

EDOARDO PETRONI

Son surnom, c'était « Luchetto ». Je l'ai rencontré de façon un peu bizarre. J'étais dans un bus, et puis on s'est retrouvés tous les deux. Tous les deux tout seuls dans le bus, je veux dire. On a commencé à discuter. On a parlé de nos copines et d'autres trucs. Il était sympa, posé, sociable, c'était agréable de parler avec lui. Après cette fois-là, je ne l'ai pas revu pendant un moment. Je l'ai retrouvé quand j'ai commencé à traîner avec une bande du quartier de Battistini, à côté de l'arrêt de métro.

À ce que je savais de lui, Luca était faible de caractère. Il dépensait le peu d'argent qu'il avait aux machines à sous, parce que ses copains lui disaient de le faire. Ils lui disaient de jouer. Ou alors il les voyait juste jouer et ça suffisait.

J'ai arrêté de traîner avec cette bande depuis cet été, déjà parce que c'est loin de chez moi, moi j'habite à Casal del Marmo, et aussi parce qu'à un moment donné Luca et moi on s'est pris la tête. En fait, j'ai dragué Marta Gaia. Je ne l'ai jamais revu depuis.

J'ai appris sa mort sur Facebook, puis j'ai vu les journaux, et je peux affirmer avec une certitude absolue que les deux types qui sont suspectés ne faisaient pas partie de notre bande.

MARTA GAIA SEBASTIANI

Tout le monde me demandait : « Comment tu peux dire que tu l'aimeras toujours ? » Moi je répondais juste : « Je le sais, c'est tout. » Cette réponse ne suffisait pas, alors patiemment je faisais la liste de toutes les raisons qui faisaient que j'étais sûre que Luca serait le seul, l'unique, mais ça ne suffisait pas non plus, on se moquait de moi, je voyais les gens rire et dire : « De toute façon vous finirez par vous quitter, tu imagines combien de garçons tu rencontreras dans ta vie ? »

C'est vrai, j'en ai rencontré plein, j'ai parlé avec beaucoup, j'ai ri avec presque tous, mais il n'y avait que lui qui me laissait bouche bée, juste parce qu'il comprenait tout de moi d'un seul regard, et ce n'est pas facile de communiquer sans rien dire, quand on y arrive avec quelqu'un, alors ça veut dire qu'il se passe quelque chose de fort.

Voilà, je voudrais vous dire que si vous n'avez jamais aimé quelqu'un comme ça, ne blessez pas les gens qui y ont investi toute leur tête, tout leur temps, leur âme et leur cœur. Je suis idéaliste, je pense que dans le fond tous les gens ont du bon, je vis avec l'espoir qu'un jour les choses changeront en bien. Personne ne pourra me sortir de la tête que Luca est le seul qui aurait été le seul.

Extrait d'un post publié sur Facebook le 10 avril 2016

ALICE PEPE

J'ai connu Luca début novembre. Je m'en souviens parce qu'à l'époque, le 17 novembre pour être précise, je suis sortie avec Filippo Mancini. J'habite à Muratella, j'ai dix-sept ans, Luca Varani, je le voyais à Battistini, dans un café à côté d'un lycée, ou alors au McDonald's de Cornelia. Il travaillait dans une carrosserie à Valle Aurelia, il finissait vers dix-huit heures, on se retrouvait après. Il ne parlait pas beaucoup de son travail, mais il se plaignait à cause de l'argent, il aurait voulu emmener sa copine au restaurant, lui faire des cadeaux, mais justement il n'avait pas beaucoup d'argent et il n'arrivait pas à en mettre de côté.

À l'époque, il n'était pas bien à cause de Marta Gaia. Ils avaient décidé de faire une pause le jour où on s'est connus. Je ne sais pas exactement pourquoi.

Il était solaire, sympa, quand on se voyait il me disait que ça allait parce que je lui redonnais le sourire. Il ne s'habillait jamais de façon m'as-tu-vu. Et même, depuis qu'ils s'étaient séparés avec Marta Gaia, il était plutôt négligé. Puis, quand ils sont ressortis ensemble, en janvier je crois, il avait vraiment meilleure mine. C'est l'époque où on a commencé à moins le voir dans la bande. Elle était jalouse.

Il aimait bien être avec nous, ceux de Battistini. Il s'entendait surtout avec Filippo Mancini. Ils se connaissaient depuis un bail. Moi, Filippo, quand je l'ai connu, il travaillait dans une pizzeria de Casalotti, après il a démissionné et il n'a pas cherché un autre travail.

La dernière fois que j'ai vu Luca, c'était après mon anniversaire. Filippo et moi on s'était déjà séparés. Luca était à Cornelia. Il était seul. Peut-être qu'il attendait Marta Gaia.

MARTA GAIA SEBASTIANI

> Bonjour à tous !!!!!
> Ce soir, mon interview sera diffusée sur Rai 3, à *Chi l'ha visto ?*[1]. Je ne sais pas exactement à quelle heure (il est très probable qu'elle passe au tout début de l'émission), mais à ce que j'ai compris, il sera plusieurs fois question de Luca pour lui redonner une voix, le montrer et le faire vivre à travers mes yeux et mes mots. Je remercie vivement toute l'équipe et ceux qui regarderont l'émission ce soir.

Post publié sur Facebook le 13 avril 2016

1. Littéralement « Qui l'a vu ? », équivalent de *Perdu de vue* à la télévision française. (*N.d.T.*)

« Luca est la personne avec qui j'aurais passé ma vie, dit Marta Gaia, tournée vers la caméra, je ne suis jamais tombée amoureuse de personne d'autre. Je lui disais : "Seuls tes yeux sont plus beaux que les étoiles." Il me suffisait de le regarder pour être heureuse. Je sais que c'était un garçon comme plein d'autres, mais il était tout pour moi.

— Quels étaient vos projets ? demanda le journaliste.

— Il voulait m'épouser. Il me le disait tous les jours : "Viens, on se marie, même si on ne le dit à personne."

— Depuis combien de temps étiez-vous ensemble ?

— Neuf ans. Luca n'aimait pas trop l'école – la jeune fille esquissa un sourire –, mais à un moment donné il avait décidé de s'inscrire à des cours du soir. Ses parents sont vendeurs ambulants de confiseries, Luca disait que plus tard, il voulait reprendre leur activité. Il aimait être au contact des gens.

— Est-ce que Luca était la personne que décrivent Manuel Foffo et Marco Prato ? » demanda le journaliste.

Quand cette question arrivait dans les interviews, d'habitude l'atmosphère changeait.

« Non, ce n'est pas Luca, dit la jeune fille en se rembrunissant, ils parlent d'une autre personne. Ce n'est pas mon Luca.

— Pourtant, on sait que Marco Prato avait son numéro.

— Moi, je ne le savais pas. »

Le regard de Marta Gaia était lourd de chagrin.

« Quelle relation Luca avait-il avec l'argent ?

— Il aimait en gagner pour le dépenser, comme tout le monde, sinon à quoi ça sert de travailler… répondit Marta, un peu surprise.

— Si je vous pose cette question, développa le journaliste, c'est pour une raison précise. Le matin du 4 mars, Marco Prato aurait envoyé un SMS à Luca où il faisait allusion à la possibilité de gagner de l'argent. Cent vingt euros. Luca se serait vendu, pour cent vingt euros ?

— Non. Jamais. Il ne se serait vendu pour aucune somme. Non, vraiment pas.

— Mais alors, à votre avis, et c'est une question que beaucoup de gens se posent, qu'est-ce qu'il s'est passé ce matin-là ? Pourquoi est-ce qu'il est allé chez ces deux personnes ?

— Sincèrement, je ne sais pas. Je me pose moi aussi cette question tous les jours, et je n'ai pas de réponse. »

VALERIA PROIETTI

J'ai dix-neuf ans, j'habite à côté de Torresina, je connais Luca Varani depuis à peu près un an. Je sais qu'il travaillait. Je sais aussi qu'il avait une copine. Elle, je ne la connais pas. Mais je voyais comment était Luca, quand il appelait Marta Gaia. Il lui mentait souvent au téléphone, il disait qu'il allait en cours alors qu'en fait il était avec nous, à Battistini. De temps en temps, il disparaissait pendant une heure, il allait voir un ami à lui, un pédé. Nous on se disait qu'il allait coucher avec lui, sans doute pour de l'argent. C'est ce que je pense parce qu'une fois j'ai lu des messages où Luca disait qu'il devait aller chercher genre trente euros. Je les ai vus vite fait, ces messages, j'ai vu le numéro du type avec qui il textotait, il était enregistré comme « pédé » dans son téléphone. Enfin bon, il n'y allait pas toujours, voir ce type.

*

« C'est Damiano Parodi qui m'a présenté Luca Varani, déclara Marco Prato au procureur. Damiano venait à mes événements. C'est quelqu'un de riche, très riche. Homosexuel. Il lui arrive de recourir à des prestations sexuelles payantes, parfois avec de la cocaïne en supplément. J'y ai participé. Pas aux relations sexuelles payantes, mais à quelques-unes de ses soirées. Ce devait être en octobre ou en novembre. C'est à cette occasion que j'ai vu Luca pour la première fois. On s'est rencontrés chez Damiano, piazza Ungheria. Luca passait le voir quasi toutes les semaines. Damiano lui donnait de l'argent, des fois sans avoir de rapports sexuels avec lui. Vous savez, Damiano souffre d'un trouble obsessionnel compulsif, je crois qu'il donnait de l'argent à Luca parce qu'il avait peur. »

DAMIANO PARODI

Je suis inscrit à la LUISS, en droit, mais je n'ai jamais fini mes études à cause de ma maladie, je suis suivi à Milan et à Rome. Je vis à Rome, mes parents habitent à Lugano, j'ai trente ans, je souffre d'un trouble obsessionnel compulsif.

J'ai rencontré Marco Prato en octobre dernier par le biais de mon ami Angelo Vecchio.

Cette nuit-là, Angelo et moi on était allés danser au Lanificio. Après, on était allés chez moi, piazza Ungheria. Depuis qu'on s'est séparés avec mon copain, j'habite seul dans cet appartement. Marco Prato est arrivé tard, invité par Angelo. Et après, Luca Varani est venu aussi, invité par Andrea. Andrea, c'est un garçon de vingt-cinq ans avec qui, vers fin septembre, j'ai eu un rapport sexuel en échange d'argent. Bref, c'est un prostitué. C'est Andrea qui m'a racolé près de la piazza dei Cinquecento. Donc pour résumer, Varani est venu par le biais d'Andrea, et Prato par le biais d'Angelo. C'est comme ça que Prato et Varani se sont connus.

Marco avait de la cocaïne, on a bu et sniffé, c'était la deuxième ou troisième fois pour moi. En peu de temps, mon appartement a commencé à se remplir de monde. Deux drag-queens sont arrivées aussi. La situation commençait à devenir un peu ingérable, Marco faisait la tête sur le balcon, un vieil ami à moi, Ivan Beretta, est venu aussi, et il était complètement déconcerté. À un moment donné, Andrea a dit devant tout le monde que Luca aussi se prostituait, et il a ajouté que Luca en avait une plus longue que la sienne, alors pour le prouver, Luca a baissé son pantalon. On était tous soûls. Les gens ont commencé à partir.

Marco, je l'ai revu un mois après, il est revenu chez moi, piazza Ungheria. On a acheté pour trois cents euros de cocaïne. La cocaïne, c'est un certain Armando, son dealer de confiance, pour ainsi dire, qui la lui fournissait. Armando a une quarantaine d'années, les cheveux châtains coupés court, il fait maximum un mètre soixante. À cause d'une sorte de handicap, je n'ai pas compris quoi exactement, il ne peut pas conduire, alors il exigeait qu'on lui paie le taxi, ce qu'on a toujours fait. Armando n'est pas italien, il m'a raconté qu'il était un journaliste albanais persécuté dans son pays. Marco a enregistré son numéro dans son téléphone sous le nom de Trovajoli. Armando Trovajoli.

Mais venons-en aux dernières fois qu'on s'est vus. Fin février, Marco et moi on est allés en boîte au Qube. En fin de soirée, on est allés chez moi, Marco a appelé son dealer, Armando est venu avec de la cocaïne. On a commandé de l'alcool, puis on a essayé de contacter des garçons sur Grindr. On n'a trouvé personne qu'on pouvait faire venir chez moi. Mais pas longtemps après, j'ai entendu sonner à la porte, je suis allé ouvrir et je me suis retrouvé nez à nez avec deux garçons que je n'avais jamais vus avant. Ils se sont présentés comme des amis de Marco, ils s'appelaient tous les deux Alessandro, un des deux se faisait appeler Alexander parce qu'il était d'origine allemande, et l'autre « Alessandro le Japonais », parce qu'il avait un visage clairement asiatique. Après avoir demandé à Marco s'il les connaissait vraiment, et c'était le cas, je les ai fait entrer. On a consommé de la cocaïne et bu de l'alcool. Avec Alexander, j'ai eu un rapport oral, je lui ai fait une fellation. Après, Marco et Alexander se sont enfermés à clé dans mon bureau, et moi j'ai discuté avec le « Japonais ». On a parlé de plein de trucs. Alessandro le Japonais est hétéro.

Quand je suis retourné dans mon bureau, j'ai remarqué que Marco et Alexander avaient cassé un store. Avant de partir, Alessandro le Japonais m'a demandé de lui prêter des lunettes de soleil. Je tenais énormément à ces lunettes, c'étaient peut-être les seules que j'arrivais à tolérer, je ne sais pas pourquoi j'ai fini par les lui passer. Le lendemain, j'ai essayé de les récupérer, j'ai demandé à Marco de contacter Alessandro le Japonais, je lui ai demandé son numéro. Mais Marco ne me l'a pas donné.

Il y a deux jours, je me suis aperçu que j'avais perdu deux bagues. Elles étaient dans le bureau où Marco et Alexander s'étaient enfermés à clé. La première, c'est une bague en or de ma mère, un héritage de ma grand-mère, elle vaut dix mille euros. L'autre a une grosse valeur affective pour moi, c'est une bague qui date de l'époque de la Rome antique, en or aussi, avec une pierre précieuse dessus, j'ai une photo de mon grand-père qui la porte. Ces deux bagues étaient dans un tiroir en métal sous mon bureau. Je suis sûr que ce sont eux qui les ont volées, j'envisage de porter plainte pour vol, en plus, évidemment, de la plainte pour tout le bordel avec ma carte bleue.

Ivan Beretta

Quand Damiano m'a dit que Marco Prato lui avait fait prendre des stupéfiants, je me suis inquiété. Damiano est un ami très proche, il a été mon compagnon jusqu'à l'été 2015.

Il souffre d'un trouble obsessionnel compulsif, il prend des médicaments, je crois que c'est dangereux de les mélanger avec la cocaïne.

Je savais que Marco et Damiano avaient commencé à traîner ensemble, j'étais au courant pour la coke, mais je voulais voir de plus près ce qu'il en était, alors ce samedi soir-là, je suis passé à la piazza Ungheria. J'ai vu qu'il y avait eu une soirée, il y avait des bouteilles partout. À part Damiano et Marco, il y avait deux types que je ne connaissais pas, deux garçons très jeunes, je crois qu'un des deux était d'origine étrangère. J'ai demandé à Damiano de les faire partir : ils avaient tout l'air d'être des gigolos. Puis j'ai pris Marco Prato à part et je lui ai dit de laisser Damiano tranquille, d'autant plus que je n'avais jamais vu des gens de cet acabit chez lui.

Je crains que Damiano se soit retrouvé dans une situation de sujétion psychologique. Je pense aussi que, depuis que je l'ai quitté, il traverse une période de solitude. Et Marco en a profité.

FILIPPO MANCINI

Je suis le seul à savoir ce qu'il se passait vraiment.

Je m'appelle Filippo, j'ai dix-neuf ans, j'habite à La Storta, je connais Luca depuis très longtemps. Mon amitié avec Luchetto s'est renforcée un jour où j'étais comme d'habitude à l'arrêt de bus, et il m'a proposé de me déposer en voiture. Il avait une Micra blanche. Je rentrais de Montespaccato et j'allais rejoindre ma bande. À partir de ce jour, Luca a intégré notre groupe d'amis.

Dans la bande, Luca parlait à tout le monde, mais c'est surtout avec moi qu'il est devenu ami. Parce qu'on a des caractères qui se ressemblent, je crois. On est tous les deux très simples, et surtout on ne traîne pas avec les gens par intérêt.

Au cours du temps, Luca a fait des trucs qui ont resserré notre lien. C'était donnant donnant, une vraie amitié. Par exemple, il me déposait chez ma copine en voiture, et il m'attendait en bas. De mon côté, j'ai laissé tomber la carrosserie où je travaillais, il avait commencé à bosser là-bas parce que je l'avais recommandé. En fait, j'ai pratiquement démissionné pour lui laisser le job.

À l'époque où je l'ai connu, il dormait dans sa voiture parce qu'il s'était disputé avec son père, mais je ne sais pas pourquoi.

Quand on m'a interviewé pour l'émission *Chi l'ha visto ?*, j'ai raconté que Luca ne se prostituait pas, par respect pour lui. En fait, il s'était mis à faire ça pour de l'argent. Il disait : « Frère, déconne pas… motus, hein. » Luca, c'était le type, tu pouvais laisser dix mille euros sur la table et partir, il ne les aurait jamais volés, jamais de la vie, ce n'était pas son genre, par contre malheureusement il s'était mis à faire le reste, peut-être que ça lui semblait plus « honnête », vu qu'il avait besoin d'argent.

J'ai compris ça il y a un an à peu près, au printemps 2015. Luca allait chez un type à Selva Nera, dans les immeubles neufs. Je ne sais pas qui c'est ce type. Quelqu'un de plus âgé que nous, je crois qu'il avait trente-cinq ans. Luca allait chez lui, et je l'accompagnais. Je l'attendais pendant une heure en bas de l'immeuble, et chaque fois il revenait avec cent euros. Les premières fois, il a été vague, il m'a dit que ce type lui devait du fric, mais à la longue ce n'était plus crédible. Du coup, la troisième fois je lui ai demandé de me dire ce qu'il allait faire à Selva Nera, en vrai. Ce n'était pas difficile à comprendre, mais je voulais qu'il me le dise. Alors il me l'a dit. Je suis sûr que Marta Gaia n'était pas du tout au courant de cette histoire.

À un moment donné, Luca s'est pris la tête avec le type de Selva Nera, pour une histoire de fric je crois.

Puis Marco Prato et Damiano Parodi sont entrés en scène, et ça a été le début d'une autre période, entre guillemets.

*

« Je peux vous poser une question ? » demanda Flaminia Bolzan à Marco Prato.

Flaminia Bolzan, vingt-neuf ans, était la criminologue désignée par le parquet.

« Bien sûr, dit Marco.

— Aviez-vous de l'estime pour Luca Varani ?

— C'est-à-dire ?

— Sur le plan humain, précisa Bolzan.

— Je ne le connaissais pas assez. Mais chez Damiano, en discutant pendant qu'on prenait des stupéfiants, il lui est arrivé de se mettre à raconter sa double vie avec trop de désinvolture. Ça me perturbait, et ça me blessait parce que je pensais à sa copine.

— Vous vous souvenez de l'avoir qualifié de "tapin niveau CP" ? »

Marco avait écrit cette phrase (« Je ne suis pas un tapin niveau CP ») pendant un échange sur WhatsApp avec Damiano Parodi. Selon Parodi, Marco faisait référence à Luca.

« *Un tapin niveau CP*. Franchement… je ne sais pas, dit Marco. Ça me semble un peu trop méchant par rapport à mes…

— Pour résumer, intervint Francesco Scavo, vous n'aviez pas une grande estime pour Luca Varani.

— De quel point de vue, monsieur le procureur ? demanda Marco. Sur le plan intellectuel, non, c'est sûr, je n'avais pas une grande estime pour lui. Mais Luca était quelqu'un de solaire, quelqu'un qui riait tout le temps, ça, je ne pourrai jamais l'oublier. Une fois, je suis allé à une soirée déguisée chez un ami à moi, une fête assez spéciale, il y avait beaucoup de personnalités, l'ami dont je parle est un grand avocat, moi je m'étais déguisé en midinette de la télé, je m'étais fait maquiller par un pro, j'avais même des faux seins… Après la fête, j'ai contacté Luca et on s'est retrouvés. Dès qu'il m'a vu, Luca a commencé à me faire plein de compliments, il a dit que j'étais *séduisant*. Ça m'a fait très plaisir, c'est pour ça que ça me paraît bizarre que j'aie pu le dénigrer par la suite. C'est sûr, intellectuellement parlant, il est possible que je ne l'estimais pas, mais je ferais la différence entre le plan humain et intellectuel.

— Vous ne le considériez pas comme quelqu'un qui satisferait tous vos désirs sur votre simple demande ? s'enquit Scavo. Est-ce que ce n'était pas pour vous un individu faible qui accepterait de…

— Mais non, je vous assure, l'interrompit Marco. Au contraire. Un garçon qui grandit en banlieue, qui deale, qui se prostitue… c'est un individu qu'une personne comme moi devrait *craindre*, sûrement pas considérer comme un faible. Quelqu'un comme moi pourrait imaginer que quelqu'un comme lui est armé, ou en tout cas violent. En tout cas, je pensais que Luca aurait fait n'importe quoi pour de l'argent. J'étais au courant de sa situation économique. Je savais qu'il avait des problèmes familiaux. Luca se confiait à moi. »

Filippo Mancini

Un soir, c'était un jeudi ou un vendredi, je l'ai accompagné à la piazza Ungheria, mais d'abord on est passés prendre un garçon qui s'appelait Andrea. Ce garçon nous attendait sur les bancs du métro. Je ne sais pas comment Luca l'avait rencontré. Je crois qu'il est tunisien.

Moi, ce soir-là, j'étais sorti avec une fille qui s'appelait Giorgia, une nana de Milan qui était en vacances à Rome. Je ne l'ai jamais revue et je n'ai même pas eu le temps de lui demander son numéro. C'est moi qui conduisais, elle, elle était assise à côté de moi, Andrea et Luca se sont mis à l'arrière. Andrea m'a demandé si je pouvais l'emmener à la piazza Ungheria, il devait retirer de l'argent, puis il m'a demandé de lui prêter mon téléphone. Je le lui ai donné. Je l'ai entendu qui disait : « Tu peux me passer Damiano ? »

Quand on est arrivés piazza Ungheria, voilà que, surprise, Luca descend de la voiture avec Andrea, et me dit de repasser le chercher vers minuit.

Enfin, *surprise*, pas tellement. Pendant le trajet, Luca et Andrea chuchotaient entre eux. Mais je les entendais. Et j'ai clairement entendu le mot « pipe ».

Après minuit, Luca s'est mis à m'appeler. Trois, quatre, cinq appels. Au début, je n'entendais pas parce que j'avais atterri dans une fête à l'autre bout de la ville, j'y étais allé avec la fille de Milan. Puis j'ai vu ses appels.

Je suis revenu à la piazza Ungheria vers une heure et demie, par là. Je suis sorti de la voiture, j'ai regardé autour de moi, je me suis approché de l'interphone et j'ai appuyé sur la touche où j'avais vu qu'Andrea avait appuyé. Je m'attendais à entendre la voix d'un inconnu. Mais c'est Luca qui a répondu. Je lui ai fait : « Allez frère, descends, il est tard. » Lui, il avait une voix un peu bizarre, il m'a dit : « Salut frère… écoute, je reste là, mais je descends deux minutes pour te donner l'argent. » Il voulait dire l'argent pour l'essence. J'ai répondu : « Hé, frère, pourquoi tu restes ? Ton père va te tuer. » Il était tard et son père était très strict. En plus, il valait mieux que Luca reparte avec moi parce que j'étais sans permis. Je lui ai dit cette histoire de permis, toujours à l'interphone, et il m'a répondu que je n'avais qu'à passer le volant à la fille de Milan. Oui, c'est ça. Sauf que la fille de Milan, elle était rentrée. J'ai demandé à Luca de me laisser monter, j'étais curieux de voir ce qui se passait. Il m'a fait : « Non non, je descends, toi tu peux pas monter. »

Sauf qu'à la place de Luca, c'est Marco Prato qui est descendu. Il m'a dévisagé, moi pareil. Il m'a passé vingt euros en disant : « De la part de Luca. » J'ai demandé pourquoi Luca n'était pas descendu. « Parce qu'il est occupé et qu'il ne veut pas descendre », il m'a répondu. Je commençais à comprendre, alors je lui ai laissé entendre que moi aussi j'étais « *open* », sur la consommation de drogue, je veux dire. C'est surtout que je voulais voir ce qui se passait en haut. Marco Prato m'a fait : « Attends. » Il a disparu dans l'immeuble et il est revenu avec un sachet de cocaïne. Dedans, il devait y avoir cinq grammes. Il a proposé qu'on se tape un rail, j'ai dit « OK », il l'a préparé sur l'écran de son téléphone, on a sniffé, et alors il m'a invité à monter. « Viens, il a fait, tout à l'heure j'ai parlé avec Luca, j'ai compris qu'on peut te faire confiance. »

Et on est montés. Un garçon de trente-cinq ans à peu près nous a ouvert. C'était lui qui habitait là. Damiano. À sa voix, on captait direct qu'il était gay. Et là, j'ai entendu les voix d'Andrea et de Luca. C'était difficile de faire autrement, parce qu'ils s'engueulaient. Ils criaient comme des malades. Ils sont passés devant moi à fond la caisse et ils sont sortis de l'appartement. Je leur ai couru derrière dans l'escalier, Andrea était furax, il disait que Luca avait gagné plus que lui, qu'ils lui avaient donné cent et à lui rien que quarante, alors qu'en plus c'était lui qui lui avait présenté ces clients. Luca a voulu lui donner vingt euros, Andrea a pris le billet et l'a déchiré devant son nez, il a dit à Luca qu'il ne devait plus faire des trucs pareils, puis il a tourné le dos et il est parti.

Là, normalement, on aurait dû partir nous aussi. Mais on est remontés pour récupérer les affaires de Luca, sa veste et son sac.

Dès qu'on a remis les pieds dans l'appart, Marco nous a emmenés dans une pièce où il y avait plein de livres, un canapé et une table. Un bureau, quoi. Il a sorti de la coke et il a préparé quatre rails. Quelqu'un a rempli les verres de vodka. Moi je n'en ai presque pas bu parce que je déteste la vodka. On a commencé à sniffer. Ça a continué comme ça pendant un moment, chaque fois Marco préparait trois gros rails pour nous et une trace pour Damiano, je crois que Damiano n'y connaissait rien. Marco profitait de la situation. Plus d'une fois, ce soir-là, il est allé retirer de l'argent avec la carte de Damiano.

Damiano ne m'a pas fait d'avances. Il m'a demandé si j'étais bi, je lui ai répondu que j'avais une copine, et ça a suffi. Par contre, après le deuxième rail, Marco a commencé à me soûler. Il disait : « Tu crois que tu es venu pour sniffer gratos ? Au minimum, je te suce, nous les gays on fait ça mieux que les femmes… » Moi, s'il continuait, j'allais lui en coller une. Ces petits jeux ne me font pas rire. J'ai fait comprendre à Marco que s'il s'amusait ne serait-ce qu'à m'approcher ça allait mal tourner. Il ne m'a même pas effleuré.

Mais après, il est allé voir Luca et Luca a baissé son pantalon et son caleçon, et il est resté comme ça, avec la bite à l'air. Moi, ça m'a fait péter un câble, c'était trop chelou comme scène, je leur ai gueulé d'aller faire ça ailleurs, même si en fait c'est moi qui suis sorti de la pièce. J'ai attendu dans le couloir. Au bout d'un moment, j'ai frappé, mais personne ne m'a répondu. J'ai ouvert la porte, je les ai trouvés dans la même position qu'avant.

Là, j'ai été dans le salon, j'ai allumé la télé et je me suis couché sur le canapé. Damiano était allé dans sa chambre. Marco et Luca étaient toujours enfermés dans le bureau.

On a décampé quand l'ex de Damiano a débarqué. Luca et moi on lui a dit bonjour, on est descendus, on est montés dans la voiture et on s'est cassés.

Sur les cent euros que Luca avait gagnés cette nuit-là, Andrea en a déchiré vingt, on en a utilisé dix pour acheter des cigarettes, les vingt qu'il m'avait donnés pour l'essence on les a joués aux machines à sous, du coup en fin de compte il ne lui restait plus qu'un billet de cinquante.

On n'a jamais reparlé de cette soirée, parce que moi ces trucs ça me dégoûte.

Mon ami journaliste commanda un second café. Assis en face de lui, je continuais de feuilleter le rapport de Flaminia Bolzan, la criminologue du parquet.

Le document soulignait que l'homicide n'avait pas d'objectif concret, qu'il avait été exécuté de manière désordonnée – à l'exception du lieu, un espace bien choisi, intime, familier, inaccessible à des personnes étrangères –, avec une dose impressionnante de sauvagerie et de cruauté.

L'expertise parlait de « retrait psychique » chez Marco Prato. Il s'agissait d'un état mental qui conduisait à se couper d'une réalité considérée intolérable (dans le cas de Marco, affirmait le rapport, cette intolérance pouvait provenir de la perception défaillante ou absente d'un soi masculin causée par des problèmes dans l'enfance, peut-être par sa relation avec ses parents). Il s'agissait donc d'un « retrait » dans une dimension extatique à laquelle la perversion pouvait ouvrir l'accès.

Pour Manuel Foffo, on avançait la présence de traits narcissiques et paranoïaques causés par une frustration éprouvée sur la durée : les blessures liées aux rejets familiaux, véritables ou vécus comme tels, pouvaient avoir généré en lui des fantasmes grandioses condamnés à sans cesse se briser au contact du principe de réalité.

Je passai à la lecture des pages sur Luca Varani. La criminologue écrivait :

> Varani n'avait pas de diplômes d'études supérieures, ni les compétences requises pour trouver un emploi mieux rémunéré que celui qu'il avait à la carrosserie, et il n'avait probablement pas non plus les compétences relationnelles requises pour fréquenter un environnement différent de celui dont il venait, ni la possibilité d'y accéder, sinon comme *tapin*.

Sans remettre en question le postulat selon lequel aucune victime ne mérite de l'être (le « il l'a bien cherché » est toujours une ineptie), Luca Varani, expliquait la criminologue, risquait d'être une sorte de victime idéale face à Prato et Foffo. En raison de sa classe sociale, sa précarité économique, ses habitudes de vie, son caractère, sa constitution physique, son manque de compétences et de diplômes, auxquels il fallait ajouter la position dans laquelle il se plaçait vis-à-vis de Marco quand il essayait de lui demander de l'argent – une approche d'« inférieur devant un supérieur », faisait remarquer le rapport –, Luca était plus susceptible de tomber dans le piège que ceux qui l'avaient précédé dans cet appartement.

Les conversations sur WhatsApp tirées du portable de Marco Prato semblaient confirmer ce type de dynamique.

« Tu peux venir ce soir piazza Ungheria avec Andrea ? » demandait Marco à Luca.

« Je ne pense pas », répondait Luca.

Et Marco : « Pourquoi ? Je vous paierai ! »

Et Luca : « À quelle heure ? »

Dans un autre échange, où de nouveau c'était Marco qui contactait Luca :

« Comment tu vas ? Qu'est-ce que tu fais ? »

Luca répondait :

« Je me réveille, dis-moi tout. »

Et Marco : « Je suis chez Damiano, on sniffe un max et on picole. Si tu n'as rien de prévu, passe. »

Luca répondait :

« Non merci, je n'ai plus envie de ça. J'ai juste besoin d'argent. Merci quand même Marco et merci quand même Damiano. »

Puis, quelques minutes après, c'était lui qui relançait :

« J'ai besoin de 50 balles : si vous les avez, je peux passer ce soir. Tu sais quoi, je passe dans tous les cas. »

Une autre fois, c'était Luca qui contactait Marco :

« Bonsoir mon pote, tu me files un coup de main ? J'ai 1 de neige à écouler. T'as besoin d'un dépannage ? »

Marco répondait :

« Non Luke, pas besoin. »

Et Luca : « 'Tain, me faut 50 balles pour un rendez-vous médical. »

Marco coupait court, lapidaire :

« Luche', je ne suis pas un distributeur. »

Quand j'en arrivai au message que Luca avait envoyé à Marco sur WhatsApp le 24 décembre (« Joyeux Noël à toi et à ta famille »), j'avais la vue brouillée.

« Allô ? Tu es toujours là ? » demanda, impatient, mon ami journaliste.

Je me sentais en colère, j'avais l'impression que Luca vivait un conflit intérieur dont il sortait régulièrement perdant. Il se serait bien passé de voir Marco, mais il finissait par céder. De son côté, Marco avait développé une capacité hors du commun à percevoir l'hésitation et la faiblesse chez les autres, il savait partir à l'attaque ou patienter selon les cas. Mais ce n'était même pas ça, le problème – pensai-je tandis que mon ami journaliste me regardait d'un air perplexe –, la vraie raison de ma frustration concernait le mécanisme qui nous menaçait tous. L'homicide jette sa lumière sur la victime et son bourreau, une lumière toujours partielle, perverse, l'homicide est le mal et le mal est le narrateur de l'histoire. L'homicide jette de la lumière sur lui-même pour laisser le reste dans l'ombre, et faire que la victime et le bourreau se confondent dans le caractère exceptionnel des faits. En nous faisant voir les bourreaux comme des monstres, il nous empêche de les approcher sur le plan émotionnel ; en réduisant la victime au caractère extraordinaire de son sort, il l'éloigne de notre empathie. Le deal et la prostitution étant des activités étrangères à la plupart des gens, il était difficile de s'identifier à Luca par leur biais. Mais, hors de ce cône de lumière trompeur, il y avait tout le reste : Luca qui travaillait à la carrosserie, Luca qui se réchauffait une assiette de pâtes en rentrant chez lui, Luca qui discutait avec Marta Gaia, Luca aux prises avec ses anciens professeurs. Cependant, pensai-je, cette démarche – extraire les bonnes cartes du jeu, aller à la recherche de la vie ordinaire de Luca pour pouvoir s'identifier à lui – était elle aussi offensante, car elle plaçait la victime dans un contexte de probation aberrant. La victime innocente n'a pas besoin de donner de preuves, son corps est sacré. Si le narrateur, c'est-à-dire la trame de l'homicide, aspire à déformer notre regard (nous conduisant d'un côté à ne pas éprouver d'amour pour la victime et, de l'autre, à avoir l'illusion que ce que nous méprisons chez le bourreau nous est étranger), il faudrait exécuter un double mouvement pour échapper à ce piège. Il faudrait aimer la victime sans avoir besoin de savoir quoi que ce soit d'elle. Il faudrait en savoir énormément sur le bourreau pour comprendre que la distance qui nous sépare de lui est moins grande que ce que nous croyons. Ce second mouvement s'apprend, il découle d'une éducation. Le premier est bien plus mystérieux.

« Enfin, tu m'expliques ce qui te passionne tant dans cette affaire ? » me demanda le journaliste après avoir bu son café.

DAMIANO PARODI

Luca m'a confié plus d'une fois que Marco lui était antipathique. C'était un garçon poli, vif, très gentil et humble. Je crois qu'il se prostituait parce qu'il avait besoin d'argent, certainement pas pour le plaisir. Plus d'une fois il m'a contacté pour me demander de lui prêter de l'argent. Plus d'une fois j'ai accepté, je lui donnais entre vingt et trente euros. Des fois, il me demandait directement cent cinquante euros, puis il baissait le montant. Il laissait entendre qu'il me récompenserait sur le plan sexuel. Souvent, il disait que l'argent lui servait pour emmener sa petite amie au restaurant. Je le trouvais vraiment touchant, je m'étais presque attaché à lui, même si je ne l'avais vu que quelques fois. Il disait qu'il avait un lien très fort avec sa petite amie, je crois qu'ils sortaient ensemble depuis qu'ils étaient ados.

Si Marco a raconté que je lui prêtais de l'argent par peur, il se trompe. Je n'ai jamais eu peur de Luca Varani.

Oui, c'est vrai, je crois qu'il dealait. Dès les premières fois que je l'ai vu, il m'a dit que si je voulais de la meilleure coke que celle de Trovajoli, je pouvais lui demander. Il racontait qu'il se fournissait auprès d'un type mystérieux qui travaillait dans ce milieu. Je ne sais pas si c'était vrai. Je ne me suis jamais adressé à lui pour acheter de la coke.

De temps en temps, Luca venait avec Filippo. Filippo aussi m'a proposé de me vendre des stupéfiants, j'ai toujours refusé.

J'ai offert une Rolex à Luca. Une fausse, qui était à mon père. Il la regardait, alors je la lui ai donnée. « Prends-la, va », je lui ai fait. Évidemment, je lui ai précisé que c'était une imitation. Il a immédiatement accepté. « À mon avis, je peux en tirer un peu de fric », il a dit.

*

« "Les gars, je fais tout mais je suis actif." Il a toujours été clair sur ce point, déclara Marco Prato au procureur. Il pouvait me pénétrer, je pouvais lui faire une fellation, je pouvais le lécher de la tête aux pieds, il pouvait m'uriner dessus, il pouvait me faire plein de choses – le sexe peut se décliner dans toutes sortes de variantes –, mais il ne me sucerait jamais et il ne se laisserait pas sodomiser. Il était catégorique. Je crois que c'était sa manière de tracer une ligne entre sa vie normale et sa vie secrète, et aussi, à ses yeux, de rester hétérosexuel. Bref, du moment que la limite entre *actif* et *passif* n'était pas franchie, Luca pouvait continuer à voir sa petite copine en se sentant hétérosexuel. »

FILIPPO MANCINI

La fois d'après, ça a été quelques jours plus tard. Luca et moi on était ensemble au travail quand il a reçu l'appel. Il m'a demandé de l'accompagner à Prati. Il devait aller chez un type. On est partis de la carrosserie, on a pris la voiture. Quand on est arrivés sur place, Luca est sorti et m'a demandé de l'attendre. Je l'ai attendu pendant plus d'une demi-heure. Puis je l'ai appelé. Ça ne répondait pas. Je me suis énervé. On devait rentrer à la carrosserie. J'ai insisté et il a fini par me répondre, il a dit : « Vas-y, vas-y, ils me ramèneront. »

Les mois d'après, on ne s'est pas beaucoup vus, Luca s'était remis avec Marta Gaia, et elle était très jalouse, du coup on le voyait moins dans la bande. Mais je crois que Damiano continuait à lui donner de l'argent. Luca m'a dit que, des fois, quand Damiano n'était pas chez lui, il lui laissait l'argent sous le paillasson.

Après, une bonne partie de cet argent, Luca la claquait aux machines à sous.

Je suis quasiment sûr de l'avoir vu pour la dernière fois au Joker, c'est un endroit où il y a des machines à sous. Je m'en souviens parce que ce jour-là j'ai dû perdre pas loin de sept cents euros. Luca était là, il jouait seul. Avant de partir, il m'a donné trente euros pour le taxi. Je les ai dépensés aux machines à sous.

Le samedi d'après, son père m'a appelé. Il a dit que Luca n'était pas rentré à la maison, ça faisait deux jours qu'ils n'arrivaient pas à le joindre. Alors je lui ai écrit : « Hé frère, t'es où bordel ? Ton daron m'a appelé, il dit que t'es pas rentré chez toi, tiens-moi au jus, appelle. »

Je n'ai plus les messages que j'ai échangés avec Luca. J'ai jeté ma carte SIM parce que j'ai décidé de changer de fréquentations. Et j'ai changé de vie. Et de ville. Depuis deux semaines, je travaille dans un centre commercial à Vérone.

LEONARDO MAGGIO

Et donc le 31 décembre est arrivé. Marco et Manuel se sont rencontrés. Ce soir-là, avec Lorenza, ma petite amie, on a dîné chez un ami de mon frère. D'autres amis avaient décidé d'aller manger avec Manuel au Bottarolo. Après nos dîners respectifs, on s'est tous retrouvés au réveillon que Marco Prato avait organisé au Quirinetta. Disons que c'est là que les deux lignes du récit se sont croisées.

*

« Alors, dit Manuel Foffo, moi Marco je l'ai connu le matin du 1er janvier. J'ai passé la soirée avec des amis, et avec certains d'entre eux on a décidé d'aller chez moi. Là, Marco Prato a débarqué, je ne l'avais jamais vu avant, c'était un ami de Lorenza, on s'est mis à discuter, on a parlé de tout et de rien, on a sniffé un peu de coke. À un moment donné, vu que je n'avais pas d'alcool fort chez moi, Prato a dit : "Qui vient avec moi acheter de la vodka ?" Comme je connaissais le quartier, j'ai proposé de l'accompagner. On est descendus, on a acheté de la vodka. Alors qu'on revenait chez moi, Marco Prato me sort : “Hé, qu’est-ce que tu en dis si j’en prends un peu plus ?” Il parlait de la coke. “J’en prends un peu plus, mais après, je peux rester dormir chez toi ?” Moi, à ce stade, je n’avais rien compris.

— Ça ne vous a pas effleuré que… hasarda Francesco Scavo.

— Qu’il me faisait des avances ? Non, je n’avais pas compris.

— Et comment il s’y est pris ? Il vous a touché ? Ou il vous a seulement parlé ?

— Non, non, il n’y est pas allé par quatre chemins… Marco s’est approché, et il a commencé à me toucher. Et moi… vous voyez… même si je n’avais jamais eu un fantasme homosexuel de ma vie, même si au fond je trouvais ça un peu dégueulasse… en fait, j’ai bandé. »

Des trains arrivaient sans cesse à la gare Termini. Les rares taxis sur la piazza dei Cinquecento étaient pris d'assaut par les voyageurs tout juste débarqués en ville. Le brouhaha s'élevait de la rue. Le touriste hollandais admirait le coucher du soleil par la fenêtre. Les antennes de télévision. Deux nuages grandioses au-dessus du vieux château d'eau. Les clochards sur les pavés de marbre. Les Chinois dans leurs magasins. Des cris montaient de la cage d'escalier. Des cris d'indignation. Des cris de plaisir. Les antennes de télévision se teignirent de rouge, étincelèrent, puis retrouvèrent leur couleur habituelle. Le soleil avait disparu.

L'air du soir caressa le visage du touriste hollandais. Dans cette ville, tout s'était déjà produit. Ici, à Rome, au bout d'une semaine le président des États-Unis en personne deviendrait un connard comme un autre. Les longs séjours dans cette ville étaient déconseillés à ceux qui avaient besoin d'illusions. À Rome, les puissants se regardent dans le miroir et voient un crâne, ils ont conscience que l'ombre est notre destinée à tous. Qu'après Auguste il y a Tibère. Que chaque homme a un prix. Que la chair est faible. Qu'au croisement entre la via Porta Maggiore et le viale Manzoni, un homme lave les pare-brise avec le seul bras qui lui reste.

La femme à l'étage du dessous continuait de gémir. Elle arrêta de simuler et éclata d'un grand rire.

Triomphe de tripes à la romaine et de vin allongé à l'eau. Vide éternel de la mémoire.

Le touriste hollandais entendit des pas dans l'escalier. Il entendit frapper à la porte. La porte s'ouvrit et le garçon apparut.

Il était brun, maigre, il avait les cheveux frisés. Il portait un jean et un pull en coton clair. Libyen, peut-être égyptien ou tunisien. Il n'avait pas plus de quinze ans. Le touriste hollandais sortit sa main de sa poche, lui montra le billet de cinquante euros. Le garçon commença à se déshabiller. Pas de chichis. Lui, il ne pouvait pas se passer du corps du garçon, le garçon ne pouvait pas se passer de son argent.

« D'abord une douche », dit-il en anglais.

Le garçon acquiesça sans un sourire.

« Enfin, tu m'expliques ce qui te passionne tant dans cette affaire ? »

Quand j'avais dix-sept ans, ne répondis-je pas au journaliste, j'ai failli tuer une inconnue. L'été suivant, il s'est de nouveau produit quelque chose de semblable. À cette période, j'étais très en colère. Mes parents avaient divorcé quand j'avais cinq ans, et ils avaient du mal à gérer les choses. J'habitais à Bari. Je ne ferai pas la liste de leurs silences, mensonges, coups bas, tentatives de se faire du mal. Je dirai seulement qu'ils n'étaient pas préparés à cette situation, et, évidemment, je ne l'étais pas non plus. À l'époque, dans certaines régions d'Italie, les familles de divorcés étaient stigmatisées. Nous venions d'un petit village, où la réprobation pouvait être féroce. Mes parents se retrouvèrent confrontés à l'hostilité de leurs amis, de leur famille. Ma gêne était si grande qu'en arrivant à l'école primaire, je mentis sur toute la ligne. Je racontai que mes parents étaient ensemble. Je répétai le même mensonge au collège. Cela me plaça dans une situation inconfortable, pénible, et je vécus la fin du collège comme une libération : dans quelques mois, me disais-je, j'entrerais au lycée et je pourrais repartir de zéro. Sauf que le jour de la rentrée, je découvris que trois de mes camarades du collège étaient dans ma classe. La chance n'était pas de mon côté. J'eus beau projeter de le faire plusieurs fois, je n'eus pas la force de rétablir la vérité, je laissai les autres parler pour moi, me condamnant à poursuivre cette fiction, avec le facteur aggravant que la personne qui construisait sa vie sociale sur un mensonge était à présent un adolescent qui approchait de la majorité. Je me sentais piégé.

Quand j'y repense aujourd'hui, cela me paraît complètement invraisemblable, mais à l'époque c'était une obsession. Je passais mes journées rongé d'angoisse, je ne savais pas ce que mes camarades de classe et mes professeurs avaient deviné, je me demandais aussi si mes parents étaient conscients de la situation. S'ils ne s'en rendaient pas compte, ils étaient aveugles. S'ils s'en rendaient compte, pourquoi ne m'aidaient-ils pas à me sortir de là ? Puis je compris avec étonnement que non seulement mes parents étaient au courant de ce qu'il se passait – même s'ils s'efforçaient en permanence de l'oublier –, mais qu'ils le cautionnaient. Au lieu de m'aider à me libérer du mensonge, d'une certaine manière ils m'épaulaient dans mon silence. Ils avaient même plus honte que moi. Je commençai à boire. À cette époque, je commençais aussi à sortir le soir. Bari était une ville ouverte et, à sa façon, cosmopolite, du moins par rapport au village d'où nous venions. D'un côté, je sortais avec mes amis. De l'autre, l'impasse dans laquelle je m'étais fourré me faisait me sentir en dessous de tout. Le soir, je me soûlais. Je buvais et je criais à tue-tête. Ou alors je buvais et je perdais connaissance dans la rue. Au début, mes amis trouvèrent ces scènes amusantes. Mais très vite l'affaire se compliqua. Un soir de juin, un de ces magnifiques soirs estivaux sur la côte Adriatique, il y avait une fête au dernier étage d'un immeuble de la via Camillo Rosalba. J'y étais allé avec des amis. Après avoir ingurgité tout ce que j'avais pu trouver dans le frigo, je me mis à délirer, je pris à part des gens qui dansaient pour leur tenir des propos sans queue ni tête. Je ne sais pas ce que j'ai pu leur raconter. Par contre, je me souviens très bien de m'être mis à jeter des bouteilles depuis la terrasse. Cinq ou six bouteilles de vodka, lancées l'une après l'autre dans le vide, au pied des huit étages. Je revins danser. L'interphone se mit à sonner avec insistance. Dix minutes après, j'avais en face de moi une fille furibonde qui me traitait de connard. D'autres gens me criaient dessus. J'étais étonné, je ne comprenais pas ce qui se passait. On m'expliqua que la fille en question marchait dans la via Camillo Rosalba quand, soudain, une bouteille de vodka avait explosé sur le bitume à quelques mètres d'elle. Elle avait hurlé. Dix secondes après, une deuxième bouteille, puis une troisième s'étaient écrasées par terre. La fille avait été terrorisée mais, heureusement, elle n'avait pas été touchée. Elle avait fait irruption dans la fête pour régler ses comptes avec le crétin qui avait failli la tuer. Elle portait un tee-shirt blanc et une salopette. Elle m'invectivait avec une telle véhémence que, dans les vapeurs de l'alcool, je me sentis flatté par toute l'attention qu'elle m'accordait. Je bafouillai une déclaration d'amour parfaitement ridicule. J'étais si peu sûr de moi, et à la fois si exalté, que je ne me laissai aucune chance de succès, déjà nulle vu le contexte.

« Va te faire foutre ! » cria-t-elle avant de tourner les talons.

D'autres épisodes de la même teneur suivirent. La semaine suivante, en pleine nuit, après avoir bu trop de bières, j'enfourchai un scooter, incitant quatre amis à monter avec moi. Nous rentrâmes dans un camion poubelle. Deux mois plus tard, je jetai de nouveau une bouteille. Cette fois, j'étais dans un train à destination de la Calabre, j'allais camper à Sibari pour les vacances d'été. Pendant le trajet, je m'étais soûlé au Cointreau, puis j'avais jeté la bouteille vide par la fenêtre du train. Peu après, un homme vint me gifler. La bouteille avait explosé contre un pylône à quelques mètres des rails, une pluie de verre était tombée par la fenêtre sur les passagers du compartiment suivant.

« T'as la tête pleine de merde ou quoi ? » me criait l'homme.

Et moi, complètement soûl :

« Ouais, de la merde ! De la merde ! »

Une fois à Sibari, je fus expulsé du camping au bout de quelques jours parce que j'avais cassé l'éclairage extérieur à coups de cailloux. Je me souviens de la nuit que je passai dans la gare.

Venons-en à l'année 1991. C'était l'année du bac, je n'étudiais presque pas, j'avais une petite amie. Je continuais à mentir avec ténacité. Ma petite amie n'était au courant de rien. Cela faisait des années que ma mère était de nouveau en couple. Mon père s'était remarié et avait eu deux autres enfants. On peut imaginer combien il était difficile de cacher tout cela à une fille que je voyais deux ou trois fois par semaine, avec qui je discutais et j'échangeais des confidences, et que j'essayais de mettre dans mon lit chaque fois que mes parents (oui, mais lesquels ?) étaient absents. Un dimanche de fin mai, un des amis qui avaient l'imprudence de traîner avec moi, Cristiano, m'invita à déjeuner chez lui. Ses parents n'étaient pas là et nous profitâmes de la situation. Nous vidâmes trois bouteilles de rhum et cinq cannettes de Coca dans un saladier, puis bûmes la mixture à une vitesse étonnante. Soûls, nous décidâmes de sceller notre amitié par un pacte de sang. Cristiano prit un canif de scout et essaya de se taillader le poignet. Ses tentatives étaient timides, le sang ne perlait même pas. Impatient, je dis :

« Laisse-moi faire.

— D'accord », répondit-il.

Encouragé par sa réponse, je me saisis d'un gros couteau à pain. À des fins démonstratives, je me donnai de grands coups de lame sur l'avant-bras gauche. Le sang se mit à couler.

« Tends ton bras », dis-je à Cristiano.

Je l'entaillai deux ou trois fois, jusqu'à ce qu'il saigne lui aussi. La vue du sang nous exalta. Il déclara :

« Maintenant, il nous faut un sacrifice humain. »

Je le vis disparaître dans sa chambre. Il en ressortit en brandissant un gros livre, *Le Nom de la rose* d'Umberto Eco. Sa professeure de lettres l'avait obligé à le lire pendant les vacances de Noël, il l'avait détesté et il voulait se venger :

« À mort Umberto Eco ! »

Nous prîmes le couteau que nous avions utilisé pour notre pacte de sang et entreprîmes de poignarder le livre, qui finit en lambeaux. Il devait être environ quinze heures, et je me souvins alors que j'avais rendez-vous avec ma petite amie.

« Il faut qu'on passe la chercher, me mis-je à geindre.

— On ne peut pas, dit Cristiano, on est bourrés.

— Je me sens de prendre le volant.

— Tu n'as pas le permis, me rappela-t-il.

— Oui mais j'ai mon code », précisai-je.

Certaines histoires de jeunes sont forcément aussi des histoires de permis. Cristiano finit par se laisser convaincre de me passer les clés de la voiture. Nous sortîmes de chez lui, prîmes la Clio de sa mère. Je fonçai vers le quartier de Poggiofranco avec enthousiasme. La tête me tournait. Comme preuve que le hasard est le meilleur maître des vicissitudes humaines, ou que certains lieux conservent la mémoire de ce qui a été et la transforment en magnétisme, dans la via Camillo Rosalba, celle-là même où quelque temps auparavant j'avais jeté les bouteilles depuis la terrasse, je perdis le contrôle. Nous rentrâmes dans une voiture garée là. Par chance, personne n'était à l'intérieur, mais l'accident fut violent. Pare-brise en miettes, gros vacarme. Quelques secondes d'absence. Puis je revins à moi.

« Ça va ? demandai-je.

— Je crois que oui, répondit Cristiano d'une drôle de voix.

— Hé, qu'est-ce que vous avez fait ?

— Quel massacre !

— C'est quoi ce bordel ? »

Les voix venaient de l'extérieur. Je me rendis compte que des gens s'étaient attroupés autour de notre voiture. Juste avant, la rue était déserte, et voilà qu'un petit groupe de personnes s'était matérialisé autour de nous. Que des hommes, qui nous regardaient d'un air hostile. Soudain, je me sentis parfaitement lucide, peut-être à cause du choc. Je baissai prudemment ma vitre et m'efforçai de calmer le groupe, de plus en plus nombreux. Je me souviens que je dis : « On est assurés. » Je dis : « C'est notre faute. » Je dis : « On paiera les dégâts, personne n'a été blessé. » Alors, j'entendis une portière s'ouvrir et se refermer violemment. Une voix, celle de Cristiano, cria :

« On a tué Umberto Eco ! »

Encore manifestement soûl, mon ami était sorti de la voiture. Son tee-shirt était taché de sang, il tenait le couteau serré dans sa main, son bras était couvert de sang séché.

« On a tué Umberto Eco ! répéta-t-il. Hé ouais, bordel ! »

Le public qui nous entourait n'était pas formé de spécialistes ès littérature. Il faut également ajouter qu'à Bari, à cette époque, les homicides n'étaient pas rares en raison des règlements de comptes incessants entre clans rivaux. Certains crurent que nous avions vraiment poignardé un type nommé Umberto Eco et que, non contents, nous avions le culot de nous en vanter. Sinon, comment expliquer tout ce sang ? Et ce couteau ?

« Assassins ! » « Appelez la police ! »

Je sentis ma portière s'ouvrir, puis deux bras puissants me tirer de la voiture et me jeter par terre. Je sentis le bitume contre mes lèvres, ce n'était pas la première fois. La foule se resserra autour de nous. Nous risquions de nous faire lyncher. C'est un homme que nous connaissions qui nous tira d'affaire, le père d'une de nos amies qui passait là par hasard, et qui cria « Lâchez-les ! » quand il nous reconnut. Ce saint homme parla longuement avec les gens, se porta garant de nous, rassura tout le monde sur le fait que nous n'étions pas des assassins. Il réussit à calmer la foule, puis à la faire se disperser.

Après cet épisode, j'eus un déclic. Je changeai de vie. J'avouai à ma petite amie la véritable histoire de ma famille. Je vidai mon sac avec tout le monde. J'arrêtai de boire et me plongeai tête la première dans les études. J'obtins ma licence de droit avec d'excellents résultats. Au lit avant onze heures, debout avant l'aube. J'inscrivais chacun de mes gestes dans une discipline de fer, mais j'étais jeune et encore très ignorant. Après ma licence, je quittai Bari pour Milan. Moins d'un an après, je déménageai à Rome. J'avais très peu d'argent de côté et j'avais pris une décision inflexible : ne jamais retourner à Bari, pour aucune raison au monde. Je ne connaissais personne à Rome. Je sentais la générosité de la ville, mais je venais d'arriver et ne savais pas comment l'exploiter. Je me retrouvai au chômage quelques jours après mon emménagement. J'avais pris trop au sérieux l'engagement oral d'un petit entrepreneur, qui m'avait promis de m'embaucher. J'avais été naïf, et maintenant j'étais fauché. Si je ne trouvais pas une solution dans les deux semaines, je devrais quitter mon appartement. C'étaient les débuts d'Internet. J'envisageai plusieurs moyens pour éviter la défaite et postai une annonce sur un site de rencontres pour hommes. J'en mis également une sur un autre site en tant qu'accompagnateur pour dames. Mon hétérosexualité ne m'empêchait pas de comprendre qu'un des deux marchés était plus florissant que l'autre. Et, ainsi que je l'avais imaginé, je n'eus des retours que du site pour hommes. C'étaient surtout des hommes âgés qui m'écrivaient. J'attendis avant de répondre. Quand l'échéance que je m'étais fixée avant de m'engager dans une carrière de prostitué – solution que j'imaginais de toute façon temporaire – arriva, j'attendis encore. Je temporisais. Je ne voulais pas me dégrader de cette manière. Cependant, je voulais *aussi* me dégrader. Quelques jours après, je trouvai un travail et oubliai cet épisode.

En imputant mes problèmes juvéniles au divorce de mes parents, j'ai donné une version partielle des faits. La souffrance n'est parfois qu'un prétexte pour laisser libre cours à une bêtise toute personnelle, ou au narcissisme le plus effréné. En ce qui me concerne, je n'arrive pas à dire si c'est l'excès de bêtise ou de fragilité qui me causa ces problèmes. En tout cas, je suis certain que, une fois dans les ennuis, si je n'avais pas réagi comme un imbécile, j'en serais sorti perdant. C'est le point le plus complexe à cerner : ce que je veux dire, c'est que mes ressources d'alors étaient trop limitées pour me permettre de me tirer sans excès – et des excès plutôt dangereux – de l'impasse dans laquelle je m'étais fourré. Il avait fallu plus d'une secousse pour m'en sortir.

J'ai été chanceux.

Mais que se serait-il passé si la bouteille était tombée sur la fille qui passait dans la rue ?

Et si, au lieu de rentrer dans une voiture, j'avais écrasé un piéton ?

Si j'avais couché avec un vieil inconnu pour cent mille lires, qu'en aurait-il été de mon estime de moi ? Aurait-elle tenu le choc ? Se serait-elle effondrée ?

Voilà pourquoi, quand j'entendis parler du meurtre de Luca Varani pour la première fois, je perçus aussitôt quelque chose de familier. Une décharge électrique. Bien entendu, cette familiarité était pour le moins partielle. Jeter une bouteille d'un balcon n'équivaut évidemment pas à poignarder quelqu'un. Je savais ce que signifiait mettre la pointe des pieds dans le cône d'ombre, je savais qu'il fallait reculer aussitôt que possible. Mais ensuite ? Qu'arrivait-il à ceux qui ne s'arrêtaient pas, ou n'y arrivaient pas ? Ça, je n'en savais rien du tout. Qu'en était-il de ceux qui, plongés dans l'ombre, continuaient de descendre les marches ? Passé un certain seuil, un monde inconnu s'ouvrait.

Quatrième partie

Au fond du puits

« Il est facile de descendre dans l'Averne. »

Virgile

« Je me crois en enfer, donc j'y suis. »

Arthur Rimbaud

Enfermé dans sa cellule, Manuel avait du mal à reconstruire certains événements. La nuit, couché sur son grabat, les souvenirs refaisaient brutalement surface. *Boum !* L'image se détourait dans un éblouissement, puis elle était ravalée par l'obscurité. Manuel avait demandé un stylo au gardien pour noter ces flashs avant de les oublier à jamais, le gardien lui avait répondu :

« Recouche-toi, je te donnerai un stylo demain. »

Mais le lendemain, pas de stylo. On craignait qu'il s'en serve pour se tuer.

Selon ses souvenirs, ça avait été Marco. À en croire Marco, c'était au contraire Manuel qui lui avait demandé de s'habiller en femme. C'était toujours le 1er janvier, cela Manuel s'en souvenait, et après l'événement imprévu et incroyable – se faire tailler une pipe par un homme qu'il venait de rencontrer, et, plus incroyable encore, avoir éprouvé le besoin de filmer cet acte avec le téléphone de Marco –, ils étaient restés dans son appartement jusqu'à ce que le soleil vienne tout éclairer dans un silence désolant.

« Qu'est-ce qu'on fait ? »

Quand ils avaient fini la coke, Marco avait de nouveau contacté Trovajoli :

« Armandino chéri, avait-il écrit, apporte-moi trois cafés bien serrés. Via Igino Giordani, 2. Grouille-toi ! Je te paie le taxi. »

Le dealer était arrivé, Marco et Manuel avaient recommencé à sniffer et s'étaient vite retrouvés à se parler avec une grande intimité. Manuel avait raconté à Marco tout son passé, la séparation de ses parents, son immense contrariété concernant la manière dont il avait été mis à l'écart des affaires familiales, il lui avait parlé de son frère, de sa mère, de son permis qu'on lui avait retiré, et de son « projet digital » par lequel il comptait se réhabiliter.

Marco avait été très loquace lui aussi, et il en était arrivé à expliquer à Manuel ses théories sur la sexualité. Selon lui, tous les hétéros avaient une part non négligeable d'homosexualité qu'il était erroné de nier, « ce qui s'est passé entre nous deux le prouve bien, non ? ». Cette prise de position avait provoqué chez Manuel une réflexion non moins étonnante. Les gays comme Prato, habitués à être marginalisés, rêvaient d'une société faite uniquement d'homosexuels, avait-il pensé : d'un côté, cela signifierait la fin des discriminations, de l'autre cela rendrait possible la réalisation du désir inavouable de nombre d'entre eux, à savoir vivre dans un monde où la seule unité de mesure admise serait sa propre image dans le miroir.

Marco avait parlé de son projet de devenir une femme.

« La transition est longue et compliquée. Il faut prendre un traitement hormonal pendant un an, et ensuite les opérations commencent : épilation définitive, augmentation mammaire, etc. »

Dans la boîte à gants de sa Mini garée en bas, avait-il dit, il y avait un guide touristique de la Thaïlande, il l'emportait toujours avec lui, c'était là qu'il projetait d'aller un jour, là-bas il pourrait se faire opérer en paix, loin des jugements et des regards hostiles.

C'est alors que l'histoire des déguisements avait été évoquée.

Par qui ?

Manuel se souvenait seulement qu'ils avaient pris la voiture et étaient allés à San Giovanni, où habitaient des amis de Marco, des maquilleurs qui travaillaient dans le monde du spectacle. Marco leur avait donné cinquante euros et les maquilleurs lui avaient mis une perruque, de la cire, du fard gras et l'avaient habillé en femme, ils avaient choisi la jupe et le soutien-gorge avec la complicité de Manuel. De retour via Igino Giordani, Marco avait demandé :

« Ta mère est là ? »

Manuel avait secoué la tête et lui avait donné les clés. Marco était descendu au neuvième étage et était remonté avec du vernis et des parfums pour parachever l'opération. Ils avaient recommencé à boire et à sniffer. Selon Marco, ils avaient eu un autre rapport sexuel. Manuel ne s'en souvenait pas. La question n'était pas tant ce qu'ils avaient fait que ce qu'ils avaient *dit*. Galvanisés par la cocaïne et par l'étrange énergie qui se libérait chaque fois que leurs regards se croisaient, Marco et Manuel avaient commencé à faire des projets. Des projets assez excentriques.

Il n'est pas rare que les jeunes gens fantasment sur des entreprises grâce auxquelles ils pourraient se libérer du joug des adultes. S'enfuir très loin. Récupérer un héritage. Trouver un système révolutionnaire pour gagner tout plein d'argent. Voilà comment ils allaient devenir riches : le culot de Marco allié aux qualités entrepreneuriales de Manuel. Marco se prostituerait, Manuel serait son mac, il mettrait à disposition un appartement où Marco recevrait ses clients, des clients riches, des gens disposés à dépenser un paquet de pognon pour passer du temps avec une personne aussi sophistiquée et séduisante que lui. Fantastique. Merveilleux. Mais pourquoi se contenter d'un maquereau quand les managers existent ? Quand Marco se serait fait opérer, il deviendrait une star du porno.

« Une star du porno ? avait dit l'un.

— Putain oui, une star du porno ! » avait répondu l'autre.

En ligne, les prouesses des stars du porno atteignaient plusieurs millions de vues. Marco deviendrait une star du porno et Manuel serait son manager, il garderait un pourcentage sur le chiffre d'affaires, et avec cet argent il finirait de développer son application sur le foot. *Percer*. Voilà. En un rien de temps, ils avaient résolu les problèmes de Marco sur son changement de sexe et le besoin de Manuel de s'émanciper de ses liens familiaux. Pourquoi s'en tenir à la théorie ? Pourquoi repousser dans un futur incertain ce qui était faisable dans l'immédiat ? « Allez ! *Allez !* » Après tout, Marco était *déjà* habillé en femme. Défoncés, survoltés, ils étaient sortis de l'appartement et étaient montés à bord de la Mini de Marco.

Ainsi, dans le froid de la ville à demi déserte, Manuel Foffo avait accompagné Marco Prato faire le trottoir. Manuel dit qu'ils avaient d'abord longé les quais du Tibre. Puis ils avaient pris la direction de l'EUR. Ils avaient emprunté la via Cristoforo Colombo, cette grande artère qui relie le centre-ville et le sud de la capitale, ils avaient bifurqué peu avant le petit lac artificiel. C'est alors qu'était apparu Il Fungo – le Champignon –, le château d'eau monumental de plus de cinquante mètres de haut qui domine cette partie de la ville. Ils s'étaient garés. Marco était sorti de la voiture et était parti en mission.

Il est difficile d'imaginer une scène plus absurde et plus mélancolique : Marco Prato habillé en femme, attendant un client posté au pied de cette gigantesque construction industrielle, dans le silence de l'EUR.

Marco attendait. Manuel l'observait depuis la voiture. De temps en temps, il soufflait dans ses mains pour les réchauffer.

Marco était courageusement resté planté là pendant quarante minutes, mais personne ne s'était arrêté. Alors il était remonté dans la voiture, transi, pas plus riche qu'il en était sorti mais pas découragé non plus. Ils avaient prouvé qu'ils étaient capables de passer à la pratique. C'était un début. Encore débordants d'optimisme, ils étaient retournés chez Manuel.

Une fois dans l'appartement, ils avaient de nouveau commandé de la cocaïne.

« Armando, ça va ? Tu m'apporterais deux cafés bien serrés ? »

Ils avaient téléphoné à King of Delivery pour commander des pizzas. C'était Manuel qui était descendu récupérer la coke, car il ne voulait pas que ses voisins voient Marco habillé en femme. Les réjouissances avaient repris. Ils avaient à peine touché à la pizza. Au bout d'un moment, ils étaient de nouveau dans la voiture. Combien de temps s'était écoulé ? Était-ce le soir du 2 ou du 3 janvier ? Cette fois, ils voulaient danser un peu en boîte. Ils étaient allés à l'Alibi. Puis ils avaient changé d'endroit.

D'après Manuel, la boîte de San Giovanni où Marco l'avait emmené après l'Alibi était « à chier ». Un endroit sombre et plutôt louche. Manuel s'était immédiatement senti mal à l'aise, si bien qu'il était resté quelques minutes sur le seuil, hésitant à entrer. Quand finalement il s'était avancé, le videur l'avait dévisagé d'un air sarcastique.

« Salut, hein.

— Excusez-moi, c'est que je ne savais pas si... » avait bafouillé Manuel.

Il cherchait Marco Prato du regard. Où était-il passé ? Manuel s'était mis à déambuler dans l'établissement, il passait d'une pièce à l'autre, circonspect. Où est-ce qu'on a atterri ? se demandait-il. Il ne s'agissait pas d'une boîte gay, vu qu'il y avait aussi des femmes, mais ce n'était pas une boîte normale non plus. Il comprit ce que l'endroit avait de

« spécial » quand, entré dans une pièce plus sombre que les autres, il se retrouva devant une femme entièrement nue, assise entre deux hommes qui buvaient et fumaient comme si de rien n'était. Manuel en avait déduit que c'était un club échangiste. Il s'était mis à transpirer. Il se sentait inadapté, pris de court, il avait l'impression que tout le monde le regardait. Il s'était remis à chercher Marco, désireux de trouver un point de repère. Après avoir déambulé encore un peu, il avait fini par le dénicher. Marco bavardait avec des gens au fond d'une pièce. De temps en temps, un de ses interlocuteurs éclatait de rire. Manuel s'était approché prudemment. Avant qu'il ait le temps de se présenter, Marco l'avait montré du doigt.

« Lui, c'est Manuel, mon nouveau petit ami. Mignon, hein ? »

Manuel était devenu écarlate. Il aurait voulu disparaître.

Quelques heures après, ils étaient de nouveau chez lui, via Igino Giordani. Quelques heures ou *de nombreuses heures* après ? C'était probablement le soir du 4 janvier. Maintenant, ils avaient une discussion plutôt animée. Marco voulait que Manuel le suive dans une autre boîte, et Manuel craignait d'être encore présenté comme une sorte de petit ami. En plus, Marco voulait sortir habillé en femme.

« Y a pas moyen ! avait éclaté Manuel. Tu peux pas toujours faire ce qui te chante.

— C'est-à-dire ? avait demandé Marco.

— Tu peux pas dire ce que t'as dit tout à l'heure sur moi ! »

Manuel *n'était pas* son petit ami, ni celui de personne. Il *était* hétérosexuel. C'était clair ? Marco avait haussé les épaules, comme pour laisser entendre que ce n'était pas son rôle d'apaiser la paranoïa des gens avec qui il couchait. Manuel lui avait alors demandé de le laisser tranquille. En d'autres termes, il le mettait à la porte. Marco s'était énervé, l'avait traité de médiocre, et cela avait été le seul moment vraiment tendu depuis qu'ils s'étaient rencontrés. Toutefois, quelques minutes après, le ton était redescendu. Tout était miraculeusement rentré dans l'ordre. Marco et Manuel s'étaient chaleureusement salués, se promettant de se revoir bientôt.

Le lendemain, après un sommeil profond, une fois les effets de l'alcool et de la coke dissipés, Manuel avait regardé le panorama par la fenêtre. Pour ainsi dire, il était redevenu le Manuel de tous les jours, et il avait alors réalisé quelque chose de très clair : il s'était fourré dans le pétrin.

À ce qu'il arrivait à comprendre de lui-même, il aimait les femmes. Ses fantasmes le lui confirmaient. Qu'y a-t-il de plus fiable en matière de sexe ? Depuis l'adolescence, dès qu'il fermait les yeux dans son lit, il voyait des filles. Des sourires, jambes, lèvres, fesses qui étaient indéniablement féminins.

Alors pourquoi s'était-il laissé sucer par Marco Prato ? Il n'arrivait pas à s'en remettre. Rien n'est plus stupide que de se comporter d'une manière qui ne vous ressemble pas. Cela peut conduire autrui à se méprendre sur vous et à vous juger. Dans ce malheureux cas précis, autrui était potentiellement *tout le monde*. Marco lui avait taillé une pipe et lui, il avait filmé la scène, avec le téléphone *de Marco*. Comment avait-il pu être aussi imprudent ? Un simple clic et Marco pouvait partager la vidéo avec ses amis. Un autre clic et il pouvait le mettre en ligne.

Faire de lui la risée universelle. Marco était-il capable d'une chose pareille ? Manuel n'en savait rien, il le connaissait à peine. Il avait encore ressassé, s'était demandé s'il ne devrait pas lui téléphoner pour essayer de gérer la situation, tâter le terrain pour s'assurer qu'il n'avait pas de mauvaises intentions. Manuel avait évalué tous les éléments dont il disposait, réfléchi encore et encore, soupesé les différentes manœuvres possibles, mais en fin de compte il n'avait rien fait. Il n'était pas passé à l'action. Il se sentait bloqué. Quelques jours après, c'était Marco qui avait mis fin à ses atermoiements.

« Notre amitié compte vachement pour toi, à ce que je vois ! »

Le message semblait vaguement récriminatoire.

Manuel observa l'écran de son téléphone, puis s'empressa de se justifier.

« Mais si elle compte, répondit-il. C'est juste que je suis en stress parce que je dois passer mon examen et que je ne sors pas le soir à cause de la salle ! »

Marco répondit sur-le-champ.

« Il faut qu'on passe une autre soirée chez toi. »

Il faisait allusion à une autre soirée à base d'alcool et de cocaïne. Manuel répondit que non, il ne pouvait pas se le permettre tant qu'il n'aurait pas fait ses analyses pour récupérer son permis.

« Même si j'en ai envie, je ne peux pas ! »

Marco insista, lui rappela que la cocaïne disparaît du sang en quelques jours, puis il passa à l'attaque.

« Sûr que ça aurait été difficile de gagner de l'argent avec notre projet, vu ta rigueur. »

Manuel continua de se justifier, minimisa la portée de ce qu'ils s'étaient dit après le Jour de l'an.

« Rappelle-toi qu'on était hallucinés », écrivit-il.
Puis il enfonça le clou :

« Pendant un temps, je dois me tenir tranquille, me consacrer au sport et au travail et ne pas faire d'excès. Mais il y aura d'autres occasions, promis ! »

À la fois coulant et obstiné. D'un côté, Manuel défendait sa position, de l'autre il craignait de contrarier Marco.

« Je sentais que je devais me le mettre dans la poche, dirait-il par la suite, il avait *la vidéo.* »

Ils continuèrent de s'échanger des messages les jours suivants. Le schéma était toujours le même. L'un insistait, l'autre tergiversait. Puis, peu à peu, ils se mirent d'accord. Ils se verraient dans les conditions stipulées par Manuel : pas de drogue, pas de folies, deux bons amis qui se retrouvent pour discuter.

Ils se donnèrent rendez-vous dans un bar de la via dei Monti Tiburtini, en terrain neutre.

Manuel le vit arriver au bout de la rue. Il respira profondément pour se détendre et alla à sa rencontre. Marco portait une belle veste sombre, un jean de marque, il avait l'air tranquille.

« Alors, comment ça va ? » demanda-t-il aimablement.

Ils s'installèrent à une table, commandèrent à boire et se mirent à bavarder. Civilités. Phrases de circonstance. Marco parlait, Manuel écoutait tout en réfléchissant, il attendait le bon moment pour aborder la question. Quelques minutes après, il vida son sac :

« Tu sais, Marco, je repense à un truc depuis un moment. »

Il lui parla de la vidéo.

« J'ai peur qu'elle tourne, si ça arrive je suis foutu. »

Marco eut l'air surpris :

« Mais qu'est-ce que tu racontes, Manuel ? Les vidéos ne se diffusent pas toutes seules. À moins que tu insinues que moi je pourrais la faire tourner.

— Ce serait un sacré bordel…

— Je te rassure tout de suite. Je n'en ai pas la moindre intention. »

Manuel ne semblait pas convaincu. Il lui rappela qu'ils avaient des amis communs, Lorenza Manfredi par exemple, c'était elle qui les avait présentés : que se passerait-il si, même par erreur, elle voyait cette vidéo ?

« Comment une chose pareille pourrait arriver *par erreur* ? T'inquiète, Lorenza ne la verra jamais.

— Écoute, Marco, moi vraiment…

— Allez mon chou, arrête », le coupa Marco, l'air agacé.

Ils changèrent de sujet. Manuel était toujours préoccupé. Aussi, à la première occasion, il remit le sujet sur le tapis. Marco perdit patience.

« Encore cette histoire de vidéo ? On dirait un disque rayé. Je t'ai déjà dit que tu n'as pas à t'inquiéter. »

Puis, d'une voix plus douce :

« Manuel, tu me crois ou non ? »

Manuel répondit que oui, bien sûr, il le croyait, évidemment, mais que tout de même le seul moyen pour être vraiment tranquille était d'avoir l'assurance que cette vidéo n'existait plus.

« Supprime-la, s'il te plaît.

— La supprimer ? Mais j'aime la regarder ! ricana Marco. C'est un joli petit film, ce serait dommage de ne plus l'avoir sous la main. »

Donc d'un côté il disait qu'il ne l'effacerait pas et, de l'autre, il lui donnait sa parole d'honneur que personne, à part eux deux, ne la verrait jamais.

Manuel baissa les yeux.

« Allez, ne fais pas cette tête. »

Manuel rentra chez lui dans tous ses états. Ce rendez-vous n'avait rien résolu. Et même, il avait compliqué la situation.

Marco lui avait habilement renvoyé la balle : il revenait à Manuel de décider s'il lui faisait confiance ou pas.

Mais de quels éléments disposait-il pour *se faire une idée* ? Et quels outils avait-il pour *se défendre* si les choses tournaient mal ? Manuel se rendit dans les bureaux de son père, où il y avait des ordinateurs. Il en alluma un et se mit à surfer. Il chercha sur Google des informations sur la dimension juridique de cette affaire. « *Revenge porn* ». Il tomba sur tout et n'importe quoi. Comme d'habitude, les réponses étaient confuses, innombrables et difficiles à interpréter, des milliers d'articles sur la vie privée à l'ère de la diffamation mondialisée. Au bout de quelques heures de recherches tâtonnantes, il lui sembla comprendre que si Marco diffusait la vidéo en ligne ce serait un délit, mais que s'il se contentait de la regarder avec des amis il serait presque impossible de le poursuivre. Vu le nombre de connaissances communes qu'ils avaient, cela suffirait à détruire sa réputation.

Cependant, pourquoi Marco Prato ferait une chose pareille ? se demanda Manuel. Et lui, Manuel, était-il sûr de vouloir seulement qu'il efface cette vidéo ? Ou cela cachait-il autre chose ? Quelque chose qu'il n'arrivait pas bien à s'expliquer lui-même ? Qu'est-ce qui se cachait *véritablement* derrière sa compulsion à satisfaire Marco, derrière la gentillesse, la disponibilité, l'ambiguïté dont il faisait preuve chaque fois que Marco le contactait ?

Les jours suivants, Marco et Manuel continuèrent de s'écrire. Et ce ne fut pas Marco, mais bel et bien Manuel qui envoya, pour ainsi dire, le message décisif.

« Jeudi pro ne prévois rien si tu peux. Je t'appelle ces jours-ci. Je n'ai pas oublié ! »

Ce message sur WhatsApp trahissait son enthousiasme et ses bonnes manières. Manuel l'avait envoyé le 24 février, après avoir fait ses analyses pour récupérer son permis.

La réponse de Marco fut instantanée :

« OK. Tu veux que je me fringue comment ? »

Manuel mit le holà :

« Normal. En amis, OK ? »

Pas de déguisements. Et pas de sexe, sous-entendait son message.

« Qu'est-ce que tu veux faire ? » demanda alors Marco.

Réponse :

« Discuter puis courses. »

Donc pas de sexe, mais d'accord pour la cocaïne. Quel drôle de garçon. Quand Marco, dans un message plutôt explicite, lui fit remarquer que quand ils seraient défoncés, ils pourraient perdre le contrôle de la situation, Manuel se contenta de répondre « OK » sans relever.

Ils se donnèrent rendez-vous pour le mardi 1er mars.

Ce jour-là, ils s'échangèrent des messages pour se mettre d'accord sur l'heure de leur rendez-vous et sur qui débourserait l'argent pour la coke. Marco arriva via Igino Giordani vers dix heures du soir. Il se gara. En dépit des consignes de son ami, il avait pris un sac avec lui. Ce dernier contenait une perruque bleu électrique, une robe léopard, un legging, des chaussures à talon et un soutien-gorge rembourré. Il prit son sac, sortit de sa Mini et se dirigea vers le grand immeuble en face de l'église.

Marco et Manuel au dixième étage de la via Igino Giordani, dans la même situation qu'après le réveillon. Même si les situations ne sont jamais tout à fait identiques.

Après l'avoir fait entrer, Manuel referma la porte. Marco posa son sac par terre. Bien que Manuel se soit montré explicite (pas de déguisement), Marco était convaincu que ses propos ne correspondaient pas à ses véritables désirs.

« J'avais pris ces affaires parce que je savais comment ça finirait », déclara-t-il aux carabiniers.

« Cette fois, c'est toi qui paies », dit Marco dès son arrivée.

Manuel sortit deux cents euros de son portefeuille sans ciller. Ils commandèrent de l'alcool et des pizzas, Marco écrivit à Trovajoli. Une demi-heure après, ils commençaient à boire et à sniffer. L'ambiance était agréable. Mais après minuit, bien que tout se passât bien, Marco et Manuel furent traversés par la légère nervosité qui s'empare des consommateurs de cocaïne quand, alors qu'il reste deux gros rails sur la table, ils se rendent compte qu'ils seront bientôt à court de came.

« Tu as encore de l'argent ? demanda Marco.

— Non », répondit Manuel.

Ils s'échangèrent des regards impatients, comme si la solution allait tomber du ciel. Ce qui attestait certes leur nervosité, mais aussi une vérité indémontrable, à savoir que pendant les soirées à base de coke, il se passe les choses les plus inattendues. D'étranges coïncidences. De petits coups de chance. Des gens qui se manifestent, et s'avèrent décisifs.

Qu'est-ce que tu fais ?

Un message de Damiano Parodi apparut sur le téléphone de Marco Prato.

« Qu'est-ce que tu fais ? »

Marco regarda l'écran, sourit, et répondit.

« Je suis chez un ami, je bois et je me drogue un peu. Ça te dit de nous rejoindre ? »

Damiano était riche, plein de problèmes, totalement novice en matière de situations liées à la prise de stupéfiants. Et il voulait récupérer ses lunettes de soleil.

« OK, je vais peut-être passer », répondit-il.

« Et toi, qu'est-ce que tu fais ? »

Parmi les techniques de Marco comptait celle consistant à se montrer particulièrement intéressé par le sort de ceux qui pouvaient l'aider à obtenir ce qu'il désirait. Comment vas-tu ? De quelle humeur es-tu ? Te sens-tu seul ?

« Je m'ennuie », répondit Damiano.

Du point de vue de Damiano, Marco Prato était une sorte de mystère. Il était frappé par son inconstance. Celui-ci pouvait passer de l'empathie à la perfidie en une phrase. Damiano en avait fait les frais à plusieurs reprises. Cela l'irritait. Mais c'était pour cela aussi qu'il se sentait parfois à la merci de Marco, et il avait du mal à déterminer s'il trouvait ça uniquement désagréable.

Les mois précédents, Marco lui avait demandé de lui prêter de l'argent.

« Damiano, je voulais te demander quelque chose qui reste entre nous, avait-il écrit le 10 octobre, il faut *vraiment* que ça reste entre nous. Comme A(h)però n'a pas encore rouvert, je n'ai pas un rond. Tu pourrais me faire un prêt ? On rouvre dimanche, je te rembourserai tout. »

« Je te donnerais volontiers de l'argent, avait répondu Damiano, mais je vais me faire débiter les achats du mois et je ne peux pas retirer. »

Marco avait changé de registre :

« Damiano, je ne suis pas un clochard ou un tapin. Je suis quelqu'un de sérieux, je viens du même milieu social que toi. »

« Mais évidemment », avait répondu Damiano, veillant à ne pas le vexer, bien que ce soit Prato lui-même qui lui ait tendu la perche.

« Tu pourrais utiliser la carte de ton père, avait écrit Marco. Il s'en apercevra dans un mois et entre-temps je t'aurai rendu l'argent. »

« Hé, avait ajouté Marco quelques minutes après. Tu ne me réponds déjà plus ? »

« Désolé, mon téléphone s'était éteint, avait répondu Damiano. Tu peux attendre vingt minutes que mes parents sortent ? Ou juste un quart d'heure ? »

« Je suis chez toi dans un quart d'heure », avait répondu Marco, et il avait ajouté des émoticônes.

Ainsi, Damiano lui avait prêté de l'argent. Ce n'était pas sa générosité qui l'y avait poussé, mais les menaces latentes dont Marco avait subtilement entouré sa demande, faisant appel non tant à son sentiment de culpabilité qu'à la nécessité de ne pas décevoir des attentes obscurément liées au risque de sanction sociale. Comment serions-nous jugés si nous refusions de l'argent, que nous possédons en abondance, à un bon ami qui en a besoin ?

Cependant, quand le dimanche était arrivé, Marco ne s'était pas manifesté pour rembourser la somme. Quelques jours après, Damiano avait pensé légitime de le contacter pour lui rappeler sa dette. Or, face à ce genre de difficultés, Marco Prato était un as.

D : « Salut Marco, ça va ? »

M : « Bof. Pas trop. Et toi ? »

D : « Je t'écris parce que tu m'as dit que tu me rembourserais dimanche l'argent que je t'ai prêté. »

M : « Tu ne donnes jamais de nouvelles. »

La manœuvre de culpabilisation était parfaite.

D : « C'est vrai, je ne t'ai pas appelé et je suis désolé de te demander ça comme ça. Mais j'ai besoin de cet argent. »

M : « Damiano, malheureusement je ne peux pas encore te rembourser. Je me sens trop nul. Je déteste avoir des dettes. A(h)però est encore en phase de lancement… »

D : « Ne te sens pas nul. J'ai tenté ma chance parce que j'avais besoin de liquide. »

Le 17 novembre, Damiano avait relancé.

D : « Salut Marco, ça va ? Samedi, je pars au Brésil. Tu penses que tu pourrais me rembourser au moins une partie de l'argent ? »

M : « Je ne vais pas bien, je suis enfermé chez moi. C'est une sale période. »

D : « Je suis désolé. Tu veux qu'on sorte, ce soir ? Tu veux passer chez moi ? Ou si tu veux je passe te chercher. »

Ce soir-là, ils ne s'étaient pas vus et Damiano était parti au Brésil. De retour en Italie le 2 décembre, il lui avait de nouveau écrit.

D : « Marco, désolé de te demander ça. Ça me gêne, moi aussi. J'ai besoin de l'argent que je t'ai prêté. Tu ne peux pas me le rendre ? Au moins en partie ? »

M : « Non, malheureusement. Crois-moi, c'est beaucoup plus gênant pour moi ! Je suis vraiment désolé. Pour le Premier de l'an (croise les doigts !) j'organise une soirée et je devrais gagner pas mal d'argent. »

Il y avait eu d'autres échanges les semaines suivantes. Puis, le 5 janvier, Damiano était revenu à la charge, de manière détournée.

D : « Bonne année, Marco ! Tu as bien gagné pour ta soirée ? »

Marco n'avait pas répondu. Une semaine après, le 12 janvier, Damiano lui avait réécrit. Cette fois, le ton était agacé.

« Marco, tu aurais au moins pu me répondre… »

« Je suis cloué au lit avec de la fièvre », avait répondu Marco le lendemain.

Puis il était passé à l'offensive :

« Je n'ai pas apprécié ton message de début d'année. Tu ne me souhaites même pas de bonnes fêtes et après tu me demandes si j'ai bien gagné. La soirée s'est bien passée, mais pas extra niveau revenus. Enfin, dès qu'on me fera le virement de ce qu'on me doit et que je serai guéri, je commencerai à te rembourser. »

Transformer ses propres manquements en ceux d'autrui était un vieil expédient, mais il fonctionna.

« Je suis désolé Marco, je ne voulais pas être grossier. Tu m'en voulais, du coup ? »

« Je ne t'en voulais pas, mais ça m'a attristé. Je t'écris dès que je vais mieux. »

« Oui, ça me ferait plaisir qu'on prenne un café. Soigne-toi bien. »

« Alors tu passes ou pas ? » tapa Marco sur son téléphone en regardant Manuel sniffer un des derniers rails de coke.

« OK, je passe. »

« Bien. On est à Collatino, via Igino Giordani. »

Marco leva la tête et informa Manuel de ce qui se tramait.

« Tu es sûr ? »

Manuel semblait déçu. Voire même contrarié.

« Ce n'est pas mieux qu'on reste tous les deux à discuter ? Pourquoi il faudrait faire venir ton ami ? On est si bien tous les deux.

— La coke, le coupa Marco.

— Écoute, Marco, parlons franchement. Je n'ai pas envie de passer pour un pédé une deuxième fois.

— Ne t'inquiète pas, dit Marco en souriant. On a besoin de Damiano pour le fric. C'est notre distributeur. Et puis il est sympa, tu verras, c'est un chouette garçon. »

Damiano ne s'expliquait pas bien pourquoi il avait accepté l'invitation. Ne savait-il pas quoi faire de sa soirée ? S'ennuyait-il tant que ça ?

La vérité, c'était qu'il était embêté pour ses lunettes de soleil.

Il continuait à se maudire de les avoir prêtées à ce type, l'ami de Marco Prato qui s'était présenté chez lui une nuit quelque temps auparavant. Alessandro le Japonais. Il ne connaissait même pas son vrai nom.

Évidemment, Damiano avait essayé de les récupérer, il avait envoyé plusieurs messages à Marco mais les réponses de ce dernier avaient été de plus en plus évasives. Ainsi, à une heure moins vingt du matin, Damiano sortit de chez lui et appela un taxi. Une fois arrivé via Igino Giordani, il paya la course, descendit de la voiture et regarda autour de lui. Il n'arrivait pas à trouver le numéro. Dans la nuit, le quartier de Collatino ressemblait à une gigantesque ruche en béton abandonnée sur une planète lointaine. Il écrivit à Marco.

« Vous êtes où ? »

« Il n'est même pas foutu de trouver l'immeuble », commenta Marco après avoir lu son message.

Ils descendirent au rez-de-chaussée.

Damiano les vit sortir de l'obscurité.

« Salut Marco, dit-il, un peu perdu.

— Salut mon beau, nous voilà. Je te présente Matteo. »

Matteo ? Manuel était déconcerté. Il tendit la main à Damiano en essayant d'avoir l'air naturel. Pourquoi Marco l'avait-il présenté sous ce prénom ? Le protégeait-il ? Ou l'embarquait-il dans un énième plan galère ?

Ils montèrent tous trois au dixième étage et entrèrent dans l'appartement. Trois rails de cocaïne les attendaient sur la table du salon.

« Au début, Manuel, que j'appelais Matteo, déclara Damiano aux carabiniers, était très taciturne. Je craignais que ma présence le dérange. Et puis il a commencé à s'ouvrir. Dans l'ensemble, l'ambiance était agréable. Les problèmes ont débuté après. »

Ils sniffèrent, rassemblèrent l'argent nécessaire pour acheter d'autre coke, ou plutôt ce fut Damiano qui déboursa la somme. Deux cent cinquante euros. Comme Damiano n'était pas habitué à en consommer, il n'avait pas idée de ce que cette somme représentait. À deux heures du matin, Marco appela le dealer. Après avoir bu d'autres verres, Manuel se détendit et se mit à parler de l'université avec Damiano. Marco les regardait d'un air satisfait.

« Un e-campus ? Qu'est-ce que ça veut dire ? demanda Damiano.

— Ça veut dire que je suis la fac en ligne. Les cours sont sur Internet... je veux dire... tu ne dois te déplacer que pour passer les partiels et soutenir ton mémoire.

— Sans vouloir te vexer, dit Damiano, moi ça me paraît un peu absurde qu'une fac fonctionne comme ça. »

Manuel entreprit de mieux s'expliquer. Marco prépara trois rails. Là, il y eut un épisode un peu amusant. Damiano avait du mal à sniffer. Jusque-là ça allait, mais maintenant ça devenait compliqué.

« Je souffre d'une hypertrophie des cornets nasaux, expliqua-t-il. Excusez-moi. »

Ainsi, au cœur de la nuit, Damiano appela un autre taxi, se fit conduire à une pharmacie de garde, acheta un spray nasal et revint via Igino Giordani.

Ils se remirent à sniffer. Maintenant, c'était Marco qui tenait le crachoir. Tout en bavardant avec Damiano, il surveillait Manuel du coin de l'œil. Manuel le regardait aussi, Manuel regardait Marco et il reconnaissait *le truc*. Grâce à la cocaïne, tout recommençait comme deux mois auparavant, en janvier. Le *magnétisme*. Une vague blanche, lumineuse. Ils se comprenaient de nouveau. Ils burent un autre verre, sniffèrent, et quand la vague explosa dans leur cerveau – une explosion douce, délicate, semblable à une cascade de feux d'artifice au ralenti –, Manuel et Marco se regardèrent plus intensément encore.

Quand deux personnes sous l'effet de la drogue se regardent de cette manière, elles peuvent voir beaucoup de choses. Elles peuvent avoir la sensation de lire dans l'esprit de l'autre. Ou, au contraire, se convaincre que c'est l'autre qui lit dans leur esprit. Ce qui peut les conduire à s'ouvrir de manière à ce que l'autre saisisse *vraiment* ce qu'elles pensent. Ou encore, elles peuvent complètement se tromper dans leur interprétation des pensées d'autrui. Ceux qui se regardent de cette manière peuvent être terrorisés. Ou exaltés. Ou envahis par une sensation de béatitude. Ou d'angoisse terrifiante.

Marco bondit soudain sur ses pieds.

« Mon entretien ! » s'exclama-t-il.

Le lendemain, expliqua-t-il, il avait un entretien de travail important. Il devrait se lever tôt. Oui oui. Il parlait à ses deux acolytes, mais c'était Damiano qu'il fixait. Damiano comprit sans mal qu'il était le destinataire de ce discours et qu'il était de trop. L'état altéré de sa conscience ou la sourde menace qui flottait derrière chaque mot de Marco – la possibilité qu'il se vexe pour quelque chose – le conduisirent à ne pas se poser trop de questions.

« Bien sûr, désolé », s'empressa-t-il de dire.

Il salua Marco, puis Manuel (« Salut Matteo, ravi d'avoir fait ta connaissance »), appela un taxi et s'en alla.

Dès que Damiano eut refermé la porte derrière lui, Marco et Manuel se jetèrent sur la coke. Marco prit le sac en toile qu'il avait apporté et alla à la salle de bains. Il se rasa la barbe, s'épila les mains et les bras, se maquilla, se parfuma, se passa du vernis sur les doigts. Il sortit son legging, sa robe léopard, son soutien-gorge et ses chaussures à talon.

Il était presque cinq heures du matin, et l'atmosphère avait changé. Ce qui était resté dans l'ombre jusque-là se révélait en pleine lumière. L'énigme latente avait été résolue. Marco et Manuel se sentaient forts, pleins d'énergie, capables de se comprendre et de se regarder avec une acuité plus grande encore que précédemment.

Damiano se réveilla avant l'heure du déjeuner. Il entendit le bruit des clés dans la serrure, des pas dans le salon. Sa mère était venue lui rendre visite. Il déjeuna avec elle. Peu après, épuisé par la nuit précédente, il retourna se coucher et s'endormit aussitôt.

Quand il se réveilla de nouveau, son appartement était plongé dans le silence. C'était le milieu de l'après-midi et sa mère était repartie. Il regarda un peu la télé. Une demi-heure après, il se dit que c'était l'heure d'aller à la salle de sport. Il prit son sac, le remplit et se prépara à sortir. C'est alors qu'il sentit son téléphone vibrer. Marco Prato. Celui-ci lui proposait de passer une autre soirée ensemble. Cette fois, ils pouvaient dormir chez Damiano, écrivait-il. En gros, il s'invitait chez lui. Damiano s'empressa de répondre.

« Salut Marco, merci pour cette proposition de venir chez moi ♥, mais ce soir je dîne chez ma grand-mère, je resterai dormir chez elle. »

Marco n'était pas du genre à se rendre devant une émoticône.

« Je suis revenu chez Matteo, l'informa-t-il. Tu n'as qu'à venir, tu iras chez ta grand-mère de là-bas. »

« Ça me ferait plaisir, mais là je vais à la salle. »

Damiano remit son téléphone dans sa poche, sortit et se dirigea à pied vers la salle de sport. Il était presque arrivé quand Marco lui envoya un autre message.

« Tu pourrais aller dîner chez ta grand-mère demain. »

« Merci, mais aujourd'hui c'est compliqué. »

Il n'avait pas très envie de revoir Marco aussi vite. Manque de chance, ce dernier avait mystérieusement perçu une brèche entre les lignes, et maintenant il poussait pour l'agrandir. Il joua une carte inattendue.

« Damiano, écoute, en fait je ne vais pas bien. »

« Comment ça ? »

Marco écrivit qu'il avait le moral dans les chaussettes. Il était « bloqué » et était en parano, à deux doigts de la crise d'angoisse. Qui pouvait le comprendre mieux qu'une personne souffrant d'un trouble obsessionnel compulsif ?

« Ne me laisse pas seul, écrivit-il, tu comptes vraiment pour moi. »

« Demain, on passe la journée ensemble si tu veux », essaya de l'apaiser Damiano.

« Écoute, Damiano – le ton avait de nouveau changé –, toi, quand tu es en difficulté, c'est sur le moment que tu as besoin d'aide. Et pour moi ce moment, c'est *maintenant.* »

« Oui mais j'ai organisé un dîner avec mes cousins de Rome que je ne vois presque jamais. »

Excuses sur excuses. Il s'enfonçait.

« Justement, tes cousins habitent à Rome, écrivit Marco, ils ne viennent pas d'Australie. Tu peux les voir quand tu veux. »

« C'est vrai, reconnut Damiano. Mais, crois-moi, je ne peux pas. »

« Damiano, je te le demande, *s'il te plaît*, insista Marco, je trouve moche que tu préfères laisser un ami dans cet état pour un petit dîner bourgeois. »

« Moi aussi je préférerais être avec toi, mais là tu me mets vraiment en difficulté. »

« *Viens* alors, écrivit Marco. Je ne veux pas d'argent, je ne veux pas de drogue, j'ai juste besoin que TU sois là. Quand *tu* as eu besoin *de moi*, j'ai toujours été là pour toi. »

« Si je viens, je ne bois pas. »

Il avait cédé.

« Je te redonne l'adresse. Via Igino Giordani, 2. Je te demande juste un service. Apporte-moi tous les calmants, les anxiolytiques, les benzodiazépines que tu as. Je me sens mal. »

Damiano tourna le dos à la salle de sport. Il appela un taxi. Il donna l'adresse au chauffeur et ferma les yeux, exaspéré. Il soupira, puis écrivit à Marco :

« Je suis en route. »

Cette fois, Damiano savait à quel interphone sonner.

Il monta au dixième étage et trouva la porte ouverte. La scène qui l'attendait à l'intérieur était pour le moins inattendue.

« Salut Damiano. »

Marco n'avait pas du tout la tête de quelqu'un au bord de la crise d'angoisse. Il souriait, il tenait bien sur ses jambes. Et puis il était rasé, il avait les bras et les mains épilés, et il portait du vernis à ongles.

« Pourquoi tu portes du vernis ? réussit à demander Damiano.

— Je m'ennuyais. »

L'aspect de Marco Prato était surprenant. Et celui de l'appartement aussi. Apparemment, rien n'avait changé depuis la nuit précédente, mais une atmosphère nouvelle semblait l'animer, comme si quelque chose mijotait entre ces murs ou plutôt comme si, une fois la porte franchie, on était projeté à des milliers de kilomètres. Vers le haut, le bas, ou dans une autre dimension, ça, Damiano n'aurait pas su le dire.

« Où est Matteo ?

— Il dort dans sa chambre. »

Marco lui tendit un verre de vin glacé.

Bien qu'il se soit juré de ne pas boire (« J'étais au régime, en plus »), Damiano ne sut pas refuser.

« Les anxiolytiques ? » demanda Marco.

Damiano sortit la boîte de délorazépam qu'il avait apportée. Marco s'en saisit, se mit à l'examiner avec soin.

« Comment s'est passé ton entretien de travail ? demanda Damiano.

— Oh, bien, bien, s'empressa de répondre Marco. Bon, je te prépare un autre cocktail. »

Il partit dans la cuisine.

Damiano s'assit dans le salon, vida ses poches, posant son portefeuille et son portable sur la table. Il regarda autour de lui, de plus en plus désorienté. Quelques minutes après, comme Marco ne revenait pas, il décida de le rejoindre.

« Dis donc, tu en mets du temps, dit-il en entrant dans la cuisine.

— J'aime bien refroidir les verres avec de la glace », répondit Marco.

Il lui tournait le dos, et il haussa légèrement les épaules en entendant Damiano approcher. Celui-ci eut la sensation qu'il cachait la partie du plan travail où il préparait les boissons. Il fit quelques pas de plus. Marco se tourna avec un sourire un peu agacé :

« Tu ne veux pas aller là-bas ?

— Pour quoi faire ?

— Va voir Matteo qui dort.

— Voir Matteo *qui dort* ?

— C'est intéressant », rétorqua Marco sans changer d'expression.

Ainsi, Damiano se retrouva dans le couloir. Il était hors de question de déranger le maître des lieux qui se reposait dans son lit, d'autant plus qu'il ne le connaissait presque pas. Mais il ne voulait pas contrarier Marco. Arrivé au fond du couloir, il resta immobile pour que Marco pense qu'il suivait son conseil. Il compta jusqu'à dix et revint au salon.

« Ah, te revoilà », dit Marco, et il lui tendit un verre rempli d'un liquide sombre qui ressemblait à de la liqueur aux plantes.

Damiano en but une gorgée. Le goût était bizarre. Il essaya de voir où il pouvait poser son verre sans que Marco se vexe. À ce moment-là, ils entendirent du bruit dans la chambre à coucher, puis des pas dans le couloir. Quelques secondes après, Manuel entra dans le salon, les salua, il avança péniblement vers la table, puis s'assit, la tête entre les mains.

« J'ai mal à la tête », déclara-t-il.

Il avait l'air très fatigué. Ils se mirent à parler. Quelques minutes après, ils conclurent que l'heure était venue d'acheter d'autre cocaïne. Damiano leur passa sa carte bleue et un bout de papier avec son code. Marco parlait. Manuel parlait. Damiano entendait leurs voix comme dilatées. L'environnement se mit à tanguer, les murs bougeaient comme des rideaux agités par le vent.

« Ce type est incroyable, raconta Manuel au procureur. Comment tu peux verser du délorazépam dans le verre d'un ami qui en plus t'a donné de l'argent pour acheter de la cocaïne ? »

Manuel rapporta que Marco lui avait dit qu'il avait versé du délorazépam dans le verre de Damiano. Damiano, quant à lui, dit qu'il n'en était pas sûr (comment aurait-il pu le vérifier ?) mais, effectivement, ses souvenirs se brouillaient à partir de ce moment-là. Il se rappelait s'être réveillé sur le canapé. Il était dans un état de confusion, engourdi, il avait perdu la notion du temps.

« On va prendre l'air. Allez, on y va, dit soudain Marco.

— Comment ça, on descend ? » demanda Damiano, surpris.

Il lui semblait que l'appartement avait encore changé d'aspect.

« Grouille, va. »

Damiano sentit qu'il fallait faire ce que Marco demandait. Manuel s'était lui aussi dirigé vers la porte. Damiano se leva du canapé et, quelques secondes après, il se retrouva sur le palier.

« On descend à pied. Prends l'ascenseur, toi. »

Il obéit encore. Il entra dans l'ascenseur, les yeux fixés sur ses pieds. Quand les portes se rouvrirent, Damiano se retrouva dans un autre monde.

« Hé, les gars, vous êtes où ? »

Il entendit ses pas résonner dans le vide, l'endroit était plongé dans la pénombre complète. Ses yeux finirent par s'habituer à l'obscurité et il identifia une tache grise. En regardant mieux, il comprit que c'était le rideau de fer d'un garage. Il était descendu trop bas, jusqu'au sous-sol. Il vit un escalier sur sa droite et l'emprunta pour remonter au rez-de-chaussée. Il avait encore la tête qui tournait. Il alla vers la porte et sortit dans la via Igino Giordani.

Maintenant, il respirait l'air froid de la nuit. En face, du côté de l'église, il entendit des pas et il lui sembla identifier deux silhouettes dans le noir.

« Marco, c'est toi ?

— Par là », lui dit une voix.

Damiano essaya de la rejoindre. Arrivé à un rond-point, il tourna à droite, il poursuivit tout droit dans une rue bordée de haies, tourna à gauche et se perdit.

Il marchait à présent sans but, au milieu des immeubles et des voitures garées. Il s'efforçait de ne pas se laisser déborder par l'angoisse. Au bout de quelques minutes d'errance, il vit une personne au loin. C'était une fille. Il leva la main sans brusquerie, il voulait attirer son attention sans lui faire peur. La fille sortit de l'ombre, l'air paisible. Damiano lui expliqua qu'il s'était perdu. Elle lui indiqua gentiment comment regagner la via Igino Giordani.

Quelques minutes après, Damiano avait retrouvé son chemin. Quand il vit l'immeuble de Manuel, une pensée lui traversa l'esprit. Il fouilla ses poches. *Merde.* Sa carte bancaire. Il hâta le pas. Sonna.

« Damiano. Tu étais où ? »

C'était Marco.

« Je m'étais perdu. Tu m'ouvres ?

— Tu peux rentrer chez toi, je ne vais pas tarder à y aller. »

Damiano soupira. Il avait l'impression d'être dans un cauchemar.

« Marco, j'ai laissé ma carte bancaire en haut. Ouvre-moi, je monte la récupérer et je file.

— Rentre chez toi, je te dis. Je te la rapporte dans une demi-heure. »

« Je devais être dans un sacrément drôle d'état, raconta Damiano aux carabiniers. Parce que, bon, si je me rends compte que j'ai oublié ma carte bancaire et que je demande "Je peux monter une seconde ?" et qu'on me répond non, en temps normal, j'aurais insisté. Je me serais imposé. Là, non, j'ai obéi à Prato. »

Il rentra à Parioli en taxi. Une fois chez lui, Damiano attendit. Une heure après, Marco n'était toujours pas là. Puis il entendit qu'il avait reçu un message. Il se jeta sur son téléphone. Ce n'était pas Marco. C'était sa banque. Damiano relut le message pour s'assurer qu'il avait bien compris. *Bip.* Un nouveau message de sa banque. Damiano avait beau *se refuser* d'admettre qu'une chose pareille, aussi absurde et indécente, soit seulement concevable, il fut bien obligé de se rendre à l'évidence : c'était bien ce qui était en train de se passer. Il appela Marco sur-le-champ. Sans succès. Alors il se mit à lui envoyer message sur message.

« Tu ne peux pas me faire ça. »
« Réponds, je t'en supplie. »
« Ça ne se fait pas, Marco. »
« S'il te plaît, appelle-moi. »
« Quelqu'un a retiré 250 euros de plus avec ma carte. »
« Je dois signaler le vol de ma carte ? »
« Marco je t'en supplie, je pète un câble ! »
« Marco je me fiche de l'argent mais réponds-moi. »
« Tu es en train de détruire ma vie. »

Les heures passèrent. Marco ne répondit pas à un seul message. Quand Damiano se décida à faire opposition, plus de mille euros avaient été prélevés sur son compte.

De nouveau seuls dans l'appartement, Marco et Manuel se retrouvèrent avec deux grammes de cocaïne encore intacts, plusieurs bouteilles de vodka, une carte bancaire à disposition. Il était deux heures du matin, le jeudi 3 mars. Ils se remirent à sniffer sans perdre de temps. Ce fut comme reprendre le fil de leur incroyable conversation interrompue peu avant. Il y avait la réalité en surface, et puis il y avait le monde souterrain, qui, avec la montée de coke, reprit instantanément vie dans leurs cerveaux.

« On est illico retombés dans le délire », se souvint Marco.

Ils recommencèrent à parler de comment gagner plein d'argent. Marco remit sur le tapis son projet de transition. Il allait prendre des hormones, il deviendrait une soldate transsexuelle obéissant aux ordres de Manuel. Un corps prêt à tout, géré par un esprit entrepreneurial passionné d'informatique. Que se passe-t-il quand Sasha Grey rencontre Steve Jobs ? Branchés sur mille volts, les esprits des deux hommes dialoguaient, fusionnaient quelques instants puis retournaient divaguer chacun de leur côté.

« Manuel m'a parlé d'un héritage dont il entrerait en possession à la mort de son père, raconta Marco au procureur. Mais pourquoi attendre sa mort ? Grâce à mon changement de sexe, nous pourrions mettre au point un scénario de séduction.

— Un scénario de séduction ? Pour quoi faire ? demanda le procureur.

— Manuel m'avait décrit son père comme un homme très sensible au charme féminin. Si je me présentais à lui déguisé en femme, ça ne marcherait pas. Mais si j'étais *vraiment* une femme… Je pourrais séduire M. Foffo, je le conduirais à faire des choses qui avantageraient Manuel, j'arriverais aussi à séduire les dirigeants de la Fédération italienne de football, et l'application de Manuel serait validée. Bref : un délire. »

Tant qu'il s'agissait seulement de mots, tout se résolvait à une vitesse vertigineuse.

« Pendant qu'on parlait, Manuel avait des yeux méconnaissables », dit Marco.

Selon Manuel, c'était au contraire Marco qui, par moments, avait « un regard de criminel ».

« C'est là qu'il m'a parlé des viols », déclara Marco.

« C'est là que j'ai *fait semblant* pour le viol », précisa Manuel.

Dans la version de Manuel, Marco posa une main sur son épaule :

« Allez, moi, tu peux tout me dire. Quel est ton fantasme le plus inavouable ? »

Alors, Manuel, qui n'avait jamais eu envie de violer qui que ce soit de sa vie, avança l'idée la plus extrême qu'il puisse concevoir.

« J'aime les viols. »

Il prenait ça comme un concours, il voulait voir la réaction de son ami, Marco était un garçon bizarre et intéressant, ses réponses étaient toujours inattendues.

Alors Marco sortit son portable et lui montra des vidéos.

« C'était horrible, raconta Manuel, ça m'a dégoûté. »

Des adultes qui violaient des enfants. Une jeune fille violée par un groupe d'hommes. Manuel approcha le téléphone de ses yeux. Il n'arrivait pas à déterminer si c'était un véritable viol ou une simulation. Ils burent encore de la vodka. Ils sniffèrent encore de la coke. Manuel recommença à parler de ses fantasmes. Maintenant, il était en roue libre, ses phrases se firent un peu incohérentes, ses yeux chavirèrent encore plus. Marco essayait de suivre, mais les yeux de Manuel devinrent si étranges qu'il finit par prendre peur.

« On a besoin d'un troisième cerveau », déclara-t-il alors.

À présent que la contagion psychique était à quelques degrés de l'ébullition, il fallait essayer de faire baisser la température.

« Il commençait à dire des trucs vraiment *bizarres*, raconta Marco. J'étais perturbé, mais en même temps il me plaisait beaucoup. Alors je me suis dit que si une autre personne venait, la situation allait se calmer. Je lui ai dit : "Invite un ami à toi, on discutera un peu." »

La version de Manuel différait quelque peu :

« Marco a commencé à me harceler avec cette histoire comme quoi je devais appeler un ami à moi. Il voulait que cet ami vienne chez moi. Il était insistant. Très insistant. Alors au bout d'un moment j'ai pris mon téléphone et on a consulté mon répertoire ensemble. »

À mesure que Manuel montrait ses contacts à Marco, ce dernier les commentait.

« Il regardait les photos de mes contacts et il décrétait : "Celui-là c'est un bon garçon ; celui-là il a une tête de délinquant ; celui-là il sniffe ; celui-là on ne peut pas lui faire confiance"... Il a fini par me dire que beaucoup de mes amis m'exploitaient, qu'ils profitaient de ma gentillesse, de ma disponibilité. Et tout ça, rien qu'en regardant leur photo. »

Était-ce un moyen de l'affaiblir ? De le garder sous son emprise ? En lui disant qu'il ne pouvait pas se fier à certains de ses amis mais qu'à lui bien sûr que si, Marco cherchait-il à accroître son pouvoir sur Manuel ? Par ailleurs, Manuel n'était pas convaincu par cette idée selon laquelle un ami apporterait « un troisième cerveau ». En tout cas, il lui semblait que cette théorie n'expliquait pas tout.

« Marco ne me le disait pas, mais je craignais qu'il ait aussi des objectifs sexuels. »

Manuel se mit à appeler des contacts qui ne pourraient pas accepter son invitation.

« J'ai appelé un ami qui travaillait tôt le lendemain matin. Un autre qui n'était pas à Rome, et qui aurait dû faire des heures de route pour nous rejoindre. Un autre qui avait arrêté de sniffer depuis des années, et donc qui ne viendrait jamais. Je faisais exprès. Je ne voulais attirer d'ennuis à personne. »

Après ces premières tentatives infructueuses, Marco, agacé, lui arracha son téléphone. Il reparcourut son répertoire et envoya lui-même des messages sur WhatsApp.

« Je ne sais même pas combien il en a envoyé. Il écrivait aux gens en se faisant passer pour moi. Ça ne servait à rien, vu comme il s'y prenait. »

Manuel passait de longues journées à lire sur TripAdvisor les avis laissés sur des restaurants, dans la tentative de distinguer les vrais des faux. Il était convaincu que cette pratique l'avait doté d'une certaine finesse dans l'analyse linguistique.

« Ça n'aurait jamais pu marcher. Si on regarde l'historique de tous les SMS et des messages que j'ai envoyés sur WhatsApp, on remarquera que je m'exprime toujours dans un italien correct, alors que dans les messages qu'il envoyait, il me faisait parler autrement. Il utilisait des mots du genre : "Yo les gars, on s'envoie de la C" ; et même "relax". Que des conneries. »

Marco envoya même un message au frère de Manuel. Manuel se fâcha. Exaspéré, il reprit son téléphone et se remit à parcourir patiemment ses contacts.

« Je ne voulais pas exposer mes amis les plus proches. »

Il était 4 h 13 quand Manuel téléphona à Alex Tiburtina.

« Quand j'ai vu les infos, j'ai eu un choc, dit Alex Quaranta aux carabiniers. C'est fou de se rendre compte qu'on a échappé d'un cheveu à un massacre. »

Manuel Foffo et Alex Quaranta s'étaient rencontrés moins d'un an auparavant et ne s'étaient jamais revus. Un soir d'été dont aucun des deux ne se souvenait de la date précise, après avoir passé quelques heures dans le restaurant familial, Manuel avait décidé de rentrer chez lui. Le Bottarolo était à vingt minutes à pied de la via Igino Giordani. Bien qu'il vienne de sortir d'un restaurant, il s'aperçut qu'il avait faim. À Rome, quand on est dehors et qu'on a faim, on peut être sûr que tôt ou tard on trouvera un endroit où se rassasier. Et, de fait, au bout de quelques mètres sur la via Tiburtina, Manuel repéra une pizzeria qui vendait des parts à la découpe. Il entra, s'assit et se mit à manger. Il entendait des voix dans son dos. Des voix qui devinrent des cris : une dispute.

« Un garçon était entré avec des amis à lui, ils avaient commandé une pizza et de la bière. Au moment de payer, le type s'est rendu compte qu'il lui manquait deux euros. Le pizzaïolo s'est énervé. Ils ont commencé à se disputer. Ça n'en finissait pas. Pour qu'ils arrêtent, j'ai donné la somme manquante. »

Alex Quaranta tint quant à lui à préciser que les choses ne s'étaient pas tout à fait passées comme ça.

« Il me manquait cinquante centimes, pas deux euros. Et je n'avais pas pris de pizza, juste une Nastro Azzurro. »

Manuel paya la minuscule dette, et Alex Quaranta se tourna vers lui en souriant.

« Hé, t'es vraiment trop sympa ! Un grand merci. Personne n'avait jamais été aussi cool avec moi.

— Oui, bon, n'exagérons pas, répondit Manuel.

— Laisse tomber, la lose, j'ai même pas pu me payer une bière... c'est que je suis descendu sans mon fric, j'habite dans le coin.

— Où ça ?

— Là, juste derrière ! »

C'était un homme de trente-cinq ans environ, mat de peau, très franc. Il avait l'air sympathique.

Il lui présenta ses amis. Un des deux s'appelait Samir, il était tunisien.

« Moi j'ai un resto tout près, à Monti di Pietralata, dit Manuel.

— Ah bon ? Je suis pizzaïolo ! dit Samir. Vous n'avez pas besoin de quelqu'un ? »

Ils sortirent. Manuel aimait rencontrer de nouvelles personnes. Alex avait le contact facile avec les inconnus (« Avec quelqu'un que tu ne connais pas, tu peux parler librement, tu n'es pas obligé de faire attention à chacun de tes mots »), alors il raconta ses ennuis à Manuel. Il venait d'une famille compliquée, il avait été en désintoxication (« problèmes avec la coke »), mais maintenant il était sevré, il faisait de la boxe en amateur, il cherchait un travail fixe. Il avait une nouvelle petite amie.

« On se prend un apéro ensemble, un de ces quatre ?

— Avec plaisir ! » répondit Manuel.

Ils s'échangèrent leurs numéros. Pour ne pas le confondre avec un ami qui avait le même prénom, Manuel l'enregistra sous le nom d'« Alex Tiburtina ».

Quelques semaines plus tard, Manuel l'appela pour lui proposer d'aller boire un verre. Alex était alors à l'autre bout de la ville (« Désolé Manuel, je suis via Tuscolana ») et l'affaire en resta là. Ils n'avaient pas repris contact depuis.

Effectivement, l'histoire d'Alex Quaranta était compliquée. Son père était un ingénieur à succès, « une sorte de savant bardé de diplômes, mais froid, très rationnel ». Ses parents s'étaient rencontrés en Somalie.

« Ma mère vient de là-bas, c'est une réfugiée politique, la fille d'un général des forces armées. »

Ils s'étaient installés à Rome, où ils avaient habité ensemble jusqu'en 1991. Puis ils s'étaient séparés.

« Mon père était un coureur de jupons. Ma mère a commencé à avoir des problèmes d'alcoolisme. Quand j'avais onze ans, elle a quitté la maison, avec l'aide de sa famille elle a déménagé en Suisse, puis en Angleterre. Mon père est resté avec mon frère et moi. Il était présent pour tout ce qui était matériel, mais sur le plan affectif on n'a rien eu. Aujourd'hui encore, quand on se voit, il se contente de me serrer la main. Bref, quelques années après, il est parti lui aussi, il s'est installé avec sa nouvelle compagne. Mon frère et moi, on est restés seuls à la maison, papa nous a laissé l'appartement et une certaine somme d'argent. Moi j'avais dix-huit ans, et même si au niveau économique je ne manquais de rien, la carence affective me pesait. Je crois que c'est pour ça que j'ai eu une vie compliquée. »

Pour Alex, ce fut le début d'une période de débauche.

« J'ai claqué une tune incroyable en voitures, voyages, drogues, excès en tous genres. Au bout d'un moment, mon frère et moi on a vendu l'appartement. Vu que je n'avais plus d'argent, j'ai pris conscience qu'il fallait travailler. J'ai commencé en tant que magasinier dans des supermarchés. Je suis allé à Pomezia. Entre-temps, mon père avait déménagé en Espagne, alors j'ai décidé de le rejoindre. J'avais vingt-trois ans, c'était l'occasion de repartir d'un bon pied. »

Pendant un temps, en Espagne, Alex avait filé droit. Il s'était mis en couple avec une jolie fille. Mais après, il avait atterri à Ibiza (« J'y étais allé en vacances. Là, j'ai revu quelques vieux copains de Rome et j'ai recommencé à prendre de l'ecstasy et tout ça »). Rentré quelque temps en Italie, il avait été condamné pour trafic de stupéfiants (« Finalement, le chef d'accusation retenu a été "détention d'une petite quantité destinée à la consommation personnelle", je tiens à le préciser »). Sa petite amie espagnole était enceinte, Alex avait hâte de la rejoindre, il devait juste récupérer sa carte d'identité qu'on lui avait confisquée en raison de ses problèmes avec la justice. C'était presque fait, mais une mauvaise surprise l'attendait.

« J'avais déjà pris mes billets pour rentrer en Espagne, ma copine venait d'accoucher d'une fille, j'étais super heureux. Mais elle, elle a changé d'avis. En fin de compte, elle ne l'a pas senti. Je veux dire, d'être avec moi. Elle est partie avec notre fille. Avec sa famille, ils ont décidé de m'exclure de tout. Nouvelle tuile. Je suis resté en Italie. »

À Rome, une sale période avait commencé.

« Je passais d'appart en appart. J'ai été réceptionniste dans un hôtel, puis serveur dans un restaurant, puis barman, j'ai tout fait. J'ai pris un appartement à Centocelle, dont j'ai été expulsé. Certains jours, j'ai dû recourir au système D, comme on dit. Heureusement, j'ai rencontré Sonia. »

Sonia, c'était sa petite amie actuelle. Alex l'avait rencontrée après une cure de désintoxication.

« Pendant la cure, je me suis enfin reposé, en sortant je me sentais bien, j'avais retrouvé des forces, j'étais prêt pour une vie normale. »

Sonia avait deux enfants d'une relation précédente. Alex et elle n'habitaient pas ensemble. (« Quand sa fille dormait chez son père et qu'on envoyait son fils pioncer chez un copain à lui, alors je pouvais squatter chez elle. ») Mais ils voulaient construire une histoire sérieuse.

« On avait ce projet de monter notre affaire. Un resto. J'avais imaginé un concept unique. En fait, on voulait ouvrir un bar à gnocchis avec quinze sauces différentes, toutes faites maison. On a mis nos économies en commun, moi six cents euros, Sonia six cents euros aussi, maman m'a envoyé quatre cents euros de plus, et on s'est lancés là-dedans, on attendait que Sonia touche son chèque d'indemnisation à la suite d'un petit accident, ce chèque devait nous permettre de finir les travaux au resto et d'enfin entrer, pour moi en tout cas, dans un monde professionnel qui ait du sens. »

Cependant, en attendant l'ouverture du bar à gnocchis, Alex devait serrer les dents.

« En ce moment, je suis sans domicile fixe, expliqua-t-il aux carabiniers. Je dors où je peux. Une nuit à l'hôtel, une nuit chez Sonia, une nuit chez des amis. Je suis un brave gars, les gens me donnent toujours un coup de main, par exemple ça m'arrive d'appeler un copain et de dire : "David, tu me prêtes vingt euros ?" Mais c'est vraiment dur, et puis c'est frustrant d'être à la rue quand tu viens d'une bonne famille, tu regardes le bitume pendant des heures, tu entends le silence de la nuit, c'est destructeur. C'est pour ça que je me suis retrouvé dans ce bordel. »

Les carabiniers lui demandèrent de raconter de façon détaillée où il se trouvait la nuit du 3 mars, quand Manuel Foffo, pressé par Marco Prato, avait décidé de l'appeler.

« J'étais sur le piazzale della Radio, répondit Alex Quaranta. Cette nuit-là, j'étais en galère, l'argent que j'avais en poche ne suffisait pas à payer une chambre d'hôtel, j'aurais pu dormir dans notre restaurant en travaux, mais il était plein de gravats. Alors je traînais en buvant une bière, en espérant que quelque chose se passe. »

Et, contre toute attente, quelque chose se passa.

À 4 h 13 du matin, son portable s'éclaira. Appel entrant : « Manuel resto ». Alex eut du mal à se souvenir de qui il s'agissait.

« Allô ?

— Salut, mec !

— C'est qui ?

— Hé, mais c'est Manuel, tu te souviens pas ? »

Le visage d'Alex s'éclaira.

« Manuel ! Comment tu vas ? Moi je me bois une bière.

— Rejoins-nous alors. Il y a une fête. On s'éclate. »

Alex peinait à croire à sa chance.

« Quand tu demandes à quelqu'un de dormir chez lui, c'est toujours un coup pour ton estime de toi, il faut rester vigilant, faire attention à ne pas dire un mot déplacé parce qu'on peut te mettre à la porte. »

Et voilà que Manuel – ce type qui l'avait déjà tiré d'embarras une fois – le contactait sans qu'il lui ait rien demandé.

« J'ai imaginé la fête classique, des gens qui boivent, qui draguent, qui éventuellement prennent un peu de drogue. Mais moi, je voulais juste un canapé où dormir. Un endroit chaud où passer la nuit. »

« Voilà l'adresse : via Igino Giordani, 2 », dit Manuel.

Alex n'avait plus que quinze euros sur lui. Appeler un taxi lui parut un bon investissement.

Manuel Foffo donna une version légèrement différente de cette conversation téléphonique.

« Pendant que je parlais à Alex, Marco m'a arraché le téléphone des mains et a commencé à lui parler à son tour. "Viens, il lui a dit, mais attention j'ai une surprise pour toi." Quand j'ai raccroché, je me suis énervé. "Oh, qu'est-ce que tu racontes ?" Marco m'a rassuré : "Ça ne l'a pas dérangé, il m'a dit, il a répondu qu'il était content qu'il y ait une surprise." »

Prato quant à lui déclara :

« Au téléphone, je l'ai prévenu de la situation, j'ai dit que *j'avais une surprise*. Pour un mec de banlieue, le message est clair. Il y a même une chanson de Califano[1] qui en parle. »

Alex confirma qu'il avait parlé avec Prato aussi. Mais il niait qu'il y ait eu une allusion d'ordre sexuel. Ou alors il était tellement fatigué qu'il n'avait pas relevé.

Alex prit un taxi. Alors qu'il était à bord, Manuel le rappela.

« Oh, tu viens ou quoi ? »

« Si tu te grouilles pas, on annule l'invitation. »

---

1. Franco Califano (1938-2013), chanteur et compositeur à succès, connu pour sa vie déréglée. (*N.d.T.*)

Ça, c'était la voix de Prato.

Quand Alex arriva à destination, le compteur indiquait vingt et un euros. Alex soupira.

« Je suis désolé, dit-il. Il ne me reste que quinze euros. »

Le chauffeur s'énerva.

« Hé, c'est quoi cette embrouille, putain ? »

Mais Alex avait l'habitude.

« Quand je me retrouve dans ce genre de situation, expliqua-t-il aux carabiniers, je suis toujours sincère, direct. Normalement ça marche. »

Ça marcha. Le chauffeur prit les billets, souffla et le laissa partir.

Alex se retrouva au pied de l'immense immeuble de la via Igino Giordani. Il appuya sur l'interphone. Arrivé au dixième étage, il sonna à la porte. Il s'imaginait trouver du monde qui dansait, de la musique à un volume élevé, des gens qui riaient. La scène qui l'attendait était différente.

« Manuel a ouvert la porte. Je ne l'ai quasi pas reconnu. Il était hagard. Derrière lui, j'ai vu un type habillé en femme. Et c'est tout. Pas de musique, pas de fête, pas de filles. C'était une situation aberrante. »

Et pas seulement aberrante. Dans sa vie, Alex avait vu des appartements moches, décrépits, sinistres, laissés à l'abandon, mais cet appartement-là présentait une caractéristique qui n'avait rien à voir avec la négligence ou le mauvais goût : il transpirait la méchanceté.

Manuel l'invita à entrer. Ses yeux étaient gonflés, il avait l'air égaré.

« Hé, mec, qu'est-ce qui t'arrive ? »

Alex s'efforça d'avoir un ton enjoué.

« Tu as l'air *complètement* à plat. »

Manuel répondit froidement :

« Ça fait deux jours qu'on reste enfermés à se défoncer. »

Alex avait de l'expérience : en général, il fallait une semaine pour se mettre dans des états pareils, si ces deux-là y étaient arrivés en deux jours, ça signifiait qu'ils y étaient allés *vraiment* fort.

Sa réflexion en resta là, car la véritable attraction de la soirée vint vers lui.

« Salut salut mon beau, on se présente ? »

Marco Prato portait une perruque bleu électrique, des chaussures à talon, du rouge à lèvres, et une robe de femme par-dessus son jean.

« C'était une de ces robes que les filles portent en été, quand elles descendent faire un saut à l'épicerie, se souvint Alex. Il parlait avec une voix féminine, très marquée. Sous son maquillage, on voyait sa barbe. »

Manuel affirmait qu'il s'était alors passé quelque chose qu'Alex niait catégoriquement.

« Avant de s'asseoir, Alex a dit : "Ce qui est dans le bloc E reste dans le bloc E." »

Selon Manuel, c'était un avertissement, Alex voulait qu'aucun d'eux ne parle de ce qui se déroulerait entre ces quatre murs. Cela signifiait qu'il ne dédaignait pas le divertissement que le travesti semblait prêt à proposer. L'allusion pouvait faire sourire, mais à la lumière de ce qui allait se passer par la suite, elle avait de quoi faire frissonner. Quelles possibilités y a-t-il que l'on fasse référence à Stephen King sur le lieu d'un massacre imminent ?

Alex déclara aux carabiniers que, pour ce qu'il en savait, c'était une réplique de cinéma mais qu'il n'avait jamais prononcé ces mots.

Marco lui dit :

« Assieds-toi, mon beau. Tu as bien fait de venir. »

Manuel était planté entre eux, dans un état catatonique.

« On aurait dit un zombi, complètement ravagé. J'ai essayé de lancer la conversation, dit Alex. Je lui ai montré des vidéos de la boxe sur mon téléphone. “Je m’entraîne tous les jours. Tu as vu comme je me débrouille ?” Je lui ai parlé de ma fille, du projet d’ouvrir le bar à gnocchis. J’essayais d’entrer en communication. Aucune réaction de sa part, zéro empathie. Alors j’ai changé de sujet. “Oh là là, Manuel, t’es vraiment foncedé. Ça va au resto, au moins ?” Il m’a répondu : “Non, je ne vais plus au restaurant, ils m’ont mis sur la touche.” Il avait toujours sa voix d’outre-tombe. Ça me fait frissonner rien que d’y repenser. »

La scène ressemblait à un cauchemar. Marco s’était assis en face de lui. Alex le regarda mieux.

« Et toi ? dit-il. T’habites où ? Tu fais quoi dans la vie ?

— Je suis un ami de Manuel, répondit Marco d’une voix flûtée. Je travaille à l’étage au-dessus. Je suis inscrit à la fac, mais tu sais… à côté, je me prostitue. »

Alex ne pouvait pas savoir qu’il mentait. Dans tous les cas, il ne fut pas déstabilisé.

« D’un côté je me disais : *mais putain qu’est-ce qu’il se passe ici ?* Et de l’autre : *bon, te prends pas la tête, c’est chelou mais ces deux-là ne sont pas dangereux.* Je veux dire, si tu sors au Qube, au Gay Village, au Muccassassina, tu en vois de toutes les couleurs tous les soirs. Il y a des gays, des trans, des travestis. Des fois, des familles vont là-bas aussi. Alors je me suis dit : *y en a un habillé en femme, l’autre doit être à moitié pédé, ils couchent sans doute ensemble, et alors ?* »

C’est alors que Marco sortit la première surprise de la soirée. Un sachet de coke. Il l’ouvrit et prépara un gros rail sur la table.

« Vas-y », l’invita-t-il.

Alex fut aussitôt sur ses gardes.

« De là où je viens, quand on te propose trop de cocaïne, ça veut dire que quelque chose ne tourne pas rond. Et puis si je sniffais autant, je risquais de ne pas dormir. Marco a vu que j’hésitais, alors il a repris la carte bancaire et il a divisé le gros rail en trois traces. Là, ça devenait un petit sniff normal. On a tapé tous les trois. »

Juste après, Marco déclara :

« Je vais te préparer un cocktail » et il disparut dans la cuisine.

Resté seul avec Manuel, Alex essaya de nouveau de discuter :

« Dis, pourquoi vous m'avez appelé, en fait ? Il n'y a pas de fête, ici. »

Manuel lui répondit qu'il avait essayé de faire venir d'autres personnes, mais qu'aucune n'avait accepté l'invitation.

« Je sais que ça peut paraître fou, raconta Alex aux carabiniers, mais à ce moment-là j'ai pensé que j'avais vraiment de la chance. Il ne me tardait qu'une chose, c'était me coucher sur le canapé et fermer les yeux. »

Cependant, aller dormir n'était pas au programme. Marco revint avec un verre rempli d'un liquide jaunâtre.

« C'est quoi ? demanda Alex.

— Vodka lemon », répondit Marco.

La nervosité d'Alex augmenta.

« J'avais Marco en face de moi, raconta-t-il, et Manuel est allé se mettre derrière moi. Bon, depuis que je suis gamin, les gens qui se mettent derrière moi me tapent sur le système. Quand je prends le métro, j'essaie toujours de trouver une place contre les parois de la rame. Et là j'avais Manuel dans mon dos, j'essayais de le surveiller du coin de l'œil, de temps en temps je me tournais : "Hé, Manuel ? Ça va ?" Il répondait "bien", mais il restait planté là, à me fixer avec ses yeux éteints. Et là-dessus, Marco commence son refrain avec la vodka lemon. »

Marco tenait le verre à la main, dont il mélangeait le contenu avec une paille rose. Il le lui tendit.

« Vas-y mon beau, goûte. »

Une fois encore, Alex fut aidé par son expérience.

« J'ai travaillé dans des bars. Je sais préparer les cocktails, et je sais parfaitement qu'il n'y a pas besoin de mélanger la vodka lemon comme ça. Le jus de citron est pétillant, il se mélange naturellement avec la vodka. Alors je me suis dit : *ou ce type est un blaireau qui ne sait même pas préparer une vodka lemon, ou alors il a mis un truc chelou dans la vodka.* J'ai de l'instinct... des fois, je ne l'écoute pas et je me retrouve dans la mouise. Une petite voix me disait de ne pas boire. "Non merci", j'ai fait. Mais Marco a insisté. Alors je me suis levé et j'ai essayé de discuter avec Manuel, mais il était toujours complètement perché. Il était bloqué, comme on dit. Marco s'est remis devant moi. "Allez, fais-moi plaisir." Il continuait de mélanger avec la paille. J'ai essayé de l'esquiver, mais plus je me déplaçais plus je le retrouvais sous mon nez. "Allez bois, c'est trop bon ce truc." Il parlait toujours avec une voix de femme. J'ai fini par y tremper les lèvres pour lui faire plaisir. Ça ne lui a pas suffi. Dès que j'ai posé le verre, il l'a repris et l'a mis devant mes yeux. Là, j'ai pensé : *toi, tu me gaves.* Alors j'ai pris le verre et j'ai bu une grande gorgée. J'ai dû en boire plus de la moitié. Un goût dégueulasse. Soit ils avaient mis un truc bizarre dedans, soit ils avaient utilisé de la vodka premier prix. Pour ne pas virer parano, je me suis dit que c'était de la mauvaise vodka. »

Après avoir bu, Alex se rassit. Manuel sortit de sa torpeur pour chercher son téléphone.

« C'était comme s'ils attendaient de me faire quelque chose, se souvint Alex. Pas forcément ce qui s'est passé après, mais je sentais qu'il y avait une possibilité *concrète* qu'une espèce de piège se déclenche à tout moment. Alors j'ai changé d'attitude. J'ai arrêté de parler, je me suis écarté avec ma chaise. Manuel est parti dans sa chambre. Marco s'est levé et il est venu vers moi. »

« Dis-moi, toi... »

Marco s'approcha d'Alex, se pencha vers lui et attrapa son blouson pour l'ouvrir.

« Voyons voir ce que tu caches là-dessous. »

Alex bondit sur ses pieds :

« Hé, qu'est-ce que tu fous ? Arrête ça. »

Il sourit pour détendre l'atmosphère. Manuel revint dans le salon, il cherchait les écouteurs de son téléphone. Marco s'approcha de nouveau, Alex recula, gêné. Marco n'y alla pas par quatre chemins :

« Allez, viens là que je te suce. Je suis une sacrée suceuse, tu sais. »

Alex essaya de capter le regard de Manuel. Mais Manuel se contenta de lancer :

« Si mon avis peut t'aider, je te confirme que ça vaut le coup. C'est une sacrée suceuse, crois-moi. »

« Il a même levé son pouce, comme pour dire qu'il validait. Marco s'est de nouveau collé à moi. Il voulait ouvrir mon blouson, ma veste, ma chemise, bon bref tout ce que je portais... Il disait : "Allez, montre-moi d'où tu viens, quelles sont tes origines"... J'ai souri... Comment dire ?... C'était pour lui faire comprendre "allez, arrête, qu'est-ce que tu fous"... mais de façon encore gentille, un sourire un peu bête... une partie de moi pensait que c'était une plaisanterie, qu'ils se foutaient de moi... Mais Manuel a répété : "Je te jure, fais-moi confiance, c'est la meilleure suceuse de toutes." Après ça, il a disparu dans sa chambre. Marco et moi on est restés tous les deux. J'ai reculé. Marco a tendu la main. Il m'a touché les couilles. J'ai dit : "Oh, arrête, sans déconner"... Il m'a encore plus collé... et on est tombés sur le canapé... il s'est mis à genoux, il a fourré sa tête entre mes jambes... il essayait d'ouvrir ma braguette... moi j'essayais de le repousser... j'ai cherché des excuses, "Écoute", j'ai improvisé, "tu sais quand j'ai sniffé j'arrive pas à bander"...

il n'a pas cillé : "Laisse-moi te sucer, tu vas voir si tu bandes pas"... Il a remis sa main entre mes jambes... je lui disais d'arrêter... j'ai l'impression que j'aurais dû le repousser plus violemment... mais j'étais bloqué... peut-être à cause de la fatigue... ou du fait que ça faisait des jours que je dormais dans des dortoirs... je me suis senti *sale*, parce que c'était comme si je me bradais pour avoir un toit au-dessus de la tête... même s'il ne s'était rien passé, hein... je me bradais parce que je temporisais... bref, j'ai fini par dire stop. »

Alex se leva du canapé dans un bond déterminé. Il toisa Marco.

« Qu'est-ce que tu fous, putain ? » cria-t-il.

Puis il appela Manuel :

« Manuel, sors de cette chambre, viens m'expliquer ce que c'est, ce plan de merde ! »

Manuel réapparut dans le salon. Marco se leva du canapé.

« D'un coup il n'avait plus sa voix de femme, se souvint Alex. Il a décrété : "Manuel, chasse-moi ce type d'ici, il nous sert à rien." C'est exactement ce qu'il a dit. Je n'en croyais pas mes oreilles. "Vous vous foutez de moi, je leur ai lancé. C'est vous qui m'avez appelé, j'ai claqué quinze balles de taxi, bordel !" Manuel m'a regardé, et il a dit : "Oui Alex, mais crois-moi il vaut mieux que tu te barres." »

Alors le énième épisode étrange se produisit. Il était maintenant huit heures du matin. Les magasins dans la rue étaient en train d'ouvrir, et malgré l'ambiance très tendue, Marco et Manuel demandèrent à Alex s'il voulait bien aller leur acheter à boire.

« Il n'y a plus de vodka, fit remarquer Marco. Allez, s'il te plaît, va acheter quelques bouteilles. »

Manuel ouvrit son portefeuille. Alex resta stupéfait à la vue du nombre de billets qu'il contenait. Manuel tira un billet de cinquante de la liasse et le lui donna :

« Prends de la vodka », dit-il.

Alex aurait pu partir et ne pas revenir, gardant l'argent comme dédommagement. Il envisagea de le faire. Il prit l'ascenseur, descendit au rez-de-chaussée et sortit. Il marcha avec les cinquante euros serrés dans son poing, soupesant la situation, puis il conclut qu'il en avait fini avec certaines conneries. Il vit l'enseigne du supermarché Tuodì, et s'approcha des portes. Dès qu'il fut à l'intérieur, tout lui parut soudainement clair. *Paf !* Il sentit l'onde se dilater dans sa tête.

« J'ai fait quelques pas dans le supermarché *et c'est arrivé*, raconta-t-il aux carabiniers, j'en frissonne encore en y repensant… soudain… voilà… j'ai éprouvé une paix… mais une *paix*… comme quand j'allais à Ibiza et que je fumais des joints… comme quand j'allais en boîte et que je gobais des cachetons… une *sensation*… et cette sensation, c'était pas l'effet de la coke, hein. À ce moment-là j'ai compris, sans aucun doute possible, c'était sûr à cent pour cent qu'ils avaient mis *quelque chose* dans le cocktail – dans cette vodka lemon de merde. J'étais entre les rayonnages et j'ai entendu ce bourdonnement typique… j'ai senti la fraîcheur de l'air que je sentais à Ibiza… alors j'ai commencé à planer… et j'ai décidé qu'au lieu de la vodka j'allais prendre de la bière… voilà. Dans les rayons, j'ai vu des bouteilles de cinquante centilitres de Barley, que j'aime beaucoup… je me suis dit, *qu'est-ce que j'en ai à branler de la vodka, je prends de la bière, je prends toutes les bières que je veux, comme quand je sortais*… J'ai pris sept ou huit bières… je me sentais bien, si bien que j'ai pensé, *eux aussi ils vont être contents que j'aie pris des bières.* »

Quand Alex revint chez Manuel, la réaction ne fut pas vraiment celle qu'il avait imaginée. Il n'eut pas mis un pied dans l'appartement que Marco Prato le regarda d'un air méprisant :

« Qu'est-ce que tu as foutu ? On ne t'avait pas dit de prendre ces trucs, on t'avait dit de prendre de la vodka. »

Alex regarda Marco dans les yeux. Quelque chose traversa son regard. Il posa les bières par terre. Il s'approcha de Marco sans le quitter des yeux. Il s'arrêta à quelques centimètres de son nez :

« Écoute-moi bien, lui dit-il avec un air menaçant. Toi, tu m'as vraiment cassé les couilles. Rendez-moi le fric pour le taxi et je me casse. »

C'était fini. Manuel ouvrit immédiatement son portefeuille. Marco objecta :

« Manuel, qu'est-ce que tu fous ? Tu ne vas pas lui donner d'autre fric ! »

Manuel avait sorti un billet de vingt, Alex le lui arracha des mains, le mit dans sa poche et leur adressa un geste de mépris :

« Vous êtes vraiment gerbants », lâcha-t-il.

Manuel et Marco le regardèrent. Plus tôt, Alex leur avait montré ce qu'il savait faire sur le ring. Ils n'essayèrent pas de le retenir.

Quand il apprit le meurtre, Alex perdit les pédales. D'un côté, il avait l'impression d'avoir échappé à un massacre. De l'autre, il était perturbé par le fait d'être devenu une sorte de personnage public. On parlait de lui dans les journaux, des gens qu'il ne connaissait pas le qualifiaient de « boxeur sans domicile fixe ». C'était très désagréable. Les jours suivants, il évita de lire les quotidiens, arrêta de regarder la télé : il se sentait traqué. Était-ce moi qu'ils avaient choisi ? se demandait-il. Était-ce moi qui devais mourir ? Quand il sortait, il évitait les kiosques à journaux, les vitrines des magasins où il pouvait y avoir une télé allumée. Il craignait à tout moment de voir son nom surgir.

Mais si lui évitait les médias, les médias le cherchaient. Après sa déposition chez les carabiniers, un soir son avocat l'appela pour lui dire que Mediaset voulait l'interviewer, la chaîne proposait mille cinq cents euros s'il allait à la télé pour raconter ce qui s'était passé. Alex refusa. D'autres coups de téléphone arrivèrent.

« Mon avocat me dit que maintenant toutes les émissions me voulaient. Les offres avaient explosé. »

Mais il avait peur que Sonia, la fille qui avait changé sa vie, la fille avec qui il essayait de construire quelque chose de sensé, apprécie peu. Il aurait dû lui dire ce qui s'était passé, mais alors il aurait fallu qu'il lui explique aussi pourquoi il n'avait pas pris ses jambes à son cou dès qu'il avait vu ce type avec sa perruque bleue. Son avocat l'informa qu'une émission avait même proposé une rémunération à quatre zéros.

« Cette fois encore, ma réponse a été non. Je ne veux pas vendre mon visage pour me retrouver sur YouTube pendant les cent prochaines années. Sonia vaut plus que cinquante ou cent mille euros. Chaque homme a un prix, le mien c'est mes sentiments. »

Quelques semaines plus tard, les carabiniers reprirent contact avec lui. Ils lui posèrent d'autres questions. À un moment donné – à ce stade, ils le connaissaient et l'atmosphère était presque amicale –, ils lui demandèrent des nouvelles de Sonia. Alex se rembrunit.

« Elle m'a quitté, dit-il.

— Mais pourquoi ? ne put s'empêcher de demander un carabinier.

— Pour la première fois de ma vie, j'ai été vraiment sérieux, raconta Alex, malheureux. Parce que, vous voyez, après cette sale histoire, j'ai demandé à Sonia de m'épouser. J'ai vraiment fait ça. Je lui ai fait une demande en mariage officielle. Sa réponse, ça a été de me rendre la bague de fiançailles. Stop, terminé. C'est peut-être moi qui n'arrive pas à vraiment comprendre ce qui se passe dans la tête des femmes, mais cette fois j'avais tout fait comme il faut. »

Dès qu'Alex fut parti, Marco et Manuel couchèrent ensemble. Ils discutèrent quelques minutes, puis s'endormirent brutalement. Ils étaient épuisés. Ils se réveillèrent en début d'après-midi, l'après-midi froid et nuageux du jeudi 3 mars.

« Qu'est-ce qu'on fait ? »

Ils avaient encore de l'argent de Damiano. Marco envoya un énième message à Trovajoli.

En deux jours, ils avaient acheté plus de dix grammes, et ils ne seraient pas loin des vingt grammes à la nuit tombée, une quantité qui aurait eu de quoi intimider un petit groupe de cocaïnomanes aguerris.

L'état de l'appartement de Manuel se dégradait de plus en plus. Bouteilles vides. Papiers gras. Habits éparpillés partout. Marco se pencha au-dessus de la table. Billet, narine. Il avait gardé son maquillage et son vernis, mais il portait de nouveau des vêtements masculins.

« Pour toi, je suis prête à faire n'importe quoi ! » dit-il avec enthousiasme.

Ils se remirent à discuter. Chaque fois, ils allaient plus loin dans leur délire. C'était comme si le même morceau passait en boucle, mais à un volume de plus en plus élevé et à un rythme de plus en plus rapide. Ils reparlèrent de la manière dont Marco se servirait de ses pouvoirs (« Il disait qu'il séduirait aussi mon frère, raconta Manuel. Il le ferait chanter, on résoudrait aussi le problème avec mon père comme ça »). Ils reparlèrent des fantasmes de Manuel (« Manuel aurait aimé un gang bang, dit Marco, c'est-à-dire une femme mise au service de plusieurs hommes. Le rôle de la femme, c'est moi qui aurais dû le jouer. On a de nouveau parlé du fantasme du viol, on a cherché des idées pour le mettre en pratique, moi je voulais satisfaire ses désirs, c'était ma façon de me sentir femme. ») Ils reparlèrent de Valter Foffo et Manuel s'énerva (« Quand on parle de ça, j'ai toute la haine qui remonte »). Marco en fut troublé (« Quand Manuel me parlait de son père, il devenait méconnaissable »). Manuel aussi avait l'impression que Marco était bizarre (« Je ne sais pas si c'était à cause de la coke, mais il me regardait avec de ces yeux… dans ces yeux, entre lui et moi, il y avait un discours *sincère* »).

Un discours sincère entre regards. Que voulait dire Manuel ?

Selon certains professionnels qui travaillèrent sur cette affaire – criminologues, psychologues, psychiatres –, c'est à ce moment-là qu'une bascule cruciale eut lieu. La « contagion psychique », semblable à un moteur en surchauffe, conduisit les deux hommes non loin du point de fusion.

« Il nous faut un troisième cerveau ! C'est ça qu'il nous faut ! »

Marco relança l'idée de faire venir quelqu'un.

« Il fallait faire entrer de l'oxygène dans l'appartement, l'air mental était vicié. »

Ils arrêtèrent leur choix sur Tiziano De Rossi.

Tiziano était un employé de Valter. Manuel s'inquiéta : Alex Tiburtina c'était bien joli, mais un des serveurs du Bottarolo, une personne que son père et son frère connaissaient très bien, c'était autre chose. Il demanda à Marco s'il avait l'intention d'essayer de coucher avec Tiziano aussi. Marco répondit :

« Quand bien même ? Mets-toi bien dans le crâne que tous les hommes aiment la surprise. »

D'accord, mais si ce n'était pas le cas de Tiziano ? Manuel l'estimait, il trouvait que c'était quelqu'un de bien. De plus, il avait un sens de l'observation incroyable.

« Comme tous les serveurs expérimentés, Tiziano a l'œil. Son travail l'a habitué à jauger les clients en quelques secondes, il sait tout de suite à qui il a affaire. »

Le soir, quand Tiziano finissait son service, ils allaient parfois boire un verre ensemble dans un pub, non loin du restaurant. Tiziano n'avait besoin que de jeter un coup d'œil pour faire des pronostics : « On parie qu'il va l'emballer ? » disait-il en indiquant un couple qui flirtait. Il tapait juste à tous les coups.

D'un côté, Manuel craignait donc que Tiziano comprenne immédiatement, par exemple, qu'il s'était passé quelque chose entre Marco et lui. De l'autre, vu le pouvoir de persuasion de Marco, il était terrorisé par l'éventualité que, malgré son expérience, Tiziano tombe dans le piège, comme lui. En même temps, se mit-il à souhaiter entre deux prises de cocaïne, la longue expérience de Tiziano ne l'aiderait-elle pas à se tirer de ce mauvais pas, justement ? Vu que lui-même n'y arrivait plus, Tiziano pouvait peut-être lui faire comprendre dans quelle situation il s'était fourré.

S'en remettant à cette illusion, bien plus séduisante que le principe de réalité, Manuel envoya un message sur WhatsApp à Tiziano De Rossi. Il était 21 h 57.

« Bon plan soirée. C'est un type farfelu qui habite dans mon immeuble qui régale. Tiens-moi au courant, et si tu viens prends une bouteille de vodka. »

À cette heure, Tiziano était très occupé. Il louvoyait entre les tables, prenait les commandes, discutait avec les clients, courait en cuisine. Il ne vit même pas le message. Un peu plus d'une heure après, son téléphone se mit à sonner.

« C'était le fils du patron, raconta-t-il aux carabiniers. Il m'a demandé de le rejoindre, et d'apporter une bouteille de vodka. J'ai cru comprendre qu'il faisait la bringue. Il ne m'avait jamais invité chez lui. Pendant qu'il parlait, j'entendais des voix plutôt bizarres en arrière-fond. Ça m'a interpellé, je lui ai dit que je ne viendrais pas. »

Cependant, quelques minutes après, Tiziano découvrit le message et le lut attentivement. Il y réfléchit, puis rappela Manuel. Cette fois, il n'y avait aucune voix en arrière-fond, Tiziano se rassura, et dit que d'accord, il passerait.

« Tu peux apporter des cigarettes, aussi ? » lui demanda Manuel.

Tiziano attendit la fin de son service, sortit du restaurant, acheta une bouteille de vodka et des cigarettes, puis se dirigea vers la via Igino Giordani.

Manuel venait de sniffer son énième rail quand il entendit l'interphone. Il courut ouvrir. Il retourna au salon le temps que Tiziano monte et resta stupéfait.

« Mais qu'est-ce que tu fous ? »

À une vitesse incroyable, Marco s'était de nouveau habillé en femme. Manuel paniqua, qu'allait penser Tiziano en entrant ?

« Allez, calme-toi, dit Marco. Tu vas voir, tout va bien se passer. Je m'en occupe. »

Tiziano De Rossi trouva la porte ouverte, entra, et remarqua aussitôt le chaos. Manuel vint à sa rencontre. Il était dans un état pitoyable. Puis Tiziano vit ce type habillé en femme.

« Manuel, c'est quoi cette histoire ? » demanda-t-il à voix basse.

« Oh, bonsoir mon beau, enchanté », dit Marco en levant la tête.

Il était en train de préparer trois rails de coke avec sa carte bancaire.

Tiziano resta dix minutes debout avant de s'asseoir (« C'était très bizarre, je n'arrivais pas à m'expliquer la présence d'un personnage pareil chez Manuel »), mais comme on s'acclimate assez facilement aux bizarreries de la vie, il finit par s'asseoir lui aussi.

Tiziano demanda si c'était la première fois qu'ils se voyaient tous les deux, Manuel répondit que Marco habitait à l'étage au-dessus.

« Il m'a fait comprendre que la situation était sous contrôle, il a ajouté que l'immeuble était habité par plein de gens bizarres. Je crois qu'on s'était déjà présentés, mais j'avais oublié le prénom du travesti. Je le lui ai demandé. Il a répondu : "Je suis désolé mon beau, mais on ne me fait pas répéter." La façon dont il a dit ça ne m'a pas plu. Alors je l'ai provoqué : "OK, mais sinon t'as bien une paire de couilles, non ?" Et lui : "Je resterai silencieuse sur la question." Il parlait au féminin. »

Marco se mit à disserter sur les orientations sexuelles : les ultras du virage sud ne dédaignaient pas la compagnie d'un trans, de temps en temps, affirma-t-il. Il ne lui avait pas échappé que Tiziano portait le maillot de l'AS Roma. Tiziano regarda autour de lui comme pour mieux évaluer la situation, il y réfléchit, puis se leva de sa chaise, s'approcha de la table, se pencha, sniffa (« Je n'ai même pas pris le rail en entier, peut-être la moitié »), se redressa et déclara qu'il ne voulait pas abuser plus longtemps de leur générosité.

« Je vous remercie beaucoup, dit-il, mais ma compagne m'attend à la maison. Elle ne sait pas que je suis ici, elle doit se demander où je suis passé. »

Il fit un dernier geste de salut, s'approcha de la porte, décocha un regard noir à Marco. Puis il prit ses jambes à son cou.

Ils étaient encore lucides avec Damiano Parodi. Ils étaient pas mal défoncés pendant les heures où Alex Tiburtina avait été avec eux. Mais quand Tiziano De Rossi partit, leur perception de la réalité était proche de l'hallucination. Ils se remirent à discuter yeux dans les yeux, à sniffer et à boire de la vodka. Au thème de leurs entreprises communes se mêla celui de leur amitié. Quel était le sens profond de ce qu'ils faisaient ? Ils s'étaient connus en janvier et étaient aussitôt devenus intimes, leurs confidences respectives les avaient rendus plus proches l'un de l'autre que des gens qu'ils connaissaient depuis toujours, mais maintenant ils pouvaient faire quelque chose de plus, quelque chose qui rendrait leur lien plus durable, qui les unirait à jamais.

C'est Marco qui ouvrit cette voie.

« Je sens que tu veux m'engager pour que je tue ton père. »

Manuel sursauta. Cette phrase, prononcée sans crier gare, n'avait rien à voir avec ce qu'ils étaient en train de dire, mais pour des raisons mystérieuses elle était convaincante. Le payer pour tuer son père ? Il n'avait pas souvenir de lui avoir proposé une chose pareille, néanmoins, sur le plan purement théorique, l'idée avait son charme. S'il avait eu son père en face de lui et un pistolet à la main, il n'aurait pas réussi à appuyer sur la détente. Mais imaginer la destruction de l'homme à cause duquel sa propre vie n'était qu'une succession d'échecs, eh bien, ce n'était pas déplaisant. Bien qu'il eût prononcé lui-même cette phrase, Marco estimait qu'il s'agissait d'un fantasme irréalisable. Une pure spéculation, une pensée abstraite. Toutefois, il était agréable de jouer avec ce fantasme.

Ils abordèrent de nouveau le sujet du viol. Manuel dit qu'il devait avoir un flacon d'Alcover dans un tiroir.

« Ah, le voilà. »

C'était un psychiatre qui lui en avait prescrit pour qu'il arrête de boire. Mélangé à de l'alcool, l'Alcover pouvait provoquer un évanouissement et produire le même effet que le GHB, la drogue du viol. Boire. Violer. Éventuellement tuer. Les associations mentales s'enchaînaient, les sujets se mélangeaient. Ils sniffèrent. Burent un autre verre. Se dirent des choses dont ils auraient du mal à se souvenir les jours suivants. À quatre heures et demie du matin, ils sortirent de l'appartement.

« J'en avais déduit qu'il fallait qu'on tue quelqu'un », dit Manuel.

« Pas du tout, contesta Marco, on est sortis pour essayer de réaliser le fantasme de Manuel. On est partis à la recherche de quelqu'un à violer. »

« Je ne crois pas qu'on soit sortis pour violer quelqu'un, dit Manuel, je ne sais même pas si on est sortis pour tuer quelqu'un. Pour maltraiter quelqu'un, oui, probablement. On était malintentionnés, ça j'en suis sûr. »

« Il ne fallait pas qu'on viole *vraiment* quelqu'un, dit Marco. Ce devait être un viol simulé. Tout devait rester dans le cadre de la fiction. »

« J'avais la haine à cause de l'histoire de mon père, dit Manuel. Peut-être que Marco Prato avait la haine pour autre chose. Je ne crois pas qu'on cherchait un tapin. C'est trop facile de ramener quelqu'un qui se prostitue. »

« Je voulais rendre Manuel heureux, dit Marco. Lui, au début, il avait proposé qu'on prenne une fille, une prostituée qu'on payerait pour mettre le viol en scène. Je m'y suis opposé : pas de femmes, je voulais être *la seule*. Il fallait qu'on prenne un garçon. Pour une fois, j'aurais pu être actif. Ça m'aurait coûté, mais pour Manuel je l'aurais fait. Lui, il se serait contenté de regarder. »

« Quand Prato m'a dit qu'il avait senti que je voulais l'engager pour tuer mon père, il avait de nouveau son regard de taré, dit Manuel. Sa déclaration était aussi une manière de consolider notre amitié. S'il avait vraiment tué mon père, on aurait partagé un énorme secret. Même si, franchement, je ne comprends pas comment Marco pouvait, *lui*, éprouver de la colère pour une chose que je vivais *moi*. »

Les psychiatres et les criminologues se demandèrent si cette dernière déclaration, aussi décousue soit-elle, contenait un indice permettant de reconstruire le cheminement mental qui les poussa à sortir peu avant l'aube. La nature humaine est encline à l'auto-illusion. Combien de fois éprouvons-nous le besoin de nous méprendre sur les désirs d'autrui pour satisfaire un désir personnel ? Et dans combien de cas nous appuyons-nous sur les mots d'un ami, d'un parent, d'un amant, pour nous sentir autorisés à faire ce que ces mots ne suggéraient pas du tout ? Les mots sont ambigus, fuyants, leur résonance varie selon la matière contre laquelle ils se cognent. Et comme les mots – cousins de la sorcellerie – engendrent souvent des faits, il importe de saisir quelles attentes ou quels malentendus ils charrient au moment où ils traversent cette frontière fatale.

Ils sortirent, montèrent dans la Mini. Manuel prit le volant. À la place passager, toujours maquillé et habillé en femme, Marco s'était enveloppé dans une fourrure sombre et tape-à-l'œil.

Ils décidèrent que leur première étape serait le parc de la Villa Borghèse.

« On visait les endroits typiques de la prostitution masculine, dit Marco. Si on devait embarquer quelqu'un, c'était forcément là. »

Ils longèrent la Porta Pinciana. Sur leur gauche, la via Veneto s'étirait, morte, endormie. Non loin s'ouvrait la Villa Borghèse. Les pins, les fontaines et les statues se dressaient dans la nuit froide. Ils dépassèrent une patrouille de police.

« Marco voulait que je conduise, raconta Manuel, comme ça si la police ou les carabiniers nous arrêtaient, il aurait les mains libres pour désarmer les forces de l'ordre, il disait. Il leur ferait une fellation et eux ils nous laisseraient partir. »

Ils étaient dans un état lamentable. Mais ils avaient encore un peu d'argent. Marco savait que les prostitués de rue demandaient peu, parfois trente ou quarante euros suffisaient, et il avait l'intention d'en proposer cent cinquante. Pour cette somme, un tapin ferait n'importe quoi, et eux ils voulaient au minimum simuler un viol.

Ils entrèrent dans le parc par la voie réservée aux taxis et aux autobus. Ils s'enfoncèrent entre les arbres, les haies, les petits temples et lacs. Le noir de la végétation était plus profond que celui du ciel. Ils dépassèrent quelques statues décapitées, puis arrivèrent à l'Orangerie. Le bâtiment abritait des tableaux de De Chirico, Manzù, Warhol, Severini. Ils le laissèrent derrière eux. Ils quittèrent la végétation, retrouvèrent le bitume et les lumières artificielles. Ils se dirigèrent vers la Galerie nationale d'art moderne. C'était là, au pied de Valle Giulia, que toutes les nuits des garçons vendaient leur corps. Les clients arrivaient à bord d'automobiles de toutes les cylindrées, s'arrêtaient devant l'escalier et attendaient, moteur allumé. Rapidement, les garçons surgissaient des buissons alentour. Des prostitués âgés de vingt ans, aussi prestes que des guerriers, s'approchaient des voitures des clients.

« Putain, y a personne », constata Marco.

Traditionnellement, les trafics cessaient après trois heures du matin. Marco le savait, mais il avait espéré. Il dit à Manuel d'aller vers la piazza della Repubblica.

« D'abord on est allés là où Pasolini a embarqué son bourreau, là où il y a les étals derrière la place, se souvint Marco Prato, mais c'était désert. »

Tout près, il y avait la piazza dei Cinquecento, autre haut lieu de la prostitution. Entre les branches de pin et sous les pluies de fientes, des Italiens, des Nord-Africains, des Roumains, des garçons de tous les âges et de toutes les couleurs faisaient le trottoir. Pour la plupart, c'étaient des désespérés. Le fait qu'ils le soient avait son intérêt : pour simuler un viol, il fallait des personnes prêtes à tout. Mais ils ne trouvèrent personne là non plus.

« Zut. »

La trame opaque du ciel commençait à présenter des zébrures rosées. Les trouées allaient se multiplier jusqu'à ce que le soleil explose, et une nouvelle journée débuterait à Rome, dans une marée de gens et de voitures. Comme dans une histoire de vampires, Marco et Manuel sentaient que leurs minutes étaient comptées.

« Allons à la gare Termini. »

Marco dit qu'à cette heure ils trouveraient peut-être un type arrivé par un train de nuit et à la recherche d'un moyen de transport. Ils stationnèrent le long de la via Giolitti, ligne droite et obscure. Marco sortit de la voiture. Enroulé dans sa fourrure, il se mit à faire des allées et venues sur le trottoir. On avait du mal à saisir si son intention était de tapiner, comme en janvier à l'EUR, ou bien de mettre le grappin sur quelqu'un. Une silhouette se dessina dans l'obscurité. Un homme entre deux âges. Pour engager la conversation,

Marco lui demanda une cigarette. L'homme le dévisagea, lui en tendit une et s'éloigna d'un pas rapide.

Marco ne put rien faire d'autre qu'allumer la cigarette. Il tira deux bouffées, la jeta et remonta dans la voiture. Manuel redémarra.

Les voilà donc les mains vides à six heures du matin. Comment était-il possible qu'ils aient échoué ? Était-ce la confirmation que quelque chose n'allait pas dans leurs vies ? Si par le passé l'impression qu'ils ne réaliseraient jamais vraiment leurs ambitions s'était parfois insinuée en eux, comment pouvaient-ils l'éluder maintenant face à l'évidence, celle d'avoir été incapables d'embarquer un prostitué alors même qu'ils étaient disposés à proposer un tarif qui, de coutume, incite quiconque vend son corps à se jeter dans les bras de son client ? Étaient-ils de parfaits losers ? Valaient-ils moins qu'un tapin ?

Alors qu'ils revenaient vers Collatino, Marco arracha le téléphone des mains de Manuel et se mit à passer des coups de fil. Il appela des amis présumés de Manuel. Il envoya des messages. À un moment, il rappela même Alex Tiburtina. L'état d'indigence de ce boxeur lui avait fait une impression favorable.

« Alex était une sorte de désespéré. Mon raisonnement a été : si je propose cent cinquante euros à Alex Tiburtina et que je lui dis : “Pour cette somme je te marche dessus avec mes talons”, il va immédiatement se coucher par terre en me remerciant. »

Mais ni Alex ni les autres destinataires de ses appels et messages ne répondirent. Marco et Manuel étaient maintenant via dei Monti Tiburtini. Plus ils s'approchaient de la via Igino Giordani, plus leur échec semblait incontestable.

C'est alors que Marco Prato eut l'idée d'appeler Luca Varani.

Marco repensa à ce si beau garçon, si jeune, et toujours à court d'argent. Après tout, songea-t-il, d'habitude Luca était prêt à traverser la moitié de la ville pour gratter quelques pièces à Damiano Parodi. Il allait jusqu'à la piazza Ungheria pour cinquante euros. Si Marco lui proposait le triple ou le quadruple, quoi qu'il soit en train de faire, il lâcherait tout pour les rejoindre.

Les premières lueurs de l'aube illuminaient la via Tiburtina. Marco prit son téléphone, chercha le numéro dans son répertoire. L'hameçon s'enfonça dans l'eau.

« Allô, Marco ? C'est toi ? »

Marco et Luca échangèrent quelques mots au téléphone. La conversation se poursuivit sur WhatsApp.

Marco Prato à Luca Varani : « Appelle quand tu arrives. »

Luca Varani à Marco Prato : « T'inquiète. Mais je dois partir à midi. »

MP : « Ne dis rien à Damiano, sinon je ne pourrai pas te payer. Si tu gardes le secret, je te paie aujourd'hui. »

LV : « Quand ? Quand j'arrive ? »

MP : « Luca, tu crois que je vais te rouler ? »

LV : « Non non, c'est juste que comme ça j'empoche direct. »

Manuel bifurqua dans la via Igino Giordani. De nouveau l'église, les immeubles gigantesques. Ils descendirent de voiture. Manuel se dégourdit les jambes. Marco, en talons aiguilles, serra sa fourrure contre lui en humant l'air frais du petit matin. À ce moment-là, ils n'étaient encore que deux hommes presque trentenaires avec toute leur vie devant eux. Qui n'a pas fait de bêtises dans sa jeunesse ? Le monde est peuplé d'adultes paisibles et satisfaits qui feuillettent dans leur foyer l'album de leurs souvenirs et redécouvrent, incrédules, les épisodes insensés dont ils ont jadis été les protagonistes.

« Là-bas », indiqua Marco.

À côté du rond-point, la silhouette noire d'un homme, solitaire dans le matin.

« J'y vais. »

Manuel alla voir l'homme. Trovajoli lui remit la marchandise. Puis il sortit son téléphone de sa poche et appela un taxi. Il travaillait tout le temps.

« Et maintenant, un peu de vodka », dit Marco.

« On est allés dans un café entre Pietralata et Tiburtina, se souvint Manuel. La bouteille, c'est une fille aux cheveux châtains qui me l'a vendue. Il n'était même pas sept heures du matin. “Sérieux ?” elle a dit, et elle m'a vendu la vodka. »

De retour à l'appartement, Manuel alluma toutes les lumières. Il faisait un peu froid. Ils allumèrent aussi le climatiseur et augmentèrent la température. Marco consulta son téléphone.

Marco Prato à Luca Varani : « Grouille-toi. »

Luca Varani à Marco Prato : « Tu crois que c'est moi qui conduis ou quoi ? »

MP : « T'es où ? »

LV : « J'attends le bus. J'arrive, tkt. »

Le climatiseur était à fond. Maintenant, il faisait vraiment chaud. Manuel commença à se déshabiller, il enleva son sweat, son pantalon. Resté en boxer et en tee-shirt, il sortit une Camel du paquet et l'alluma. Marco avait préparé quelques rails. Manuel se coucha sur le canapé et regarda le bout de sa cigarette, les formes du salon à travers les volutes de fumée. Matin, nuit, soir, après-midi. Depuis combien de temps étaient-ils là ? En bas, dans les abysses, il n'existait peut-être rien qui corresponde à la définition de « temps ». La sonnette retentit. Manuel entendit des pas derrière lui. La porte qui s'ouvrait. Des voix. La porte se referma. D'autres pas.

« Bonjour. »

Manuel Foffo se tourna.

« À un moment donné, ce garçon s'est présenté chez moi, se souvint Manuel. Moi j'étais couché sur le canapé, je ne me suis même pas levé. Et je ne me suis même pas demandé pourquoi il était là. Vu que ce qu'on faisait n'avait ni queue ni tête, ça ne servait à rien de vouloir savoir qui était ce garçon. »

Mais ensuite Manuel regarda mieux le nouvel arrivé, il le visualisa à côté de Marco, et il se passa quelque chose.

« Dès que je l'ai regardé, *j'ai compris*. Je l'ai regardé, lui. Puis j'ai regardé Marco, et c'est comme si mentalement on s'était dit *c'est lui*. Entre Marco et moi, il y a eu comme un accord tacite. Comme si ce truc qu'il y avait avant était… encore *vivant*. »

Un accord tacite pour quoi faire ?

« Quand Luca est arrivé, je portais des lunettes de soleil violettes aux verres fumés, genre Mina[1] dans les années soixante, se souvint Marco. Je portais ma perruque, une sorte de pardessus noir, une robe léopard avec des prothèses aux seins, un legging, des chaussures à talon et des chaussettes rouges. »

---

1. Chanteuse iconique et figure de la télévision italienne. (*N.d.T.*)

Manuel : « J'ai salué Luca, on s'est présentés. Et là je me suis rappelé que Marco m'avait parlé de lui. Il m'avait dit qu'il se prostituait. Il m'avait dit qu'il avait été adopté. On s'est assis tous les trois à table, et on a commencé à discuter. »

« On a bu un peu de vodka. Il était peut-être neuf heures et demie du matin, dit Marco. On a discuté tranquillement. "Alors, comment ça va ? Vous êtes là depuis combien de temps ?" a demandé Luca. Et nous : "Et toi ? Tu viens d'où ?" J'ai préparé des rails, comme toujours le plus gros était pour Manuel, puis Luca, et enfin le plus petit pour moi. On a sniffé. Luca aussi. »

Manuel : « On a sniffé. On a discuté. On a bu de la vodka. À un moment donné, sur ma gauche, j'ai vu Luca tout nu, couché par terre sur le ventre. »

« Je lui avais dit que je le paierais, dit Marco. Je lui avais juste demandé de ne rien raconter à Damiano. Il y avait cette histoire de carte bleue. Luca s'est déshabillé et il s'est couché par terre. »

Manuel : « Prato m'a dit, parce que je ne l'ai pas vu, que Luca avait léché ses chaussures. Ils m'ont invité à marcher sur le dos de Luca. Moi, ça m'a semblé débile. Mais je l'ai fait. »

« Luca a léché mes chaussures, dit Marco, et moi j'ai commencé à marcher sur son corps, je lui ai dit : "Si tu souffres un peu, on pourra te donner trois cents euros." Lui, il a souri de toutes ses dents parce qu'il n'avait jamais touché autant d'argent. Je me suis appuyé sur l'épaule de Manuel et j'ai marché sur lui, à un moment j'ai dérapé, j'ai égratigné sa cuisse. Je portais des talons, je lui ai fait mal sans faire exprès. Puis Manuel a marché sur lui. »

Manuel : « J'ai essayé de faire doucement, j'ai marché sur son dos, c'est eux qui me l'ont demandé. Moi je n'avais même pas compris que c'était un jeu érotique. Après, je me suis rassis. On n'a pas couché avec Luca. »

« On n'a pas couché avec lui, confirma Marco. On a recommencé à discuter. Au bout de quelques minutes, avec une grande désinvolture, Manuel a pris l'Alcover dans le tiroir et il a dit : “Allez, on va faire des cocktails.” Je l'ai suivi dans la cuisine, et il a dit : “On met ça dans son verre et après on le violera.” Enfin, c'est ce que j'ai compris. »

Manuel : « J'avais acheté l'Alcover en pharmacie il y a longtemps, on me l'avait prescrit pour me faire arrêter de boire. Mais je n'en avais jamais pris. »

« L'Alcover peut provoquer une sorte de coma éthylique, dit Marco. Mais c'est un coma éthylique sans conséquence. Manuel a versé de l'Alcover dans un des verres et on est revenus au salon avec trois cocktails. »

Manuel : « L'Alcover, c'est Marco qui l'a mis dans son verre. J'étais d'accord. »

« Manuel voulait assouvir son fantasme du viol, dit Marco. Luca Varani était actif, il ne se serait jamais laissé sodomiser. D'où l'Alcover. Il fallait le sonner. C'est moi qui devais le violer, malheureusement. Je dis malheureusement parce que je suis passif, c'était un compromis que j'avais dû trouver avec Manuel pour éviter qu'une femme vienne chez lui, c'était un sacrifice que je faisais pour lui. »

Manuel : « Luca a bu dans un bol, tous les verres étaient sales, dans l'évier. »

« On a bu, on a discuté, dit Marco, et au bout de quelques minutes Luca a commencé à se sentir mal. »

Manuel : « Pendant qu'il buvait son bol, je savais qu'il allait se sentir mal, même si à la fois j'avais des doutes. Vu l'état dans lequel on était, tout me semblait acceptable, le fait de marcher sur son dos ou qu'il boive de l'Alcover. Rien n'avait de sens. Et tout était normal. »

« D'abord Luca a bu une gorgée, puis il a avalé une grande rasade », dit Marco.

Manuel : « Il est allé vomir aux toilettes. »

« Il a commencé à se sentir mal, dit Marco. À un moment donné, il a interrompu la conversation, il a dit : “Les gars, une seconde, je me sens pas bien.” Il s’est levé. Il titubait, il avait envie de vomir, il est allé à la salle de bains et Manuel l’a suivi. Moi j’ai suivi Manuel. Luca a commencé à vomir du liquide orange. »

Manuel : « Luca a vomi dans le lavabo, il était dans les vapes, il s’est appuyé à la baignoire. »

« Il est tombé dans une sorte de coma éthylique, dit Marco. Il a commencé à chanceler, il a perdu l’équilibre et il a atterri dans la baignoire. Il s’est immédiatement endormi. Je me souviens qu’il ronflait. »

Manuel : « Il s’était effondré, les fesses sur le bord de la baignoire, le dos contre le mur. Marco l’a légèrement poussé, je ne me rappelle pas si c’était avec la main ou avec le pied, une petite poussée, mais suffisante pour le faire tomber dans la baignoire. C’est là qu’il a prononcé ces mots. »

« Je n’ai jamais dit une chose pareille, dit Marco. Manuel a dû se la prononcer tout seul dans sa tête, et il a pensé que c’était moi qui avais dit ça. »

Manuel : « Dès que Luca est tombé dans la baignoire, Marco a dit : “On a décidé que tu dois mourir.” Je l’ai regardé et j’ai pensé : *mais alors ça se passe pour de vrai.* »

« Je n’ai jamais dit une chose pareille », dit Marco.

Manuel : « Si, si, il l’a dit. Luca était dans les vapes, à mon avis il n’a même pas bien compris le sens de la phrase. Tout de suite après, Marco l’a agressé. Je me rappelle que moi je lui ai donné un coup de couteau dans le cou, je lui ai donné un coup de marteau sur la tête. »

« La violence n’a pas commencé dans la salle de bains », dit Marco.

Manuel : « Après les paroles de Marco, j’ai un trou de mémoire. Je me souviens qu’on l’étranglait, on essayait de l’étrangler à deux, d’abord les mains de Marco, puis les miennes. J'ai l'image de Marco qui essayait de lui couper le pénis. Si je fais des efforts, j'arrive à visualiser les images les plus inquiétantes, mais pas la chronologie. »

« Il ne s'est rien passé dans la salle de bains », dit Marco.

Manuel : « Marco a commencé à le frapper. Moi je l'ai suivi et j'en ai rajouté une couche. Les armes, je les ai sûrement prises à la cuisine. Un marteau, un couteau avec une lame courte, un autre couteau plus gros, j'ai immédiatement pris le marteau parce que j'ai pensé que si je lui donnais un coup de marteau, ce serait immédiatement fini. »

« On l'a soulevé de la baignoire et on l'a traîné dans la chambre, dit Marco. Je portais encore mes talons, donc c'était difficile, Manuel l'a pris par les aisselles, les fesses de Luca traînaient par terre, le moment où on a eu le plus de mal c'est quand on a dû le soulever pour le mettre sur le lit. »

Manuel : « On a commencé à le frapper dans la baignoire. Dans mon flash suivant, on l'avait emmené dans la chambre. Prato m'avait parlé de la tuyauterie. Il a dit que, dans la salle de bains, le sang allait partir dans la tuyauterie par la bonde de la baignoire et qu'on allait se faire attraper. C'est pour ça qu'on l'a déplacé. »

« Une fois au lit, je me suis assis à califourchon sur lui, dit Marco. J'ai profité du fait qu'il était sonné pour jouer un peu avec lui. Je le caressais, je l'embrassais. Manuel a dit : "Chéri, étrangle-le." Et moi j'ai mis mes mains autour de son cou, j'ai commencé à serrer, mais c'était juste une pratique sexuelle, d'ailleurs Manuel avait dit : "Chéri, étrangle-le", pas "chéri, tue-le". »

Manuel : « Marco m'a dit de prendre une arme, et j'ai pris le couteau. »

« "Chéri, étrangle-le", il a fait. Mais pendant que je l'étranglais, Luca a repris conscience, dit Marco, il a repris connaissance, il m'a donné un coup de coude et m'a fait tomber par terre. Je suis tombé sur les fesses. Luca s'est levé en titubant.

Puis il est tombé à côté du lit, sur le sol. Alors j'ai vu la silhouette de Manuel, ses deux mains étaient bien visibles. Dans une il tenait le couteau, dans l'autre le marteau. J'ai regardé ses yeux. Il avait le même regard que quand il me parlait de son père. Luca titubait vers la porte, Manuel lui a donné un premier coup de marteau et il est tombé par terre. »

Manuel : « Je ne me suis rendu compte que je devais le tuer que quand j'ai effectivement commencé à m'en prendre à lui. Je lui ai donné des coups de marteau sur le visage. J'ai utilisé le couteau. Marco aussi a utilisé le couteau. »

« Je lui ai dit : "Manuel, calme-toi. Calme-toi ! Qu'est-ce que tu fous ?" dit Marco. Il a répondu : "Non, non, non, je dois le buter ce con !" Je me suis mise à crier : "Mais d'où tu dois le buter, d'où ? Arrête-toi !" Il lui a donné des coups de marteau. J'ai entendu un bruit sourd, un bruit indescriptible. Alors je me suis enfuie de la chambre. Je culpabilise de ne pas avoir été assez forte pour l'arrêter, mais j'étais prise de panique. »

Manuel : « On le frappait. Luca avait des mouchoirs rouges dans la bouche. C'est Marco qui a dû les lui mettre pour l'empêcher de crier. »

« J'entrais, je sortais, j'essayais de le calmer, dit Marco. Entrer et sortir de la chambre était une façon de me protéger de ce qui se passait. Après lui avoir donné tous ces coups de marteau, Manuel s'est levé et il s'est mis à le regarder. Il regardait Luca. Il s'est de nouveau penché au-dessus de lui, le couteau à la main, et il lui a donné des coups dans tous les sens, comme pour dessiner des astérisques sur sa peau. Puis il s'est mis à le frapper autrement, en enfonçant la lame, il l'a frappé à la poitrine, j'ai entendu un bruit… Quelque chose d'indescriptible. Je suis reparti dans le salon. J'étais retourné. J'ai enlevé mes chaussures, je me suis couché sur le canapé et je me suis mis à réfléchir. »

Manuel : « Des coups de couteau, de marteau, mais Luca continuait de respirer. On avait l'impression qu'il ne mourrait jamais. Il a énormément souffert. »

« Il n'arrivait pas à mourir, dit Marco. Moi je voulais qu'il arrête de souffrir. Manuel non plus ne voulait pas qu'il souffre. "Ce con ne meurt pas, il ne meurt pas !" il disait. Il lui donnait des coups de marteau, de couteau, il frappait au hasard. J'entrais et je sortais, les mains sur la tête. Manuel me disait : "Chéri, ce type doit crever maintenant, il doit crever, comment je fais pour le tuer ?" »

Manuel : « À un moment donné, je me rappelle que pour le tuer je voulais prendre une bouteille de vodka et la casser sur sa tête, mais Marco m'en a empêché parce que j'allais mettre des bouts de verre partout. Bon, franchement... c'était déjà tellement tapissé de sang que les bouts de verre c'était vraiment secondaire. »

« Il a pris une bouteille de sambuca de deux litres, dit Marco, il voulait la casser sur sa tête. J'ai hurlé : "Manuel, arrête-toi !" Il a reposé la bouteille sur la table, il a repris le couteau. »

Manuel : « Marco aussi lui a donné des coups de couteau. »

« J'étais de nouveau allé me réfugier dans le salon, dit Marco. J'étais sur le canapé, recroquevillé, je voulais que ça finisse le plus vite possible. Manuel criait depuis la chambre : "Viens là, viens là, aide-moi !" »

Manuel : « Il souffrait énormément mais il ne mourait pas, il ne mourait pas ! Il voulait tellement vivre, on ne savait pas comment faire. »

« J'étais toujours sur le canapé, dit Marco. En face de moi, à côté de la télé, il y avait des câbles électriques emmêlés. Manuel continuait de crier : "Aide-moi à le tuer !" Alors j'ai pris un de ces câbles et je le lui ai apporté. J'ai dit : "Tiens, il faut qu'il arrête de souffrir !" »

Manuel : « On a essayé de l'étrangler avec le câble. On a essayé d'écraser un coussin sur son visage. Rien à faire. Il respirait. »

« Manuel essayait de l'étrangler, dit Marco. À un moment donné, il m'a demandé de l'embrasser sur la tête, il voulait que je lui fasse des bisous sur la tête pour qu'il trouve la force de l'étrangler, de lui ôter la vie. »

Manuel : « Pendant que je lui donnais des coups de couteau, Marco m'embrassait sur la tête, il disait : "Allez, tue-le." Tous les deux, c'est ce qu'on voulait faire. »

« J'ai posé une main sur son épaule et puis oui, je lui ai fait un bisou sur la tête, dit Marco. Je me suis mis à l'embrasser pendant que lui il l'étranglait. »

Manuel : « Marco disait : "Donne-lui le coup de grâce." Puis finalement le dernier coup c'est lui qui le lui a donné, il a posé son genou droit sur la poitrine de Luca et il l'a frappé au cœur avec le couteau, il a vraiment enfoncé la lame. »

« Manuel est entré dans le salon et m'a dit que Luca était mort », dit Marco.

Manuel : « J'ai compris qu'il était mort quand on a essayé de le soulever. Il était froid. »

« Il a dit qu'il était mort, dit Marco. Alors je suis allé tout de suite dans la chambre pour le couvrir avec une couette. Je n'arrivais pas à le regarder. »

Manuel : « Pendant qu'on le tuait, j'ai même filmé. J'ai filmé avec mon téléphone, une vidéo de quinze secondes peut-être, j'ai fait cette vidéo mais après je l'ai supprimée, parce que j'ai pensé : *mais qu'est-ce que je fais ? D'abord je le tue et après je le filme ?* Peut-être que je voulais contrebalancer la vidéo de Marco. Je ne me souviens pas. En tout cas, cette vidéo n'existe plus. »

« Après l'avoir couvert avec la couette, je suis revenu dans le salon, dit Marco. Luca était mort. Moi, je me sentais pétrifié. Manuel avait eu une crise de folie et je n'avais pas réussi à le calmer J'ai commencé à parler. "Qu'est-ce que tu as fait ?" j'ai dit. J'ai remarqué que Manuel changeait d'expression. Je me suis mise à avoir peur et j'ai utilisé le pluriel. "Qu'est-ce qu'on a fait ? Tu te rends compte ?" »

Manuel : « On était épuisés. On est allés au lit. Lui et moi sous les couvertures, et le cadavre de Luca à côté, par terre. »

« Manuel est allé se laver dans la salle de bains, dit Marco, puis il est revenu dans la chambre, il s'est couché à côté de moi. J'étais sur le point de m'endormir. Mais lui il parlait, il disait qu'on était liés pour la vie, que ce qu'on avait fait nous unissait pour toujours. "Oui, mais on a tué quelqu'un", j'ai dit. J'étais toujours habillé en femme. »

Manuel : « Là, couchés dans mon lit, avec le cadavre juste à côté. C'est à ce moment-là qu'on a eu notre premier rapport anal. »

« C'est absolument faux », dit Marco.

Manuel : « Je venais de m'endormir. Il s'est mis sur moi, comme une femme qui se met sur un homme couché. Il a pris ma bite dans ses mains, il voulait se la mettre. Cette position me dégoûtait. Mais je bandais. Alors je l'ai retourné et on a eu un rapport sexuel. Vu qu'il insistait, j'ai fait ça plus pour avoir la paix que par véritable excitation. »

« Oui, on a couché ensemble, dit Marco. Mais les jours précédents. Il m'a sodomisé plusieurs fois, sans préservatif. Après le meurtre, par contre, on n'a rien fait. Comment on aurait pu ? Rien que l'idée me dégoûte. On s'est couchés sur le lit et on s'est endormis. »

Manuel : « Je le possédais. Mais c'était comme si lui me possédait. On a couché ensemble puis on s'est endormis. »

Marco rouvrit les yeux quelques heures après.

Il avait sombré dans un sommeil profond. Il vécut son réveil comme une expulsion depuis le fond d'un océan, il se sentit suffoquer, il avala une grande goulée d'oxygène et s'assit brusquement dans le lit. Une pensée envahit son esprit, comme une voie d'eau. Manuel dormait à côté de lui, Marco l'observa, interdit, puis il tourna la tête et vit distinctement le cadavre de Luca par terre. *Alors c'est vrai*, pensa-t-il.

Dans certains récits de science-fiction, le héros rêve qu'il tue quelqu'un puis, au réveil, il trouve l'arme du crime sur sa table de chevet, témoignage troublant d'un fait advenu *ailleurs*. Dans le cas présent, Marco et Manuel avaient fait sauter la plaque qui sépare le plan de la réalité de celui de l'imagination et avaient renversé la relation entre l'ombre et la lumière : à compter de ce jour et à jamais, ils se réveilleraient tous les matins dans un cauchemar.

Marco sortit du lit, quitta la chambre, erra dans le salon, prit son visage dans ses mains et éclata en sanglots.

Ses pleurs réveillèrent Manuel. Lui aussi s'assit dans le lit, mais lentement. Sa chambre était plongée dans la pénombre.

Odeur de renfermé. Il vit le cadavre par terre, se leva et rejoignit son ami dans le salon.

« Je ne crois pas que je mérite de vivre ! criait Marco. Il n'est pas juste que je sois vivant après ce qui s'est passé ! »

Manuel le regarda sans trop savoir si la tristesse de Marco était authentique ou simulée.

« OK, dit-il. Allez, assieds-toi, on va réfléchir. »

L'appartement était envahi de papiers gras, de bouteilles vides, de vêtements épars. Les tiroirs étaient ouverts. Il y avait du sang partout.

« Je ne mérite pas de vivre ! »

Marco n'arrêtait pas de pleurer.

« Et je ne crois pas que tu mérites de vivre non plus.

— D'accord, d'accord, répondit Manuel, mais essayons au moins de ranger tout ça. »

Marco le regarda, les joues ruisselantes de larmes, puis il acquiesça.

Dans un recoin de leurs esprits embrumés surnageait peut-être encore l'idée qu'ils pouvaient s'en tirer. Quand il fut interrogé par le procureur, Manuel raconta qu'il n'avait pas pensé aux conséquences judiciaires en donnant des coups de marteau à Luca et qu'en se réveillant avec le cadavre dans sa chambre, il avait cru qu'après tout il y aurait bien un moyen de se tirer d'affaire. Évidemment, ce moyen n'existait pas. Ils avaient laissé une infinité de traces, dont certaines indélébiles. La révélation de leur crime au grand jour n'était qu'une question d'heures, même si pour le moment ils étaient les seuls détenteurs d'un secret abominable : un certain nombre de personnes avait basculé dans la condition de celui qui ignore encore un événement qui changera sa vie à jamais. Les parents de Luca. Marta Gaia. La famille de Manuel et celle de Marco. À cette heure, ils se déplaçaient dans Rome sans rien savoir. Dehors, c'était une banale journée de mars.

Manuel appela sa mère sur le fixe. Le téléphone sonna dans le vide. S'étant assuré qu'elle n'était pas chez elle, il prit les clés et descendit à l'étage inférieur pour récupérer des seaux, des serpillières, des produits ménagers.

« J'étais complètement à la masse. Je remontais au dixième et je m'apercevais que, par exemple, j'avais oublié les serpillières. Alors je redescendais chez ma mère, mais en remontant, j'avais oublié le produit pour le sol. »

Chaque fois qu'il sortait, Manuel fermait la porte de chez lui à double tour. Ainsi, Marco se retrouvait pendant plusieurs minutes seul, enfermé à clé, plongé dans le silence, à fixer le mur sans bouger avec un cadavre dans la pièce à côté. À un moment donné, il sortit sur le balcon, pris de nausée. Il serra le parapet et se pencha. Bon, se dit-il, c'est une chute d'au moins trente mètres. Il pensa à l'acteur qui avait joué Superman, Christopher Reeve, entièrement paralysé à la suite d'une chute de cheval.

Manuel revint dans l'appartement. Cette fois, il avait tout ce qu'il fallait. Il appela Marco. Il lui tendit une serpillière et du produit pour le sol. Il fallait nettoyer, dit-il, puis ils réfléchiraient à comment se débarrasser du cadavre.

« Il a déclaré qu'on devait l'enterrer au Circeo, raconta Marco, on devait aller l'enterrer là-bas, mais d'abord il fallait qu'on achète une pelle à Leroy Merlin. Il misait sur le Circeo parce qu'il disait que c'était une zone protégée. Qui se sentirait autorisé à creuser dans une réserve naturelle ? C'était ça, son raisonnement. »

Ils étaient encore sous l'effet de la drogue et de l'alcool. Cependant, certains aspects du caractère ne changent pas, quels que soient les états de conscience. Manuel avait toujours détesté les tâches domestiques. Faire la vaisselle, passer l'aspirateur, la serpillière : tout cela, il laissait sa mère s'en charger. Il demanda à Marco de s'en occuper.

« Et enlève ta perruque », ajouta-t-il.

Marco le lorgna d'un air bizarre.

Manuel lui adressa en retour un coup d'œil peu rassurant.

Pour la première fois dans leurs jeux de regards, quelque chose sortit de son axe et risqua la rupture.

« C'est ça, et maintenant tu veux me tuer aussi ! »

Marco se remit à pleurer.

« Quand je lui ai dit d'enlever sa perruque, il m'a regardé avec un air super énervé, raconta Manuel. Je n'ai pas compris s'il ne voulait pas l'enlever parce que dessous il était chauve ou parce que sans perruque, il redeviendrait un homme. »

« Quand il m'a dit de me changer, j'ai eu très très peur, dit Marco. Tant que j'étais habillé en femme, je me sentais plus à l'abri, parce que j'étais sa complice, sa maîtresse. »

« Quand il a dit : "Tu veux me tuer moi aussi ?" j'ai pensé qu'effectivement je pourrais aller chercher le couteau pour faire un peu de cinéma, reconnut Manuel. Mais je l'ai juste pensé. Je ne l'aurais jamais fait. J'étais vraiment en vrac. »

« J'ai eu peur qu'il soit sur le point de me faire la même chose, dit Marco. Alors je lui ai dit : "Si tu as décidé de me tuer, essaie au moins de ne pas me faire souffrir." Et puis, j'ai ajouté : "Rappelle-toi que si tu me tues, après tu devras te débarrasser de deux cadavres." Là, il s'est calmé. »

« Je n'ai jamais vraiment envisagé de le taper ou de le tuer, dit Manuel, mais que c'était un chien, ça oui, je le pensais. Je pensais à la façon dont il avait attiré Varani chez moi, j'étais très en colère, mais après je l'ai vu pleurer et toute mon agressivité s'est… s'est comme désamorcée. »

Marco vit le calme revenir dans les yeux de Manuel, Manuel vit la peur disparaître de l'expression de Marco. Le moment de conflit était passé. Alors Marco essaya de gagner du temps (« C'était de nouveau le soir, j'essayais de faire durer, j'attendais que les magasins ferment parce qu'il ne manquait plus qu'il me traîne chez Leroy Merlin pour acheter une pelle »), et il finit par obéir à Manuel.

« D'accord, on n'a qu'à ranger. »

Ils revinrent dans la chambre. Ils allumèrent la lumière. Ils soulevèrent le cadavre du sol, le mirent sur le lit et le couvrirent de nouveau avec la couette. Ils rassemblèrent les vêtements dans l'autre pièce. De retour dans le salon, Marco ramassa les verres sales, les emporta dans la cuisine, récupéra le couteau et le marteau, plia les cartons de pizza, les jeta à la poubelle. Manuel, qui le suivait des yeux, se paralysa soudain.

Il était pris d'une sensation invraisemblable, et il se demanda si elle était réelle ou si l'horreur dont ils avaient été les acteurs avait pénétré son esprit et s'amusait maintenant à tirer les ficelles de son cerveau. *Luca.* Il regarda la porte de la chambre.

« J'entendais Luca respirer. Je sais que c'est absurde. Il était mort depuis des heures. On avait dormi à côté du cadavre et il ne s'était rien passé. Le corps était indubitablement froid quand on l'avait soulevé. Et pourtant je l'entendais respirer. Un râle. Le bruit ne quittait pas mes oreilles. Alors j'ai pris sur moi et je suis entré dans la chambre. Dès que je suis entré, le râle s'est arrêté. Son corps était toujours là, je l'ai regardé, m'attendant à je ne sais quoi, et évidemment il ne s'est rien passé. Mais quand je suis revenu dans le salon, le râle a recommencé dans mes oreilles. »

Pendant ce temps, Marco avait rempli le seau d'eau et de produit ménager, il y trempa la serpillière et la passa sur le sol.

« Je m'étais agenouillé, j'avais commencé à passer la serpillière, je ressemblais vraiment à Cendrillon. J'essayais de laver comme il faut, mais après j'ai vu la serpillière imbibée de sang et j'ai dit stop. »

Marco lâcha la serpillière. Il se releva, le visage de nouveau baigné de larmes. Il dit à Manuel que ce qu'il lui faisait faire n'avait aucun sens, ils avaient eu un comportement atroce et, du moins en ce qui le concernait, l'heure était venue de mourir.

« Tu es sérieux ? demanda Manuel.

— Évidemment que je suis sérieux.

— Comment tu veux te tuer ? Avec les couteaux ? »

Marco secoua la tête.

« Il voulait se tuer, mais ça l'embêtait d'utiliser les couteaux, dit Manuel. Il voulait une mort moins sanglante. J'ai pensé que j'allais réussir à le dissuader, la situation était confuse, on a décidé de sortir de chez moi. »

Manuel prit les affaires de Luca. Ses vêtements, ses chaussures, son téléphone. Il mit tout dans le sac à dos de Luca. D'un côté, il commençait à se rendre compte de la situation. De l'autre, l'illusion d'une porte de sortie possible le traversait parfois, comme une trouée improbable dans un ciel très nuageux. Mais où pouvaient-ils aller ? Il était huit heures et demie du soir, il y avait un cadavre dans son appartement, la nuit était une nouvelle fois tombée sur la ville.

« Allons boire un verre, va », dit Manuel.

Raffaele Braga avait trente et un ans, il habitait à Guidonia, et chaque jour il parcourait les trente kilomètres qui le séparaient de Rome. Il travaillait à San Giovanni, au Cafe Oval. Décoration minimaliste, terrasse, un bar plutôt bien fourni.

Ce vendredi soir-là, Raffaele s'occupait à la fois du service et de la préparation des boissons. Il était un peu plus de neuf heures, il y avait quelques clients mais le bar n'était pas encore plein. Deux jeunes filles étaient installées sur les tabourets au comptoir. Deux hommes étaient en terrasse. Ils étaient dans leur coin, ce n'étaient pas des habitués, celui de dos se tenait voûté, l'autre portait une sorte de veste sombre qui lui arrivait aux genoux. Au bout de quelques minutes, le garçon avec la veste vint au comptoir. Il commanda deux verres de blanc et revint s'asseoir en face de son ami.

Une fois qu'il les eut servis, Raffaele rentra dans le bar. Quand, deux semaines après, il fut convoqué par les carabiniers, il dit que s'il y avait bien une caractéristique commune à ces deux garçons, c'est que, sans l'ombre d'un doute, ils avaient l'air « parfaitement normaux ».

Quand ils avaient quitté l'appartement, Marco et Manuel avaient traîné à San Giovanni. Dans la via Magna Grecia, ils s'étaient garés à côté d'un conteneur à poubelles sans se soucier des patrouilles de carabiniers. Manuel était descendu de voiture et y avait jeté le sac à dos de Luca, qui contenait ses habits et son téléphone. Puis ils étaient allés à l'Oval.

Marco finit de boire son verre de falanghina et déclara :

« Je veux mourir. »

Maintenant, il était habillé en homme. Les seules traces visibles de ces derniers jours étaient le vernis sur ses ongles et le maquillage qui avait coulé sous ses yeux.

Manuel essayait de le calmer. Marco n'arrêtait pas de murmurer :

« Qu'est-ce qu'on a fait… qu'est-ce qu'on a fait… mon Dieu, on mérite de mourir.

— Attends un peu, répondit Manuel. Pour le moment, on va prendre un autre verre et on va réfléchir à ce qu'il faut faire.

— On a ôté la vie à un garçon de vingt-trois ans, continua Marco. On a joué à Dieu. Maintenant, il nous faut le payer, je veux mourir et tu dois m'aider. »

Il dit qu'il voulait se suicider avec des somnifères. Il savait que Manuel avait chez lui une ordonnance pour du Minias. Deux comprimés d'un milligramme, c'était une nuit de sommeil assurée. Quatre flacons mélangés à de l'alcool, c'était assez pour ne jamais se réveiller.

Finalement, Manuel sembla se laisser convaincre, il allait l'aider à en finir. Ils payèrent leurs consommations et revinrent chez Manuel. Ils se mirent aussitôt à la recherche de l'ordonnance, par terre, dans les tiroirs, ajoutant du désordre au désordre tout en veillant à ne pas regarder dans la direction de la chambre. Ils finirent par la trouver, mais elle était périmée. Manuel prit un stylo et modifia la date, comptant sur la tolérance des pharmaciens romains après neuf heures du soir. Maintenant, il restait le problème de l'argent. Ils n'avaient plus un euro.

« Le restaurant, dit Manuel.

— En plus de l'argent, essaie de récupérer un peu de vodka », ajouta Marco alors qu'ils étaient déjà dans la voiture.

Moins de vingt-quatre heures après avoir quitté l'appartement de la via Igino Giordani, Tiziano De Rossi se retrouva de nouveau nez à nez avec Manuel Foffo. Le fils du patron fit irruption au restaurant peu après vingt-trois heures. Tiziano était en train de servir les tables. Manuel était dans un état d'agitation manifeste. *Il a dû continuer à taper de la coke*, pensa Tiziano. Les autres serveurs l'observèrent eux aussi d'un air perplexe. Manuel alla droit à la caisse, y prit cent cinquante euros, puis il ouvrit le réfrigérateur. Pas de vodka. En guise de digestif, les serveurs du Bottarolo offraient à leurs clients un verre de liqueur ou de limoncello. Manuel s'empara d'une bouteille d'Amaro del Capo, bafouilla un au revoir à l'équipe et sortit d'un pas rapide.

Il était interdit d'acheter plus de trois flacons de somnifères à la fois. Ils se rendirent d'abord dans une pharmacie de la via Nazionale. Puis dans une autre à côté de la Porta Pia. Aucun des deux pharmaciens ne s'aperçut de la date falsifiée sur l'ordonnance. Marco remonta dans la voiture muni de cinq flacons de Minias. Il avait tout ce qui lui fallait.

Avant qu'ils se séparent, Manuel proposa un dernier verre à Marco. Celui-ci accepta (« Vu mon objectif, boire de l'alcool me faciliterait les choses »), alors ils bifurquèrent dans la via Livorno. Sur la via Tiburtina, une longue ligne droite enveloppée par les ténèbres, ils virent clignoter l'enseigne du Dallas.

« Arrêtons-nous ici », dit Marco.

C'était un petit bar en face du cimetière Verano. Depuis la terrasse, on en voyait les cyprès. Marco commanda une vodka, Manuel un rhum-Coca. Ils étaient très silencieux, maintenant. Ils passèrent un moment à se regarder sans mot dire.

« Manuel, écoute, il faut que tu me laisses partir, finit par dire Marco. Je ne tiens plus.

— Je t'accompagne à l'hôtel », proposa Manuel.

Marco secoua la tête.

« La Mini Cooper est au nom de mon père, expliqua-t-il aux carabiniers, la personne que j'aime le plus au monde. J'avais peur qu'une fois que je serais allé me suicider, Manuel cache le cadavre de Luca dans la voiture. Mon père se serait retrouvé impliqué, il aurait eu un tas d'ennuis. Je lui ai dit que je ne lui laisserais pas la voiture. »

Manuel haussa les épaules, répondit « d'accord » et paya les consommations. Ils sortirent tous les deux du bar. C'était le moment de se saluer. Ils se prirent dans les bras. Marco dit :

« Tu n'y es pour rien, mais j'espère que je ne te reverrai jamais. »

Manuel rentra chez lui à pied. Il était trois heures du matin. Il marcha patiemment le long de la via Tiburtina, voûté, les mains dans les poches, un pas après l'autre. Quand il fut de retour via Igino Giordani, il chercha les clés de chez lui. Il prit l'ascenseur, monta au dixième, ouvrit la porte, alluma la lumière, alla dans le salon et s'assit sur le canapé.

Tournant le dos à sa chambre, Manuel s'alluma une cigarette pour réfléchir. Il fuma posément. Puis il en alluma une autre. Il se leva pour aller dans la cuisine. Dans le frigo, il y avait encore une bouteille de rhum. Il ouvrit un Coca, rapporta les bouteilles dans le salon, et improvisa un Cuba libre. Il but deux gorgées puis abandonna son verre. Il fuma une troisième cigarette, se releva, avec le projet de ranger. Il devait faire passer le temps. Il alla chercher des sacs-poubelle dans la cuisine, y mit les bouteilles vides et les restes du dîner. Quand il eut rempli deux sacs, il descendit les jeter. Tous les prétextes étaient bons pour s'éloigner du cadavre.

Quand il se retrouva dans la rue, c'était l'aube. Manuel regarda les rues désertes, il faisait froid. Après être allé aux conteneurs, il revint chez lui. Que pouvait-il faire d'autre ? Retour dans l'ascenseur. Il ouvrit, referma la porte, se rassit dans le salon. Il sentait la présence du cadavre dans la chambre. Il sortit une cigarette de son paquet, joua avec. La lumière commençait à filtrer à travers les stores à moitié tirés. À sept heures et demie, son frère passerait le chercher pour aller aux obsèques de leur oncle. *Bien*, pensa-t-il en regardant l'heure, *il ne va plus tarder*.

Il n'était pas le seul à s'être trouvé un repaire dans le coin. Il y avait plusieurs endroits semblables à proximité de la gare. La rumeur circulait depuis des années. Les chambres à louer s'étaient multipliées. Les clients venaient des quatre coins du monde. C'était comme Bucarest, mais en mieux. Un enfant sortait des recoins de la piazza dell'Indipendenza, s'étirait, commençait sa journée.

Le touriste hollandais paya son café pris dans un bar de la via Lanza et sortit se promener dans la rue. La Porta Magica. Les squares à l'abandon sous le soleil. Puis les femmes avec leurs sacs de courses.

De temps en temps, il croisait d'autres hommes comme lui dans la rue, il les reconnaissait à leur masque de désespoir et d'esprit charitable. Parfois, l'un d'eux se faisait pincer. Le bras de la justice s'abattait sur l'épaule d'un pardessus. Le nom du coupable apparaissait dans les journaux, mais les informations les plus fraîches dévoraient les anciennes et, en quelques jours, ce nom disparaissait et était oublié. Le banquier. Le conseiller municipal. L'artisan. Récemment, même un magistrat.

Celui-ci s'était défendu en expliquant au substitut du procureur qu'il était la proie de « pulsions devant des visages juvéniles ». Il avait dit qu'il s'était toujours informé sur l'âge des garçons. L'argent était un cadeau, pas une rémunération.

Le touriste hollandais observa la poussière lumineuse qui s'élevait lentement du marché. À Sainte-Marie-Majeure, il lui avait semblé sentir un petit tourbillon dans son dos, un vent qui résonnait comme un éclat de rire. Il consulta sa montre. Il n'avait pas le temps de repasser à l'hôtel. Il se hâta en direction de son repaire. Des odeurs d'épices montaient du trottoir. Puis de petits cris. L'Italie était un pays atrocement vieux. Un jardin de vieux, colériques et malveillants. Mais dans ce quartier, la moyenne d'âge s'effondrait.

Le Thrill, dans la via Giolitti. Les kebabs dégoûtants de la via Manin. L'éternité se révélait dans l'anonymat. Puanteur de friture. Sweats à capuche. Paillettes sur les ongles. Rarement, un blouson en cuir. L'échantillon de mineurs était éblouissant. Maghrébins. Égyptiens. Quelques adolescentes venaient de la banlieue dans le seul but de traîner avec eux. Elles prenaient un bus cabossé à Labaro, à Primavalle, elles traversaient la ville entre les nids-de-poule, les bousculades, les grincements, les jurons. Chaussées de baskets aux lacets colorés, elles rejoignaient les squares autour de la gare.

Mais le touriste hollandais était là pour les invisibles.

C'étaient essentiellement des Roumains. Mais il y avait aussi des Égyptiens, des Tunisiens, des Libyens. Ils dormaient dans les squares, au milieu des rats et des sacs-poubelle. Ou alors dans les galeries, les fossés, les égouts. Serrés les uns contre les autres dans le froid. Ils dormaient cinq, six heures maximum. D'un sommeil sans rêves.

Le touriste hollandais ouvrit la porte, prit l'ascenseur et monta au cinquième étage. Il regarda les antennes par la fenêtre entrouverte, le château d'eau de la via Giolitti. Il entendait le cri des hirondelles dans le ciel. Quelqu'un frappa à la porte. Le touriste hollandais alla ouvrir et se retrouva face à face avec lui. Cette fois, le garçon portait un sweat beaucoup trop grand. C'était la troisième fois qu'ils se voyaient. Le touriste hollandais fit appel à son courage et passa une main dans ses cheveux. Le garçon ne sourit pas. Puis l'homme s'écarta, pour sentir l'autonomie de ce corps avant de se l'approprier. Tout était prêté, rien n'était offert.

« Non », dit-il.

Le garçon s'arrêta sur le seuil de la salle de bains où il allait prendre une douche, comme les fois précédentes.

« Non », répéta le touriste hollandais plus doucement.

Le garçon ne comprit pas. L'homme sortit un billet de cinquante euros de sa poche, le frotta entre ses doigts et le garçon comprit. L'homme ne voulait pas qu'il prenne une douche, il voulait sentir la rue. Le garçon enleva son sweat, sa ceinture, ses chaussures, puis son pantalon, ses chaussettes en tissu éponge, son caleçon. Entièrement nu, il alla se coucher sur le matelas. Il croisa ses mains derrière sa nuque, reproduisant dans la tête de l'homme une scène qui se rejouait depuis des millénaires. Ils étaient là, anonymes, de passage. Dans cent ans ils seraient tous les deux morts et cette chambre n'existerait plus.

Une heure après, c'était le garçon qui scrutait le ciel de l'après-midi par la fenêtre entrouverte. L'homme était assis sur le lit. Il entendit frapper à la porte. Quatre coups fermes.

« Ouvrez la porte, s'il vous plaît ! »

Le ton de la voix ne laissait aucun doute. Le touriste hollandais chercha en vain refuge dans la différence de langue.

« *I don't speak Italian.* »

La voix resta ferme.

« *Open the door, please. Polizia !* »

Ils étaient au cinquième étage. Il ne pouvait pas s'enfuir par la fenêtre. Et, dans quelques secondes, ils ouvriraient la porte à coups de pied. Alors il ouvrit lui-même. Plusieurs agents de police entrèrent dans la pièce. Ils virent le garçon. Mais ils savaient déjà qu'il était là.

« *This is not your son* », constata un agent.

« *Your passport, please ?* » fit un autre.

Ils lui demandèrent de tendre les poignets. Ils lui passèrent les menottes et l'escortèrent dans l'escalier vers la sortie.

Quelques mois après, nous quittâmes Rome.

Tout se passa très vite. Un mardi matin, je reçus un appel du président d'une importante institution culturelle turinoise. Le lendemain soir, j'étais chez lui pour le dîner. Entre le hors-d'œuvre et l'entrée, il me fit une offre de travail intéressante. Certes, me dit-il, il fallait déménager, et l'idée de quitter la ville, poursuivit-il avec un sourire affable, paraît toujours un peu sacrilège pour les gens qui habitent à Rome depuis longtemps. Je lui répondis que j'allais y réfléchir. Le soir même, je racontai tout cela à ma femme. Il était un peu plus de minuit et, installés dans le canapé, nous nous retrouvâmes à étudier l'hypothèse de changer de vie avec un calme étonnant : cette discussion fut moins problématique que celles sur nos vacances d'été. J'avais cette opportunité, elle pouvait travailler depuis la maison, où était le problème ? Pour donner de la consistance à cette éventualité, nous dressâmes la liste des raisons pour lesquelles tout lâcher pouvait s'avérer une erreur, et nous le fîmes comme si les objections ne venaient pas de nous mais d'une présence hargneuse obstinément opposée à notre bonheur.

Le lendemain matin au petit déjeuner, frais et dispos, nous savions que notre décision était prise.

Nous nous arrachâmes à Rome avec la satisfaction ambiguë des gens qui se libèrent d'une dépendance. Nos amis étaient incrédules.

« Vous êtes sûrs ? »

Cette question revint sans cesse ces jours-là. Nous organisâmes une petite fête de départ où, entre toasts et verres de vin, nous revendiquâmes notre choix avec une insistance suspecte. Pourquoi continuer à se faire du mal ? disions-nous à nos invités. Nous avions la possibilité inespérée de déménager dans une ville civilisée, ordonnée, propre, où les concepts de travail, de gentillesse, d'honnêteté et de responsabilité collective avaient encore un sens. Nous avions l'occasion de repartir du bon pied, il aurait été stupide de ne pas la saisir.

Un mois après, nous avions déménagé.

Les premiers jours à Turin furent émaillés de petites surprises quotidiennes à même de nous plonger, Chiara et moi, dans un état de détente et de soulagement. Nous prenions un taxi et nous ne nous faisions insulter par personne, n'assistions à aucune dispute sauvage entre le chauffeur et les autres automobilistes. Nous sortions d'une administration, et les problèmes bureaucratiques qui à Rome nous auraient éreintés pendant des mois étaient réglés par un message vocal. Au travail, les réunions commençaient à l'heure annoncée, on tâchait de faire face au chaos du monde à l'aide de rationalité et de bon sens. Tout se déroulait de manière normale, et la sensation impalpable qu'il ne se passait rien du tout s'expliquait, pensions-nous, par un préjugé émotionnel qui disparaîtrait bientôt.

Cependant, les semaines se succédèrent et ma femme et moi commençâmes à nous sentir mal. Nos expressions devinrent tristes sans que nous comprenions pourquoi. Les réveils le matin étaient sinistres. Le soir, la sensation d'égarement devenait vertigineuse. Nous lisions des confirmations de ce que nous ressentions sur le visage de l'autre et, pour éviter de regarder les choses en face, nous détournions la tête.

Les semaines suivantes, le silence devint le maître indiscuté du temps que nous passions ensemble, si bien qu'au bout d'un moment Chiara et moi fûmes obligés de nous parler. Le problème était que nous étions en proie à une nostalgie déchirante, dûmes-nous reconnaître. Rome nous manquait affreusement. Peut-être nous étions-nous attachés à cette ville comme un toxicomane à sa drogue, peut-être que l'effronterie excessive avec laquelle nous avions annoncé notre départ était une manifestation de colère à l'égard de l'amante infidèle que l'on fuit alors que nos sentiments sont intacts.

L'occasion de partir nous avait été offerte par une proposition de travail, mais je savais que, pour moi, tout avait commencé le jour où je m'étais retrouvé devant la porte de l'appartement de Manuel Foffo. C'était là que le malaise qui couvait ces dernières années était devenu évident. La conscience de ce qui était advenu de l'autre côté de cette porte sous scellés avait rendu tout le reste visible. Toutefois, que doit-on penser de soi-même alors que, malgré une bonne volonté manifeste, et même le courage de passer à l'action (nous avions déménagé, nous avions radicalement changé d'habitudes, de fréquentations, de travail), on se surprend à aimer ce qui jusqu'à récemment nous a empoisonné la vie ? Peut-être étions-nous tant habitués au désastre que nous ne savions plus nous en passer ? Que nous en faisions partie ? Il y a les villes des vivants, peuplées de morts. Et puis il y a les villes des morts, les seules où la vie a encore un sens. Je continuais de penser au meurtre. J'avais beau avoir rendu mon reportage depuis des mois, je ne cessais d'y travailler. Je n'avais plus d'engagements professionnels, plus de réunions de rédaction, plus d'administrations où aller demander des comptes, aucune raison pratique ne m'obligeait à descendre à Rome dès que je le pouvais. Pourtant, je le faisais. À la première occasion, je sautais dans un train et, en un peu moins de cinq heures, j'étais de retour en ville. Arrivé à Termini, j'étais submergé par une vague de bonheur et d'anxiété. Je prenais le métro, je faisais des kilomètres à pied, je déambulais la gorge nouée à Tor Pignattara, à Garbatella. Suis-je encore digne de ces endroits, me demandais-je dans les rues poussiéreuses, ou suis-je vu comme un étranger, un traître ? Un traître des traîtres. Ce qui me manquait tant, c'était la sensation de liberté absolue qui, à Rome, était synonyme de déliquescence, d'anarchie et d'incurie, ce qui me manquait, c'était la certitude, parfois vertigineuse, de pouvoir vivre comme de simples expressions humaines à l'état sauvage, libérées du lasso de l'État et même du lien d'une communauté qui se veut être un peuple. (Si la ville était vraiment éternelle, le passé ne pouvait pas exister, et par conséquent il n'existait pas non plus de présent à respecter, ni de futur dont il fallait se préoccuper.) Confondais-je le désastre et la liberté ? Incurable. À moins que – pensais-je, en quête d'absolution – je ne sois comme ceux qui, ayant fui leur maison en flammes, retournent sur leurs pas et se jettent dans l'incendie armés d'un verre d'eau.

Pendant mes séjours à Rome, prendre une chambre d'hôtel aurait accru mon impression d'être un étranger, alors j'allais dormir chez un ami, piazza Sanmicheli. Je faisais de longues promenades sur la via Casilina avant d'aller me coucher, les odeurs de la ville me semblaient différentes par rapport à mon souvenir, de même que les couleurs, le volume des bâtiments, la circulation dans les rues, c'était comme si sur un visage gigantesque, si longuement contemplé qu'il était devenu une énigme, j'identifiais une nouvelle ride peut-être à même de tout recomposer. À droite, la voie ferrée, de l'autre côté les bâtiments délabrés. Je trouvais incroyable que Marco Prato et Manuel Foffo aient détruit leur vie en tuant Luca Varani. Aucun avantage économique ni professionnel, aucune célébrité, aucune vengeance personnelle, aucun mobile classique ne pouvait justifier les faits. De plus, Foffo et Prato avaient agi de telle sorte qu'il leur était impossible d'échapper à la justice. En faisant venir Luca à Collatino, c'était comme s'ils s'étaient mis sur leur propre piste pour accomplir un rituel préparé dans une ignorance méticuleuse les mois précédents.

Foffo était en conflit avec son père, il se sentait écrasé, humilié, dénigré, mais il n'avait jamais réussi à vraiment l'affronter. Le seul coup qu'il lui avait décoché avait été l'aveu du meurtre. Là, il l'avait véritablement senti vaciller, éprouvant peut-être, en même temps qu'un sentiment de revanche, le chagrin qui nous prend quand on blesse ceux dont on estime qu'ils ont trahi notre amour. Enfermé dans la voiture, en route pour les obsèques de son oncle, Manuel avait peut-être goûté, enfoui dans le lien qui unit les fils à leurs pères, l'instant éternel où le jeune prend le dessus sur l'ancien et où les rôles de domination se renversent. Mais la revanche était impossible, Manuel était dans une impasse, et cet instant s'était achevé, le temps s'était remis à s'écouler, son père ne s'était pas effondré.

Marco aussi se plaignait d'un manque de reconnaissance. Sa mère, disait-il, n'arrivait pas à le voir, à l'accepter pour ce qu'il était, elle répondait à son dévouement par le silence. Et l'amour de Ledo, l'indiscutable amour paternel, n'avait peut-être pas été suffisant, ou assez vigoureux, pour briser la condamnation que Marco sentait peser sur lui, et qu'il avait exorcisée au fil du temps en devenant un comédien, un caméléon, un prestidigitateur qui essaie de combler le gouffre à l'aide de son art. Mais que se passe-t-il quand, dans l'impossibilité de traverser le miroir, de franchir le seuil de sa souffrance, on construit sa vie en fonction d'un modèle qui ne cesse d'effacer puis de confirmer la honte ? (Ma femme, à qui j'en avais parlé, se serait émue de cet aspect s'il n'était pas question de meurtre, elle avait un faible pour les gens qui réagissent à leurs faillites intimes en jonchant de paillettes le vide sur lequel ils marchent.)

Ils n'avaient pas vaincu le père, ils n'avaient pas fait changer d'opinion la mère. Ils s'étaient détruits, eux. Il y avait autre chose. Lors d'un de mes passages à Rome, un après-midi, assis dans un bar dans le coin du pont Milvius, je lus dans le journal un long reportage qui semblait ajouter du malheur au malheur. Un réseau international de pédophiles était, semblait-il, actif à Rome depuis un bon moment dans le coin de la gare Termini. J'avais longtemps habité non loin, je ne m'en étais jamais rendu compte. (Les journaux rapportent l'horreur, me disais-je, ils ne racontent pas la normalité, « les gens avec leur indifférence intelligente et leur triste désespoir », avait écrit Marco Pannella[1], Rome c'est cela aussi, des quantités de normalité saine, des tonnes de banale tristesse en face de l'horreur.) Ce n'est toutefois pas ce qui me vint à l'esprit en continuant de lire le journal. Il faut réserver une place dans un avion pour Rome. Il faut louer une chambre où l'on ne demande pas les papiers des clients. Éventuellement, il faut contacter un intermédiaire. En bref, dès le début, ces gens savent ce qu'ils font. Le pédophile qui avait été arrêté dans un studio glauque de la via Cattaneo savait qu'il avait commis un crime, il savait qu'il avait fait passer son désir avant la loi morale qu'il avait enfreinte, voire qu'il avait jeté un défi à une loi divine. Cependant, que reste-t-il de la faute quand le coupable n'est plus en mesure de l'identifier comme telle ? Marco Prato et Manuel Foffo n'avaient pas idée qu'ils pourraient commettre un meurtre la première fois qu'ils s'étaient vus, ils ne l'avaient pas envisagé

1. Homme politique et journaliste, figure du centre gauche italien, mort en 2016. (*N.d.T.*)

la deuxième fois, et même en mars, quand, enfermés dans l'appartement, ils avaient sombré dans le délire, ils n'avaient pas compris ce qu'ils faisaient tant qu'ils ne s'étaient pas retrouvés en train de le faire. Et même, ils n'avaient pas l'air de s'en être rendu compte *pendant* qu'ils le faisaient. « Mais alors ça se passe pour de vrai », avait pensé Manuel quand le massacre avait commencé. Bien que chacun ait raconté le crime d'une manière différente aux carabiniers, ajoutant ou éludant des détails importants sur le plan judiciaire, ils en parlaient comme si ce n'étaient pas eux qui avaient agi mais *quelque chose d'autre*, un obscur réalisateur qui avait pris le dessus. Manuel avait fait un aveu presque complet à son père, et Marco avait même tenté de se suicider. Néanmoins, plus qu'à une responsabilité au sens traditionnel du terme, tous deux semblaient davantage se référer à un mystérieux lien de cause à effet. Et c'était là, pensais-je, que le narrateur revenait s'en mêler. La reconnaissance de ses propres responsabilités dans une action abjecte devenait, sur le plan émotionnel, une épreuve insoutenable. Personne n'arrivait plus à s'imputer une faute, à distinguer en soi la possibilité du mal. Était-ce à cause du narcissisme de masse ? De la peur de la désapprobation sociale, dont le spectacle préféré était la mise au pilori ? De la sorte, les délinquants conscients de leurs actes étaient remplacés par des assassins à leur insu, des menteurs sincères, des traîtres fidèles, des voleurs miséricordieux, des canailles responsables. Il n'était plus question d'homme qui poignarde en sachant ce qu'il fait, mais de criminel qui s'étonne d'être jugé comme tel – quand il ne s'en scandalise pas –, bien qu'il ait fait exactement ce que font les criminels comme lui depuis toujours. Quelles chances y avait-il pour que Marco et Manuel se reconnaissent coupables – et pour qu'ils comprennent, qu'ils traversent le miroir de l'autre côté duquel ils reconnaîtraient enfin *Luca*, leur victime ? D'une part, il était difficile d'accuser Marco et Manuel d'une véritable planification du crime ; de l'autre, le parcours qui conduisait au meurtre avait un tracé qu'eux seuls pouvaient emprunter.

« Dès que je l'ai regardé, *j'ai compris* », avait dit Manuel en réévoquant le moment où Luca avait franchi le seuil de son appartement.

Mais compris *quoi* ?

« Je l'ai regardé, lui. Puis j'ai regardé Marco, et c'est comme si mentalement on s'était dit *c'est lui.* »

Imaginer Luca comme une victime prédestinée était une énormité. Il fallait plutôt s'efforcer d'identifier un acte de volonté dans des faits que Manuel et Marco semblaient imputer à un emboîtement de pièces de puzzle. Pas de victime prédestinée, donc, mais *eux* qui avaient fait d'eux-mêmes de probables bourreaux. Quand, me demandais-je, cette probabilité grandissait-elle au point de devenir inéluctable ? Là, on basculait la tête la première dans la partie nocturne, ancestrale. Luca n'avait pas l'expérience ni la carrure d'Alex Tiburtina, il n'était pas aussi observateur que Tiziano De Rossi, l'expertise avait souligné sa faiblesse à tous points de vue par rapport à ses agresseurs. De plus, Luca était quelqu'un de doux. Certains commentateurs continuaient d'imputer la faute à la cocaïne. D'autres insistaient sur la sexualité. L'homophobie jamais prouvée de Luca l'avait rendu odieux aux yeux de Marco et Manuel ou, à l'inverse, disaient-ils, l'homosexualité refoulée avait été chez Marco et Manuel l'étincelle de la violence. Nous vivions dans un pays rétrograde, terriblement arriéré sur les questions de genre et d'orientation sexuelle, mais – pour peu qu'elle cesse d'être latente – la reconnaissance de sa propre sexualité et de celle d'autrui, pensai-je, était dans ce cas un des filtres à travers lesquels passait une dynamique encore plus profondément enfouie. Une ombre stagnait en nous depuis la nuit des temps. Détruire le plus faible. Ou bien affaiblir le plus fort pour ensuite le détruire. L'agression comme garantie pour la survie. Frapper pour se dérober à la peur d'être frappés. Se sentir impuissant, réduire l'autre à un état d'impuissance. Se sentir en danger, mettre l'autre en danger. Se sentir néant, anéantir l'autre. Laisser cette faiblesse, cette peur atavique, prendre le dessus était un choix : c'était là qu'il fallait aller chercher la responsabilité individuelle à une époque où, cercle rhétorique après cercle rhétorique, ce concept allait se cacher de plus en plus profond. Sinon, ce serait la barbarie, ou bien, dès que les sciences (sur lesquelles les juristes portant un regard confiant n'étaient pas rares) réduiraient tous nos gestes à une série déterminée de réactions chimiques et d'impulsions électriques, le concept de responsabilité se dissoudrait en même temps que celui de choix, et, dans notre libération de la responsabilité, nous deviendrons prisonniers pour toujours.

Ne formions-nous qu'un avec l'instinct de domination ? Qui pouvait trancher ce lien ? Était-ce une mission de l'éducation, de la culture ? Mais, en soi, l'éducation et la culture n'étaient en rien le contraire de la violence.

Je n'arrivais pas à comprendre. Je fermai le journal et regardai devant moi. Au pont Milvius la lumière tombait sur les courts de tennis et les belles maisons aux façades colorées, les oiseaux volaient d'un côté à l'autre du fleuve.

Cinquième partie

Les goélands

« C'est beau, dit le diable derrière Adam.
Mais… est-ce de l'art ? »

Orson Welles

« Ils dorment dans le même lit,
mais ils ne font pas les mêmes rêves. »

Zhou Enlai

L'été était revenu. Les ombres des passants s'étiraient sur l'Esquilin, Casal Bertone, Tor Pignattara. La chaleur pesait, dévorante. Les concierges passaient le temps en regardant dehors. Les bras dénudés des filles. Les vieillards qui louvoyaient à petits pas entre les nids-de-poule. Le week-end, les gens se précipitaient à la mer, mais ceux qui le pouvaient quittaient leur travail dès le milieu de semaine. Bureaux déserts. Ciels d'un bleu éclatant. Téléphones sonnant dans le vide. Un des plus grands plaisirs des habitants de la ville consistait à se retrouver pour bavarder de futilités les pieds dans la mer Tyrrhénienne, comme si, depuis le rivage du plus grand nombre, on pouvait déjà lorgner d'un air supérieur les tristes préoccupations des vivants.

C'est dans ce climat de démobilisation générale – le même chaque année, mais chaque année plus chaud – qu'à Rome on retourna aux urnes pour élire un maire. En l'espace de deux semaines, la gestion provisoire cessa et la ville regagna officiellement les rangs de la normalité. L'autorité de tutelle s'en alla, le nouveau maire s'installa. La première femme maire de la ville[1].

1. Le 19 juin 2016, les élections municipales ont été remportées à Rome par Virginia Raggi, la candidate du Mouvement 5 étoiles. (*N.d.T.*)

Depuis Turin, je constatai que la situation ne revenait pas à la normale. La ville continuait de sombrer dans un chaos rendu plus évident encore depuis qu'il y avait de nouveau quelqu'un – fort du vote de ses concitoyens – pour tenir la barre de la ville.

La maire – élue dans le sillage de la vague de protestation contre la vieille classe politique – semblait même plus impuissante que ses prédécesseurs. Les touristes à la débandade faisaient face à mille dysfonctionnements. Les exhibitionnistes nageaient nus dans les fontaines. Les déchets s'amoncelaient. Les photos de ce désastre firent le tour du monde. La presse étrangère y consacra des articles : « Rome en ruine » (*The New York Times*), « La réputation de la capitale en chute libre » (*Le Monde*). Quelques Romains commencèrent à protester contre ceux qui, en protestant, avaient favorisé ce tournant politique. D'autres protestèrent contre ceux qui protestaient contre ceux qui avaient protesté.

Des événements surprenants eurent lieu. Tels des bonzes mécaniques, les autobus prenaient feu tout seuls. À Torre Rossa, dans la via del Tritone, au milieu de la piazza dei Cinquecento. On finit par découvrir que ces épisodes d'autocombustion, dont la fréquence était inquiétante, s'expliquaient par la présence de composants de mauvaise qualité montés sur les véhicules par les mécaniciens de la régie municipale à cause du manque de fonds. Fin juin, un groupe d'enfants découvrit une énorme langue de porc en jouant entre les haies du mont Oppius. Au Campo de' Fiori, le week-end les adolescents réglaient leurs différends à coups de bouteille. À Tuscolano, de brèves batailles urbaines éclataient, avec des ordures ramassées dans les rues en guise de projectiles. Les commerçants de Centocelle se faisaient tabasser par ceux qui voulaient les obliger à quitter le territoire – quand ils s'adressaient, le visage tuméfié, à des amis policiers, ils recevaient à titre confidentiel des réponses plutôt inattendues :

« Si tu veux, on peut te fournir une escorte, mais prépare-toi à mener une vie de proie. Tu as une femme, des enfants, un peu d'argent : pourquoi tu t'emmerderais à vivre comme ça ? Si tu veux un conseil, vends tout et barre-toi. » Entre les retards et les dysfonctionnements, les travaux publics coûtaient comme d'habitude des sommes astronomiques, mais il y avait de moins en moins d'argent. Les particuliers, inquiets de la situation économique, mettaient leur appartement sur Airbnb. Une marée de nouveaux pauvres, expulsés, indigents, faisait pression, inquiète, depuis les périphéries. Rien ne se perdait, tout se corrompait.

À l'invasion des rats s'ajouta le fléau des goélands. Avec leur expression méchante et leurs petits yeux vitreux, ils faisaient la loi. Ils trottinaient dans les ordures, dévoraient les cadavres de petits animaux, fondaient sans crainte aucune sur toute source de nourriture.

« Y vont nous bouffer tout crus », commentaient les Romains pleins d'agacement, ou de lucidité.

Bien que des mois aient passé depuis le meurtre de Luca Varani, l'intérêt pour cette affaire n'avait pas décru. À la caserne de la piazza Dante, les carabiniers continuaient d'écouter des experts et des spécialistes, de remplir des procès-verbaux. Les journalistes se pressaient, en quête d'informations.

Tous deux enfermés dans la prison Regina Coeli, Marco et Manuel ne s'étaient pas vus ni parlé. Cependant, chacun avait été obligé de subir la compagnie de l'autre. On posait sans cesse des questions sur Manuel à Marco, on posait sans cesse des questions sur Marco à Manuel. Quand, avant le meurtre, ils s'étaient dit que s'ils en faisaient une belle, ils resteraient liés pour toujours, ils n'avaient pas imaginé *ça*. En d'autres termes, ils n'avaient pas réfléchi à ce que signifie ne pas pouvoir couper le lien. Leurs esprits, encastrés l'un dans l'autre pendant leurs jours de délire, s'étaient séparés, puis refroidis, et maintenant ils macéraient dans le ressentiment. Enfermés dans la pénombre de leurs cellules respectives, loin de chez eux, de leurs proches, des habitudes de toute une vie, ils mesuraient avec effarement que, inatteignable et pourtant si proche, à quelques couloirs seulement d'eux, se trouvait *l'autre*, la personne sans laquelle ils ne seraient pas là.

Ils n'arrêtaient pas de s'accuser réciproquement.

Manuel Foffo affirmait aux enquêteurs que c'était Marco qui avait donné à Luca Varani le coup de couteau dans le cœur qui l'avait tué. Marco Prato soutenait qu'il n'avait jamais touché Luca avec une arme. Manuel disait qu'il avait été manipulé par Marco. Marco disait qu'il avait craqué pour Manuel et que la folie amoureuse lui avait fait commettre l'erreur de l'écouter.

Les éléments confirmés suffisaient déjà largement à nourrir les dérives narratives en tous genres, mais le coup de couteau dans le cœur avait un pouvoir évocateur irrésistible sur le plan symbolique. Qui avait porté le coup fatal ?

Spéculations et hypothèses se succédèrent, des experts furent interrogés, des éditoriaux rédigés, puis les analyses demandées par le bureau du procureur furent rendues officielles.

Elles révélèrent la présence de GHB dans le sang de Luca Varani dans une quantité largement supérieure à celle d'une prise récréative. Celle de cocaïne était en revanche compatible avec un usage récréatif, ce qui n'excluait pas d'autres prises juste avant sa mort. L'autopsie fut importante pour comprendre qui avait manipulé les armes du crime. Les analyses révélèrent « la présence de profils génétiques » pouvant correspondre : a) à Foffo et à Prato sur le manche du marteau ; b) uniquement à Prato sur le manche du couteau de cuisine ; c) uniquement à Varani sur le couteau à lame courte qui avait été planté dans sa poitrine. Sur ce dernier point, l'expert expliqua que le résultat était dû à la quantité exorbitante d'ADN provenant du sang de la victime, qui pouvait avoir couvert les autres traces.

Le rapport médico-légal mit également au clair qu'il n'y avait eu aucun coup de couteau létal. Malgré le nombre incroyable de coups, et la fureur avec laquelle ils avaient été assénés, aucun ne pouvait être considéré comme « décisif ». Ou, si l'on voulait voir les choses autrement, ils l'avaient *tous* été.

En fait, Luca Varani était mort d'hémorragie.

Nous craignons tous de nous retrouver à la place de la victime. Nous vivons dans le cauchemar d'être dépouillés, trompés, agressés, piétinés. Il est plus rare d'avoir peur du contraire. Nous prions Dieu ou le destin pour qu'ils ne mettent pas un assassin sur notre route. Mais quel obstacle émotionnel devons-nous surmonter pour nous imaginer nous, un jour, dans le rôle du bourreau ?

Nous pensons toujours : *je vous en prie, faites qu'il ne m'arrive pas ça.* Et jamais : *je vous en prie, faites que je ne fasse pas ça.*

« Si Marco et Manuel ne s'étaient pas rencontrés, ce meurtre n'aurait jamais été commis », déclara le procureur Francesco Scavo.

J'étais arrivé à Rome depuis Turin la veille au soir, et j'étais maintenant assis avec lui à la terrasse d'un bar en face du tribunal. Pour y arriver, il faut passer par le piazzale Clodio, où le paysage urbain s'ouvre soudain et permet de voir le Monte Mario. Là-haut, au sommet de la colline, on aperçoit l'observatoire.

« Ces quinze dernières années j'ai travaillé sur des affaires qui m'ont fait réfléchir. Je suis quelqu'un d'ouvert. Mais le tableau que cet homicide a révélé à mes yeux est impressionnant. »

Scavo se tenait à quelques centimètres de moi, avec ses lunettes à la monture fine, sa mèche de cheveux noirs qui tombait sur son front, son regard toujours concentré.

Le premier élément déstabilisant, dit-il, était la facilité avec laquelle deux jeunes gens absolument normaux s'étaient rendus coupables d'un crime pareil. Les enquêteurs étaient habitués aux professionnels. Au crime organisé. Au terrorisme. Aux crimes familiaux, bien sûr. Ou alors aux petits voyous. Dans tous les cas, à des personnes dont la motivation était claire. Si, fin février, quelqu'un avait dit à Manuel Foffo et à Marco Prato qu'une semaine après ils seraient en prison, accusés d'avoir massacré un garçon de vingt-trois ans (une victime dont Manuel Foffo ne connaissait même pas le prénom), cela leur aurait paru de la science-fiction.

Selon l'accusation, ils étaient pleinement conscients de leurs actes. Il était vrai que Manuel et Marco étaient défoncés quand Luca Varani était entré dans l'appartement, mais ils avaient librement décidé d'acheter et de consommer toute cette cocaïne. Il était également vrai que, à la différence d'un assassinat, il n'y avait aucune planification démontrée (par exemple, l'achat préalable de l'arme utilisée pour tuer) mais, bien que celle-ci fût difficile à prouver, l'accusation misait sur l'existence d'une sorte de *préméditation psychologique*, c'est-à-dire d'une volonté croisée qui, pas à pas, avait d'abord cru souhaiter le meurtre, puis l'avait véritablement souhaité, et enfin l'avait commis.

Le second élément était sans importance sur le plan pénal, mais n'en laissait pas moins Francesco Scavo songeur.

« Les adultes critiquent les jeunes. C'est normal, dit-il. Quand moi j'étais jeune, les adultes avaient horreur de nos cheveux longs, ils méprisaient la musique qu'on écoutait, la manière dont on s'habillait, ils étaient très sceptiques sur les valeurs auxquelles on disait croire, et pour lesquelles nombre d'entre nous se disaient prêts à se battre. Mais les jeunes d'aujourd'hui, pour quelles valeurs est-ce qu'ils se battent ? Quand tu leur dis que s'ils réussissent un concours dans la fonction publique ils gagneront mille huit cents euros par mois, beaucoup te répondent, méprisants : "Qu'est-ce que tu veux que je fasse avec mille huit cents euros ?" »

Scavo était une personne intelligente, et ce n'était pas du mépris qu'il éprouvait à leur égard. C'était de la peine et du chagrin, un profond chagrin. Il pouvait scruter leurs cœurs, mais une fois qu'il avait trouvé ce qu'il cherchait, que pouvait-il faire de plus ?

« Ce qui m'a frappé, c'est que beaucoup d'entre eux sont des jeunes de bonne famille. »

Cette fois, c'était un des carabiniers les plus impliqués dans l'enquête qui parlait. Il faisait référence aux amis de Marco Prato. Il avait réussi à obtenir des informations cruciales sans jamais leur donner l'impression de les juger.

Et, fidèle à son rôle, il s'efforçait toujours de ne pas exprimer de jugement. Cependant, il croyait pouvoir dire sans blesser personne que le monde avait pris une drôle de tournure.

« On a tous été jeunes, on a tous fait des bêtises. Mais si je dois comparer ce qu'on trafiquait avec *leur* style de vie, je me rends compte qu'à leur âge j'étais vraiment naïf. »

Il parvenait à comprendre le raisonnement de certains jeunes de la périphérie. Il connaissait des enfants de chômeurs, de cambrioleurs, de drogués. Les raisons pour lesquelles des personnes ayant grandi au sein de familles dévastées, ou dans des contextes où la misère et la violence ne formaient qu'un, défiaient l'ordre établi étaient évidentes. Dans ces cas-là, les forces de l'ordre savaient comment réagir, et surtout elles savaient que penser. Quand les motivations qui poussent à commettre un délit sont claires, il est plus facile de lutter contre. Mais la raison pour laquelle des jeunes gens tout à fait normaux et ne manquant de rien sur le plan matériel semblaient vivre comme d'authentiques désespérés – vu les drogues qu'ils prenaient, vu leur incapacité à cerner leur propre identité, vu leur préoccupation extrême quant au jugement d'autrui, l'usage irrespectueux qu'ils faisaient de leurs propres corps, leur rapport à l'argent, l'insouciance apparente avec laquelle ils gâchaient des périodes entières de leur vie – le laissait profondément perplexe.

« Dans leurs conversations sur WhatsApp, certains parlent avec mépris des transports en commun. S'ils n'ont pas d'argent pour le taxi, ils se sentent minables. Ils qualifient le métro de *trimballe-pouilleux*. Trimballe-pouilleux. Des gens de vingt ans. Moi, les transports en commun, je les utilise toujours. J'ai dû prendre sur moi pour ne pas me sentir blessé. »

À Regina Coeli, les parloirs avec les proches s'enchaînaient.

Pendant des mois, Manuel reçut deux fois par semaine les visites de son frère Roberto, de sa mère et de son père.

« Le type rejette toute la merde sur toi, lui expliqua Roberto lors d'un des premiers parloirs. Il dit que c'est toi qui as tout décidé, qu'il n'a fait qu'obéir à ta volonté. »

Quand ils parlaient de Marco, ils ne l'appelaient presque jamais par son prénom. Ils disaient « le type », ou « l'autre ».

« Mais c'est *moi* qui subissais un chantage, protesta Manuel. C'est *lui* qui a fait remonter toute la haine que j'avais refoulée.

— Il t'incitait à la violence, cet enfoiré, constata Roberto. J'aimerais vraiment pouvoir lui dire ses quatre vérités. »

Ils essayaient de le rassurer, et se réconfortaient par la même occasion : circonscrire la responsabilité de Manuel leur évitait de penser qu'il était entièrement coupable, et de devenir fous tous autant qu'ils étaient.

« Comment se passent tes journées ? »

Manuel répondit qu'il était bien traité en prison. Il était encore à l'isolement. Il mangeait à heures régulières. Il avait des entretiens fréquents avec les psychiatres. On lui donnait chaque jour un cachet pour stabiliser son humeur et un calmant. Les gardiens apprenaient à le connaître. Certains ne l'appréciaient pas, mais la plupart avaient compris qu'il n'était pas un détenu problématique. Il remercia sa mère de lui avoir apporté des sous-vêtements de rechange. Il signala qu'il avait un problème pour prendre sa douche :

« Je n'ai pas de gel douche. »

S'ils le lui envoyaient, l'administration pénitentiaire ne le lui donnerait pas.

« Tu peux en acheter au magasin de la prison, fit remarquer son père.

— Toutes les semaines, on vire soixante-quinze euros sur ta carte prépayée, ajouta son frère.

— D'accord, merci. »

Ils se remirent à parler du meurtre.

Roberto dit que l'avocat travaillait, que les experts travaillaient, toute l'équipe se démenait pour lui.

« Tu vas voir, tout va s'arranger. »

À l'inverse, la position de *l'autre*, continua Roberto, était beaucoup plus compromise. Il y avait eu des précédents, on lisait dans les journaux que, quelques mois auparavant, Marco avait séquestré un garçon, il l'avait fait se droguer puis avait abusé de lui. C'était un *récidiviste*. Les magistrats ne pouvaient pas ignorer cela.

« Il avait un regard de criminel, dit Manuel.

— Il t'a incité, affirma Roberto.

— Il m'a mis sous pression psychologique, renchérit Manuel.

— C'est vrai ou non que ce garçon a été torturé comme les journaux le racontent ? demanda son père.

— C'est vrai, reconnut Manuel pour la énième fois.

— Mais il est vrai aussi que vous étiez sous l'effet de la cocaïne, reprit son père. Ce n'est pas que la drogue était mal coupée ?

— Même si ce type a effacé les preuves, il y a les experts, ajouta Roberto. Le travail de la police scientifique montrera que…

— Écoutez, je vous le dis tout de suite, les interrompit Manuel. Au cas où vous vous feriez de drôles d'idées, sortez-vous de la tête que je ne suis pas coupable. Parce que *je suis* coupable.

— Oui, bien sûr, reconnut Roberto. Mais tout est parti de l'initiative de ce type.

— Je n'y comprends rien, intervint Daniela. Cette histoire n'a aucun sens. »

Les deux frères s'empressèrent de faire taire leur mère. Manuel la remercia pour toute l'aide qu'elle essayait de lui apporter. Cependant, dit-il, il était inutile qu'elle pose des questions sur l'aspect juridique de l'affaire, elle n'avait pas les outils pour comprendre ce dont ils parlaient. Roberto estima que, à l'avenir, il serait préférable qu'ils se voient sans elle.

Les semaines suivantes, seuls son père et son frère lui rendirent visite, d'autre fois, son frère vint seul. Ils continuèrent à parler de la stratégie de la défense. Ils discutèrent de la vie en prison. Manuel alternait entre des moments d'abattement et d'autres où il réussissait même à s'imaginer un futur. C'était alors qu'il se remettait à parler des start-up.

« J'y ai repensé, ces jours-ci.

— Tes projets vont se développer, l'encouragea Roberto. Je t'aiderai, je ferai en sorte que tu puisses les suivre d'ici.

— Tout le matériel pour le projet est dans mon sac à dos.

— Je demanderai à ce qu'on te le rende, promit Roberto. Je te remettrai en contact avec le programmeur informatique, j'essaierai de voir si pouvez avoir un entretien ici, en prison.

— D'abord le sac à dos, dit Manuel, puis du papier et un stylo. On ne m'autorise pas encore à utiliser des stylos ou des crayons, on a peur que je m'en serve pour me faire du mal.

— Tu pourras avoir des stylos, le rassura Roberto. Tu récupéreras le contenu de ton sac à dos. On te mettra en contact avec le programmeur informatique. Tu reprendras tes projets en main.

— Sur ces projets, il y aura mon nom. Et mon nom sera pour toujours associé à cette histoire. La vérité c'est que je suis fichu », disait Manuel d'une voix sombre.

Il se rembrunissait. Et, quand il se rembrunissait, il abordait un autre problème. Il pouvait supporter la prison, déclarait-il, la perpétuité était une idée terrible, mais il pouvait composer avec. Cependant, il y avait un point sur lequel il se sentait complètement à la merci des événements.

« Maintenant, tout le monde pense que je suis une pédale.

— Qui pense que t'es une pédale ?

— Mes amis, mes connaissances, les inconnus, *toute l'Italie.*

— Ils ne pensent pas que t'es une pédale, c'est l'autre la pédale.

— Roberto, j'ai couché avec ce type. Il était habillé en femme.

— Et alors ? Tu serais une pédale juste parce que tu l'as enculé vite fait ? Tu étais actif. Les gens savent que t'es pas une pédale.

— Ici aussi, en prison, racontait Manuel. De temps en temps, quelqu'un me traite de pédale en passant. Ils ont lu ça dans les journaux, ils ont entendu ça à la télé, chaque fois que j'entends le générique du journal télé dans la cellule d'à côté, j'ai les jambes qui se mettent à trembler.

— Les journaux disent que tu es hétéro. Les pièces du dossier aussi. C'est écrit. C'est con qu'on doive laisser les téléphones portables à l'entrée, sinon je t'aurais montré ce qui se raconte.

— Tout le monde pense...

— Non, Manuel, faut pas croire que toute l'Italie s'interroge sur tes penchants sexuels. Tu te prends pour qui ? Berlusconi ? »

Certains jours, Manuel évoquait la possibilité de mettre fin à ses jours. Alors Roberto devenait nerveux.

« Raconte pas de conneries, Manuel. C'est pas des gestes d'honneur, ça, c'est des gestes de blaireau.

— Ça dépend comment tu t'y prends, répondait Manuel. Si tu fais ça avec de l'alcool et du Minias, comme voulait faire Marco, oui. Mais si tu te tranches la gorge, c'est pas pareil.

— T'es un couillon, répondait Roberto. Et tu veux foutre ma vie en l'air. J'ai deux enfants, moi.

— Justement, tu as deux enfants. Toi tu as deux enfants, tu as une vie, et moi je débarrasse le plancher et...

— Ma vie, *c'est toi.* Ne me fous pas en l'air. C'est ton frère qui te dit ça. Je ne mérite pas ça. Je ne mérite vraiment pas ça.

— Je suis foutu, je n'ai même pas envie de voir à quoi demain ressemblera.

— Je te tirerai d'ici, je te le promets. Je le ferai pour toi. Mais toi, si tu m'aimes, tu dois être fort, tu dois être plus fort *pour moi.*

— Je sais pas si tu as compris ce que ça veut dire d'être là-dedans, ce que ça veut dire d'être foutu. J'ai même plus le courage de regarder les autres en face.

— Putain, qu'est-ce que tu racontes, Manuel ?

— C'était un crime cruel. Un crime infâme, lâche, sauvage.

— Mais il a été commis dans un état de...

— Je voudrais me faire refaire le visage. Ne plus être moi. J'ai demandé à mon avocat si je peux changer de nom, il m'a répondu que c'est très compliqué.

— Changer de nom ?

— Quand je sortirai d'ici, qu'est-ce que je vais faire, avec mon nom ? Et avec ma tête ? Ce serait mieux que je change aussi de pays.

— Eh bien partons à l'étranger, lança Roberto, à bout. On part tous à l'étranger, on change tous de nom, on fiche le camp. Les enfants aussi. On les scolarisera à l'étranger.

— On raconte que je ne me suis pas repenti, dit Manuel. Dans le dossier il y a écrit que mon comportement ne laisse pas transparaître le repentir. Mais ce n'est pas vrai. Moi, ce pauvre garçon, j'y pense tous les jours, la nuit je rêve que je suis lui, je rêve que quelqu'un me fait ce que je lui ai fait. Je fais ces cauchemars, puis je me réveille avec le cœur qui bat à toute allure. Si j'arrive vivant au bout de cette histoire, pas dans deux, pas dans cinq, mais dans dix, quinze ans… alors, à part sa famille, à part ses parents, c'est *moi* qui aimerai le plus Luca. Je l'aimerai encore plus que ses amis. Parce que moi, ici, je devrai penser à lui tous les jours. »

Marco aussi recevait des visites en prison. Surtout de son père.

Après le fameux billet de Ledo Prato sur son blog – que, sans surprise, les journaux avaient massacré, décrivant son auteur comme un narcisse à la prose pompeuse –, aucune interview ni déclaration publique n'avait été faite. Aucun membre de la famille ne s'était montré en public pour parler des faits. Aucune photo de Mariella, la mère de Marco, n'était apparue dans les journaux. Ce silence donnait du crédit à n'importe quelle interprétation. Il expliquait d'ailleurs la méfiance que j'avais eue à l'égard de Ledo Prato.

Cependant, par la suite je le vis au parloir de Regina Coeli.

Ce fut quand je visionnai les enregistrements des visites de Ledo Prato à son fils. Bien que les caméras de vidéosurveillance ne fassent pas de gros plans, ce que je vis me suffit. Dans une des vidéos, Ledo Prato entrait dans le parloir.

Marco n'était pas encore arrivé. Ledo, veste et chemise sous un manteau noir, regardait cette pièce déserte, avec ses murs en béton armé, ses tabourets dépourvus de dossier, jusqu'à ce que ses yeux tombent par hasard sur les caméras, qu'il fixa pendant un long instant. En regardant en différé, il m'apparut comme un homme totalement démuni. Personne n'imagine qu'il ira voir son fils en prison. La collision avec le chagrin renvoie la plupart d'entre nous à une sorte d'innocence originelle. Nous n'avons plus de défenses ni de ressources, nous ne pouvons absolument rien faire pour éviter le pire, et ainsi, avec nos défenses, ce sont nos privilèges, nos stratégies, notre appartenance de classe, notre rhétorique qui s'effondrent, laissant entrevoir cette nudité fragile de l'espèce que nous avons tous en partage.

Quelques secondes après, Marco entra dans le parloir et tout revint à la normale, du moins autant que les circonstances le permettaient. Ledo alla vers lui. Marco était en jean et en pull noir, presque complètement chauve. Le père et le fils s'embrassèrent. Ils s'assirent face à face et se mirent à parler.

« Tu es froid, remarqua Ledo en serrant les mains de Marco.

— C'est parce qu'avant les visites ils me fouillent, expliqua Marco. Ils me mettent nu dans une pièce où il fait un froid de canard.

— Ça va mieux, maintenant, non ?

— Oui, il fait bon, ici. »

Ils commencèrent à parler du procès. Comme toujours, Ledo était très prudent. Il parlait à voix basse. Il raconta ses discussions avec l'avocat.

« Bartolo est un homme compétent. »

Ils essayaient de voir comment exploiter les expertises et les dépositions. Marco dit que ce serait une bonne idée de contacter Franca Leosini.

« Franca Leosini ? répéta Ledo, stupéfait.

— La journaliste de Rai 3, confirma Marco. Elle pourrait nous conseiller de bons experts. C'est une personne influente. Progressiste. Quelqu'un de gauche. On peut chercher à la joindre. »

Franca Leosini n'était pas seulement journaliste à Rai 3. Franca Leosini était la reine indiscutée du fait divers à la télé. Elle présentait depuis des années une émission regardée par des millions de passionnés qui nourrissaient à son égard des sentiments proches de l'idolâtrie. Marco continuait de faire l'amalgame entre la justice et le spectacle. Il déclara que quand les contenus de son téléphone seraient entièrement passés au peigne fin, une bombe allait exploser. Il y avait beaucoup de VIP dans ses contacts, et il avait sur son portable des messages qui pourraient s'avérer compromettants pour plusieurs d'entre eux. Alors, pour éviter le scandale, ils le protégeraient.

« Tu n'avais pas dit qu'il n'y avait rien d'inquiétant dans ton téléphone ? demanda Ledo.

— Si. Il n'y a rien d'inquiétant, répondit Marco. Tout ce qu'il contient ne fait que confirmer les thèses sur la complexité de ma vie, sur mes contradictions. Ce sera utile pour faire comprendre que j'ai vraiment été ballotté entre plein de choses. Même s'ils trouvent des trucs moches dans mon téléphone, ce sera quand même utile, ça servira à tracer le profil d'une personnalité ambiguë, mais pas à dire ni à prouver que j'ai fait quelque chose en particulier. »

Peu importait que les raisonnements de Marco soient réalistes ou non. Ce qui était étonnant, en revanche, c'est qu'il ressentait le besoin, *lui*, de rassurer Ledo. D'un côté, il semblait avoir de la tendresse pour son père et, dans la mesure du possible, il essayait de le protéger. De l'autre – même en prison –, il prétendait garder entièrement la main sur la situation, être le détenteur de l'interprétation supposée authentique des faits. Ce qui pouvait conduire à éprouver une grande antipathie, mais aussi une profonde pitié pour lui : quelle blessure veut cacher un garçon qui, emprisonné car accusé de meurtre, se sent obligé d'afficher une pareille assurance ?

Ils parlèrent de la vie en prison.

« On est quatre dans la cellule, dit Marco. À part moi, il y a un type qui a contaminé volontairement un tas de filles avec le VIH, un photographe qui endort ses modèles avec des psychotropes pour les violer et un pédophile. Leurs procès sont en cours, ils sont peut-être innocents, mais bon, mis tous ensemble là-dedans, on a un peu l'impression d'être dans la cellule de Satan. »

Marco demanda à Ledo s'ils avaient réussi à contacter sa psychanalyste, le docteur Crinò. Cette femme savait tout sur son compte. Elle pouvait être utile pour le procès.

« Joignez-la, rencontrez-la. Fiez-vous à ce que je vous dis. »

Ledo répondit que l'avocat avait essayé de la joindre, mais que la psychanalyste n'avait pas répondu à ses appels.

Une autre fois – là encore, ils n'étaient que tous les deux –, Marco essaya l'angle d'attaque politique. Il continuait de se plaindre des conditions de détention, il dit que les radiateurs marchaient mal, que les fenêtres étaient « moyenâgeuses », que les cellules étaient invivables, que les seuils minimum exigés par la loi n'étaient probablement pas respectés. Peut-être, ajouta-t-il, que les connaissances de son père pourraient être utiles.

« Tu sais, lui répondit Ledo, en ce moment, le problème c'est que ces gens-là sont en campagne électorale. Elle finit dans une semaine, heureusement.

— Il y a ce sénateur, du Parti démocrate, suggéra Marco. Celui qui est né en Sardaigne et qui est très sensible au thème des droits humains en prison.

— Tu parles de Manconi, dit Ledo. Oui, bien sûr, il y a Manconi. Mais il y en a plein d'autres, aussi.

— Attends, et *machin* ? Machin, comment il s'appelle… ton ami qui est au Sénat.

— Tu veux dire Giorgio.

— Pas Giorgio, l'autre, répondit Marco. Son fils était au lycée Giulio Cesare avec moi.

— Ah, je vois. Maintenant il est chef de cabinet du ministre. Il a été sous-secrétaire. Mais c'était il y a longtemps, ça fait des années qu'il n'est plus au Parlement.

— Mais il est chef de cabinet, et *toi* tu es encore en contact avec *lui*.

— Oui, répondit Ledo sur le ton le plus compréhensif possible. Mais quand tu commences à occuper certains postes… S'il reçoit les parlementaires qui veulent parler avec le ministre, tu comprends qu'il a d'autres priorités que…

— Tu as été consultant pour le ministère.

— Je n'étais pas consultant. J'ai collaboré avec le ministère, oui, mais n'oublie pas que certaines de ces personnes se posent la question de la pertinence. »

Ledo ajouta que, sauf situations extrêmes – par exemple, un passage à tabac en prison –, on ne pouvait pas solliciter des interventions pour des cas individuels.

Marco demanda à Ledo s'il avait jeté un œil à sa page Facebook. Que se passait-il en ligne ? Que racontait-on sur son compte ? Son père lui répondit que les choses s'étaient calmées, de temps en temps quelqu'un postait un commentaire injurieux, mais c'était prévisible.

« Pour fermer ton profil, dit Ledo, j'aurais besoin de ton mot de passe.

— Pourquoi il faudrait fermer mon profil Facebook ? Je ne suis pas mort. »

Puis Marco demanda des nouvelles de sa mère.

Elle essayait de digérer les événements, lui répondit Ledo, elle s'occupait de la maison, pour le moment elle ne se sentait pas de lui rendre visite en prison.

Quand son père revint, Marco insista encore sur le docteur Crinò.

« Papa, imagine ce que ça a représenté pour moi de voir cette femme trois fois par semaine *pendant des années.* Elle sait tout de moi, il n'y a jamais eu de filtre, je ne l'ai jamais *embrouillée.* C'est la seule personne qui ne m'a jamais permis de biaiser, si je tiens le choc c'est grâce à elle. Tu te souviens comme j'étais hautain, malpoli, gâté ? Si je n'avais pas fait cette thérapie avec le docteur Crinò, je n'aurais jamais supporté la prison dans ces conditions, avec les toilettes sales, les radiateurs cassés… Il faut que vous la joigniez. J'ai besoin d'elle. Elle aussi elle doit être démolie. Je veux l'aider, je veux lui dire : "Vous savez, docteur, vous avez été super." Je dois le lui faire comprendre. Sinon, elle va se tuer, professionnellement et humainement. Elle va se tuer. »

Son père répéta qu'ils avaient essayé, l'avocat avait de nouveau écrit au docteur Crinò, il lui avait téléphoné. Mais elle s'était défilée, elle n'avait pas répondu, elle avait fait très clairement comprendre qu'elle n'avait pas l'intention de l'aider dans le cadre de la procédure. Elle ne voulait pas parler avec l'avocat. Elle ne voulait pas parler avec les époux Prato. Et, pouvait-on supposer, elle ne voulait pas parler avec Marco non plus.

Marco dit qu'il avait réussi à s'inscrire à un cours de musique et de littérature.

« Pendant le cours, hier, les autres détenus se sont mis à chanter des chansons d'amour, ils m'ont chanté *Ciao amore, ciao* et ça m'a bouleversé, je me suis mis à pleurer. »

La situation s'était également améliorée sur le plan de la vie en cellule.

« J'ai eu une promotion, continua Marco. Maintenant, je peux acheter des bouteilles de gaz pour cuisiner, et je peux me faire du café. »

Quoi qu'il en soit, poursuivit-il, il était toujours plein de bonne volonté, toujours disposé à se socialiser, à s'occuper, pour supporter cette situation.

« Tu as besoin de quelque chose ? » demanda Ledo.

Marco répondit que ce serait bien s'il pouvait lui faire passer un peignoir, quelques chemises, ses polos, des jeans. Puis Marco en vint au fait. Il le fit avec délicatesse, mais ils ne pouvaient pas continuer à tourner autour du pot. Sa mère. Elle n'était pas venue cette fois non plus.

« Elle a besoin de temps, répéta Ledo.

— Je lui ai envoyé une lettre il y a quelques jours. C'est exactement ce que j'ai écrit : "Prends tout le temps dont tu as besoin." »

Il parlait avec un calme et une retenue étonnants. Mais il était clair qu'il était au bord du gouffre. Il expliqua à son père que, enfant, il avait éprouvé un vide affectif qu'il s'était employé à combler de la pire des manières, avec le sexe, avec les drogues, et si en fin de compte il était advenu ce qui était advenu, eh bien voilà, l'explication était là. Malgré les valeurs qu'ils avaient essayé de lui transmettre, ce manque affectif l'avait accompagné toute sa vie. Il affirmait qu'il ne ferait jamais peser la faute sur sa mère, mais ce vide, insista-t-il, c'était elle qui l'avait provoqué.

« Il y a des mois de ça, continua Marco, elle me disait qu'elle était fatiguée d'être mère. Alors, l'autre jour, je lui ai écrit : "Maintenant je n'attends pas de toi que tu sois une mère, mais permets-moi au moins d'être un fils, de te donner de la force, de te faire comprendre que la vie continue." Puis j'ai écrit : "Tu n'as pas besoin de venir ici pour être une mère, mais permets-moi d'être ton fils." »

Ils se remirent à parler du procès. Ils s'entendirent sur le fait qu'ils demanderaient la procédure ordinaire.

Son père dit que, après ce qui s'était passé, il faudrait des années avant que les choses retrouvent leur équilibre.

« Heureusement que vous n'avez rien mis à mon nom », commenta Marco.

Il estimait, *lui*, pouvoir insuffler de la force à sa mère. Et à la fois – enfermé dans une cellule, attendant un procès qui pourrait déboucher sur une peine à perpétuité –, il estimait, *lui*, devoir éviter à sa psychanalyste le risque d'un effondrement humain et professionnel qui restait à démontrer. La manière dont Marco persistait à ne pas se montrer blessé, en détresse, psychologiquement instable, était stupéfiante. Il était difficile de comprendre où se trouvait la limite entre l'arrogance et la souffrance. Je fus surtout frappé par une chose. D'un côté, Marco imputait à sa mère le déraillement de sa propre vie, de l'autre, il était plus que jamais décidé à ne pas l'en rendre coupable. En cela, il était sincère. Je pensai qu'il luttait de toutes ses forces pour éviter de la détester, pour éviter de penser qu'elle ne tenait pas assez à lui, en espérant – comme l'enfant qui, restant au-delà de tout délai raisonnable à l'endroit où il a été abandonné, croit créer les conditions d'une issue heureuse – que grâce à cela sa mère pourrait tôt ou tard (« quand elle serait prête ») lui démontrer son amour. Était-il possible d'imaginer un sentiment plus complexe, composé d'un mélange d'instinct protecteur, de demande d'amour, de narcissisme, de violence et d'autodestruction ?

J'avais l'impression que, après avoir failli toucher du doigt leur propre tragédie privée dans les jours qui avaient suivi l'homicide – après avoir failli se reconnaître, se voir, découvrir inéluctablement de quelle substance ils étaient faits –, Marco et Manuel avaient commencé à s'en éloigner progressivement juste après. Quand le caractère exceptionnel des faits avait été remplacé par leur quotidien de mis en cause en attente de leur procès, l'opportunité d'une véritable clairvoyance s'était évanouie. Les parloirs avec leurs proches, les discussions avec leurs avocats, la mise en place bureaucratique des stratégies judiciaires, le rapport avec les médias… Leur nouvelle condition semblait avoir le pouvoir, anesthésiant et rassurant, de leur faire retrouver – quoiqu'ils aient changé depuis qu'ils les avaient quittés – les rôles qu'ils avaient toujours interprétés.

Les semaines suivantes, quelques-unes de mes intuitions se trouvèrent confirmées, d'autres furent complètement démenties.

En dehors des parloirs avec leurs proches, pendant cette période Marco Prato et Manuel Foffo eurent des affaires à régler. Ils s'entretinrent longuement avec leurs avocats – le début du procès approchait –, et bien que l'élaboration de leurs stratégies de défense respectives fût l'aspect le plus important, ils furent aussi occupés par la gestion de leur correspondance. Ils recevaient des centaines de lettres chaque semaine.

Les détenus dont on parle à la télévision sont une source de fascination irrésistible. Évidemment, Marco et Manuel recevaient des lettres de leurs amis. Mais aussi des demandes d'entretien de la part de journalistes. Et, surtout, des lettres d'inconnus, de centaines d'inconnus, des gens ordinaires dont la part irrationnelle s'embrasait au contact des faits divers. C'étaient des missives brèves ou torrentielles, qui souhaitaient le pire à Marco Prato et Manuel Foffo ou écrites par des gens qui voulaient les sauver, des gens qui, avec l'excuse d'apporter du réconfort, voulaient *être sauvés.* Les lettres macabres ne manquaient pas non plus. L'auteur de l'une d'elles signait Luca Varani et affirmait observer Prato et Foffo depuis un lieu ténébreux et lointain, il les invitait à réfléchir au mal qu'ils avaient causé et leur signalait qu'il les attendait avec impatience là où il se trouvait.

Manuel Foffo reçut une lettre de Pietro Maso, cet homme de San Bonifacio qui avait connu la célébrité vingt-cinq ans auparavant pour avoir assassiné ses parents dans le but de récupérer leur héritage. Beau, riche, insolent, Maso était devenu à l'époque une sorte de star. Désormais, un peu en fin de course, il avait fini de purger sa peine et fréquentait avec une désinvolture intacte des pères spirituels aussi bien que des studios télévisés.

Je ne peux pas te blâmer pour ce que tu as fait, écrivait Maso à Foffo. *J'ai fait pire que toi, mais je peux comprendre pourquoi tu voulais tuer ton père. Un instinct de rivalité sombre et subtil pour récupérer toute l'affection des femmes de la maison et démontrer que tu n'étais pas seulement un gosse fragile et sans défense.*

Après une longue dissertation sur ce qui, selon Maso, allait arriver à Manuel en prison (*beaucoup de psychiatres écartèleront ton esprit et ton âme, certains en toute bonne foi pour comprendre, d'autres seulement pour te reléguer dans une normalité fictive, tu seras le monstre qui servira de cible à toutes les réprobations et la référence commune que tout le monde s'accorde à mépriser*), sa lettre s'achevait sur un conseil de lecture : *Tu auras besoin de plein de livres. Je t'en offre un, celui que j'ai écrit quand je suis sorti.*

Le livre en question avait été publié quelques années auparavant, et il ne fallait pas être un psychiatre mondialement reconnu pour comprendre que la prison n'avait pas eu de gros effets sur certains aspects du caractère de Maso.

Manuel répondit avec indignation dans une lettre qu'il rendit publique :

Monsieur Maso, si vous avez l'intention de vous faire de la publicité en profitant de la mort tragique de Luca Varani, et en particulier de faire la publicité du livre que vous avez écrit et que je n'ai pas l'intention de lire, vous

vous êtes trompé d'adresse et de destinataire. Vous n'avez pas eu un mot de remords pour les personnes qui vous ont donné la vie. Moi, à la différence de vous, je n'arriverai jamais à trouver la paix après ce que j'ai fait. Laissez-moi donc tranquille dans mon profond regret, évitez de m'écrire et de mêler mon père à tout ça, vous n'êtes pas digne de prononcer son nom. J'espère ne plus jamais avoir à vous écrire, et le cas échéant mes avocats s'en chargeront.

Marco Prato préféra ne pas donner d'interviews ni faire aucun genre de déclaration publique. Ce qui ne voulait pas dire qu'il s'était renfermé sur lui-même. À Regina Coeli, il était au contraire très actif. Il animait des cours d'anglais et de français pour les autres détenus, il les aidait à écrire leurs lettres à leur entourage, il participait aux activités culturelles de la prison. Bien que cet endroit n'eût rien en commun avec le réseau de bars et boîtes de nuit auquel il était habitué, son nom commença à circuler. Marco Prato devint pour ainsi dire célèbre auprès de la population carcérale. Ce qui ne plut peut-être pas à tout le monde.

Le 6 août, de manière inattendue et à l'encontre de ses aspirations, ses prévisions et ses attentes, Marco fut transféré à la maison d'arrêt de Velletri. Les raisons de ce transfert ne furent pas claires, mais les conséquences risquaient de l'être. Velletri avait la réputation d'être une prison bien plus dure que Regina Coeli : peu d'activités culturelles, socialisation limitée au minimum, un endroit désolant où les détenus pouvaient passer des semaines entières à contempler le plafond de leur cellule.

Marco sombra dans l'angoisse. À Velletri, il se sentait isolé, marginalisé, privé des petites occasions de réconfort qui font de la prison un lieu où l'on peut essayer de ne pas devenir fou. Ses avocats protestèrent de façon opportune : si la peine devait rimer avec la rééducation et la réinsertion sociale, la prison Regina Coeli offrait de meilleures garanties dans ce sens que celle de Velletri. C'était à Regina Coeli que Marco avait réussi à trouver une dimension humaine, supportable, c'était là que, grâce aux activités proposées et à ses bonnes relations avec les autres détenus, la peine purgée pouvait laisser imaginer une réinsertion. Le transfert à Velletri avait tout l'air d'une mesure punitive aussi inutile qu'injuste, et en tant que telle elle devait être annulée.

Après une autre intervention auprès du Défenseur des droits, Marco Prato retourna à Regina Coeli.

L'été passa, l'automne revint. Le procès de Foffo et Prato approchait, les rumeurs les plus diverses circulaient sur sa préparation.

Confondant leur émotion avec une vision cohérente du monde, les commentateurs hâtifs affirmèrent que Marco Prato et Manuel Foffo recouvreraient sans doute leur liberté au bout de quelques années. Certains en vinrent même à déclarer qu'ils seraient acquittés : ils étaient issus de bonnes familles, ils avaient d'excellents avocats, beaucoup d'argent, les relations qu'il fallait, raison pour laquelle la justice pénale se plierait à leurs désirs.

Ceux qui observaient cette affaire avec un minimum de rationalité se contentèrent de faire remarquer que, vu le contexte, les mis en cause adopteraient des stratégies de défense différentes. Manuel avait reconnu son implication matérielle dans le crime, Marco jamais. Manuel avait avoué dès le début qu'il avait levé la main sur la victime, Marco l'avait toujours nié. On pouvait donc supposer que Manuel miserait sur une altération du discernement. Marco – dont, depuis l'interview de Valter Foffo à *Porta a Porta*, les avocats avaient l'avantage de construire la défense en connaissant les cartes de Manuel – pouvait aller jusqu'à nier entièrement l'accusation d'homicide et demander un non-lieu.

Il n'était pas impossible que le procès réserve des surprises. Le cas échéant, il ne fallait pas en chercher les raisons dans une quelconque entourloupe, mais dans les instruments de défense mis à disposition de n'importe quel accusé dans un État de droit.

Pour ma part, je continuais à descendre à Rome dès que possible. Je parlais du meurtre à tout le monde, y compris à des personnes qui n'avaient aucun lien avec l'affaire. D'habitude, mes interlocuteurs étaient suffisamment informés sur les faits pour tendre l'oreille dès que j'ouvrais la bouche. Mais, contrairement à moi, ils n'étaient pas obsédés par cette histoire, et leur plus grande liberté, pensais-je, leur permettait de porter sur l'affaire un regard dont j'étais incapable.

Un soir, après être allé à la présentation d'un livre, je dînai dans le coin d'Ostiense, où le Tibre s'enfonce dans une pénombre de broussailles et d'arbres, avec le squelette du Gazomètre en toile de fond. Cet endroit de Rome (lune pâle au-dessus de la structure en acier, végétation anarchique) m'avait toujours fasciné. J'étais arrivé en début d'après-midi, toujours par le même train en provenance du Nord. La présence du fleuve non loin, dans l'obscurité, me faisait me sentir à la maison. À ce dîner – dans un petit restaurant de poisson –, il y avait deux écrivains, l'attaché de presse d'une maison d'édition, une psychologue, la rédactrice en chef d'un journal et un architecte. La discussion sur l'affaire Varani débuta quand, à l'immanquable question (« Sur quoi tu travailles en ce moment ? »), j'apportai mon immanquable réponse. Mais avant cela, comme de plus en plus souvent, la conversation se concentra sur les graves problèmes dont la ville souffrait. Les détails se succédèrent. Les cinémas fermaient. Les librairies fermaient. La vie culturelle, dit la journaliste, se réduisait désormais aux jurons de plus en plus fantaisistes que l'on entendait dans les rues.

« Rome devient une horreur et de la pacotille pour touristes, déclara l'architecte. Les seules choses qui ouvrent, ce sont des restaurants de *junk food*. Le reste, ce sont des landes désolées où même les distributeurs de billets sont en panne.

— L'économie tient sur les bars qui ont des machines à sous, les faux chauffeurs de taxi, les coopératives sociales qui paient au noir, renchérit la psychologue.

— Et puis il y a ceux qui louent leurs appartements aux touristes : de l'autocannibalisme sur une charogne déjà rongée jusqu'à l'os, commenta la journaliste.

— Rendu où on en est, il me paraît évident que le fond du problème, c'est nous, fit un des écrivains. Je veux dire, nous les Romains. Notre classe dirigeante reflète notre pourriture, tout est pourri, même les touristes. Imaginez Rome libérée de notre présence.

— Ce serait bien chiant, commenta la psychologue.

— Imaginez cette ville déserte, continua l'écrivain, avec juste les fontaines, les arcades, les parcs, les basiliques, les statues au milieu des places, mais aussi les réverbères, les hôpitaux, les pylônes, les radios abandonnées sur les balcons. Les êtres humains ayant été bannis, les objets pourraient enfin dialoguer entre eux. Ce dialogue ne pourrait être aussi musical, inspiré, fécond et riche de sens nulle part ailleurs qu'à Rome.

— Qu'est-ce que tu racontes ? » s'exclama l'architecte, et il rit de bon cœur.

Nous passâmes au thème de l'homicide.

« Si c'était un roman, dit le premier écrivain, ce serait *Frankenstein* à l'époque du smartphone, avec Marco Prato dans le rôle de Victor Frankenstein et Manuel Foffo dans celui de la Créature. Marco Prato utilise ses ressources rhétoriques pour manipuler Manuel, il joue avec ses faiblesses, il le dresse contre son père, puis, à l'insu de Manuel, il projette sur lui toutes ses paranos, ses traumatismes, ses cauchemars, je veux dire les cauchemars et les paranos de Prato.

— Tu vois ces films d'horreur où une bande d'ados passe le week-end dans une maison en lisière de forêt et où les monstres débarquent dans la nuit, quand tout le monde dort ? demanda l'autre. Sauf que là, les monstres ne viennent pas de dehors mais *de dedans*, ils naissent des entrailles obscures des personnages.

— *Fantasia* de Walt Disney, dit la journaliste. *Mickey apprenti sorcier*. C'est pareil. Marco et Manuel invoquent une *force* sur laquelle ils perdent la main. Et je pense aussi à ce qui se passe *dans le monde*. L'économie, la politique, la révolution digitale, l'humeur des masses... tout devient hors de contrôle.

— J'ai l'impression que Manuel voit son père dans Marco, intervint la psychologue. Je sais que Marco est homosexuel et qu'il veut changer de sexe, mais au niveau psychique c'est lui l'homme de la relation. Sur le plan sexuel, Marco a le rôle passif. Sur le plan psychique, il a le rôle actif, viril, dominant. Manuel se sent soumis à l'autorité de Marco.

— Et Marco, lui, travesti avec une perruque, un legging, des talons hauts, dit un des deux écrivains, charge sa partie féminine de la plus grande culpabilité, et en même temps il la décharge sur la figure iconique par antonomase, celle de sa mère, la personne qui a marqué sa vie plus que n'importe quelle autre. De ce point de vue, Dalida est le travestissement suprême. Elle travestit en rêve son cauchemar intime.

— Le travestissement comme forme d'évasion. Et comme refuge, conclut l'architecte.

— Marco et Manuel ne sont pas simplement immatures, ajouta la psychologue. Ils sont le triomphe de l'impuissance.

Ils se sont reconnus eux-mêmes dans ce pauvre garçon réduit à un état de prostration absolue, et ils en ont eu horreur. Un corps à la place d'un autre. Le meurtre de Luca Varani est un meurtre rituel. »

Comment ne serait-ce qu'une seule de ces théories pouvait-elle être audible pour Giuseppe Varani ? Comment pouvait-il accepter que l'enfance de Marco Prato et de Manuel Foffo, leurs traumatismes familiaux, leur refoulé, la drogue, soient utilisés comme une explication, voire comme une circonstance atténuante pour ce qui s'était passé ? Comment pouvait-on penser qu'un crime pareil ne méritait pas d'être jugé dans sa simple évidence ?

« Pourquoi ils l'ont drogué ? demandait-il avec un air de défi. Pour le violer ! répondait-il tout seul. Pour le torturer, pour le voir souffrir ! Qu'est-ce qu'il y a à ajouter ? Qu'ils ont essayé de lui couper la gorge pour l'empêcher de crier ? Que dans la chapelle ardente mon fils portait un chapeau parce qu'ils lui ont aussi défoncé la tête ? Nous voulons une justice dans les règles, dans-les-rè-gles ! »

Il criait cela aux avocats, aux caméras, et il me le cria aussi quand, par un matin venteux et ensoleillé, nous nous vîmes pour la première fois. Nous étions assis à un café de la piazza Mazzini. C'était Chiara Ingrosso, la journaliste du *Fatto quotidiano* avec qui j'avais lu le dossier clinique de Marco Prato, qui nous avait présentés. Giuseppe Varani avait garé son camion de confiseries suffisamment près pour pouvoir le garder à l'œil. Il portait un jean et un pull gris, il n'était pas rasé.

« Comment on peut dire qu'il n'y a pas eu préméditation ? demanda-t-il. *Il y a* préméditation. Et il y a mensonge, sévices, torture, cruauté, et motifs abjects. Comment on peut – il écarquillait les yeux – dans une procédure, quelle qu'elle soit, abrégée ou pas abrégée, accélérée ou je sais pas quoi… comment on peut ne pas parler de la victime ? De ce qu'elle a subi. De sa souffrance. Ils lui ont cassé les mains pour l'empêcher de se défendre. Ils lui ont donné des coups de marteau dans la bouche pour faire sauter toutes ses dents. »

Le droit pénal – répétaient inlassablement tous les avocats – n'est pas fondé sur un principe de symétrie. La peine est toujours moins dure que l'offense. Sans quoi, nous retournerions à la loi du talion. Mais ce n'était pas cela que le père de Luca Varani contestait. Il acceptait les limites de notre système juridique. Il les respectait. En revanche, il ne supportait pas qu'on recule d'un seul pas devant cette limite. La peine de mort n'existait plus en Italie ? Bien, il existait les quartiers de haute sécurité, il existait la perpétuité.

« Ils ne se sont pas repentis. Et moi, que ces types écopent de seize ans de prison, ça ne me va pas. Ces types, ils ont *éventré* mon fils ! J'ai des photos, je les montrerai au tribunal. Je parlerai avec le juge. Je lui ferai comprendre ce qui s'est passé. »

Toujours le même discours. Sa voix se mettait à trembler, puis il explosait. Alors, sa voix, et avec elle tout son être, semblait s'élever dans une langue de feu. Ces éruptions étaient coutumières quand il passait à la télévision, il avait peut-être compris que c'était le moyen de se faire remarquer, de maintenir l'attention fixée sur ce qui avait lieu. Mais il agissait de même à l'écart des caméras. Il agissait ainsi avec toutes les personnes – il le fit avec moi, par ce matin venteux

– qu'il estimait en mesure de transmettre son message à un auditoire plus large que le sien.

Aux yeux de certains, ses sorties étaient excessives. Cependant, Giuseppe Varani n'était pas magistrat, il n'avait aucun pouvoir sur le sort de Manuel Foffo et Marco Prato, il n'était pas journaliste non plus, et sûrement pas un de ces commentateurs qui, sur les réseaux sociaux, pontifient sur la vie des autres, protégés par l'immatérialité et rendus fous par une soif abstraite de violence. Giuseppe Varani était un homme accablé de chagrin, et cela, pensai-je en le regardant, était sacré. De plus, même avec son dialecte, ses gestes théâtraux et ses expressions enflammées, il me sembla que le père de Luca en appelait à un principe sur lequel je m'étais moi-même interrogé récemment – avec moins de force que lui. La responsabilité individuelle, le libre arbitre : en quoi nous transformerions-nous, ou nous dissoudrions-nous, si nous nous libérions de ces deux poids fondamentaux ? Nous vivions dans un monde constamment analysé, sondé, passé au crible par mille enquêtes et statistiques, mais c'était pourtant un monde impénétrable, où il était de plus en plus difficile de comprendre qui était responsable de quoi. L'économie s'effondrait. De qui était-ce la faute ? La Terre était menacée par les changements climatiques. Y avait-il des responsabilités spécifiées à cela ? Paradoxalement, à cette époque où les principaux changements sur la planète étaient imputables à nos actes, l'exercice le plus difficile consistait à relier un effet à sa cause, surtout sur le plan humain, individuel.

Un garçon était attiré dans un appartement par deux autres garçons et il y mourait. Était-il possible d'imputer *classiquement* ce crime aux deux garçons – avec son cortège de responsabilité et de punition – ou fallait-il se rendre à l'idée qu'on était entrés dans un temps et un monde *complètement* nouveaux, où ces concepts ne valaient plus rien ?

L'aspect de Giuseppe Varani – émacié, regard égaré, yeux noirs, bouche tordue – m'évoquait une figure biblique. Si Marco Prato et Manuel Foffo – pensai-je alors, continuant de réfléchir aux questions qui me tourmentaient – s'étaient laissés dominer par la peur atavique menant à s'acharner sur le plus faible, et que c'était là que leur faute se trouvait, que leur responsabilité se nichait, qu'il fallait circonscrire leur choix afin qu'il ne s'évapore pas (frapper pour se dérober à la peur d'être frappé ; se sentir néant, anéantir l'autre), comment était-il possible de les conduire, ne serait-ce que de façon abstraite, à une prise de conscience ? Car, continuais-je de me répéter, un coupable qui n'a plus les outils pour se reconnaître en tant que tel entame l'idée même de faute, de responsabilité, et donc de choix. Alors, que fallait-il faire pour éviter que ces concepts – en cours de désagrégation pour un nombre croissant de personnes – se corrompent aussi chez ceux qui les estimaient fondamentaux ? Quelle direction devions-nous suivre ?

« Vous l'auriez vu, aux foires, il était magnifique ! »

Giuseppe Varani parlait de son fils et, en l'écoutant, une pensée affleura à mon esprit – une intuition précieuse, peut-être déterminante –, pour s'évanouir aussitôt.

« Vous l'auriez vu, avec les gens… que j'étais fier ! »

Giuseppe Varani racontait les moments où, à bord de son fourgon, il prenait la route en compagnie de sa femme pour les fêtes de village, avec Luca à leurs côtés. Son fils était si beau et si rayonnant qu'il était magnétique, les clients le voyaient et venaient à leur étal, ils achetaient des sucreries, ils achetaient des fruits secs, Luca discutait avec tout le monde, et, cachées derrière leurs mères, les fillettes mouraient d'amour pour lui.

« Tout le monde l'aimait. C'était une fête à chaque fois. »

Giuseppe dit que sa femme restait à la maison, dévastée par le chagrin, et que la vie devait continuer. Ce n'était pas facile. Maintenant, il lui fallait aller seul aux foires et aux fêtes. C'était épuisant, et terrible. Sa femme et lui allaient se constituer partie civile, ils demanderaient un dédommagement, mais il ne serait pas facile d'obtenir quelque chose, vu que, d'un point de vue patrimonial, les fautes des fils ne retombent pas sur les pères. Puis Giuseppe dit qu'ils ne l'avaient pas appelé.

« Qui ne vous a pas appelé, monsieur Varani ? demandai-je.

— Ledo Prato ou Valter Foffo », répondit-il.

Personne ne s'était manifesté, personne ne lui avait demandé pardon, personne n'avait été capable ne serait-ce que de lui passer un coup de fil. Bien sûr, il fallait avoir du courage pour décrocher le téléphone et demander pardon, il en était conscient, vu l'énormité des faits cette démarche pouvait même paraître offensante, et exposer celui qui l'entreprenait à des insultes, ou pire à un silence glacial. Elle pouvait s'apparenter à une erreur, d'accord. Mais *ne pas* demander pardon était sans aucun doute une erreur. Et ils n'avaient pas demandé pardon. Il n'y avait pas de solution vraiment probante, mais en n'appelant pas, eh bien ils avaient fait le pire choix.

Giuseppe raconta ensuite que, pendant la semaine, il lui arrivait parfois d'entrer dans la chambre de Luca. Sa femme avait souhaité que tout y soit laissé intact, il y avait tous ses cahiers, ses posters, son réveil, sa chaîne hi-fi, comme si Luca devait revenir d'un moment à l'autre. Giuseppe entrait dans sa chambre, et il passait plusieurs minutes à regarder autour de lui. Mais c'était le soir que c'était le plus dur, dit-il, quand sa femme et lui s'asseyaient à table pour le dîner et qu'ils ne réussissaient pas à détourner les yeux de la chaise vide.

« Monsieur Varani, lancé-je pour changer de sujet. Le procès commencera bientôt. »

À présent, il pouvait s'accrocher à cette perspective, me disais-je, aux analyses, aux expertises, aux témoignages, au rite judiciaire avec toutes ses embûches et ses formalités.

« Oui, le procès », murmura-t-il dans sa barbe, le regard sombre, comme s'il avait lu dans mes pensées et que ma question l'avait obligé à jeter un regard sur l'*après*.

La langue de feu s'éteignit et, pendant un instant – c'est la seule fois où cela arriva en ma présence –, je vis sur son visage une expression nue, ce regard sans défense avec lequel, enfermé dans la chambre de son fils, il continuait peut-être secrètement à dialoguer avec lui.

« Deux procès pour l'affaire Varani ? »

Début 2017, les journaux rapportèrent une information que les gens qui suivaient l'affaire avec un minimum de connaissances juridiques estimaient presque courue d'avance. Les avocats de Manuel Foffo avaient demandé la procédure abrégée. Ceux de Marco Prato avaient à l'inverse misé sur la procédure ordinaire. Cela signifiait – si le juge de l'audience préliminaire acceptait leurs demandes respectives – qu'il y aurait deux procès.

Le 26 janvier, le juge de l'audience préliminaire Nicola Di Grazia écouta les demandes de Foffo et de Prato. Le parquet leur notifia que la préméditation ainsi que les circonstances aggravantes de cruauté et motifs abjects avaient été retenues. Le juge accueillit la constitution de partie civile des parents de Luca Varani et de Marta Gaia Sebastiani.

Michele Andreano, l'avocat de Manuel, remit au tribunal une expertise médicale très volumineuse, dans la tentative de démontrer l'abolition du discernement de son client au moment des faits et de faire prendre en compte les dégâts provoqués par sa prise de stupéfiants pendant plusieurs années, toujours selon la défense.

Techniquement, la procédure abrégée n'implique pas une reconnaissance de culpabilité, mais la défense dispose de moins de moyens. Le mis en cause renonce au débat, il ne peut pas appeler des témoins ni essayer de contester les éléments rassemblés par le parquet. Naturellement, ces inconvénients ont une contrepartie : en cas de condamnation, la peine est réduite d'un tiers.

À vouloir interpréter ces stratégies, comme les plus perspicaces l'avaient fait, on aurait dit que Foffo visait une peine plus légère alors que Prato visait un non-lieu. Tous les deux niaient la préméditation. Prato cherchait un résultat plus sensationnel. Mais il avait choisi la procédure ordinaire, et s'exposait donc à une peine plus lourde.

Comme la loi excluait la présence physique de l'un et de l'autre pendant la procédure abrégée, Prato et Foffo ne se retrouveraient face à face qu'au début du procès de Prato.

Les parents de Luca Varani durent se rendre à l'évidence : pour au moins un des deux mis en cause, il existait d'importantes probabilités que l'emprisonnement à perpétuité soit évité. La procédure abrégée n'excluait pas la peine maximale mais, pour qu'elle soit appliquée, le juge devrait reconnaître toute une série de circonstances aggravantes, et c'était justement cela que les experts en droit estimaient improbable. Avant tout, la préméditation. L'enquête du parquet n'avait pas permis de faire émerger des éléments incontestables attestant de la préexistence d'un projet d'homicide. Si ce projet avait existé, c'était dans la tête des mis en cause, ce qui était très difficile à démontrer.

« Comment on peut dire qu'ils l'avaient pas prévu ? tonna Giuseppe Varani. Ils l'ont attiré chez eux par la tromperie ! Ils l'ont drogué avec de l'Alcover ! Évidemment qu'ils y ont cogité. Et la séquestration ? Ils l'ont retenu de force dans cet appartement. Ça s'appelle pas une séquestration, peut-être ? »

Sur Internet, de nombreux commentateurs interprétèrent la procédure abrégée comme l'antichambre de l'absolution.

> Qu'est-ce que je vous avais dit ? Ils vont s'en tirer !
> En Italie, c'est comme ça que ça marche, il suffit d'avoir des amis bien placés, et tu sors de taule même si tu as tué ta mère.

Ce cinéma continua pendant des semaines, en ligne une marée d'énervés s'exprima à tort et à travers sans retenue jusqu'à ce que l'écume des hypothèses se brise une nouvelle fois contre le principe de réalité.

Le 21 février 2017, après une plaidoirie très structurée de Me Michele Andreano, le juge Nicola Di Grazia condamna Manuel Foffo à trente ans de prison.

Andreano essaya de faire reconnaître une altération du jugement. Il s'appuya sur des avis médicaux, des résultats d'analyses, et même sur un recours aux neurosciences. La documentation rassemblée était consistante et très détaillée. Andreano essaya de prouver que non seulement Manuel souffrait d'une intoxication chronique à l'alcool et à la cocaïne, mais qu'avec le temps ses habitudes – favorisées par sa physiologie – lui avaient causé des altérations neurobiologiques irréversibles.

Malgré les documents médicaux, le juge déclara Manuel capable de discernement. Le mis en cause, dit-il, avait pris des quantités démesurées d'alcool et de cocaïne de manière consciente, il avait demandé de manière consciente la procédure abrégée pour son procès, il s'était présenté dans un passé assez récent à des examens à l'université. Selon le juge, tous ces éléments démentaient l'hypothèse d'une altération, même partielle.

La sentence exclut la préméditation.

La sentence reconnut la circonstance aggravante de sévices et de cruauté : Foffo comme Prato étaient tout à fait conscients des souffrances infligées à Luca. La circonstance aggravante des motifs abjects fut aussi reconnue : Prato et Foffo avaient fait de la vie de Luca Varani un « objet » à la merci de leurs pulsions. Leur volonté d'infliger des souffrances à la victime jusqu'à sa mort, écrivit le juge, avait pour seul but de vivre une expérience « dépassant toute limite », liée « à un degré très élevé de perversion sexuelle ». La manière dont Luca avait été tué supposait chez eux la présence d'« un sentiment méprisable, à l'inhumanité injustifiable, et d'une perversité telle qu'elle [inspirait] une profonde répulsion ».

La première audience du procès de Marco Prato fut fixée au 10 avril.

Le 13 février, contre sa volonté et contre toute attente, Marco Prato fut de nouveau transféré à la prison de Velletri. Cette fois, les protestations de ses avocats ne servirent à rien. Et ce n'était que le début.

Quelques jours après, son visage fit la une de tous les journaux du pays. C'est *Giallo*, un hebdomadaire à scandale spécialisé dans les faits divers, qui alluma la mèche.

L'HORREUR SANS FIN : PRATO EST SÉROPOSITIF !
LES PARTICIPANTS À SES ORGIES SONT À RISQUE.

Le titre, en gros caractères, occupait l'essentiel de la couverture. L'article était signé Albina Perri. La journaliste, semblait-il, avait réussi à récupérer le dossier clinique de Prato conservé dans les archives de Regina Coeli. Sur un de ces documents qui remontait à la période de l'arrestation, un médecin de l'agence locale de santé avait écrit à la main :

> Journal clinique du détenu Marco Prato. VIH : positivité détectée en mars. Dernier test négatif, il y a deux ans. Transmission : sexuelle. Le détenu affirme être au courant de sa séropositivité.

L'article ne lésinait pas sur les adjectifs et les adverbes (« nous avons trouvé le document où figure le *terrible* diagnostic », « le compte rendu est *absolument* sans équivoque ») et semblait vouloir justifier la violation de la vie privée par la protection des précédents partenaires sexuels de Prato : on pouvait présumer que la majorité d'entre eux ignoraient sa séropositivité. Il rappelait que Marco avait séduit beaucoup d'hétérosexuels, et que par conséquent leurs petites amies pouvaient avoir été elles aussi contaminées.

Les journaux relayèrent cette information à tort et à travers. Certains firent remarquer que la séropositivité de Prato risquait de semer la panique parmi les VIP de la capitale que Marco affirmait avoir séduits. Quand la société du spectacle tremble, le lecteur achète.

Accusé de meurtre et peut-être semeur de peste. La situation se compliquait. Les juges et le personnel pénitentiaire sont supposés travailler uniquement sur les faits, mais rares sont ceux qui s'imaginent que le climat médiatique est sans influence sur leurs décisions, et celui entourant Marco Prato était particulièrement lourd. Une action était nécessaire pour rééquilibrer la situation, pour qu'une partie au moins de l'opinion publique voie le mis en cause d'un œil différent. Quelques jours après, Marco sortit du silence en accordant une interview à *Panorama*.

L'autrice de l'article était Annalisa Chirico, une ancienne camarade d'université de Marco à la LUISS. L'interview eut lieu par correspondance, avec la médiation des avocats de Prato.

« Ce n'est pas moi qui ai frappé avec le marteau et les couteaux, affirma Marco. Je ne peux pas être condamné à perpétuité. Je sais que je n'ai pas empêché la mort de Luca, mais je ne l'ai pas tué et je ne l'ai pas appelé pour le tuer. »

Il était difficile de démentir l'hypothèse selon laquelle Luca avait été invité pour passer une journée d'excès, de même qu'il était difficile de nier que la vie de Marco avait été plutôt agitée ces dernières années.

« La transgression est-elle la sœur de la mort ? » demanda la journaliste.

« Si on nous observe au microscope ou par le trou de la serrure, répondit Marco, nous avons tous un côté sombre plus ou moins moral, plus ou moins acceptable. Le mien a simplement affleuré à la surface. Oui, je me droguais, mais pas tellement. Oui, j'avais des relations sexuelles, mais comme n'importe quel trentenaire. Les demandes extrêmes, les plus bizarres, c'étaient les hommes dont je m'entourais qui me les faisaient, c'étaient eux qui m'y incitaient. J'ai subi énormément de violence pour satisfaire les désirs d'hommes hétérosexuels dont je m'étais épris et qui me faisaient me sentir femme. Il est évident que quand des détails aussi titillants entrent dans le domaine public, la conscience collective s'en saisit pour les pointer du doigt au lieu de se regarder en face. La condamnation publique nous satisfait parce qu'elle nous tient éloignés de nos monstres, elle nous fait nous sentir intimement plus normaux. Convaincu comme je le suis que la normalité est un concept abstrait, j'effacerais les trois premières lettres du mot perversion. Ce sont toutes des *versions* différentes de l'humanité, des nuances de l'individualité, parfois vécues dans la souffrance. »

La journaliste le questionna sur les conditions de vie à la prison de Velletri.

« Quand j'étais à Regina Coeli, dit Marco, j'animais des cours de langue pour détenus, j'essayais de les aider pour leurs lettres et leurs communications écrites. Ici, à Velletri, je ne fais rien de tout ça, il n'y a pas d'activités, il n'y a rien, ce qui est dramatique parce que, au-delà des conditions d'hygiène et de l'alimentation défaillantes, la réalité carcérale se réduit à une simple expiation, sans rééducation. Je passe presque tout mon temps couché sur mon lit, je n'arrête pas de penser à ce qui s'est passé, je fais défiler chaque minute. Tout ce qui est dehors me manque. Marcher en écoutant ma Dalida adorée me manque. Tout le monde me manque vraiment beaucoup. »

« Que voudriez-vous dire à Manuel Foffo ? » demanda la journaliste.

« Je lui dirais : "Manuel, laisse tomber la haine. De même que ce soir-là tu m'as tranquillement laissé partir mourir, maintenant laisse-moi vivre et rends la vérité à cette nuit tragique." »

Si la dissertation de Marco avait eu pour but de mettre les pires instincts des masses à l'index, il aurait visé juste. Le monde était rempli de gens qui attendaient seulement de crucifier les coupables, d'envoyer les monstres au bûcher, de construire toutes sortes de piloris pour satisfaire une soif de vengeance ravageuse. Mais une vengeance de quoi ? Nous nous sentions humiliés, nous avions besoin d'humilier. Nous nous sentions blessés, nous avions besoin de blesser. Au fond, nous nous sentions médiocres, stupides, timorés et inutiles, au crépuscule d'une époque qui avait promis de nous rendre riches, intelligents, courageux. Par conséquent, nous nous employions à ne pas regarder la réalité en face, nous brandissions notre échec en le faisant passer pour la preuve de notre honnêteté, de notre bonté, de notre lucidité, voire de notre pureté, et nous partions à la chasse aux coupables (ou nous commencions à nous les fabriquer) pour pouvoir sauver notre château de cartes. Si Marco Prato avait voulu raconter cette débâcle psychologique, cette profonde maladie sociale, il aurait eu raison. Cependant, le problème était que lui – au-delà de l'issue de son procès à venir et de la peine à laquelle il serait condamné – était indiscutablement responsable de ce qui s'était passé. Marco Prato montrait du doigt les fanatiques du pilori pour éviter de réfléchir à ses propres manquements – il énonçait une vérité sur autrui pour en éluder une autre sur lui-même, et au fond cela aussi était une maladie sociale répandue –, et aussi pour éviter de réfléchir au fait le plus aveuglant, à savoir qu'un jeune homme de vingt-trois ans avait trouvé la mort.

En voyant l'écheveau s'enchevêtrer, je me demandais quand, et comment, tous ces nœuds se démêleraient.

Au cours de l'interview, Annalisa Chirico, son ancienne camarade d'université, la journaliste à qui Marco avait confié son espoir de réhabilitation publique, évoqua les proches de Varani. Les parents de Luca, dit-elle, ne croyaient pas que le mot pardon mérite d'être prononcé.

« J'écrirai une lettre aux parents de Luca, répondit Marco. J'y pense depuis longtemps, mais je n'estime pas opportun d'en parler ici. »

« Quelle lettre ? Ce type nous a rien écrit du tout ! » s'emporta Giuseppe Varani.

Rendu furibond par la manière dont les choses s'étaient passées pour Manuel Foffo, le père de Luca craignait que cela puisse être pire encore pour Marco Prato. Il ne comprenait pas le fonctionnement de la procédure abrégée : comment était-il possible, pour un meurtre pareil, de troquer l'atrocité des faits contre les raisons de la bureaucratie ? En outre, Giuseppe Varani était frustré car, pendant le procès, dit-il, on ne l'avait pas laissé parler au juge. Quel était donc ce règlement ? Si on lui avait donné la possibilité de montrer les photos, de raconter son chagrin, de rappeler, en dehors des documents et des expertises, qui avait été son fils et quelle mort on lui avait infligée, si quelqu'un lui avait simplement permis de faire peser dans la balance – terriblement sans appel, sur le plan symbolique, pour représenter la justice – le genre de souffrance particulière à laquelle sa femme et lui avaient été condamnés (« C'est à nous qu'on a donné *perpette* ! » disait-il), peut-être que les choses se seraient passées différemment. À présent, M. Varani était nerveux, soucieux. Si Foffo avait écopé de trente ans en se déclarant coupable, que pouvait-il arriver à Marco Prato qui clamait haut et fort son innocence ?

Et puis il y avait les attentes du public. Avec la procédure abrégée, le procès s'était déroulé à huis clos. Personne n'avait vu Marco Prato et Manuel Foffo sur le banc des accusés. Maintenant, le procès de Marco Prato approchait, et avec lui la possibilité que les deux hommes se retrouvent dans la même pièce. Les curieux pourraient les voir face à face, au sommet d'une confrontation (l'un dirait sa vérité, l'autre la contesterait) qui s'annonçait dramatique. Les gens étaient impatients d'assister à ce spectacle. Ainsi, le compte à rebours pour le 10 avril commença.

Cependant, quand le 10 avril arriva pour de bon, le procès n'eut pas lieu, à cause d'une grève des avocats. L'audience fut renvoyée au 12 juin.

Le 19 mai, à moins d'un mois de l'ouverture du procès, les parents de Luca Varani participèrent à une marche aux flambeaux organisée par un comité récemment formé, nommé « Nous sommes Luca ». Plus de cent personnes – amis, famille, habitants du quartier – défilèrent à la nuit tombée dans les rues de Boccea. Ils avaient soigneusement préparé leurs banderoles. Ils avaient fait imprimer des tee-shirts avec une photo de Luca et écrit en dessous : NOUS SOMMES LUCA. La petite manifestation n'avait cependant pas une visée commémorative. Quand la marche aux flambeaux commença et que les gens se mirent en mouvement en rangs serrés avec leurs banderoles, le regard triste et fier, les badauds purent lire une autre inscription sur le dos de leurs tee-shirts : PERPÉTUITÉ ET PEINE EXEMPLAIRE POUR LES ASSASSINS.

Ainsi arriva le 12 juin, le premier jour d'audience du procès de Marco Prato. Ce matin-là, les parents de Luca, soutenus par le comité qui avait organisé la marche aux flambeaux, déroulèrent une banderole en face du tribunal. NOUS

SOMMES LUCA. JUSTICE POUR LUCA VARANI. Un geste de protestation préventive.

Mais, là encore, de manière tout à fait inattendue, le procès n'eut pas lieu. Une nouvelle grève des avocats pénalistes fut à l'origine de son deuxième renvoi. Les parents de Luca Varani s'en retournèrent chez eux avec leur banderole, accompagnés des membres du comité. L'audience fut fixée au 21 juin.

L'attente commençait à se faire énervante. L'attention était entièrement concentrée sur Marco. Les récits qui avaient fleuri sur son compte au cours de l'année écoulée avaient fait de lui un personnage de film dans l'imagination des gens – versatile, plein de contradictions, terriblement lucide, ambivalent, hypersensible, manipulateur, ne reculant devant aucune ruse, prêt à tout pour voir son image scintiller – sans que, néanmoins, presque personne n'ait eu l'occasion de le voir en action depuis le jour de l'homicide. Que se passerait-il au procès ? Comment se présenterait Marco Prato en public ? Quel visage offrirait-il aux photographes et aux caméras ? Sur quel ton s'adresserait-il à la cour ? Parlerait-il de lui au féminin ? Que se passerait-il quand il reverrait Manuel Foffo ? Essaierait-il de le détruire à l'aide de la rhétorique, ainsi qu'il semblait capable de le faire avec n'importe qui ? Et s'il le faisait, disait-on, il aurait toutefois autrement plus de difficultés à s'en tirer avec le procureur. Francesco Scavo était un malin. Marco avait-il encore des cartes secrètes à jouer ? À laquelle de ses nombreuses personnalités recourrait-il, et quel raisonnement subtil ou quelle opération de déconstruction époustouflante opposerait-il à la masse de preuves qui joueraient contre lui ? Quel mensonge exceptionnel ou quelle vérité écrasante l'accusé dégainerait-il ? À Rome, il faisait de nouveau une chaleur atroce.

La nouvelle commença d'abord à circuler à la radio le 20 juin, la veille de l'ouverture du procès. Puis elle fut reprise sur Internet, et enfin dans les journaux télévisés.

Pour ma part, je reçus un message sur WhatsApp à 9 h 08.

J'étais à Turin. La veille au soir, me préparant pour le procès, je m'étais endormi en lisant quelques documents de l'énorme dossier que j'avais constitué au fil des mois. J'entendis le son de la notification alors que je buvais mon deuxième café du matin. Je pris mon smartphone.

« Nicola, tu as vu ? Je suis sidéré. »

C'était un ami dont je n'avais pas de nouvelles depuis des mois qui m'avait écrit.

Il aurait pu s'agir de n'importe quelle nouvelle en mesure de semer le trouble, que ce soit un séisme ou un attentat. Pourtant – avant même de répondre : « Non, qu'est-ce qu'il s'est passé ? » –, je sentais que je savais de quoi il était question. Je le savais depuis des mois, peut-être même depuis le début de cette histoire, j'avais envisagé cette éventualité tout en réussissant à l'ignorer. Il fallut ce message pour que je repense sérieusement à ce que j'avais senti de manière inconsciente.

Quelques instants après, je reçus un lien qui renvoyait à la page d'accueil du *Messaggero*.

MARCO PRATO SE SUICIDE EN PRISON

Je m'affaissai sur mon canapé comme si j'avais reçu un coup de poing dans la figure.

Pendant la nuit, Marco Prato avait été retrouvé sans vie dans les toilettes de sa cellule à la prison de Velletri. Il s'était tué en inhalant le gaz du réchaud dont il se servait pour cuisiner. Il avait enfilé sa tête et son réchaud dans un sac en plastique, qu'il avait serré avec un lacet autour de sa gorge. Son codétenu ne s'était aperçu de rien, ou en tout cas c'est ce qu'il avait raconté aux gardiens. Le cadavre avait été retrouvé à une heure moins le quart.

Dans les toilettes, à côté de son corps, écrivirent les journaux, il y avait un papier avec un court message d'adieu rédigé en lettres capitales.

LE SUICIDE N'EST PAS UN ACTE DE COURAGE NI DE LÂCHETÉ. LE SUICIDE EST UNE MALADIE DONT ON NE GUÉRIT PAS TOUJOURS. IL N'A PAS DE CONNOTATIONS ÉTHIQUES, CE N'EST PAS UNE ÉCHAPPATOIRE OU UN GESTE ÉGOÏSTE. LA PRESSION MÉDIATIQUE EST INSUPPORTABLE, LES MENSONGES SUR CETTE NUIT-LÀ ET SUR MON COMPTE SONT INSUPPORTABLES. PARDONNEZ-MOI, CETTE VIE M'EST INSUPPORTABLE.

Une signature et un post-scriptum suivaient.

Assurez-vous que quand mon père sera prévenu il y aura un médecin ou la sœur de ma mère (médecin chef à la retraite) avec lui parce qu'il a de l'hypertension et il a le cœur fragile !

Le lendemain, le 21 juin, le procès de Marco Prato s'ouvrit et s'acheva aussitôt, en raison de la mort de l'accusé. Les scellés furent levés sur l'appartement de la via Igino Giordani.

Le piazzale Clodio était pris d'assaut par les journalistes. Marta Gaia Sebastiani était présente à l'audience. Dès qu'elle sortit du tribunal, ils la harcelèrent.

« Marta Gaia ! Marta Gaia !

— Je n'ai pas envie de parler. »

Les yeux masqués par de grosses lunettes de soleil, la jeune femme parlait d'un ton ferme. La veille, elle avait écrit un post sur Facebook, où elle se disait choquée par ce qui s'était passé.

« Vous ne voulez vraiment pas faire de commentaire ?

— Non. »

Marta leva une main devant le micro, comme pour se protéger.

« Une vie, c'est une vie, dit-elle. Il faut respecter le deuil des familles.

— Une tragédie dans la tragédie ?

— Oui », répondit-elle avant de s'éloigner à grands pas.

Savino Guglielmi, son avocat, prit la parole.

« Je crois qu'ici tout le monde sort perdant, dit-il, encerclé par les caméras. L'État, la communauté, le pauvre Luca

Varani. Nous y perdons tous. La sécurité d'un détenu n'a pas été garantie. On n'a pas pu faire le procès de Marco Prato. Malheureusement, nous ne connaîtrons jamais toute la vérité. »

Valter Foffo, le père de Manuel, fut joint au téléphone par les journalistes.

« Vous m'accablez d'appels. Qu'est-ce que vous voulez que je vous dise devant ce malheur supplémentaire ? J'ai appris à la radio que Marco Prato s'est ôté la vie. Maintenant il ne reste que mon fils. Le risque ? Qu'il soit le seul bouc émissaire de cette tragédie qui n'en finit pas. »

Giuseppe Varani aussi fut appelé par les journalistes.

« Nous sommes désolés pour la famille de Marco Prato, déclara-t-il. Personne ne mérite de mourir comme ça, même pas le pire des délinquants. Nous avons appris la nouvelle par un ami journaliste. Ma femme a éclaté en sanglots. Nous sommes désolés de ce qui s'est passé. Mais notre souffrance est clairement plus importante que la leur. Mon fils a été tué, ce n'est pas lui qui a décidé de mourir. »

Le psychiatre de l'agence locale de santé qui suivait Marco à la prison de Velletri avait écrit dans son dernier rapport :

> Vu régulièrement à partir du 14 février. Visites et entretiens de suivi toutes les semaines. Aucune intention destructrice relevée au cours des évaluations cliniques. Humeur non dépressive.

Cependant, Mauro Palma, le Défenseur national des droits des détenus, déclara :

« Sous de nombreux aspects, c'est un suicide annoncé. L'année dernière déjà, nous sommes intervenus pour que Marco Prato revienne à Regina Coeli, à la lumière du fait que l'accompagnement psychiatrique à la maison d'arrêt de Velletri est inexistant et qu'à Velletri, une personne qui avait déjà tenté de se suicider bénéficierait d'une assistance moins importante par rapport à celle assurée par la prison romaine. »

À onze heures du matin, Ledo Prato était dans la chambre mortuaire de la polyclinique Tor Vergata, devant le cadavre de Marco.

« On s'était vus en prison, qui aurait pu imaginer ça », chuchota-t-il à voix très basse.

Il était allé rendre visite à son fils l'après-midi précédent. Il était allé lui rendre visite ainsi qu'il le faisait sans cesse depuis qu'il était incarcéré. Ils s'étaient embrassés. Ils avaient parlé. Maintenant ils se retrouvaient là.

Le suicide de Marco Prato fut le coup de théâtre le plus triste, et, à la fois, il marqua le début de la fin de l'affaire. Bien que du point de vue judiciaire tout ne soit pas réglé – il devait y avoir le procès en appel de Foffo, la Cassation, la constitution des époux Varani et de Marta Gaia Sebastiani en parties civiles –, à partir de là la tension commença à redescendre. Le pic avait été atteint, le contenu avait fait exploser le contenant. Les retombées ne manquèrent pas, mais les personnes qui avaient suivi l'affaire en continu pendant plus d'un an éprouvèrent toutes une nette sensation de fin de partie.

Pendant des mois, les spéculations se multiplièrent sur les causes du suicide.

« Essaie de faire des hypothèses », me dit le procureur Francesco Scavo, avec qui j'étais passé au tutoiement.

Nous étions dans notre bar habituel du piazzale Clodio. J'étais passé devant le Monte Mario, j'avais vu l'observatoire au loin. Comme d'habitude quand je revenais à Rome en sachant que je devrais quitter la ville peu après, je me sentais déboussolé. J'entendais la circulation sur le viale Angelico, je savais que plus loin il y avait la piazza Mazzini, puis les commerces de la via Cola di Rienzo et, après le palais de justice, juste en face du fleuve, le musée des Âmes du Purgatoire, dont la modeste collection visait à documenter l'action des âmes des morts. Des empreintes de l'Au-delà sur des soutanes. La housse d'un oreiller brûlée par l'esprit d'une religieuse défunte. Ce jour-là, avant de rejoindre Francesco Scavo, j'avais été arrêté dans la rue par une fillette.

« Salut, tu aimes les animaux ? »

La fillette se tenait devant un magasin où sa mère, vis-je, achetait de la nourriture pour chats.

« Bien sûr, répondis-je. Et j'ai un chat, comme toi. »

La fillette devait avoir neuf ou dix ans, elle était grande pour son âge, elle portait un pantacourt vert, avait une coupe au bol, un des regards les plus vifs et les plus intelligents que j'aie jamais vus.

« Comment tu sais que j'ai un chat ? avait-elle demandé, non sans avoir récompensé avec ironie ma bonne réponse avec les quatre premières notes d'une célèbre symphonie.

— Parce que je lis dans tes pensées, avais-je répondu.

— Ah, d'accord », avait-elle fait, sérieuse, mais comme si l'attention qu'elle m'accordait ne devait pas entièrement la détourner de sa dimension parallèle, cette splendide terre submergée où, passé l'âge de vingt ans, on aimerait retourner à n'importe quel prix.

« Alors, si tu lis dans mes pensées, avait-elle continué, dis-moi comment s'appelle mon chat.

— Quelle question ! Il s'appelle Beethoven.

— Mais comment tu fais… ? »

Elle avait eu un tout petit sourire. Sa mère l'avait appelée depuis le magasin.

« Arrête d'embêter les gens ! »

Sa voix était chargée d'une tendre exaspération. La vie serait supportable si je pouvais rester pour toujours à parler avec cette gamine, avais-je pensé. Elle, qui était vraiment capable de lire dans les pensées, avait été si généreuse qu'elle m'avait donné l'impression de pouvoir le faire moi aussi.

« Tout ce qui se raconte sur ce suicide me paraît plausible – répondis-je à Francesco Scavo. Peut-être qu'il n'y a pas une seule explication. »

Certains soutenaient que la grève des avocats pénalistes avait été la goutte d'eau qui avait fait déborder le vase : le double renvoi du procès avait miné l'humeur de Marco, déjà démoralisé par la prison et par l'acharnement médiatique. Nombreux étaient ceux qui interprétaient le suicide de Marco Prato comme l'acmé de son besoin d'être au premier plan. En se tuant deux jours avant le procès, disaient-ils, Marco s'était ménagé une sortie de scène digne d'une diva, imitant dans ses mots la fin tragique de Dalida. « La vie m'est insupportable. Pardonnez-moi », avait écrit la chanteuse dans son billet d'adieu. « Pardonnez-moi, cette vie m'est insupportable », avait écrit Marco Prato. Comme si cela ne suffisait pas, à travers son suicide, Marco avait porté une attaque terriblement efficace à la machine judiciaire. Se tuer était la seule manière d'empêcher le déroulement du procès. Avec son geste extrême, Marco avait donc repris le contrôle de la situation, et empêché que quelqu'un d'autre écrive la fin à sa place.

« Et puis il y a aussi l'histoire d'Ettore Catanzaro, ajoutai-je.

— Exact », dit le procureur.

Ettore Catanzaro, quarante et un an, détenu à Velletri avant d'être transféré à la maison d'arrêt de Latina, avait demandé à être entendu par les autorités deux semaines auparavant. Un adjudant des carabiniers était venu le voir, et Catanzaro avait raconté que Marco Prato lui avait demandé d'organiser le passage à tabac de Manuel Foffo en prison.

« À Velletri, j'étais dans la cellule numéro 7, avait-il dit. Marco était dans la 5. Au début, il était à l'isolement, ils le faisaient monter de temps en temps pour qu'il se socialise un peu, et il bavardait avec mon compagnon de cellule, Medina, un Cubain que Marco avait connu à Regina Coeli. Un beau jour, Medina vient me voir et me dit : “Hé, Ettore, Marco Prato en veut à mort à Manuel Foffo, il veut le faire tabasser, il est persuadé que c'est lui qui a répandu la rumeur de sa séropositivité. Il veut savoir si tu peux lui donner un coup de main.” »

Catanzaro était incarcéré pour de graves délits et il avait des amis dans d'autres prisons.

« Je n'aurais jamais fait tabasser Manuel Foffo, avait-il dit à l'adjudant, mais j'ai fait comme si. »

Quand sa période à l'isolement avait été finie, Marco venait voir Catanzaro dans sa cellule pendant les heures où il pouvait se déplacer librement dans la prison. Catanzaro lui cuisinait des plats (« des pâtes en sauce, des côtelettes »), de temps en temps il roulait un joint (« j'avais un peu d'herbe cachée dans ma salière »), et après le déjeuner ils bavardaient en écoutant de la musique. Et effectivement, avait continué Catanzaro, Marco lui avait demandé d'organiser le passage à tabac de Manuel.

« Il m'a proposé deux mille euros pour faire tabasser Foffo, il disait qu'il pouvait se procurer l'argent. En fait, je devais écrire à un ami à moi de Tor Bella Monaca qui est incarcéré dans la même prison que Manuel et lui demander de se charger de ça. Avec Marco, on en est venus à se faire des confidences. Il me parlait de ses parents, il disait que sa mère n'était jamais venue au parloir. Une autre fois, toujours dans ma cellule, vu que maintenant on se parlait de tout, je lui ai demandé : “Dis la vérité, tu as participé matériellement au meurtre ?” Marco a répondu : “Oui.” Et moi : “Combien de coups de couteau tu as donnés ?” Alors il m'a dit qu'il en avait donné deux. »

Le récit de Catanzaro avait été consigné dans un procès-verbal. Le procès-verbal en question avait été transmis au procureur. Et une copie avait sans doute été remise aux avocats de Prato qui, supposai-je, en avaient informé leur client. Si cela était vrai – et l'histoire racontée par Catanzaro aussi –, Marco avait appris où ses confidences avaient atterri. Cette nouvelle pouvait représenter un coup fatal pour sa stratégie de défense, et il avait peut-être alors vu s'étendre au-dessus de lui l'ombre noire de la prison à perpétuité.

« Ledo Prato est venu me voir », dit Francesco Scavo.

Cette démarche était plus fréquente que ce qu'on imaginait, après un procès. Les proches des condamnés voulaient voir leurs accusateurs. Ils éprouvaient le besoin de tirer les choses au clair, d'apporter des précisions, comme si celui qui avait lancé la lourde machine judiciaire était le plus à même de traiter le problème également sur d'autres plans.

Cependant, dans ce cas, Ledo Prato voulait seulement qu'une enquête sur le suicide de son fils soit ouverte. Pour quelle raison Marco avait-il été transféré à Velletri ? Comment était-il possible que les psychiatres de la prison ne se soient pas rendu compte de son état ? Tout le monde savait que Marco avait déjà fait des tentatives de suicide. Alors pourquoi *personne* n'avait *rien* fait pour empêcher que la situation ne bascule ?

Je saluai Scavo. Je consultai ma montre. Je marchai sans but pendant une demi-heure, puis je postai la lettre que j'avais écrite à Manuel Foffo, le seul survivant de ces trois garçons. Je pris le métro.

Je déjeunai dans un mauvais restaurant non loin de la via Cavour. Vu que j'avais encore du temps avant mon rendez-vous suivant, je me dirigeai vers Saint-Pierre-aux-Liens. Je montai les marches de l'escalier des Borgia, dans l'ombre pérenne de l'arche qui le surmonte, auquel une cascade de plantes grimpantes apporte une touche de vie. En haut, je vis la façade lisse et régulière de l'église. Je m'engageai dans la nef latérale et la remontai jusqu'à ce que je me retrouve en face de la statue. Elle était là depuis presque cinq cents ans, et elle y resterait bien après notre mort. On discutait depuis toujours de ce cas rare d'énigme grandiose que représente le *Moïse* de Michel-Ange. Quand il était à Rome, Sigmund Freud allait à Saint-Pierre-aux-Liens tous les jours, il y passait des heures en s'efforçant de comprendre, il vibrait d'espoir quand il lui semblait avoir saisi quelque chose d'important, se démoralisait quand son intuition se dissipait. Il regardait les bras musculeux de la statue, les Tables de la Loi sous son bras droit, sa main gauche appuyée contre son ventre, les doigts de son autre main emmêlés dans les boucles de sa barbe, son pied gauche dont seule la pointe touchait le sol, sa tête tournée vers la gauche, et le mélange de courroux, de mépris et de chagrin dans son regard. Selon de nombreux commentateurs, Michel-Ange avait sculpté l'instant juste avant que Moïse, indigné par le comportement de son peuple, brise les Tables en les jetant à terre. Puis il s'empare du veau d'or, le brûle dans le feu, le réduit en poussière, répand la poussière dans l'eau et la fait avaler aux israélites. Pourtant, après une énième visite où il n'avait pas quitté la statue des yeux, soudain Sigmund Freud pensa avoir eu une révélation. Il lui sembla que, en sculptant son *Moïse*, Michel-Ange avait accompli un puissant acte de liberté, allant jusqu'à changer le récit biblique en documentant ce que le Livre ne disait pas : non pas le courroux sur le point d'exploser, mais le courroux apaisé. Selon Freud, après un rapide dilemme intérieur, une mystérieuse bataille contre lui-même, le Moïse de Michel-Ange change d'intention. Son dédain est contrôlé, sa violence se dissout, son chagrin commence à s'apaiser. Le prophète ne brise plus les Tables par terre, et c'est justement pour cela que ces Tables – et donc la loi – prennent une signification nouvelle.

Remplacer un narrateur par un autre. Que s'était-il passé dans la tête de Moïse, selon l'interprétation de Freud ? Et que devrions-nous faire, nous ? me demandai-je, les yeux rivés sur la statue, en pensant à Marco Prato. Quelle était la tâche des vivants, si les morts avaient raté la leur ?

Je sortis de l'église. Je marchai quelques minutes sans but. Puis je m'acheminai vers mon rendez-vous suivant. Après être allé au piazzale Clodio, où l'on administre la justice, et à Saint-Pierre-aux-Liens, où l'on soigne les âmes, il était temps que je me rende dans le palais où la démocratie est sauvée ou menacée selon les jours.

Je savais que Ledo Prato ne s'était pas seulement adressé au procureur Francesco Scavo, mais aussi au sénateur Luigi Manconi.

Manconi était alors le président de la Commission extraordinaire pour la protection et la promotion des droits de l'homme au Sénat. J'allai le retrouver à trois heures de l'après-midi. Nous nous connaissions déjà, à l'époque Manconi avait presque soixante-dix ans, il en était à sa troisième législature et il menait ses combats avec suffisamment d'indépendance pour compromettre sérieusement la possibilité d'une quatrième. Il s'était occupé des droits des migrants, des conditions de vie de la communauté rom et sinté, des détenus, des réfugiés, des handicapés, des abus de pouvoir des forces de l'ordre sur des citoyens ordinaires. Depuis quelques années, il avait presque complètement perdu la vue à la suite d'un glaucome. Il n'avait ni canne ni lunettes noires et manquait parfois de se faire écraser en traversant la rue. Il travaillait sans relâche, entouré par ses assistantes, dans un minuscule bureau du palais Madame.

J'arrivai au Sénat. Je donnai ma pièce d'identité et fus introduit dans le cœur de la démocratie italienne. Ou mieux, dans un de ses poumons. En regardant autour de moi, je me dis qu'en Italie les lieux de pouvoir se ressemblaient tous. Après avoir franchi des portes monumentales, on se retrouve dans un labyrinthe exigu fait de petites pièces et de couloirs. De temps en temps, un aperçu digne d'un musée. Puis une autre toile d'araignée de couloirs, petits bureaux et ascenseurs aussi étroits que des cercueils. Le pouvoir vit dans les interstices.

« Par là », dit la personne qui me guidait en m'indiquant le énième ascenseur.

Le bureau de Luigi Manconi était une longue pièce étroite, encombrée de papiers divers, dossiers et livres récemment parus. Les éditeurs les lui envoyaient ici.

« Il est venu me voir après s'être adressé à d'autres hommes politiques », me confirma-t-il.

Manconi dit que Ledo Prato essayait de faire bouger les choses au niveau institutionnel. Ce n'était pas si facile. Il passait d'un interlocuteur à l'autre, on le faisait patienter, il faisait antichambre en vain, il attendait des coups de téléphone qui tardaient à arriver.

« Il a préféré s'adresser d'abord à des hommes plus proches de son domaine. Je crois que c'est normal. Mais ils lui ont fait perdre du temps, ou alors ils se sont retrouvés coincés par des problèmes bureaucratiques. »

Manconi dit qu'il ferait très bientôt parvenir une question parlementaire au ministre de la Justice, Andrea Orlando.

« Savez-vous combien de personnes se donnent la mort dans les prisons italiennes ? »

Une par semaine, m'informa-t-il avant que j'aie eu le temps d'émettre une hypothèse.

« Savez-vous comment elles se tuent ? »

Le sénateur me dit que très souvent elles se pendaient. La deuxième cause de mort était le gaz. Elles se servaient des réchauds, comme l'avait fait Marco. Ce type de suicide était évitable, par une mesure si simple qu'il était incompréhensible qu'elle n'ait pas encore été mise en place.

« Il suffirait de remplacer les bouteilles de gaz par des plaques électriques. »

Ça faisait des années, me dit Luigi Manconi, que des demandes dans ce sens étaient envoyées au ministère de la Justice.

C'est alors que je me souvins de ce que Marco avait dit à son père pendant un de leurs derniers parloirs. « J'ai eu une promotion », avait-il déclaré textuellement à propos du fait qu'on l'avait autorisé à utiliser un réchaud pour se faire du café.

Avant que je parte, le sénateur voulut me faire un petit cadeau.

« Je ne sais pas à quelles conclusions vous êtes arrivé à travers vos recherches. On ne peut jamais tout savoir des êtres humains auxquels on s'intéresse.

— On ne peut même pas tout savoir de soi-même, dis-je. Sinon, plus personne n'écrirait.

— C'est vrai, mais il faut bien essayer quand même d'atteindre un certain niveau de compréhension. Cela suit des voies complexes, ça demande parfois des années, parfois on n'y arrive jamais.

— La compréhension n'est pas durable, notre condition est transitoire jusque dans ce domaine.

— Dans tous les cas, dit-il, je voudrais vous donner quelque chose qui pourrait vous être utile. »

Il demanda à une de ses assistantes de chercher dans la petite montagne de livres qui occupait un des bureaux. Elle trouva l'ouvrage demandé. Il le prit et me le tendit.

« Sans vouloir offenser les personnes présentes, déclara-t-il en souriant, je trouve que c'est le plus beau livre italien de ces dix dernières années. »

La question au ministre Orlando (signée Manconi, Corsini et Stefano) fut envoyée le 6 juillet. La réponse arriva cinq mois plus tard, le 7 décembre.

Le ministre avait écrit que, bien que chaque acte suicidaire singulier soit tragique, on ne pouvait pas nier que le nombre de suicides dans les prisons italiennes avait diminué ces dernières années. Dans le cas de Marco Prato, la lecture des rapports émis par l'administration pénitentiaire ne permettait pas de conclure que sa situation avait été « sous-évaluée ou négligée ».

La réponse, longue de cinq pages, continuait sur le même ton. Il restait dans son rôle. Néanmoins, entre les mots d'usage rassurants se nichait une information qui ne pouvait pas passer inaperçue. Les sénateurs avaient demandé pourquoi Marco Prato avait été transféré à la prison de Velletri. La réponse du ministre était éloquente :

> La proposition de transfert depuis Rome vers une autre maison d'arrêt a été justifiée par la tendance du détenu à s'appuyer sur les faiblesses de ses codétenus pour occuper un rôle dominant.

Cette réponse – sans doute donnée après qu'on eut demandé des informations aux autorités pénitentiaires – laissait imaginer qu'à Regina Coeli Marco avait réussi à reproduire certaines dynamiques qu'il mettait en œuvre quand il était en liberté. Manipuler les autres. Faire ployer leur volonté. Leur faire faire ce qu'il voulait. Parmi les personnes qui suivaient cette affaire, certaines se souvinrent de ce que Marco avait dit à propos d'un cours de musique et de littérature auquel il assistait en prison. Les autres détenus lui avaient chanté *Ciao amore, ciao* de Dalida. « Tu ne peux pas convaincre un groupe de détenus de te chanter ta chanson préférée s'ils ne sont pas sous ta coupe. » On émit l'hypothèse que Marco ne s'était pas contenté d'exercer ses talents de séducteur sur le plan intellectuel. S'il avait couché avec d'autres détenus, la nouvelle de sa séropositivité pouvait avoir eu des conséquences. De séducteur, il était passé à semeur de peste. Il avait peut-être été transféré pour éviter une éventuelle vengeance.

D'autres semaines passèrent. Le 16 octobre 2017, je reçus un message de Chiara Ingrosso sur WhatsApp. Il lui était arrivé quelque chose d'étonnant, elle voulait m'en parler. Nous nous vîmes quelques jours après, vers le pont Milvius.

À cette période, le procès en appel de Manuel Foffo approchait. Manuel avait été transféré à la prison du quartier de Rebibbia. Et nous avions par ailleurs appris qu'il avait décidé de changer d'avocat. Fabio Menichetti avait remplacé Michele Andreano. On disait que la décision de Manuel avait été dictée par des raisons familiales, après tout Andreano était l'avocat à qui son père s'était adressé, et Manuel continuait à nourrir de la méfiance à l'égard de Valter – sans néanmoins rechigner à le laisser prendre en charge tout ce qui concernait le plan économique. Dans ses moments de confusion les plus intenses, il en était arrivé à penser que Valter conspirait contre lui.

Pour le reste, les informations qui parvenaient sur les Foffo étaient contradictoires. Certains racontaient qu'ils avaient lancé des activités commerciales à l'étranger. D'autres qu'ils étaient à Rome, essayant de parer aux difficultés économiques dans lesquelles le meurtre risquait de les plonger.

Quant aux Prato, aucune nouvelle, comme d'habitude.

« C'est justement de ça que je veux te parler », me dit Chiara Ingrosso.

Elle travaillait à présent comme envoyée spéciale pour certaines émissions des chaînes de Mediaset. Elle faisait le tour de l'Italie aux trousses des auteurs des crimes les plus sanglants, essayant de leur arracher des déclarations décisives. Vu que les êtres humains continuaient de se massacrer entre eux, elle n'était pas à court de matière. Ces affaires la perturbaient, mais son professionnalisme formait un écran protecteur. Avec l'affaire Varani, c'était différent : tous les journalistes spécialisés en faits divers avaient une affaire qui les avait particulièrement marqués et avait fragilisé leurs défenses. Chiara avait été surprise de la manière dont ce meurtre l'avait précipitée loin de son ancienne vie sans qu'elle s'en rende compte. Quand la distance avec certaines affaires sinistres se réduisait trop, me dit-elle, celles-ci laissaient des *marques*, et les personnes qui étaient marquées se mettaient à vivre des épisodes curieux. Je pensai au fait que pour ma part j'avais été précipité loin de Rome.

« C'était il y a quelques semaines de ça, commença-t-elle. J'étais à l'aéroport de Brindisi. Je devais aller à Rome. J'avais passé l'enregistrement, j'attendais l'embarquement. »

Soudain (« jusque-là c'était une belle journée, ensoleillée ») le ciel s'était assombri et, comme venue de nulle part, une très grosse tempête s'était abattue sur la ville. Le vent était si violent que l'aéroport avait été fermé, alors les vols avaient été déplacés au départ de Bari et une navette d'urgence avait été mise en place pour emmener les passagers à l'autre aéroport.

« Arrivés à Bari, on a de nouveau passé la sécurité pour l'embarquement. »

En se rendant aux contrôles de sécurité, Chiara avait eu l'impression de voir une silhouette familière devant elle dans l'escalator. C'était un homme de grande taille, distingué, vêtu d'un costume noir.

« Il me semblait que c'était lui et, à la fois, la coïncidence était si grosse que je n'arrivais pas à y croire. »

Arrivée au niveau de la sécurité, Chiara Ingrosso avait accéléré le pas, dépassé l'homme et s'était retournée pour le regarder.

« Je crois que je vous ai déjà vu quelque part, avait-elle dit.

— Ça se peut, avait-il répondu, impassible.

— Vous êtes le père de Marco. »

Les yeux de Ledo Prato s'étaient remplis de larmes.

« Je me suis mise à pleurer moi aussi », me raconta Chiara.

Il s'agissait d'un authentique moment d'agnition (« Je crois qu'il a très nettement senti mon implication dans cette affaire »).

« Vous étiez une amie de mon fils ? » lui avait demandé Ledo Prato, reprenant le contrôle de ses émotions.

Chiara lui avait répondu que non, qu'elle était journaliste. L'expression de l'homme avait encore changé.

« Dans un souci d'honnêteté, je lui ai fait la liste des reportages que j'ai réalisés sur cette affaire. Il est devenu froid, il se souvenait de tous, après tout Marco avait en partie imputé sa décision de se tuer à la pression médiatique et peut-être que j'y avais participé. »

La distance s'était rétablie entre eux et ils s'étaient donné rendez-vous quelques jours après pour se parler plus calmement.

« On s'est vus à la Villa Torlonia, me raconta Chiara. Mais l'atmosphère n'était plus la même que quand on s'était croisés à l'aéroport. En cadeau, je lui ai apporté un disque de Dalida, il m'a dit que ça lui semblait un choix de mauvais goût. J'ai essayé de lui expliquer que c'était ma manière d'honorer la mémoire de Marco. »

Ledo était resté plutôt froid et prudent pendant tout leur échange, aucune confidence ne lui avait échappé, il n'avait pas voulu lui accorder d'interview.

« En tout cas, ce n'est pas un hasard si je l'ai croisé, dit Chiara.

— Comment ça ? demandai-je.

— Je l'ai mérité », affirma-t-elle.

Quelle était la probabilité qu'elle se retrouve à bord du même vol que Ledo Prato, et quelle était la probabilité que cette tempête absolument inattendue, sans laquelle Chiara n'aurait pas rencontré Ledo, s'abatte sur Brindisi ? Durant la dernière année et demie, elle avait si intensément pensé à cet homicide, elle avait interviewé tant de personnes, lu tant de documents, écouté tant de rumeurs, que cette affaire, ou le destin, dit-elle, l'avait placée sur le chemin de Ledo Prato.

« Je ne sais pas », répondis-je, mais tout en moi lui donnait raison.

C'est à ce moment-là que je pensai qu'il me fallait prendre mes distances avec cette affaire. Je devais lâcher prise, il était temps, mon besoin de comprendre était devenu une dépendance et je risquais de succomber. Pendant un moment, on creuse un homicide, mais ensuite c'est l'homicide qui creuse implacablement en soi, on commence à tout interpréter en fonction de l'affaire, on voit des signes, des coïncidences, des prémonitions partout, on est contaminé sans s'en rendre compte par l'objet de son enquête. Arrivé à un certain point, on ne peut pas creuser plus, on ne peut plus faire la lumière, et c'est la nuit, un vide éthéré et aveugle se met à occuper l'espace en soi. Alors, il faut tourner la tête dans une autre direction, se détacher de l'affaire pour conserver au moins l'espoir que la dernière pièce, la plus importante, celle qu'on n'a pas réussi à trouver, apparaisse sans qu'on s'en aperçoive.

Quand je rentrai chez moi, je trouvai la réponse de Manuel Foffo à ma lettre. Je la lus. Elle ne contenait aucune révélation bouleversante. Un autre mail confirmait un rendez-vous que j'avais sollicité. J'imprimai mes billets de train et me préparai à partir.

« Avant, je travaillais dans un cabinet d'architectes. Puis j'ai lancé une agence photographique. J'ai démissionné aujourd'hui. »

Nous avions rendez-vous à la Porta Venezia. Les voitures circulaient sans encombre, les rues étaient propres, les trottoirs parcourus par des gens affairés. De belles boutiques, de grandes expositions, des gratte-ciel flambant neufs. Une énergie fébrile se dégageait de la ville. Milan. Une fois sorti du métro, je lui envoyai un message. Il s'appelait Andrea, il avait vingt-six ans, il avait été le dernier petit ami de Marco Prato. Quand j'avais essayé de le joindre par téléphone, quelques jours auparavant, il s'était montré très gentil. J'étais un parfait inconnu et je lui demandais de parler d'une expérience terrible. Son calme apparent me frappa.

Nous nous serrâmes la main et nous dirigeâmes vers un bar. C'était un garçon aux traits délicats, bien habillé, au regard intense et vif. Nous nous assîmes et commandâmes deux jus de fruits pressés.

« Marco et moi on s'est connus sur Facebook, commença-t-il à raconter. D'une certaine manière, c'est grâce à l'algorithme. »

Comme tous les jours, le réseau social lui avait suggéré des profils d'utilisateurs à qui il pouvait demander de devenir ses amis.

« J'ai vu les photos de Marco, ça m'a paru un beau mec. Alors j'ai commencé à mettre des *likes* et des cœurs sur ses publications. On s'est mis à chatter. C'est là que je me suis rendu compte qu'il avait déjà essayé de me contacter sur Tinder. À l'époque je ne l'avais pas calculé, alors que là j'étais intéressé. On a décidé de se rencontrer. »

Ils étaient sortis ensemble en octobre 2015. Leur relation avait duré quelques mois. Si Andrea avait dû décrire le Marco qu'il avait connu jusqu'au jour du meurtre, son jugement aurait été tout à fait positif.

« Il a toujours été gentil, protecteur, il a pris soin de moi. Un ange. Je ne l'ai jamais vu se mettre en colère, il n'a jamais été violent, au contraire il était très tendre. »

Andrea habitait tout seul à Rome dans un grand appartement. (« Ma famille est un peu éparpillée dans toute l'Italie. ») Marco lui rendait souvent visite.

« Je ne l'ai jamais vu sniffer de la cocaïne, jamais entendu parler de tapins, il ne m'a jamais dit qu'il voulait changer de sexe. Je trouvais que c'était quelqu'un d'intelligent, très sensible. »

Je me demandai s'il était le garçon avec qui Marco, interrogé par le procureur, avait dit s'être « terriblement ennuyé ».

Andrea continua son récit. Le 31 décembre 2015, dit-il, il avait été invité à déjeuner chez les Prato. Il savait que l'homosexualité de Marco avait fait des vagues dans sa famille. Marco lui avait parlé de ses problèmes avec sa mère.

« En réalité, ça a été, mieux que ce que j'espérais. »

Le déjeuner s'était plutôt bien passé. Autour de la table, il y avait les parents de Marco, sa sœur et ses tantes. Selon Andrea, ses tantes avaient été « fantastiques ». Sa sœur aussi (« une fille vraiment chouette ») l'avait bien accueilli. Sa mère, elle, s'était montrée gentille mais distante, on pouvait peut-être percevoir une certaine tension, mais pas au point qu'elle devienne ingérable. Ledo avait eu un comportement étrange.

« Peu après mon arrivée, il s'est levé de table et il est parti. J'ai eu peur que la présence du petit ami de son fils le dérange. Mais peut-être qu'il était juste fatigué. »

Le soir même, au réveillon, Marco rencontrerait Manuel Foffo.

Après les fêtes, Andrea et Marco avaient commencé à s'éloigner.

« C'est lui qui a pris ses distances, parce qu'il ne me trouvait pas à fond. Il avait raison. Alors qu'on n'était ensemble que depuis quelques mois, je n'étais plus impliqué dans notre relation. »

Ils s'étaient quittés en février, mais avaient gardé d'excellents rapports. Ils avaient continué à se voir, à sortir ensemble. Le 1er mars, ils s'étaient croisés dans un bar.

Le lendemain, Andrea lui avait envoyé un message, qui n'avait pas reçu de réponse. Le 5 mars, il lui en avait envoyé un autre (« Tu es en train de dégringoler en bas de mes conversations, et je n'aime pas ça. Alors je t'écris même si tu t'en fous »). Puis, le 7, il avait appris l'homicide sur Facebook.

« Je n'arrivais pas à y croire. J'étais bouleversé. Il y avait une photo de Marco avec un pull noir et, dessous, ça disait qu'il avait été arrêté. Je connaissais cette photo parce que c'était moi qui l'avais prise, et ça rendait la situation encore plus perturbante. J'ai pensé que c'était un *fake*, Marco était connu à Rome, peut-être que quelqu'un lui avait joué un mauvais tour. Mais au bout de quelques heures, je me suis rendu compte que tout était vrai. J'ai plongé dans le chaos, j'étais complètement paumé, je me souviens des jours qui ont suivi comme d'une espèce d'hallucination. »

À cette époque, Andrea écrivait son mémoire.

« Le lendemain, je suis allé à la fac. J'étais décidé à dire à ma directrice que je laissais tomber mon mémoire. Je l'ai trouvée dans le couloir, elle parlait avec un groupe d'assistants, je me suis approché et je me suis aperçu qu'ils parlaient justement du meurtre. Ça m'a glacé le sang. Elle ne savait pas que Marco et moi on était sortis ensemble. Tout semblait complètement fou. »

Andrea avait tout raconté à sa directrice de mémoire.

« Ma prof m'a pris sous son aile, elle m'a donné de la force, elle a essayé de m'aider par tous les moyens possibles. Si j'ai eu mon diplôme c'est grâce à elle, j'éprouve une reconnaissance énorme envers elle. »

Au début, Andrea avait écrit des lettres à Marco. Marco répondait depuis Regina Coeli. Dans ses premières lettres, il ne parlait jamais de la prison ni du meurtre. Puis il avait commencé à s'ouvrir. Apparemment, il s'intégrait parmi les autres détenus, il interagissait avec eux, il se socialisait. Leurs échanges épistolaires s'étaient poursuivis pendant quelques mois. Puis une nouvelle bombe avait éclaté. La séropositivité de Marco.

« Alors j'ai arrêté de lui écrire. J'ai coupé les ponts. Je me sentais trahi, et évidemment j'étais en panique. Je me suis précipité faire un test de dépistage. Tu imagines le stress. Heureusement, il était négatif. »

Mais les nuits étaient dures. Dès qu'il s'endormait, Andrea était assailli par les cauchemars, il se réveillait ébranlé par ses mauvais rêves.

« Tu rêvais de quoi ? demandai-je.

— Je rêvais que Marco me tuait. Ou, pire, je rêvais que *moi* je tuais quelqu'un. Des nuits affreuses. Mais à un moment donné, les cauchemars ont disparu.

— Quand ? »

Il soupira et me regarda longuement.

« Je sais que c'est triste à dire, mais ils se sont arrêtés quand Marco s'est donné la mort. »

Après le suicide de Marco, Andrea avait décidé de quitter Rome. C'était trop, l'année passée avait été abominable, il devait laisser cette histoire derrière lui.

« Quelques jours après mon arrivée ici, à Milan, je suis sorti avec un garçon. Ce n'était peut-être pas la meilleure des idées, mais j'étais en miettes. »

Quelques mois supplémentaires avaient passé. Andrea avait commencé à travailler, il n'était pas revenu à Rome pendant très longtemps, il ne se sentait pas prêt à affronter la ville. Mais il devrait le faire tôt ou tard.

« J'ai encore laissé passer quelques mois, puis je me suis décidé et j'y suis retourné. Je me disais que tant que je n'aurais pas réussi à remettre les pieds à Rome, je n'aurais pas vraiment passé le cap. Je me souviens du trajet en train. Quand je suis arrivé à Termini, j'ai même été content de retrouver le désordre, la chaleur, l'agitation. Mais après, dans la rue, on m'a crié : "Tapette !" Deux fois dans la même journée. J'ai décidé de rester à Milan. »

Pendant qu'il parlait, je me sentis soudain coupable. Coupable parce que j'avais quarante-cinq ans et lui même pas trente. Une faute d'état civil, objective. Les adultes sont toujours coupables quand les jeunes vivent dans un monde écœurant. Qui d'autre devrait en être responsable ?

« Moi, j'essaie de revenir à Rome. »

Je ne l'avais encore dit à personne. Ma femme et moi en parlions depuis quelques jours, nous sentions que nos projets étaient encore trop fragiles pour nous en ouvrir à d'autres, mais à la fois, si nous ne les partagions pas tôt ou tard, ils risquaient de ne pas être suivis des faits.

« Une fois, dans la rue, j'ai croisé une personne liée à l'*événement*, dit Andrea. On s'est regardés, on a tracé notre route sans se dire bonjour. On était des rescapés, et c'est comme si les rescapés étaient suspects. »

Les naufragés du *Pequod*, pensai-je. Peu après, Andrea se leva, nous nous serrâmes la main, je payai l'addition.

« Pourquoi tu as démissionné ? lui demandai-je. Tu as trouvé un meilleur travail ?

— Non, me répondit-il. C'est qu'au bout d'un moment j'ai commencé à me sentir mal dans cette agence.

— Qu'est-ce que tu vas faire, maintenant ?

— Je ne sais pas.

— Mais tu as des projets ? insistai-je.

— Je ne crois pas », répondit-il en souriant.

Alors il me parut plus libre que moi, plus jeune que jamais. Il me parut resplendissant, victorieux, et j'éprouvai de nouveau, mais un instant seulement, le frisson de ces jours où l'on est sûr de n'avoir rien à perdre, et où l'on est fort même quand on est faible. Je m'efforçai de ne pas l'envier, mais ce n'était qu'une appréhension. En réalité, je me sentais libéré, affranchi par personne interposée. Je ne savais pas comment il avait fait, mais il s'était débarrassé de la malédiction associée à cette histoire, il avait brisé le maléfice, vaincu l'adversaire, il lui en avait coûté de la souffrance, il l'avait dit lui-même, mais désormais il était de l'*autre côté*, temporairement hors de la zone d'ombre, sur l'autre rive du fleuve, sur le sentier qui conduit au futur. Je pensai qu'il n'appartenait pas à une génération perdue. Comment pouvions-nous penser une chose pareille ? C'est nous qui serions perdus, si nous les laissions seuls. Je le vis disparaître de l'autre côté de la Porta Venezia. Je sentis quelque chose affleurer, je vis quelque chose scintiller à la surface de l'eau.

Sixième partie

Le livre de la rencontre

« On ne combat la culpabilité
qu'avec la pratique de la vertu. »

Simone Weil

« Si de l'amour de la discipline naissait
le pas du soldat qui jamais ne vainc
mais se retire sans coup férir. »

Amelia Rosselli

À L'ATTENTION DES PASSAGERS.
IL EST RAPPELÉ QU'AGRESSER VERBALEMENT
OU PHYSIQUEMENT LE PERSONNEL EN SERVICE
CONSTITUE UN DÉLIT. LES ACTES DE VIOLENCE SONT
PASSIBLES DE POURSUITES JUDICIAIRES.

Je descendis du bus au piazzale Flaminio. Le soleil resplendissait sur toute la ville. Le mois précédent, alors qu'il conduisait en direction de la piazza Venezia, le chauffeur du 46 avait été frappé jusqu'au sang par un groupe d'adolescents ivres. En mai, le contrôleur du 545 avait subi une agression similaire. Les passagers n'étaient intervenus dans aucun des deux cas. L'autobus repartit, je le vis disparaître dans le flot de voitures. Je marchai sans but. Ma femme et moi étions revenus vivre à Rome. Nous nous étions installés chez des amis en attendant de reprendre possession de notre ancien appartement. J'avais encore un peu le loisir d'observer la ville avec un regard neuf, pensai-je. Santa Maria dei Miracoli, le clocher dans la lumière matinale. Quelques mois auparavant, la cour d'appel avait confirmé la peine de trente ans de prison pour Manuel Foffo. Son nouvel avocat, Fabio Menichetti, un homme à la rhétorique impeccable, avait apporté au tribunal des dossiers cliniques et des rapports médicaux. Les experts de la cour avaient reconnu que Manuel était atteint d'un trouble modéré de la personnalité, mais ils avaient exclu que celui-ci ait été décisif. Manuel était lucide quand il avait tué Luca. Je regardais l'horloge à eau du Pincio, enfermée dans une cage de verre au milieu de la végétation. Ce jour-là, j'étais présent au tribunal, moi aussi. Manuel était arrivé en jean et chemise blanche, ses cheveux étaient bien coupés, il avait l'air propre sur lui. Il s'était assis entre les gardiens de prison. Pendant toute l'audience, il avait regardé le juge avec un air sérieux et respectueux. Il ne s'était tourné vers nous qu'une fois. Il y avait des journalistes, quelques curieux, les parents de Luca Varani. Les parents de Manuel, ainsi que son frère, étaient absents. Les voitures fonçaient sur le viale del Muro Torto, je les vis disparaître dans le tunnel. La Cour de cassation avait confirmé la peine de trente ans, mettant fin à l'affaire judiciaire. Pour cette dernière étape, Manuel avait fait appel à deux nouveaux avocats. Ce changement pouvait s'expliquer par la recherche d'une stratégie défensive bien particulière. Ou bien elle témoignait de l'égarement de l'accusé. Je m'étais entretenu avec un de ses nouveaux avocats, Giammarco Conca. C'était un quadragénaire tranquille, cordial, il habitait en périphérie, le sort de son client lui tenait à cœur. Il m'avait raconté que Manuel se trouvait dans une situation difficile, il avait beau essayer de comprendre ce qui s'était passé, il était souvent submergé par la confusion, la solitude, la culpabilité et la rancœur.

Cela faisait des mois que j'échangeais des lettres avec lui. Manuel répondait à mes questions avec gentillesse et précision. Il écrivait en majuscules, sa prose était si élémentaire qu'il était parfois difficile de l'interpréter. Il me donnait l'impression de fournir d'énormes efforts pour arracher les concepts qui comptaient pour lui à la force du chaos. À la lecture de ce qu'il écrivait, je compris qu'il n'avait pas surmonté ses problèmes avec son père, qu'il avait refusé tout contact avec certains journalistes quand il avait appris qu'ils avaient interviewé Valter. Ce qui l'inquiétait par-dessus tout, c'était que son père ou d'autres personnes parlent à sa place et disent des choses inexactes. Il existait une version correcte des faits, et puis il y avait un autre récit – corrompu, sophistiqué, diaboliquement faux – qui pouvait brutalement la trahir. Son père, les journalistes, tout le monde devait faire attention à ne pas tomber dans le piège. Mais qui était l'artisan de ces mystifications ? Qui posait les pièges ? J'eus l'impression que, dans la vision de Manuel, la main qui continuait d'écrire l'histoire apocryphe qu'il redoutait tant était, une fois encore, celle de Marco Prato. Il n'arrivait pas à se débarrasser de son fantôme. Par le biais de Me Conca, Manuel me fit parvenir un court « mémoire » (c'est ainsi qu'il l'appela) contenant sa version des faits. Il me demanda de le lire attentivement. Je le fis, mais je n'arrivai pas à trouver dans ces pages un seul élément qui puisse modifier de manière significative la reconstitution des événements. Par contre, à chaque mot écrit de sa main, ligne après ligne, on sentait un combat infini, épuisant, inachevé contre Marco Prato, un combat pour avoir le dernier mot. C'était Marco qui l'avait manipulé, écrivait Manuel, c'était lui qui l'avait perturbé, fait chanter, qui l'avait poussé à sortir de chez lui pendant cette nuit maudite, c'était sa faute s'il en était venu à tuer, et c'était encore lui, Marco Prato, qui l'avait calomnié, faisant courir la rumeur jusqu'en prison – Manuel en avait reçu de nombreuses confirmations par les autres détenus – que Manuel était « son petit copain ». C'était comme s'il sentait encore la force qui l'avait asservi dans les premiers mois de l'année 2016. Cette force le troublait, l'épuisait, *elle survivait*. Je passai la via Rasella. J'entrai dans le square à côté du Quirinal, la Villa Carlo Alberto, où une statue équestre se dresse parmi les roses. Je continuais d'entendre des témoignages contradictoires sur le compte de Marco Prato. Certains en faisaient un portrait proche de celui brossé par Manuel. Cependant, certains le présentaient encore comme une personne tendre, empathique, généreuse. J'arrivai via Lanza, montai l'escalier des Borgia et entrai dans la cour de la faculté d'ingénierie mécanique. Je pensai à la famille Prato. Il était difficile d'imaginer comment elle avait pu encaisser un choc aussi violent. L'accusation de meurtre, puis le suicide de Marco. De temps en temps, j'entendais parler de Ledo Prato. Il parrainait des expositions, assistait à des événements littéraires, il apparaissait sur scène avec une grande discrétion, il se montrait gentil, irréprochable dans ses actes. Une manière de porter la tragédie sans se laisser détruire par elle, pensai-je. Un battement d'ailes. Je vis un groupe de pigeons à travers les vitres de la faculté. On ne savait rien sur le compte de Mme Prato. Représentait-elle le trou noir de l'univers émotionnel de son fils ou était-elle une femme dévastée de chagrin qui aspirait à pleurer loin des projecteurs ? Devant Saint-Pierre-aux-Liens, deux sacs-poubelle montaient la garde. J'aurais pu me perdre en conjectures pour savoir qui de Marco ou Manuel était le plus manipulateur des deux, sur la manière dont la frustration de l'un et les manques affectifs de l'autre les avaient rendus capables de commettre des actes inimaginables. Si, toutefois, on me demandait d'indiquer le mal qui, juste après l'instinct de domination, me semblait prévaloir, j'aurais parlé d'une solitude toute particulière. La solitude qui, à plus forte raison si elle est surpeuplée, nous fait pourrir dans notre ego, ne fait qu'un avec la peur de ne pas être compris, d'être blessés, volés, abîmés, la peur qui engraisse nos sphères invisibles, nous conduit à réfléchir dans l'angoisse, la peur qui filtre et pervertit jusqu'au bien que nous nous efforçons de faire. Sur la piazza Vittorio, le soleil étincelait au-dessus des palmiers et des bâtiments. Un tram traversa la place. Ces dernières semaines, j'avais lu le livre que m'avait offert le sénateur

Luigi Manconi. Il était longtemps resté sur ma table de chevet, puis dans les cartons du déménagement. Je l'avais retrouvé récemment. Il s'intitulait *Il libro dell'incontro* – le livre de la rencontre –, et témoignait d'une longue expérience de justice restaurative entre les victimes et les responsables de la lutte armée en Italie. Pendant des années, entre 2009 et 2015, des membres des familles de victimes du terrorisme avaient rencontré certains des responsables de la mort de leurs proches. Le projet s'inspirait de célèbres expérimentations de justice restaurative et partait de la thèse selon laquelle la justice ordinaire, dont personne ne remettait en question le fonctionnement, donnait rarement pleine satisfaction aux victimes, et n'offrait pas d'outils aux responsables pour faciliter l'entière compréhension de leurs actes. Les rencontres entre les parties, à l'écart du tapage médiatique, avaient été modérées par les auteurs du livre, auxquels s'ajoutait un petit groupe de « garants » extérieurs. L'expérience partait de quelques prémisses : d'un côté, les responsables de la lutte armée étaient conscients d'avoir détruit la vie de familles entières ; de l'autre, les proches des victimes étaient prêts à reconnaître l'humanité de la partie adverse. « Notre intention, écrivait un des auteurs du livre dans la préface, était, et c'est toujours, de réunir sur le même chemin, avec nous médiateurs *au milieu*, les personnes qui ont subi un malheur terrible et celles qui ont causé le malheur en question, liées par quelque chose aussi mystérieux - et, par de nombreux aspects, inexplicable - que fort, inévitable, décisif : le besoin, ou la recherche, de justice. Sur le parcours, continuait le préfacier, nous avons rencontré des problèmes, des questions, des nœuds que seul "l'Autre", cette altérité problématique, pouvait défaire, et des doutes que seule la confiance dans cet "Autre" pouvait dissiper. » Plus d'une fois, pensai-je, le père de Luca Varani s'était plaint de n'avoir jamais reçu d'appel des parents de Manuel et de Marco. Briser un silence terrifiant. Faire le premier pas. Les chances que quelque chose de semblable ait lieu étaient faibles, vu le niveau d'incompréhension, de méfiance entre les parties, et encore plus en l'absence de médiateurs ou de garants. Il y avait en jeu des sentiments et des états d'esprit difficiles à dominer, comme la colère, la honte, le désespoir. Mais peut-être que seul un acte pareil – une démarche apparemment insensée, un geste impossible – pouvait briser le sortilège, le cercle du mal et de la solitude. Un cri. Puis un enfant, s'étant échappé des bras de sa mère, partit en courant sous les arcades de la place.

Les voitures passaient en trombe sur la via Flaminia mais nous, nous étions sur la via della Villa di Livia. Nous choisissions des fleurs. Je n'étais jamais allé à Prima Porta. La ville des morts se déployait, immense, en direction de l'est, avec ses kilomètres de routes internes, desservies par des autobus. J'étais avec Chiara Ingrosso, nous attendions les parents de Luca.

« On n'a qu'à prendre celles-là », dit-elle en indiquant des chrysanthèmes.

Les guichets avec des points de vente, numérotés de 1 à 40, s'étendaient autour du cimetière. Dans la majorité des cas, il s'agissait de fleuristes, mais il y avait aussi des marbriers qui exposaient statues et pierres immaculées au grand air de ce début d'après-midi.

Les Varani arrivèrent à bord d'une Alfa 167. Chiara agita les bras. La voiture ralentit. Nous donnâmes les fleurs à la mère de Luca et montâmes en voiture pour entrer tous ensemble dans le plus grand cimetière d'Italie.

En ville, les touristes suffoquaient aux portes du Panthéon. Ici, l'été frappait avec moins de violence. Une lumière de miel et une chaleur modérée s'abattaient, indifférentes, sur les pierres tombales et les chapelles de l'immense secteur catholique et sur ceux réservés aux autres cultes. À côté des crématoriums s'étendait le Jardin du souvenir, trois hectares de collines où les cendres des défunts étaient répandues entre les arbres et les buissons.

Giuseppe Varani se gara quelques croisements plus loin. Nous descendîmes de voiture.

« Attendez avant d'entrer », nous recommanda-t-il.

La chapelle était un petit parallélépipède peint en orange. Dès que j'en franchis le seuil, je compris pourquoi le père de Luca nous avait dit de patienter.

« Sors, Nico ! »

En un instant, je fus agressé par un nuage de moustiques. Je revins sur mes pas.

J'assistai à l'opération que les parents de Luca devaient répéter chaque fois qu'ils venaient ici en été. Giuseppe Varani fit le tour de la voiture et ouvrit le coffre. Puis il s'avança vers la chapelle avec un spray à la main. Il vaporisa l'insecticide. Pendant ce temps, sa femme avait pris une bouteille en plastique et versait de l'eau sur le seuil pour le débarrasser de la poussière. J'eus l'impression que, ensemble, ils donnaient vie à une sorte de rite sacré.

La chapelle contenait une cinquantaine d'enfeus, disposés à la verticale, les uns au-dessus des autres. Je regardai les dates de naissance et de mort sur les plaques. C'était Luca le plus jeune. Les vieillards peuplaient les cimetières, et les places publiques. La tombe de Luca était couverte de fleurs. Il était difficile d'en ajouter de nouvelles. M. et Mme Varani ignoraient qui venait les déposer. Il y avait des petits mots, des poèmes, la lettre d'un professeur, un proverbe navajo. À eux tous, ils formaient l'équivalent d'un petit autel. Nous récitâmes ensemble des prières. Puis la mère de Luca fit un geste qui, nous le comprîmes, était coutumier. Elle frappa doucement du poing sur le marbre de la tombe.

Je sortis de la chapelle. Devant moi, la verdure des arbres et les tombes. Quelque part par là reposait le poète Sandro Penna. C'était l'après-midi, les insectes flottaient dans l'air et la lumière était parfaite.

Puis les parents de Luca nous invitèrent chez eux.

Chiara et moi les suivîmes en voiture. Nous nous arrêtâmes le long de la nationale pour que M. Varani fasse le plein. Il nous invita à prendre quelque chose à manger au bar de la station-service. Chiara et moi ne protestâmes pas beaucoup. Sandwichs et Coca, que Giuseppe Varani nous apporta sur un petit plateau. Je l'avais toujours vu en colère. À présent, tous deux étaient d'une gentillesse désarmante. Ils s'étaient fait tatouer LUCA sur le poignet. Nous remontâmes en voiture et les suivîmes jusqu'à la via della Storta, laissant le cœur de la ville loin derrière nous. Voilà la maison où Luca habitait. C'était une bâtisse de trois niveaux. Pour entrer, il fallait passer par un échafaudage, le rez-de-chaussée était en cours de rénovation. Dans les projets des Varani, il aurait pu devenir l'appartement de Luca. Et maintenant ? Nous montâmes au premier et nous assîmes dans le salon. D'un côté, la table à manger. De l'autre, le téléviseur et le buffet. Des napperons et des vases sur les étagères.

Alors que nous discutions depuis un moment, la mère de Luca nous dit que nous pouvions aller jeter un coup d'œil *par là*. Je me levai. Nous traversâmes le couloir. Elle ouvrit la porte. Le lit avec un oreiller Tom&Jerry et un autre avec l'Union Jack. Un ordinateur et un écran sur le bureau. Une petite voiture sur le tapis de souris où étaient représentées des quilles envoyées en l'air par un strike. Une petite lampe en plastique noir accrochée à la porte du placard, à quelques centimètres du lit, que Luca allumait pour lire et éteignait avant de s'endormir. Quelques livres sur les étagères. *Le Petit Prince*. Un dictionnaire. Une grosse peluche à l'effigie de

Mickey Mouse contre le mur. À côté, le seul élément qui aurait pu permettre à quelqu'un qui ignorait l'histoire de comprendre la situation : un poster commémoratif avec un collage de photos montrant Luca à différents moments de sa vie.

Nous revînmes au salon, nous assîmes à table et recommençâmes à discuter. M. Varani nous offrit une liqueur de caroube. Le salon donnait sur l'arrière. Par les fenêtres ouvertes, la vue était superbe. La campagne, les grands pins, les prés.

« Alors ? Qu'est-ce que vous dites de cette liqueur ? »

Le soleil allait bientôt se coucher. La chaleur laisserait place à une douce nuit d'été. Nous bavardions, et le ciel étoilé fut révélé à nos yeux par les principes compliqués de rotation et de révolution, cette machine gigantesque qui nous fait naître et nous réduit en poussière.

Derrière les portes des aéroports internationaux, les villes se ressemblaient toutes. Londres, Paris, New York. Les différences s'anéantissaient dans la vitrine d'un magasin de vêtements. Et maintenant Rome, pensa le touriste hollandais en montant dans le terminal 3.

Ce nouvel espace avait été inauguré quelques mois auparavant. Un grand pavillon arrosé de lumière dont les formes évoquaient un monde léger, dépourvu de conflits et de différences. Les deux premiers niveaux étaient réservés au shopping. Puis il y avait un immense espace de restauration. L'offre allait de la cuisine asiatique à la cuisine italienne. Il y avait le « restaurant à temps[1] » d'un chef étoilé. Plus loin, les grands couturiers. Ordre. Beauté. L'Italie comme elle serait si la gestion du génie national était confiée à un esprit scandinave. Par chance, ce n'était pas le cas, se dit le touriste hollandais. Ce ne serait jamais le cas.

Après son arrestation, les policiers avaient essayé de lui faire peur. Ils lui avaient raconté qu'en prison les autres

1. Restaurant où le repas dure le temps choisi par le client (une demi-heure, quarante-cinq minutes ou une heure), en fonction de l'heure de départ de son vol. (*N.d.T.*)

détenus lui infligeraient le traitement réservé aux gens comme lui. Il n'en avait rien été. Ils avaient même dû le relâcher. Un vide législatif. Si le mineur était âgé de moins de dix ans, le délit était puni d'office. Au-delà de quatorze ans, il s'agissait de prostitution de mineurs, pour peu que la partie lésée porte plainte. Mais entre dix et quatorze ans, c'était un des parents ou le tuteur du mineur qui devait porter plainte : le mineur ne pouvait pas le faire seul. Le touriste hollandais était au courant, naturellement. C'était le garçon qui l'ignorait, le garçon de treize ans qui l'avait dénoncé. Il était arrivé à bord d'une embarcation de fortune avec d'autres désespérés. Il n'avait pas de parents. Pas de tuteurs. On avait dû libérer l'homme.

Le touriste hollandais éternua, prit un cappuccino et un croissant. Il regarda l'immense baie vitrée qui donnait sur la piste d'atterrissage. Il entendit que l'embarquement était ouvert.

L'Airbus A330 de Thai Airways roula sur la piste puis décolla. L'avion survola la mer Tyrrhénienne pendant quelques minutes, puis décrivit un arc de cercle et partit dans la direction opposée. Avant que l'altitude rende le monde à terre indistinct, l'homme revit Rome. Il éternua encore. Bizarre. Il avait soudain très mal à la gorge. Par le hublot il reconnut le Colisée. Quiconque avait lu un livre dans sa vie savait que c'était l'héritage du monde. On vous dépouillait dans le métro. On vous insultait aux feux. On vous plumait dans les restaurants. On vous toussait à la figure. Mais en fin de compte on s'y retrouvait. La ville vous offrait bien plus que ce qu'elle demandait en échange.

Note de l'auteur

L'histoire racontée dans ce livre a réellement eu lieu.

Sa reconstruction est le fruit d'un long travail de documentation, qui m'a permis de rassembler des pièces judiciaires et des expertises, des écoutes téléphoniques, des sentences à présent définitives, des documents audio et vidéo, des déclarations officielles, des interviews. J'ai utilisé fidèlement ces documents pour reconstruire les événements, les versions des personnes impliquées, le récit des principaux acteurs. Pour certains personnages impliqués dans cette histoire, mais absents ou peu présents dans le récit des médias, des noms fictifs ont été utilisés à des fins de discrétion.

Je remercie les personnes qui m'ont aidé dans le long travail préparatoire. Et je remercie en particulier Chiara Tagliaferri, la journaliste Chiara Ingrosso et tous ceux qui ont accepté de parler ou de fournir du matériel sur cette affaire.

Ce livre est dédié à Alessandro Leogrande (1977-2017) et à Fabio Menga (1974-2018).

Références bibliographiques

Guido Bertagna, Adolfo Ceretti, Claudia Mazzucato (dir.), *Il libro dell'incontro. Vittime e responsabili della lotta armata a confronto*, Milan, Il Saggiatore, 2015.

Umberto Eco, *Comment voyager avec un saumon*, trad. Myriem Bouzaher, Paris, Grasset, 1997.

Gustave Flaubert, *Bouvard et Pécuchet*.

Juvénal, *Satires*, trad. Jules Lacroix.

Amelia Rosselli, *Variations de guerre*, trad. Marie Fabre, Paris, Ypsilon, 2012.

Andrea Valcarenghi, *Underground : a pugno chiuso !*, préface de Marco Pannella, Rimini, Nda Press, 2007.

Paul Valéry, *Mauvaises Pensées et autres*, Paris, Gallimard, 1942.

Virgile, *Énéide*, trad. Stanislaw Eon du Val.

Simone Weil, *Cahiers*, Paris, Gallimard, 1994.

Les citations de la Bible sont tirées de la traduction de Louis Segond.

Table

PREMIÈRE PARTIE. Les convives de l'homme 7
DEUXIÈME PARTIE. La surface de l'eau 117
TROISIÈME PARTIE. Le chœur 223
QUATRIÈME PARTIE. Au fond du puits 305
CINQUIÈME PARTIE. Les goélands 411
SIXIÈME PARTIE. Le livre de la rencontre 493

Note de l'auteur 507
Références bibliographiques 509

NORD COMPO
multimédia

Composition et mise en pages
Nord Compo à Villeneuve-d'Ascq

Achevé d'imprimer en mai 2022
par Normandie Roto Impression s.a.s.
61250 Lonrai
N° d'impression : 2201480
N° d'édition : L.01ELHN000478.N001
Dépôt légal : août 2022

Imprimé en France